hänssler

NOVELLE

DIE STONEWYCKE-TRILOGIE

# Die Herrin von Stonewycke

MICHAEL PHILLIPS
JUDITH PELLA

Die Deutsche Bibliothek – CIP-Einheitsaufnahme

**Phillips, Michael:**
Die Stonewycke-Trilogie / Michael Phillips ; Judith Pella. -
Neuhausen-Stuttgart : Hänssler.
(Hänssler-Novelle)
Die Herrin von Stonewycke / [Übers. von Barbara Büchner]. – 1991
ISBN 3-7751-1665-6

hänssler-Novelle
Bestell-Nr. 391.665

Published by Bethany House Publishers, Minneapolis, Minnesota
Originaltitel: The Lady of Stonewycke
Übersetzt von Barbara Büchner


Umschlaggestaltung: Daniel Dolmetsch
Titelbild: Dan Thornberg, Bethany House Publishers
Printed in Germany

Für Judy Phillips,
aus deren Ideen
die Stonewycke-Trilogie entstand.

# EINFÜHRUNG

Es gibt kein Menschenleben ohne Herzeleid, Verlust und Kummer – so ist es dem Menschen bestimmt. Wie Hiob sagte: »Der Mensch ist zum Leiden geboren.«

Aber die Zeit, die ein Mensch in dieser Welt zubringt, ist nur ein Augenblick. Die Freuden und Schmerzen dieses Lebens müssen zuletzt vergehen, und nichts bleibt als das innere Wesen, das ein Mensch aus dieser Welt in die nächste mit sich nimmt. Die irdische Welt ist nur der Ort, wo wir lernen können, uns dem Gott zuzuwenden, der uns erschaffen hat. Irdischer Verlust mag hier der Preis für ewigen Gewinn sein.

Verluste, die wir hier auf Erden erleiden, mögen unseren Blick verdunkeln und uns die Sicht auf den Himmel nehmen. Aber die Geschichte von Maggie und Ian ist nicht zu Ende mit ihrem bitteren Abschied. Ihre Geschichte erzählt nicht von irdischem Glück, sondern von ewigem Gewinn. Wir hören die Saga von Gottes unablässiger Jagd auf das menschliche Herz, eine Chronik innerer Heilung. Es ist die Trilogie dreier ineinander verflochtener Leben, die in dreifacher Weise Gottes Vergebung erfahren.

# VORWORT

Die Sonne hatte ihren Aufstieg im östlichen Himmel begonnen. Im Hafen machte sich der große Schoner bereit, mit aufkommender Flut Anker zu lichten. Als das bleiche Licht des frühen Morgens sich über den Dächern von Aberdeen erhob und viele Abschiedsworte gesprochen wurden, trennten sich die Reisenden langsam von ihren Familien, Freunden und wohlmeinenden Gefährten.

Der Wirbel emsiger Geschäftigkeit auf den Kais schien der frühen Morgenstunde kaum angemessen. Nur ein weniges entfernt hatte das Herz der Stadt noch kaum zu schlagen begonnen. Einer nach dem anderen öffneten die Händler ihre Läden, um ihre Waren auf dem Gehsteig zur Schau zu stellen. Ein Wagen, mit süßduftendem Heu beladen, suchte sich langsam seinen Weg von einer Seitengasse in die ungepflasterte Straße und hielt unter dem müden Knarren seiner eisenbeschlagenen Holzräder auf die Kais zu.

Ohne jede Vorwarnung zerriß Hufgetrampel die Morgenstille. Die Pferde bäumten sich auf. Der Bauer sprang auf die Füße und zerrte an den Zügeln in verzweifeltem Bemühen, sein erschrecktes Gespann davon zurückzuhalten, daß es den Karren mitsamt seiner Ladung umwarf.

»He, du Strauchritter!« schrie er. »Halt mir dein Teufelsvieh vom Leib!«

Aber der Reiter kümmerte sich nicht um die Hindernisse, die seinen Weg versperren mochten. Er peitschte den Nacken der kastanienbraunen Stute unbarmherzig mit den Lederriemen und galoppierte die Straße entlang.

Als er die Docks erreichte, riß er grausam an den Zügeln. Die Stute schlug wild mit allen Vieren aus, als sie sich bemühte, ihren mächtigen Körper so abrupt zum Stehen zu bringen.

Inmitten der Staubwolke, die die donnernden Hufe aufrührten, sprang der Reiter aus dem Sattel und eilte auf den Schoner zu. In rasender Hast suchten seine Augen das Deck des Schiffes ab, aber allzu viele Leiber drängten sich dort aneinander. Er fuhr herum, um die Gesichter der Menschen mit den Augen abzusuchen, die die Gangway aus hölzernen Planken hinaufeilten, aber er konnte das Gesicht nicht entdecken, das er am Ende seines wahnwitzigen Rittes zu finden gehofft hatte. In heller Verzweiflung stürzte er auf das Schiff zu. Sein Gesicht troff von Schweiß, der

Staub der Straße bedeckte es in Flecken, seine Augen starrten durchdringend die Menge an, die an ihm vorbeidrängte.

Die junge Frau mit dem kastanienbraunen Haar sah ihn erst gar nicht.

Als er herbeigaloppierte, war sie eben beschäftigt gewesen. Als sie sich dem Dock zuwandte, sah sie als erstes die Stute, deren Flanken von dem rasenden Ritt bebten.

*Er war gekommen!*

Sie hatte fast die Hoffnung aufgegeben ... aber wem anders sollte die Stute gehören als ihm!

Da hörte sie plötzlich über all dem Lärm ihren Namen rufen, und ihre Augen fanden einander.

Einen Augenblick lang vergaß das Mädchen die Reise, die ihr bevorstand, und drängte sich durch die Menschenmenge. Als sie die Gangway erreichte, rief ihr ein kraushaariger Matrose zu, sie möge stehenbleiben.

»Wir legen ab, Lady! Bleiben Sie an Bord!«

Sie hörte nichts – weder den Matrosen noch die Menschenmenge noch das ohrenbetäubende Schellen der Schiffsglocke, die ihre vorschriftsmäßige Warnung hinausrief. Sie erkämpfte sich den Weg über die schmale Rampe, unbekümmert um alles, was sie umgab, und sank in seine Arme. Wie hatte sie gefürchtet, diese Arme würden sie niemals wieder umschlungen halten!

»Ich dachte schon, du kämest nicht mehr«, sagte sie, als sie das Päckchen aus seiner Hand entgegennahm.

Er umarmte sie innig, als wollte er ihr damit beweisen, wie unbegründet ihre Ängste waren. »Ich hätte es mir nie verziehen, zu spät zu kommen.« Er küßte zart die weichen Flechten ihres Haars. »Es ist schlimm genug, daß du gehen mußt –«

»Dann bitte ich dich, laß mich bleiben und dir zur Seite stehen!«

»Nein. Wir sind zu dem Entschluß gekommen, daß dies der beste Weg ist ... die Gefahr ist einfach zu groß.«

»Ich weiß«, antwortete sie. Die Spannung in ihrer Stimme ließ frühere Auseinandersetzungen erahnen. »Aber was bedeutet mir eine Ehre, die uns zur Trennung zwingt!«

»Die Ehre ist alles, was ein Mann sein eigen nennen kann.«

Sie schluckte schwer und kämpfte die aufsteigenden Tränen nieder. Eine jähe Übelkeit machte sich in ihrem Magen bemerkbar. Aber sie wollte den bösen Vorahnungen keinen Raum geben. Und doch wußte sie nur zu gut, was sie fürchtete – daß sie ihn niemals wiedersehen sollte.

»Wir könnten noch einmal mit meinem Vater sprechen, vielleicht –« begann sie. Die Augen flehten ihn in hilfloser Bitte an.

»Dein Vater! Ist dir nicht klar, daß er mich haßt?« Er unterbrach sich, und als er schließlich weitersprach, schienen seine so sanften Worte nur ein dünner Schleier über den wilden Leidenschaften zu sein, die seine Seele durchtobten. »Oh, meine Geliebte ...«

Er nahm ihr Gesicht in seine großen sanften Hände und blickte zärtlich auf ihre zarte mädchenhafte Gestalt hernieder. »Laß uns diese kurzen Augenblicke nicht verderben. Laß uns nur daran denken, daß wir bald wieder vereint sein werden. Die Wochen werden vergangen sein, bevor es uns bewußt wird. Dann wollen wir einen neuen Anfang machen. Es soll ein gutes Leben werden, unser gemeinsames Leben in Amerika.«

»Wenn du nur jetzt schon mit mir kommen könntest ... sie würden dich niemals finden!«

Die unschuldige Hoffnung ihrer naiven Worte erregte seine Entschlossenheit von neuem. »Das ist nicht das Leben, das ich dir bieten will«, antwortete er. »Wir werden frei sein ... wir werden erhobenen Hauptes dahingehen können, anstatt uns ständig in hündischer Furcht vor der Vergangenheit zu verbergen.«

»Aber –«

»Ich weiß, das Opfer, das du bringen mußt, ist schwer. Ich weiß, wie sehr du dieses Land liebst.«

Einen kurzen Augenblick dachte das Mädchen daran, daß ihre Mutter eben diese Worte zu ihr gesprochen hatte, bevor sie sie verlassen hatte. Mit gebrochenem Herzen hatte die Frau den Briefumschlag in die Hände des Mädchens gelegt und mit tiefem Empfinden, fast leidenschaftlich die Worte gesprochen: »Hierin liegt die Hoffnung auf deine Rückkehr – und mehr als das, die Sicherheit des Landes, das wir lieben. Was auch immer geschieht, liebes Kind, *es ist dein Eigentum*!«

Halb unbewußt tastete die Hand des Mädchens nach der Tasche, in der sie den Umschlag aufbewahrte. Sie hatte noch keine Gelegenheit gefunden, nachzusehen, was er enthielt. Aber was immer sein Inhalt sein mochte, sie wußte, er würde ihr immer eine bittere Erinnerung an die Tragödie sein, die ihr Leben zerrissen hatte.

»Alles an Bord – letzter Aufruf!« schrie einer der Schiffsmaate.

Er zog sie eng an sich und küßte sie. »Ich liebe dich, Maggie«, sagte er mit zitternden Lippen.

Da wußte sie, daß sie gehen mußte. Es war sein Wille, daß sie gehen sollte. Sie liebte ihn, und sie würde gehorchen.

Sie wandte sich um und ging langsam auf das Schiff zu. Als ihr Fuß die Gangway berührte, ging ein jäher kalter Schauder über sie hin. Mit jedem Schritt, den sie die steile Rampe emporstieg, wuchs die Todesqual böser Vorahnungen. Als sie das Deck erreichte, wandte sie den Blick der See zu, die sie so bald überqueren sollte. Tränen stiegen lautlos in ihren Augen auf. Vor ihr erhob sich dräuend das große Unbekannte.

Sie wandte sich um und warf einen letzten Blick auf den Mann, den sie verlassen mußte. Ach, wäre alles nur anders gekommen!

»Ich liebe dich!« rief sie vom Deck hinunter. »Ach Ian – eile, daß wir uns wiedersehen!«

Er winkte ihr zu, aber kein Wort wollte über seine Lippen kommen. Sie sah, wie er den Arm sinken ließ, um mit dem Ärmel seine von Tränen überfließenden Augen zu wischen.

Auf Deck waren die Leinen losgemacht worden und das Signal zum Ablegen ertönte. Unter ihren Füßen spürte sie die ersten Anzeichen der beginnenden Fahrt. Sie öffnete den Mund, um ein letztes Mal seinen Namen zu rufen, aber es war ihr unmöglich. Ihre Lippen vermochten den geliebten Namen nicht wieder zu formen.

Bald verblaßte seine Gestalt zu einem Fleck in der Ferne. Sie wandte sich der seewärts gelegenen Seite des Schiffes zu und versuchte, ihre Aufmerksamkeit auf die Segel, die Takelage, die geschäftigen Bewegungen der Matrosen zu richten. Sie wischte ihre Augen mit dem Handrücken, dann atmete sie tief die frische salzige Luft ein. Der Wind pfiff durch die Masten und ließ ihr langes Haar flattern. Sie konnte nicht mehr hören, wie der Hufschlag der braunen Stute sich allmählich entfernte.

Der Schoner suchte sich vorsichtig seinen Weg aus dem Hafen von Aberdeen, und das Mädchen wandte sich nicht mehr um, einen letzten Blick auf ihre Heimat zu werfen, bis die weißen Schaumkronen der offenen See sich ihrem Blick boten.

Joanna war froh, als das Schiff endlich ablegte.

Die innere Ruhe, die sie nun empfand, hatte sie freilich nicht sofort überkommen. Als die aufgeregte Schar der Passagiere an Bord drängte, hatten sich die meisten gegen die Reling gedrängt und gestoßen und gerempelt, um einen besseren Blick auf die Menschenmenge am Kai zu haben. Ein feister kleiner Mann in einem karierten zweireihigen Anzug hatte sie scharf angefahren.

»Müssen Sie so drängeln?« schnappte er.

»Ich ... es tut mir leid«, hatte sie ängstlich geantwortet und sich von ihm wegmanövriert.

Es war ihr gleichgültig, wo sie stand. Niemand winkte ihr vom Kai ein letztes Lebewohl. Ihre Zukunft und ihre Hoffnungen warteten in der anderen Richtung, draußen jenseits der offenen See. Einen Augenblick später dröhnte ohrenbetäubend die Sirene der »Atlantic Queen« und riß sie aus ihren Gedanken. Der gewaltige Ozeandampfer, der Stolz der Besten unter den Schiffsbauern des neuen Jahrhunderts, löste sich von der Anlegestelle und schlug unter donnerndem Maschinenlärm den Weg nach Osten ein.

Als das Schiff an Geschwindigkeit gewann und die Skyline von New Yorks Stadt und Hafen am Horizont verblaßte, verliefen sich die Passagiere allmählich dahin und dorthin auf den Schiffsdecks, und Joanna blieb alleine an der Reling zurück.

Eine Stunde später stand sie immer noch dort und blickte auf die weite Wasserfläche vor sich hinaus. Der Bug der »Queen« pflügte stolz durch die schwellenden Wogen und warf schneeweiße Gischt auf. Joanna starrte fasziniert auf den endlosen Tanz von Gischt und Salz, Schaum und Wind.

Allmählich senkte sich Frieden auf sie herab, als der Anblick der See ihr Gemüt beruhigte. Zum erstenmal seit Wochen dachte sie auf realistische Weise über das Abenteuer nach, in das die Umstände sie so plötzlich gestürzt hatten. Sie, die zurückhaltende und vorsichtige Joanna Matheson, die noch nie in ihren einundzwanzig Jahren den Mittelwesten verlassen hatte, fuhr an Bord eines Luxusdampfers nach Schottland, in das Land ihrer Vorfahren!

Was würde sie dort vorfinden?

Ihre einzigen Richtlinien waren die flehentlichen Worte, die ihre Großmutter auf dem Sterbebett zu ihr gesprochen hatte, und die rätselhaften Hinweise, die sie in deren altem eichenen Sekretär gefunden hatte.

»Ich wüßte gerne, was für eine Art Schiff Großmutter damals in die Staaten gebracht hat«, dachte sie. »Wie war das wohl damals, vor fünfundvierzig Jahren? Damals war alles so ganz anders als heute. Und sie war so jung!«

Halb unbewußt umklammerte Joanna den Anhänger, der um ihren Nacken hing – eines der wenigen Dinge, die sie mit ihrem Erbe verbanden. In Gedanken an die Vergangenheit versunken, fingerte sie an dem goldenen Medaillon herum.

»Großmutter«, sann sie, »Großmutter ... wenn ich mir nur die Zeit genommen hätte, dich besser kennenzulernen!«

Joannas Gedanken wanderten in die Vergangenheit ...

Erst vor einigen Wochen war sie, nach dem Unfall ihrer Großmutter, aus Chicago zurückgekehrt. Als sie sich dem Haus in der Claymore Avenue näherte, wo sie als Teenager gelebt hatte, überschwemmte sie eine Flut von Erinnerungen. Als sie den rissigen Bürgersteig entlangging, blickte sie mit neuer Aufmerksamkeit zu dem verfallenen zweistöckigen Haus auf. Es war ihr nie bewußt geworden, wie verfallen es war: Die Farbe bröckelte und sprang ab, die Fensterläden hingen schief in den Angeln, die Jalousientüre war durchlöchert, an dem verrotteten Staketenzaun fehlte fast jedes dritte Brett. Die Erinnerung an dieses trübselige Haus in Denver stand in scharfem Kontrast zu ihrer gegenwärtigen Situation – der Reise auf diesem grandiosen Schiff, in Gesellschaft einer zweifellos äußerst wohlhabenden Schar von Mitreisenden.

Eine Träne rollte aus ihrem Augenwinkel, als sie sich an jene letzten Tage mit ihrer Großmutter erinnerte.

Sie schauderte bei der Erinnerung an die frostige Kälte und die sterile Leere des Spitals, in dem ihre Großmutter lag.

»Großmutter, hier bin ich«, hatte Joanna gesagt, als sie sich einen Sessel an das Bett heranzog.

»Ich bin froh, daß du gekommen bist«, antwortete eine dünne, kraftlose Stimme. Joannas Großmutter war immer eine sehr zarte Person gewesen, aber außergewöhnlich dynamisch und jugendlich für ihr Alter. Jetzt lag sie fast bewegungslos da. Noch vor einer Woche war sie, wie es ihre Gewohnheit war, zum Markt gegangen. Aber an diesem Tag hatte sie eben die Straße überqueren wollen, als ein unachtsames Kind vor einen Wagen rannte. Der Fahrer hatte das Lenkrad verrissen, und der Wagen hatte die alte

Frau niedergestoßen, die am Straßenrand wartete. Mit gebrochenem Bein lag sie bewußtlos auf der harten Erde. Im Spital hatten die Ärzte lebensgefährliche innere Blutungen festgestellt. Es gelang ihnen, die Blutung zu stillen und ihr das Leben zu erhalten, aber ihre Zukunftsaussichten waren trostlos – die inneren Verletzungen waren zu mannigfaltig. Sie erwachte einen Augenblick lang aus ihrer Bewußtlosigkeit und drang darauf, daß man Joanna herbeiholte, dann war sie wieder im Koma versunken.

»Sie sagen es mir nicht ... aber ich weiß, ich liege im Sterben«, sagte sie mit schwacher Stimme.

»Sei nicht albern, Großmutter«, antwortete Joanna und bemühte sich, hoffnungsvoller zu klingen, als ihr zumute war.

»Denk, was du willst, Kind«, fuhr die Großmutter fort. »Aber ich muß meine Vorbereitungen treffen. Ich habe nicht mehr viel Zeit, und du mußt etwas für mich tun.« Ihre Stimme erstarb, und ihre Augen schlossen sich.

»Was immer du willst, Großmutter«, erwiderte Joanna. »Du hast dich immer um mich gekümmert, jetzt bin ich an der Reihe.« Sie wußte nicht, ob die alte Frau sie überhaupt hörte.

Eben da wurde die Türe des Krankenzimmers geöffnet, und die diensthabende Schwester blickte herein. »Der Doktor möchte Sie sprechen, Miss Matheson«, sagte sie.

Joanna stand auf, um der Schwester zu folgen.

Da riß die kranke Frau plötzlich die Augen auf. Selbst im trüben Licht des Spitalszimmers schienen sie in innerem Feuer zu glühen. »Du darfst nicht zulassen, daß sie es dir wegnehmen, Joanna!« schrie sie auf. *»Es gehört dir ...«*

»Schon gut, Grandma«, sagte Joanna, wandte sich um und beugte sich über sie. Sie streckte zögernd die Hand aus und legte die Finger auf den zitternden Arm, der nun schlaff auf der Bettdecke lag. »Alles wird gut.«

Die Augen der alten Frau schlossen sich, und sie lag still, als Joanna das Zimmer verließ.

Draußen trat der Arzt auf sie zu. »Ich will offen mit Ihnen sein, Miss Matheson«, sagte er. »Ihre Großmutter liegt im Sterben.«

An diesem Abend kehrte Joanna zu dem alten Haus zurück. Wie anders es nun aussah, wie bar allen Lebens! Vielleicht zum ersten Mal wurde ihr wirklich bewußt, wieviel ihre Großmutter ihr bedeutete. Sie schlüpfte die Stiegen hinauf, in den Raum, der einstmals ihr Zimmer gewesen war. Dort setzte sie sich aufs Bett und blickte um sich. Ein Kloß steckte in ihrer Kehle, und sie ertappte sich dabei, wie sie die Tränen hinunterwürgen mußte beim Gedanken an die Frau, die Mutterstelle an ihr vertreten hatte.

Sie weinte, nicht nur um ihre Großmutter, sondern auch um sich selbst, denn jetzt erst nahm die Liebe zu dieser Frau in ihr Gestalt an. Sie war im schwierigen Alter von dreizehn Jahren zu ihrer Großmutter gezogen. Die Großmutter hatte nie so recht herausgefunden, was das Mädchen eigentlich quälte, und Joanna hatte sich alle Mühe gegeben, ihre Gefühle tief in ihrem Herzen zu verbergen. Wie hätte sie auch der alten Frau sagen können, daß deren eigene, nun dahingeschiedene Tochter Eleanor die Ursache all ihrer seelischen Schmerzen war?

Joannas Mutter Eleanor war im Kindbett gestorben, nur drei Stunden nach der Geburt des Mädchens. Eleanor war eines jener kostbaren Geschöpfe gewesen, die man so selten auf dieser Welt findet – nicht nur wegen ihrer porzellanzarten, goldenhaarigen Schönheit, sondern auch wegen ihres sanften, gottesfürchtigen Wesens. Sie liebte von Herzen, und sie verschenkte sich selbst, ohne zu bemerken, daß sie es tat. Stephen, ihr Gatte, liebte sie von ganzem Herzen und brach unter ihrem plötzlichen und unerwarteten Tod völlig zusammen.

Im Leben wäre sie ihrer Tochter ein Leitstern und ein wunderbares Vorbild gewesen. Aber im Tode wurden die Gedanken des Kindes und die Erinnerungen des Witwers zu einer Quelle von Schmerz und Feindseligkeit zwischen den beiden. Eine Zeitlang war Stephen unfähig zu jeder vernünftigen Handlung, und die Mutter seiner toten Frau sorgte monatelang für das Baby. Schließlich nahm er es wieder zu sich, aber er empfand niemals wirkliche Liebe für das Kind, dessen Leben – so schien es ihm – das Leben seiner geliebten Eleanor gekostet hatte.

Vielleicht wäre alles anders gekommen, hätte Joanna in der Obhut ihrer Großmutter bleiben dürfen. Aber noch bevor sie ein Jahr alt war, verließ Stephen Matheson Denver, angeblich, um bessere Arbeit zu finden – in Wirklichkeit jedoch, weil er die quälenden Erinnerungen ihres gemeinsamen Heims in Denver nicht länger ertragen konnte. Wichita, St. Louis, Minneapolis – Stephen fand nirgends Ruhe, denn wohin er auch zog, die Erinnerungen folgten ihm. In Minneapolis brach seine lange vernachlässigte Gesundheit schließlich völlig zusammen, und an einem schneereichen Morgen starb er in seinem Bett. Die dreizehnjährige Joanna konnte niemals mehr die schreckliche Gewißheit abschütteln, daß sie auf irgendeine Weise seinen Tod ebenso verursacht hatte wie den Tod ihrer Mutter.

Stephen Matheson hatte keine Angehörigen, und so hatte Eleanors Mutter die Waise freudig in ihrem Heim aufgenommen. Aber all der Liebe der alten Frau gelang es nicht, die harte Schale zu durchdringen, die sich um das Herz des Mädchens gebildet hatte. Die kühle Entfremdung, die sie beide trennte, erwies sich als unüberbrückbar. Die Großmutter wußte nicht, wie sie es anfangen sollte; Joanna ihrerseits war unfähig, einen Blick über ihre Verteidigungsanlagen zu werfen und zu erkennen, daß ihre Großmutter nichts anderes wollte, als sie zu lieben. Das Kind in Joannas Herzen war noch zu empfindlich. Die Gefühle von Schuld und Wertlosigkeit, die sie empfand, blockierten all ihre Fähigkeiten, die Liebe anzunehmen, die ihr erwiesen hätte werden können.

Wäre sie imstande gewesen, ihre Gedanken in Worte zu fassen, so hätte Joanna wohl gefragt, wie denn irgend jemand sie lieben könnte – insbesondere ihre Großmutter, die Mutter der Frau, deren Tod sie verursacht hatte, als sie zur Welt gekommen war. Sie wußte, welch eine heiligmäßige Frau ihre Mutter gewesen war – hatte sie es nicht unablässig so von ihrem Vater gehört? Hatte Stephen sie nicht jedesmal, wenn sie unartig gewesen war, mit dem Vorwurf getroffen, daß sie niemals ihrer süßen und wunderschönen Mutter ähnlich sein würde?

»Ich hasse meine Mutter!« war das Kind eines Tages explodiert, in der bitteren Verwirrung eines Gemischs aus Schuldgefühlen und Sehnsucht nach der Mutter, die sie niemals kennengelernt hatte. Wie konnte sie nur zurechtkommen mit den widerstreitenden Gefühlen von Liebe auf der einen und Selbstvorwürfen auf der anderen Seite? War nicht sie selbst verantwortlich für den Tod eben jenes Menschen, nach dem das Kind in ihr so verzweifelt verlangte?

Damals hatte Stephen sie vor Zorn ins Gesicht geschlagen. Niemals wieder sagte Joanna ein böses Wort über ihre verstorbene Mutter. Sie konnte ihre Zunge beherrschen, aber ihre Gedanken vermochte sie nicht zu beherrschen. Und als die Jahre ihrer Kindheit verstrichen, trieben ihre verzerrten und verwirrten Gefühle, der Wurzel der Selbstvorwürfe entsprossen, sie tiefer und tiefer in den Panzer selbstgewählter Isolation. Sie fand keinen Platz, an den sie hingehört hätte, und begann, sich selbst unter dem Dach ihrer Angehörigen als Fremde zu fühlen.

Die gütige Großmutter tat, was sie konnte, für ihre Enkelin. Sie lehrte sie backen und nähen, aber nichts vermochte das Interesse des Mädchens zu erwecken. Sie las ihr jeden Morgen beim Frühstück aus der Bibel vor und betete sooft wie möglich mit ihr. Joanna begegnete dem Glauben ihrer Großmutter mit respektvoller Höflichkeit, nahm ihn jedoch niemals an. Denn seine Grundmauern waren jener Faktor, den Joanna weder verstehen noch akzeptieren konnte – Liebe. Sie war unfähig, sich selbst für das Unheil zu verzeihen, das sie ihrer Meinung nach verursacht hatte. Wie konnte sie Gottes Liebe und Vergebung annehmen, wenn sie selbst sich verurteilte!

Eines Samstagmorgens, als Joanna eben sechzehn geworden war, reichte ihre Großmutter ihr ein Stück neues Leinen und begann ihr die Anfangsgründe des Stickens beizubringen.

Nach einer knappen Viertelstunde warf Joanna Nadel und Tuch in heller Frustration zu Boden. »Es hat keinen Sinn! ich kann's nicht!« Sie stürzte aus der Küche und ließ ihre Großmutter allein am Tisch zurück.

»Wenn ich nur irgend etwas finden könnte, das sie interessiert«, dachte die alte Frau, während ihre Gedanken zu der Zeit zurückkehrten, als sie selbst zum erstenmal versucht hatte, ihren Namen auf ein Stück Leinen zu sticken. Sie erhob sich langsam, schritt auf das große Küchenfenster zu und starrte hinaus. Ihre mageren Schultern und ihr ergrauendes Haupt warfen einen Schatten in den kleinen sonnenhellen Raum. Ihren Jahren zum Trotz enthüllten ihre Augen immer noch die innere Kraft und Standhaftigkeit, die als Erbe ihrer schottischen Vorfahren auf sie herabgekommen war. Das Bild von Joannas verzweifeltem jungem Gesicht erstand vor ihrem inneren Auge. Allmählich wanderten ihre Gedanken zurück zu ihren eigenen Jugendjahren.

»Ich nehme an, ihr Leben war nicht weniger turbulent als mein eigenes«, dachte sie. »Aber ich hatte wenigstens jemand, der es in Liebe mit mir teilte ... wenn auch nur kurze Zeit.«

Als hätte die Erinnerung sie unbewußt dorthin gezogen, tastete ihre Hand nach dem antiquierten goldenen Medaillon, das unter der verblichenen rosafarbenen Bluse an ihrem Hals hing. Sie hatte es fast ohne Unterbrechung getragen seit jenem süßen Jugendtag, an dem es ihr gegeben worden war. Nun streichelte sie es zart mit dem Daumen, und die Erinnerung an die Miniaturen in seinem Inneren trieb eine einsame Träne in ihr Auge.

Versunken in die Erinnerung an lang verblichene Gesichter

und Orte, stand sie regungslos – wie lange, wußte sie selbst nicht. Zuletzt rief Joannas Schritt auf den Stiegen sie in die Wirklichkeit zurück, und sie wandte sich mit einem Seufzer vom Fenster ab und kehrte in die Küche zurück, um das Abendessen zu bereiten.

Joanna erfuhr nie, wieviele Stunden ihre Großmutter in bitterer Sorge um sie verbrachte. Als sie älter wurde und sich nichts zum Besseren zu wenden schien, begann die alte Frau, sich Gedanken um die Zukunft des Mädchens zu machen. Vielleicht konnte sie einen Schritt dazu tun, dem Mädchen mehr Selbstvertrauen zu verleihen. Joanna hatte immer schon gut gelernt, vielleicht war sie zu hervorragenden Leistungen im Berufsleben fähig? Als letzte Hoffnung kratzte die alte Frau ihre bescheidenen Ersparnisse zusammen und schickte Joanna aufs College nach Chicago. Die Frauen begannen, ihren Platz in der Welt einzunehmen. Vielleicht gelang es Joanna in der Großstadt, die Fesseln ihrer Vergangenheit abzuwerfen und ein Gefühl für ihre wahren Werte und Fähigkeiten zu entwikeln.

Joanna stimmte den Vorschlägen ihrer Großmutter zu. Nicht, daß ihr am Fortschritt der Frauen oder ihren eigenen Erfolgen etwas gelegen wäre. Sie sehnte sich einfach danach, weggehen zu können – weg von dem alten Haus, weg von Denver, weg von den schmerzlichen Erinnerungen an Jahre, die sie nur zu gern vergessen wollte. Es gab nur wenig andere Möglichkeiten, die ihr offenstanden.

Während der Zeit, die sie in der Großstadt verbrachte, reifte Joanna tatsächlich auf mancherlei Weise, aber die Mauern, die ihr innerstes Selbst umschlossen, blieben unberührt. Erst als sie nach dem Unfall ihrer Großmutter heimkehrte, begannen sich erste Risse in diesen Mauern zu zeigen. Während ihrer Abwesenheit war an dem früher so wohlbestallten Haus nichts repariert worden. Die Schränke enthielten nur das Allernotwendigste, selbst am Standard einer alleinlebenden Frau gemessen. Der Kühlschrank war – abgesehen von einer Flasche verdorbener Milch – leer. Was war hier geschehen?

Im Spital erklärte ihr die Krankenschwester, daß ihre Großmutter von der Armenfürsorge lebte. Joanna war schockiert. Sie waren gewiß nicht reich gewesen, aber es war doch immer Geld im Haus gewesen. Erst als sie den Familienanwalt aufsuchte, erfuhr sie von dem Opfer, das um ihretwillen gebracht worden war. Ihre Großmutter hatte jeden verfügbaren Dollar in die Ausbildung ihrer Enkelin gesteckt. Hätte Joanna das gewußt – vieles wäre wohl anders gekommen. Aber sie hatte es nicht gewußt. Für sie bedeutete das College nichts weiter als einen Fluchtweg aus der Welt, in der sie aufgewachsen war. Ohne sich im geringsten darüber Gedanken zu machen, wie teuer es war, eine junge Frau in die männer-dominierte Welt höherer Bildung zu schicken, hatte sie sich niemals um die Kostenfrage gekümmert.

Nun hatten der plötzliche Unfall ihrer Großmutter und die Enthüllungen des Rechtsanwalts sie roh in die Wirklichkeit zurückgerissen. Joannas Einstellung zu der Frau, die sterbend in ihrem Krankenhausbett lag, machte einen jähen Wandel durch. Sie kümmerte sich um die alte Frau in diesen letzten Tagen ihres Lebens, und wenn sie auch auf diese Weise nicht volle Genüge tat, so trug sie doch ein wenig dazu bei, eine Pflicht zu erfüllen, die sie schon viel früher hätte auf sich nehmen sollen.

In den nun folgenden Tagen widmete Joanna sich völlig der Pflege ihrer Großmutter. Täglich fuhr sie ins Krankenhaus und nahm den Schwestern viele ihrer Mühen um die Frau in Bett Nr. 6 ab.

Jeden Tag wurde die Großmutter schwächer, und ihr Geist schwebte in einer Traumwelt halben Bewußtseins. So zusammenhanglos sie oft waren, erlaubten ihre sprunghaften Äußerungen Joanna doch einen ersten kurzen Blick auf die Jugendjahre ihrer Großmutter, die bislang unter einem Mantel des Schweigens verborgen gelegen waren. Die Mädchenjahre ihrer Großmutter in Schottland hatten ein abruptes Ende in ihrer Flucht nach Amerika gefunden, und dort schien die Vergangenheit ihrem Gedächtnis entschwunden zu sein – bis jetzt. Im Lauf dieser Stunden am Bett ihrer Großmutter wurde Joanna bewußt, daß ihre einzige Verbindung zu ihrer Herkunft nun, da ihre Eltern beide tot waren und sie weder Brüder noch Schwestern hatte, an einem hauchzarten Faden hing: dem schwindenden Leben ihrer Großmutter.

»Hätte ich mich nur früher mehr für diese Dinge interessiert!« dachte sie. Die Hälfte dessen, was die alte Frau sagte, ergab keinen Sinn, und Joanna wurde schmerzlich bewußt, daß ihre Neugier allzu spät kommen mochte.

Am dritten Morgen trat Joanna wieder an das Bett heran. Ein Leuchten erhellte die Augen im erschöpften Gesicht ihrer Großmutter, und sie streckte die Hand aus. Joanna zögerte einen Augenblick lang, dann streckte sie die Hand aus, lächelte und fühlte einen schwachen Druck an den Fingern. Die Kranke versuchte zu sprechen, brachte aber kaum Worte hervor.

»Du ... bist da ... hab gewartet ... muß dir sagen ...« Ihre Stimme war kaum hörbar, und ihr Atem rasselte in der Kehle. »Das Haus ... hab ich aufgegeben ... mußte alles verlassen ... meine Familie ...«

Die Worte waren so leise und undeutlich, daß Joanna sie kaum verstand. Sie beugte sich tiefer herab und neigte das Ohr der schwachen Stimme zu. Die Frau umkrampfte Joannas Hand, als umklammerte sie einen Rettungsring. Dann hob sich ihre Stimme plötzlich in unerwarteter Leidenschaft, und sie reckte den Kopf vom Polster. »Es gehört dir!« rief sie laut. »Laß es ihnen nicht ... Es ist dein!« Mit aller Kraft wandte sie sich ihrer Enkelin zu. »Der

Schatz ...« Nun kam ihre Stimme in qualvollen Stößen. »Im Kinderzimmer ... kannst finden ... versteckt all die Jahre lang ...«

Sie sank zurück, erschöpft von der plötzlichen Anstrengungen. Nun, da es ausgesprochen war, schien sie ruhiger zu werden. Joanna versuchte sie zu bewegen, ein wenig von dem Frühstück zu essen, das die Schwester gebracht hatte, aber sie schob es fort. Dann tasteten ihre Hände nach ihrem Nacken, und sie nahm das goldene Medaillon ab. Ihr Mund bewegte sich in stummer Anstrengung, als sie sich mühte, ihre Gedanken in zusammenhängende Worte zu fassen. »Ich sterbe ... mußt das nehmen ... ich hab ihn nie ... nie vergessen ...«

Joanna zögerte einen Augenblick lang. »Nein, Großmutter«, widersprach sie unter Tränen. »Du wirst nicht ... darfst nicht ...«

Aber ehe sie den Satz zu Ende brachte, ergriff ihre Großmutter ihre Hand und drückte das Medaillon in ihre Finger. »Nun ... dein ...« keuchte sie.

Mit Tränen in den Augen ergriff es Joanna und hängte es sich mit zitternden Fingern um den Nacken.

»Joanna«, fuhr die alte Frau fort, verzweifelt bemüht, sich verständlich zu machen, »der Schatz ist ... im Kinderzimmer ... das Haus ... dein ... ich hab es immer geliebt ... aber nun ist die Zeit gekommen, es dir zu hinterlassen ...« Dann wurde ihr Gemurmel zusammenhanglos, und zuletzt schlief sie ein.

Als sie in dieser Nacht in das einsame Haus zurückkehrte, fühlte Joanna sich innerlich leerer als je zuvor im Leben. Die Worte ihrer Großmutter schienen wenig mehr zu sein als Gefasel im Delirium, aber sie machten Joanna klar, daß sich hinter der Mutter ihrer Mutter mehr verbarg, als sie bislang hatte sehen lassen. Eine würgende Furcht ergriff Joanna, die Erkenntnis, daß sie nun niemals mehr die Gelegenheit haben würde, ihre Großmutter so gut kennenzulernen, wie sie sich das nun plötzlich wünschte.

Sie starrte schweigend aus dem schmutzigen Fenster auf die Eisenbahngeleise, die in einem Nebel feuchter, rauchiger Dämmerung verborgen lagen. Winzige Regentropfen klebten an den Scheiben und vertieften die Trübsal, die ihr Gemüt umschattete.

Was sollte aus ihr werden, wenn ihre Großmutter starb?

Sie mußte der Tatsache ins Auge blicken, daß sie dann ganz allein sein würde – und vermutlich bitter arm. Zwar konnte sie Arbeit finden, aber gab es nicht vielleicht auch irgend etwas Wertvolles im Hause? Sie hatte es kaum gedacht, als sie sich auch schon Vorwürfe machte, daß sie in einem solchen Augenblick an Geld dachte. Hatte ihr Vater recht gehabt, als er sie hartherzig und gefühllos genannt hatte? Nun wurde ihr plötzlich klar, daß er es niemals wirklich zu ihr *gesagt* hatte. Aber irgendwie hatte sie immer das Gefühl gehabt, daß er es dachte – ob er es nun sagte oder nicht.

Stephen Matheson hatte seiner Tochter niemals mit Absicht ein Leid zugefügt. Abgesehen von seinem einmaligen Wutausbruch, hatte er sie niemals geschlagen, noch hatte er böse Worte zu ihr gesprochen. Es hätte ihn zweifellos verletzt, zu wissen, wie tief die Wunden im Herzen seiner Tochter waren, die er ihr unwissentlich zugefügt hatte. Seine Haltung hatte sich in beiläufig hingeworfenen Bemerkungen manifestiert, die ihm selbst völlig unbewußt blieben. Er hätte sich beispielsweise wohl kaum an den Klaviervortrag erinnert, aber in Joannas Herzen brannte die Erinnerung in herbem Schmerz.

Ihre Mutter war eine ausgezeichnete Pianistin gewesen, was zweifellos dazu beitrug, daß Stephen seine Tochter ermutigte, Klavierstunden zu nehmen. Für Stephen war das Klavier ein Symbol der Frau, die er geliebt hatte.

Joanna hatte eifrig geübt, mit der Absicht, ihren Vater mit ihren Fortschritten zu überraschen. Für den öffentlichen Auftritt wählte sie »Drei Walzer« von Franz Schubert, komplizierte Stücke für eine Neunjährige, aber sie schaffte es. An diesem Tag legte sie ihr schönstes Kleid aus rosafarbenem Organdy an, band ein rosa Bändchen in ihr kastanienbraunes Haar und suchte ihren Vater. Er saß, noch in seinen Arbeitskleidern, im Sessel und las die Zeitung.

Er hatte vergessen, daß sie auftreten sollte. Sie drängte ihn, sich umzukleiden und sie in den Vortragsaal zu begleiten. Joanna war viel zu aufgeregt, um seinen Widerwillen zu fühlen. Es war das erstemal in ihrem Leben, daß sie stolz auf sich war.

Sie spielte die fröhlichen Walzer, ohne einen einzigen Fehler zu machen. Aber ihr Vater sagte nichts weiter dazu als: »Du hättest hören sollen, wie deine Mutter Schubert spielte. Da klangen seine Kompositionen wie Himmelsklänge!«

Er hatte während der Aufführung geweint, sei es aus Kummer um seine Frau oder Stolz auf seine Tochter – niemand, und schon gar nicht Joanna, sollte es jemals erfahren. Sie wußte nur eines: Sie hatte ihr Bestes gegeben und es war nicht gut genug gewesen. Immer noch leistete sie zuwenig. Das Phantom ihrer Mutter war aufgetaucht, und wieder war sie zurückgewiesen worden.

Bald darauf gab Joanna das Klavierspiel auf. Aber von diesem Tag an gab sie mehr auf als nur die Musik. Sie zog sich tiefer und tiefer in ihre schützende Hülle zurück und baute Ressentiments auf, die sie nicht in Worte kleiden konnte, Ängste, die sie verdient zu haben meinte, und Schuld, für die ihr das Verständnis fehlte.

## EIN FASZINIERENDER FREMDER

Das Geheul der Schiffssirene riß Joanna aus ihren Gedanken.

Sie seufzte tief auf und blickte um sich. Nichts hatte sich verändert, seit sie in Erinnerungen versunken war, außer, daß ein kleiner Fischkutter an Steuerbord aufgetaucht war. Offenbar hatte das große Schiff deshalb Signal gegeben.

»Wieviel Zeit ist wohl vergangen?« fragte sie sich.

Sie sollte allmählich zur Kabine zurückkehren, um nach Mrs. Cupples zu sehen. Die ältliche Dame – ihre Arbeitgeberin und Begleiterin – hatte sich zu einem Schläfchen niedergelegt, kaum daß sie an Bord gegangen waren. Aber es war besser, nachzusehen, ob sie gebraucht wurde.

Joanna wandte sich um und ging dem Heck des Schiffes zu. Überall stieß sie auf aufgeregte Reisende – viele überquerten wohl wie sie selbst den Atlantik zum erstenmal. Einige lagen bequem in hölzernen Deckstühlen, lasen ihre Bücher und Zeitschriften und genossen den warmen Sonnenschein und die sanfte Maienbrise.

Joanna wählte einen Umweg, um einen raschen Blick auf ihre ungewohnte neue Umgebung werfen zu können, und trat ans Heck des Schiffes. Sie blieb stehen und blickte zurück zu dem Land, das sie sich hinter sich ließ. Das blendend weiße Kielwasser des Dampfers erstreckte sich in die Ferne, so weit das Auge reichte.

»Was gibt es Aufregenderes, als eine Reise anzutreten!« sagte eine Männerstimme hinter ihr. Joanna wandte sich halb um, unsicher, ob die Bemerkung an sie gerichtet war, nickte zweifelnd und wandte den Blick wieder dem Meer zu.

»Meinen Sie nicht auch?« beharrte er.

»Oh ... oh, ja, mag sein.« Joanna wandte ihm kurz den Blick zu und richtete ihre lebhaften Augen dann wieder auf den Ozean.

»Ich habe schon viele Überfahrten gemacht«, fuhr der Mann fort, »und ich bin immer wieder aufgeregt. Ist das Ihre erste Überfahrt?«

Joanna nickte von neuem.

Sie war keineswegs in der Stimmung, Konversation zu machen, aber der gutaussehende Fremde lenkte sie nur allzuleicht von ihren einsamen Grübeleien ab. Er war nicht besonders groß, aber seine breiten, vierschrötigen Schultern erweckten einen so imposanten Eindruck, daß er sich wie ein Turm über ihre eigenen zierlichen 1,60 Meter erhob. Der makellose graue Nadelstreifanzug bekleidete einen Körper, der wohl jedem Mädchen einen zweiten Blick wert gewesen wäre. Ein eleganter Derbyhut, der kühn auf seinem Scheitel saß, unterstrich die wohlgebildeten Züge. Unter dem Rand zeigte sich sauber getrimmtes schwarzes Haar, in das sich graue Strähnen mischten. Am auffallendsten jedoch waren die durchdringenden, kohlschwarzen Augen.

Er ließ ein entwaffnendes Lächeln aufblitzen.

»Tut mir leid, wenn ich Sie gestört habe. Ich sehe schon, Sie haben an anderes zu denken.« Er wandte sich zum Gehen.

»Warten Sie«, stammelte Joanna. »Es ist schon in Ordnung. Ich bin bloß nicht sehr ... nicht sehr gesprächig.«

»Und Ihre Gedanken sind sehr beschäftigt, nicht wahr?« fragte er, mit einem weiteren freundlichen Lächeln.

»Da haben Sie wohl recht. Mein Leben ist ziemlich ... nun ja, im Augenblick ist alles in der Schwebe, und natürlich denke ich viel darüber nach.«

»Möchten Sie mit einem Fremden darüber reden?«

Joanna gab keine Antwort, sondern wandte den Blick von neuem dem offenen Meer zu.

»Nein«, erwiderte sie schließlich mit einem Seufzer. »Es wird schon alles klarwerden, wenn ich erst in Schottland ankomme.«

»Ach –?«

»Ja. Aberdeen.«

»Nein, was für ein Zufall!« rief er, mit einem wohldurchdachten Aufleuchten in den Augen. »Und Sie reisen allein?«

»Ja ... das heißt, nein, genaugenommen«, fügte sie hinzu. »Ich meine, ich reise mit einer alten Dame, als ihre Zofe und Begleiterin. Aber ich kenne sie kaum.«

Sie wand sich unter den forschenden Augen des Fremden, aber sie konnte sich dem Zauber seines offenkundigen Interesses nicht entziehen, und etwas in ihrem Inneren begann vor Erregung zu funkeln. Ihre Schüchternheit erlaubte es ihr freilich nicht, ein solches Gefühl auch zu zeigen. Sie kannte diesen Mann schließlich kaum. Und dennoch wünschte sie jetzt, sie hätte auf Mrs. Cupples Rat gehört und ihr modisches Kleid in marineblau und weiß angezogen, dazu den dunkelblauen Filzhut mit der kühnen roten Feder daran. In ihrem strengen braunen Tweedkostüm fühlte sie sich wie eine ältliche Schulmeisterin!

Joannas scheue Zurückhaltung hatte jedoch die Wirkung, ihren geheimnisvollen Zauber noch zu verstärken. Sie war wohl keine glamouröse Schönheit, aber auch ganz sicher keine ältliche Lehrerin! Ihr üppiges kastanienbraunes Haar, das sie nun in einem Knoten im Nacken trug, konnte verführerisch genug aussehen, wenn es sich um ihre Schultern breiten durfte. Sie hielt nicht viel von ihren dichtbewimperten braunen Augen und ihrer weichen, cremefarbenen Haut, und sie hätte ihre wohlmodellierte Figur als längst noch nicht perfekt bezeichnet. Aber all das war genug, um das Interesse jedes Mannes zu erwecken, und hätte mehr als Interesse erregt, hätte sie solche Regungen ermutigt – was sie niemals tat.

Trotz ihrer Zurückhaltung wartete ihr neuer Bekannter nicht darauf, daß sich Gelegenheiten ergeben mochten, sondern schuf sich solche Gelegenheiten selbst. »Ich hoffe, Sie halten mich nicht für allzu dreist«, sagte er, »aber ich möchte mich gerne vorstellen.«

Joanna wußte, daß ihre Zustimmung eine bloße Formalität war, die seine Pläne in keiner Weise beeinflußte. Eingeschüchtert von seinem Unbehagen erweckenden Blick, antwortete Joanna: »Ich ... ich weiß nicht ... ich sollte mich lieber auf den Weg machen.«

»Ich sehe, Sie sind eine junge Dame, der es nicht liegt, mit fremden Männern zu sprechen. Aber ich versichere Ihnen, ich bin durchaus respektabel. Der Kapitän wird es Ihnen bestätigen. Und ich hoffe, Sie werden in meinem Fall eine Ausnahme machen.« Er unterbrach sich, lüftete den Hut und fuhr mit einer kleinen Verbeugung und einem Lächeln fort: »Ich bin Jason Channing. Und ich hoffe das Glück zu haben, Ihnen auf dieser Reise noch öfter zu begegnen.«

»Danke, Mr. Channing«, erwiderte Joanna und nahm ihren Mut zusammen, um für diesmal ihre Zurückhaltung aufzugeben und in der spröden Weise, die hier angebracht war, zu antworten. »Sie schmeicheln mir.« Sie fühlte, wie ihr warme Röte in die Wangen stieg. »Aber ich muß nun in meine Kabine zurück«, fuhr sie fort. »Ich habe noch nicht nach Mrs. Cupples gefragt, seit wir an Bord gingen ... einen guten Tag wünsche ich.«

Joanna wandte sich ab und eilte mit raschen Schritten davon. Sie hoffte, daß es ihr gelingen würde, ihre Fassung zu bewahren, bis sie um eine Ecke bog und sich entspannen konnte. Die forschenden Augen Jason Channings folgten jeder ihrer Bewegungen, bis sie aus seinem Blickfeld entschwunden war.

Kaum war sie in der Kabine angelangt, setzte Joanna sich auf ihr Kojenbett und stieß einen langen Seufzer aus. Mrs. Cupples erwachte aus ihrem Schläfchen, und Joanna verbrachte die folgenden Stunden damit, ihr zu Diensten zu sein, während die beiden Damen es sich in ihrer beengten Umgebung bequem machten.

Gegen vier Uhr nachmittags wurde an der Türe geklopft, und der Stewart stand davor.

»Sind Sie Miss Matheson?«

Joanna, die noch etwas benommen von einem kurzen Schläfchen war, runzelte verwirrt die Stirn.

»Ich soll Ihnen das geben«, sagte der Stewart und reichte ihr eine an sie persönlich adressierte Karte. Sie nahm sie entgegen, in Gedanken bei der Tatsache, daß sie niemand an Bord ihren Namen genannt hatte, und schloß dann die Türe.

Die Karte trug schlicht den Namen *Mr. Jason Channing*, in zierlicher Schrift gedruckt. Auf der Rückseite las sie die handgeschriebenen Worte: »Ich bitte Sie um die Ehre, heute abend um 19 Uhr mit mir zu dinieren. Mein Platz ist am Kapitänstisch.«

Die Karte trug keine Unterschrift.

Bitte«, sagte Joanna, »Sie bringen mich in Verlegenheit.«

»Miss Matheson, ich bin doch gewiß nicht der erste, der Ihnen sagt, wie bezaubernd Sie sind?«

Zweifellos brauchte es für Jason Channing keine weitere Antwort als die zarte Röte, die in Joannas Wangen stieg. Aber sie fühlte sich veranlaßt, ihm eine Antwort zu geben.

»Nicht auf diese Weise.« Sie lächelte nervös.

»Ich kann nicht glauben, daß die Männer in Chicago so blind waren.«

»Ich pflegte nicht oft auszugehen. Ich bin keine Salonlöwin.«

»Das ließe sich ändern.«

Joanna senkte den Blick auf ihren Teller und tat, als spießte sie ein Stückchen von dem zarten Beefsteak mit der Gabel auf. Aber sie brachte keinen Bissen hinunter. Drei Abende hintereinander hatte sie seine Einladungen zum Dinner angenommen. Aber heute waren seine Komplimente etwas deutlicher geworden, als sie erwartet hatte, und sie wußte nicht, wie sie damit fertig werden sollte, wenn sie noch deutlicher wurden.

Er war kein Mann, den man links liegen lassen konnte, und auch kein Mann, dessen Anzüglichkeiten leicht abzuwehren waren. Er war, das mußte sie zugeben, eine überwältigende Persönlichkeit. Sie mochte ihn – es wäre auch sehr schwierig gewesen, von seinem magnetischen Charme nicht verzaubert zu werden. Niemals hatte ein Mann ihr solche Aufmerksamkeit geschenkt. Wie konnte sie es wagen, die Bewunderung eines so bedeutenden und gutaussehenden Weltmannes zurückzuweisen?

Aber – wie konnte es überhaupt geschehen, daß ein solcher Mann sich für sie interessierte?

Nun – was wie eine zufällige Begegnung ausgesehen hatte, war tatsächlich das Resultat kühner Berechnung gewesen. Wie er es auf jeder Fahrt tat, hatte Jason Channing es dem Kapitän abgerungen, einen Blick auf die Passagierliste werfen zu dürfen. Es war seine Gewohnheit, rechtzeitig herauszufinden, was sich an jungen Damen ohne Anhang an Bord befand. Bei dieser Gelegenheit hatte es der Zufall gewollt, daß seine Wahl auf Joanna fiel. Sie gefiel ihm, er lud sie zum Abendessen ein, und seither hatte er Schritt für Schritt ihre Zuneigung gewonnen. Und im Alter von 41 Jahren war Jason Channing – Selfmade-Man, Millionär, Immobilienmakler und Unternehmer – ein Mann, dessen Pläne letztendlich alle zu seiner vollsten Zufriedenheit aufgingen. Es hätte seinen Gewohnheiten widersprochen, bei irgendeiner seiner Unternehmungen einen Mißerfolg einstecken zu müssen.

»Miss Matheson«, sagte er, »ich würde Ihr ängstliches Selbstbild gerne ein wenig verändern. Kommen Sie mit mir nach London, wenn wir dort anlegen!«

Joanna tat ihr Bestes, ihre Verblüffung zu verbergen. Was steckte hinter diesem zweifelhaften Vorschlag? »Ich ... ich kann nicht«, sagte sie mit zitternder Stimme.

»Warum nicht? Es wird Zeit, daß Sie Ihre behütete Vergangenheit ablegen«, drängte Channing. »Wir schreiben 1911; die Zeiten haben sich geändert.«

»Aber ich habe Pläne.«

»Ändern Sie sie. Was machen ein paar Tage für einen Unterschied?«

»Aber ... reisen Sie nicht auch nach Schottland? Das sagten Sie doch, oder?«

»Nur für einige Tage. Ich habe ein paar langweilige Geschäfte in einem elenden Nest zu erledigen ... die Leute dort sind solche Langweiler, sprechen einen lächerlichen Dialekt, den kein Mensch versteht. Es wird Ihnen dort kaum gefallen, Miss Matheson. In London, da erfahren Sie, was Leben heißt! Vielleicht könnte ich Ihnen sogar eine Audienz beim König verschaffen.«

»Beim König von England!« rief Joanna aus. »Sie wollen doch nicht sagen, daß Sie ihn kennen?«

Channing lachte. »Nun, um ganz ehrlich zu sein, habe ich ihn nur einmal getroffen. Aber ich habe mehrere Bekanntschaften an höchster Stelle gemacht. Ich glaube, ich könnte so etwas wie eine Sondereinladung der königlichen Familie für meine liebe kleine Freundin aus den Staaten arrangieren. Sie müssen mitkommen, Miss Math-« Er streckte die Hand über den Tisch und legte sie sanft auf ihren Arm. »Joanna.«

Sie blickte einen Moment lang beiseite, dann wieder zu ihm hin. Für Channings geübte Augen war ihr Unbehagen deutlich zu erkennen. Er befand sich nicht zum erstenmal in einer solchen Situation. Es schmeichelte seinem männlichen Stolz, unerfahrene junge Frauen durch dreiste Angebote in Verlegenheit zu setzen, selbst wenn es ihnen Unbehagen bereitete. »Es tut ihnen nur gut!« pflegte er das vor sich selbst zu rechtfertigen. »Es wird Zeit, daß sie erwachsen werden und der Welt ins Auge blicken.«

Aber selbst wenn Joanna sein Angebot in Betracht gezogen hätte, so mußte sie doch nicht sofort die Entscheidung treffen. Sie atmete vor Erleichterung tief durch, als ein Page erschien, Channing etwas zuflüsterte, und dann hastig verschwand. Channing stand auf, entschuldigte sich und eilte davon.

Die Tische standen in einem abgegrenzten Bereich unter freiem Himmel an Deck, und Joannas Tisch befand sich nächst dem äußeren Rand dieses Bereiches, so daß sie freie Sicht über die Reling hatte. Der aufsteigende Mond warf einen goldenen Schimmer auf die glatte Oberfläche der See. Kaum ein Lüftchen rührte sich, und Joanna war zumute, als befände sie sich auf einer Insel in der Südsee, anstatt an Deck eines fahrenden Schiffes. Im Mittelwesten geboren, hatte sie wenig Beziehung zum Meer gehabt, und anfangs hatte sie der Reise voll innerer Anspannung entgegengesehen. Aber nun stellte sie fest, daß sie begeistert war.

Ihre Gedanken wanderten über Land und Meer zu dem schottischen Städtchen, das ihr Ziel war. Sie wußte nichts über den Ort, außer daß er an der Küste im Norden lag und daß sie ihrer Großmutter geschworen hatte, sie würde ihn aufsuchen.

Sie ließ den Blick ins Innere des Speisesaals wandern und sah Jason Channing zurückkehren. Sie mußte seine Einladung ablehnen; selbst wenn Schottland nicht nach ihr gerufen hätte, wie hätte sie so etwas tun können? Aber sie fürchtete, es würde nicht leicht sein, ihn abzuweisen. Hatte er ihr nicht bereits gesagt, daß er immer bekam, was er haben wollte?

Und nun, so schien es, war sie es, die er haben wollte!

Ein Teil von ihr wollte das Selbstbild des schüchternen Schulmädchens abwerfen, alle Vorsicht fahren lassen und sein Angebot annehmen. Wagte sie es?

Er kam näher, ins Gespräch mit einem seiner Mitarbeiter versunken, einem dicklichen, kahlköpfigen Mann, den Joanna schon früher mit ihm gesehen hatte. In einiger Entfernung blieben sie stehen. Channing wandte sich mit einer abrupten Bewegung seinem Gefährten zu.

»Hören Sie einmal, Ed, das ist mir alles ganz gleichgültig!« sagte er scharf.

Der dicke Mann trat einen Schritt oder zwei zurück; sein Gesicht zuckte unter dem beißenden Tonfall seines Vorgesetzten.

Dann fuhr Channing fort, in gemessenem Ton, beherrscht, aber mit strenger Eindringlichkeit: »Sie machen, was Ihnen befohlen wird. Was immer Sie zu tun haben – machen Sie es! Wenn Sie für mich arbeiten wollen, ist das das einzige, was mich interessiert. Verstanden?«

Er wandte sich ab und schritt auf den Tisch zu, wobei er breit vor sich hingrinste. Hinter seinem Rücken sah sie den Mann Ed einen Augenblick zögern und dann langsam in die entgegengesetzte Richtung davongehen.

Als Channing Platz nahm, lebte die Konversation wieder auf, aber sie konnte einen schwelenden Funken des Zorns in seinen Augen entdecken. »Ich hätte klüger sein müssen, als Vergnügen und Geschäft miteinander zu verbinden«, sagte er.

»Ist etwas schiefgelaufen?« fragte Joanna.

»Nein – nein, nichts von Bedeutung. In meiner Position muß man eine feste Hand zeigen, das ist alles. Aber genug davon – wir wollen uns wieder dem Vergnügen zuwenden.« Er erhob sich aus dem Sessel, schritt um den Tisch herum und nahm Joannas Hand. »Wollen Sie mit mir kommen?«

Sie gab nach.

Er führte sie auf Deck, dann trat er nahe an sie heran und schob den Arm um ihre Hüfte.

»Siehst du den Mond?«

Joanna nickte nervös.

»Weißt du, was das auf dem Mondlicht schimmernde Wasser bedeutet?«

Sie schwieg.

»Romantik, Joanna, Romantik! Komm nach London mit mir. Ich werde dir die Stadt zeigen. Es ist an der Zeit, daß du dich befreist und siehst, was das Leben dir zu bieten hat. Es kann wundervoll sein!«

Joanna spürte, wie die Hitze ihr in Nacken und Wangen stieg; selbst in der kühlen Brise schwitzte sie.

»Aber ... aber wenn ich nun –«

»›Nein sage‹?« fragte er, indem er den Satz für sie vollendete. »Das würde mir gar nicht gefallen, Joanna.« Er zögerte. »Es würde bedeuten, daß ich mich noch viel mehr anstrengen müßte, um dich zu gewinnen.«

Er zog sie an sich und küßte sie voll auf die Lippen, einmal, und noch einmal, diesmal um vieles leidenschaftlicher. Seine Küsse waren warm und drängend. Überwältigt, spannte sie alle Muskeln an und drängte ihn mit ausgestreckten Händen von sich weg. »Mr. Channing! Ich bitte Sie! Nicht hier!«

»Dann komm in meine Kabine.«

»Ich kann nicht. Ich bin –« Sie hielt inne und wandte sich atemlos von ihm ab. Sie brachte es nicht fertig, zu sagen: »Ich bin ein anständiges Mädchen.« Es schien eine so tölpelhafte Äußerung in Gegenwart von jemand, der so ... so weltgewandt und welterfahren war. Würde sie jemals wieder einem Mann begegnen, der ihm gleich war?

Er nahm ihre Hände. »Es tut mir leid, wenn ich dreist erscheine und dir Unbehagen bereitet habe. Aber wenn ich etwas sehe, das mir gefällt – warum soll ich es verleugnen? – dann will ich es haben. Joanna – du bist so wunderschön –«

»Bitte!« unterbrach sie. »Ich – ich weiß nicht –«

Die Gedanken an ihre Großmutter und die unklare Mission, die vor ihr lag, drängten sich in ihren Geist, aber sie verblaßten unter dem Eindruck von Jason Channings machtvoller Persönlichkeit.

Dann wurde ihr von neuem bewußt, daß er zarte Worte in ihr Ohr flüsterte. Sie lag in seinen Armen, obwohl sie sich kaum daran erinnern konnte, daß er sie umarmt hatte.

»Ich könnte dich so glücklich machen, Joanna, wenn du es mir nur erlauben wolltest!«

Er küßte sie von neuem, diesmal sanft und zärtlich.

Wiederum erstarrte sie in seinen Armen. »Ich ... ich kann gar keinen klaren Gedanken fassen ... wir haben doch noch Zeit genug ...«

»Die Gegenwart ist die einzige Zeit, die wir haben, Joanna. Es gibt kein Morgen.«

Seine Arme umschlangen kraftvoll ihre Taille. Ihr Körper wurde hart gegen seinen athletischen Torso gepreßt, als seine Lippen die ihren suchten. Ihr brauste das Blut in den Ohren. Aber allmählich entspannte sie sich und ergab sich seiner Leidenschaft, und zugleich stieg ihr eigenes Verlangen. Sie entdeckte, daß sie seine Küsse mit mehr Leidenschaft erwiderte, als sie jemals für möglich gehalten hätte.

Einen Augenblick lang war Joanna sich selbst ganz fremd. Konnte sie tatsächlich die raffinierte Frau sein, die Jason verdiente? Aber der Gedanke dauerte nur einen Augenblick lang. Als sie Stimmen in der Ferne hörte, erstarrte sie und entwand sich seiner Umarmung.

Sie brachte ein Lächeln zustanden, bevor sie sich einige Schritte weit zurückzog, dann wandte sie sich um und eilte das Deck entlang zu ihrer Kabine.

Als sie dort ankam, fand sie Mrs. Cupples – zu ihrer großen Erleichterung – in tiefem Schlaf.

Joanna ließ sich aufs Bett fallen und versank in ein träumendes Dösen. Jemand fragte nach ihr! Sie hatte es selten im Leben erlebt, daß jemand an ihr interessiert war. Hätte man sie gefragt, ob sie Jason Channing liebte, sie hätte nur zögernd eine Antwort gefunden. Und dennoch flatterte ihr Herz in ihrer Brust.

Über all diesen Gedanken fiel Joanna in Schlaf, und inmitten der bleichen Phantome, die leichten Schlaf begleiten, träumte sie die Nacht lang von Jason Channing.

Die Dämmerung weckte sie.

Sie war beinahe entschlossen, Jason nach London zu begleiten. Was machte es aus, ob sie ein paar Tage später oder früher nach Schottland kam?

Und dennoch, als sie da in den frühen Stunden des Tages sinnend lag, sammelten sich ihre Gedanken immer wieder bei ihrer Bestimmung. Ein grauer Morgennebel hatte sich während der Nacht niedergelassen, und als sie durch das winzige Bullauge spähte, da fragte Joanna sich, ob das Zwischenspiel letzte Nacht mit Jason nicht bloß das wilde Hirngespinst einer überhitzten mädchenhaften Phantasie war.

»Nein!« wies sie sich selbst zurecht. »Ich will mir diesen Augenblick des Glücks nicht nehmen lassen. Schottland hin oder her, ich will nach London gehen!«

Warum sollte sie nicht die schöne Zeit genießen? Sie wollte, daß man ihr die Stadt zeigte. Sie wollte einen Mann an ihrer Seite – einen welterfahrenen Mann, einen Kavalier. Einen Mann wie Jason Channing!

Dann wandten ihre Gedanken sich wieder jener unbekannten nördlichen Küste zu. Wie seltsam, daß ein Ort, von dem sie noch kaum gehört hatte, plötzlich eine solche Bedeutung gewinnen konnte! Sie konnte das nagende Gefühl tief in ihrem Inneren nicht loswerden, das sie drängte, in höchster Eile weiterzureisen. So sehr sie es auch versuchte, sie konnte die flehentlichen Worte ihrer Großmutter nicht aus ihren Gedanken verbannen. Die Zeit war ein entscheidender Faktor!

*Zeit!* Welche heftige innere Erregung das Wort in ihr auslöste!

Man hatte nie genug davon, wenn man sie brauchte, und immer zuviel davon, wenn man sie nicht brauchte.

Als ihre Großmutter im Sterben lag, war Joanna das unablässige Verfließen der Zeit bewußt geworden. Ständig fühlte sie sich von der sorglosen Verschwendung der Jahre verfolgt, die sie mit ihrer Großmutter verbracht hatte. Und jetzt war es zu spät.

Ihre Gedanken wanderten zurück zu den Tagen im Hospital.

Am achten Tag schien es, als hätte sich der Zustand ihrer Großmutter ein wenig gebessert. Der Regen hatte aufgehört, und ein dünner Strahl Sonnenlicht streifte durch den Raum und erhellte das Gesicht der Frau. Sie schenkte Joanna ein Lächeln des Wiedererkennens, als ihre Enkelin sich im Stuhl am Bettrand niederließ. Sie streckte die Hand nach dem Nachttischchen aus und ergriff die schwarze, leinengebundene Bibel. Ihre Finger blätterten mühselig in den Seiten, aber zuletzt schien sie zufrieden und reichte Joanna das offene Buch.

»Lies ...« Die Worte formten sich geräuschlos auf ihren Lippen, aber Joanna verstand sie deutlich.

Sie wußte sofort, welche Verse ihre Großmutter gesucht hatte. Auf der Seite standen vier Psalmen, aber Joanna wußte, daß sie den 23. hören wollte. Es war immer ihr Lieblingspsalm gewesen, und sie hatte ihn dem Mädchen oft vorgelesen, obwohl diese mit höflicher Gleichgültigkeit zuhörte.

»Der Herr ist mein Hirte«, begann Joanna. »Mir wird nichts mangeln. Er weidet mich auf einer grünen Aue und führet mich zum frischen Wasser. Er erquicket meine Seele. Er führet mich auf rechter Straße um seines Namens willen. Und ob ich schon wanderte im finsteren Tal –« Joannas Stimme erstickte, als sich ein Klumpen in ihrer Kehle zu formen begann. Unerwartete Tränen stiegen in ihren Augen auf; ihre Lippen zitterten, als sie fortzufahren versuchte.

Aber es war die Stimme ihrer Großmutter, die die Worte aufnahm: »Fürchte ich ... kein Unglück. Denn du ... bist bei mir ...« Ihre Stimme erstarb. Sie schien zu müde, um weiterzusprechen.

»Dein Stecken und Stab trösten mich«, fuhr Joanna fort.

Hatte ihre Großmutter tatsächlich keine Angst vor dem Tode? War sie wirklich überzeugt, daß Gott ihr beistand? Wie sehnte sich Joanna danach, ihr diese Fragen zu stellen! Aber sie wußte, die Sterbende hatte nicht mehr die Kraft, Antworten über die Lippen zu bringen. Wie viele Gelegenheiten hatte sie gehabt, diese Fragen zu stellen – und nun gab es keine mehr.

Nach einer Weile öffnete ihre Großmutter wieder die Augen. Das Mädchen sah sofort, daß sich etwas in ihren Zügen verändert hatte.

»Joanna«, flüsterte sie, »ganz klar im Kopf ... will dir alles erzählen.«

Joanna beugte sich vor.

»Es ist dein ... im Haus ... ein Papier ... wichtig ... meine Mutter gab es mir, am Tag, als ich fortging ...« Sie versuchte sich aufzusetzen, krümmte sich jedoch vor Schmerzen und sank zurück. »Finden ...« wisperte sie. »Im Kinderzimmer ... mußt es finden ... *jetzt!*«

»Wohin muß ich gehen, Grandma? Was meinst du?«

»Strathy, mein Kind. Bevor es zu spät ist ... bevor sie erfahren, daß ich tot bin ... so viel Kummer ... ich konnte es nicht haben ... wollte es nicht ... aber du ...«

»Grandma«, drängte Joanna, »beruhige dich. Wir können morgen darüber reden.«

»Kein morgen, Joanna ... ich sterbe. Es gehörte mir, aber ich hinterlasse es dir. Versprich mir, daß du gehst ... *sofort.* Das ist alles, worum ich dich bitte. Warte nicht erst mein Begräbnis ab ... wer weiß, was mein Bruder getan hat ... wie habe ich Stonewycke geliebt! ... Du mußt jetzt gehen, jetzt gleich! Du bist meine einzige Hoffnung, Joanna.« Die Stimme versagte ihr, und sie fiel auf das Kissen zurück. Als sie nach einigen Minuten noch einmal sprach, war die klare Entschlossenheit aus ihrer Stimme verschwunden. Sie klang schwach und verbraucht, als könnte sie nun, da sie ihre letzte dringliche Botschaft ausgesprochen hatte, sich endlich Frieden gönnen und sich dem Tod überlassen.

»Die Spieldose, Mommy ... so eine hübsche Melodie ...« murmelte sie mit kindlicher Stimme. Dann fügte sie mit ihrer üblichen Stimme hinzu: »Das Kinderzimmer, Joanna ... dort findest du es ... nun dauert es nicht lange, bis ich *ihn* wiedersehe.« Sie schloß die Augen, ein strahlendes Lächeln auf den Lippen, und sank schweigend zurück.

Joanna ergriff ihre Hand, hielt sie zärtlich und streichelte die zarte weiße Haut. Die Hand fühlte sich so leblos an, dachte Joanna ... und doch war sie eines Tages jung und beweglich wie die ihre gewesen. Zuletzt legte sie die knochige Hand sanft auf die Brust der Großmutter. Sie erhob sich und verließ das Spital.

Am Morgen kam sie neuerlich zu Besuch, fand ihre Großmutter jedoch im Koma.

»Gibt es keine Hoffnung, daß sie wieder zu Bewußtsein kommt?« fragte sie.

»Ich fürchte, nein«, erwiderte der Arzt. »Es gibt zwar einige seltene Fälle ... und wer weiß, was Gott zu tun gefällt? Aber medizinisch gesehen – nein, ich habe keine Hoffnung.« Während er sprach, führte er sie in ein kleines Wartezimmer. »Ich hörte«, fuhr er fort, »daß sie Sie dringend gebeten hat, ihre alte Heimat aufzusuchen.«

Joanna nickte.

»Sie sollten ihr den Wunsch erfüllen. Wer weiß, was Gutes daraus kommen mag ... für die alte Frau und für Sie, Miss Matheson. Ihr Zustand kann noch lange unverändert bleiben ... und wenn es zum Äußersten kommt, nun, so wissen Sie immerhin, daß Sie ihren letzten Wunsch erfüllt haben.«

Joanna schwieg. Sie erinnerte sich an die Worte ihrer Großmutter am Vortag. Sie hatte kaum verstanden, wovon die Rede war, aber es hatte keinen Zweifel am Drängen in ihrer Stimme gegeben, daß Joanna rasch handeln möge. »Ich verspreche es, Grandma«, hatte das Mädchen gesagt – ohne zu ahnen, was die Worte bedeuten mochten, nur in der Absicht, die beschwörenden Bitten ihrer Großmutter zu besänftigen. Nun gewannen die Worte plötzlich eine feierliche Bedeutung. Sie hatte sich verpflichtet, den vielleicht letzten Wunsch ihrer Großmutter zu erfüllen. Wie konnte sie es wagen, dieses Versprechen nicht einzulösen? Und wenn sie auf den Tod ihrer Großmutter wartete, dann war es vielleicht zu spät. Warum es so dringlich war, konnte sie sich nicht vorstellen. Aber da mußte irgend etwas sein, das ihre Großmutter ungetan gelassen hatte, und nun hing es von Joanna ab, daß es in Ordnung gebracht wurde – etwas, das sie nie wieder zurechtbringen konnte, wenn sie zu lange wartete.

An diesem Abend hatte sie das Zimmer ihrer Großmutter betreten, den Kopf noch voll einander widerstreitender Gedanken. Sie hatte es seit ihrer Rückkehr aus Chicago nicht mehr betreten, und nun durchrann ein Schauder ihren Körper. Wie kalt und leblos erschien das Zimmer ihr! Die Seele war daraus gewichen, nur tote Objekte waren übriggeblieben. Sie trat ans Fenster. Der Regen hatte aufgehört, die Sonne gab sich Mühe, zu scheinen. Aber der Raum behielt seine trostlose Atmosphäre.

An der jenseitigen Wand, dem Fenster gegenüber, stand ein altertümlicher Sekretär aus Eichenholz. Er stand seit Jahren dort, eine stumme Erinnerung an die Vergangenheit.

Sie trat darauf zu. Die kostbare eichene Oberfläche war mit ineinander verschlungenen Schnitzereien von Blättern und Primeln geschmückt. Als Kind hatte Joanna niemals gewagt, ihn zu öffnen. Sie hatte auch nie gesehen, daß irgend jemand ihn öffnete.

Nun war sie alleine in der Kammer, deren Bewohnerin hier so viele Jahre verbracht hatte. Joanna näherte sich dem Sekretär, streckte die Hand aus und ließ sie über die seidige Oberfläche der polierten Eiche gleiten. Was für ein wunderbares Möbelstück! Welche Geheimnisse hätte es erzählen können!

Ehrfürchtig schob sie das Oberteil hoch und spähte hinein. Ihr Blick fiel auf ein gutes Dutzend kleiner Laden und Fächer. Sie öffnete wahllos einige davon und fand das übliche Durcheinander von Rechnungen, Quittungen, Briefpapier und anderem über die Jahre hinweg angehäuften Kleinkram. Rechts befanden sich drei größere Laden. Joanna öffnete sie eine nach der anderen und fand ein ähnliches Sortiment an Besitztümern einer alten Dame. Als sie jedoch die unterste öffnen wollte, zog sie vergeblich am Griff. Versperrt! Die einzige versperrte Lade im ganzen Sekretär!

War sie nicht eben auf ein Schlüsselchen gestoßen?

Nun war ihre Neugier gereizt, und sie suchte in den Laden, bis sie an eine winzige Lade kam. Diese Lade war leer gewesen, aber als sie unabsichtlich zur Gänze herausgezogen hatten, hatte sie an der Rückwand, wo er verborgen bleiben mußte, festgeklebt einen altmodischen Schlüssel gefunden.

Hastig löse sie ihn ab und schob ihn ins Schlüsselloch der versperrten Lade.

Sie ließ sich öffnen.

Joanna zitterte vor Aufregung und Ehrfurcht.

Sie kniete auf dem Boden und starrte voll Staunen auf den Inhalt. Hier fand sich eine ganz andere Sammlung von Besitztümern! Zum Unterschied von den anderen Laden war hier jeder Gegenstand sorgsam verpackt. Als erstes fiel ihr Blick auf eine sehr alte, handgeschnitzte Spieldose, so klein, daß sie mühelos in ihre Handfläche paßte. Wie schön war sie! Mit großer Vorsicht hob Joanna sie heraus, zog sie auf und stellte sie auf den Dielenboden. In altertümlichen, hell metallischen Tönen spielte das Werk Brahms' Wiegenlied – zum erstenmal wieder seit vielen Jahren. Die Melodie aus längst vergangenen Zeiten versetzte Joanna minutenlang in tiefes Sinnen, als die einfache Melodie sich ein ums andere Mal wiederholte.

War das die Spieldose, von der ihre Großmutter gesprochen

hatte, bevor sie in Bewußtlosigkeit versunken war? Es mußte ein Erbstück aus ihrer eigenen Kindheit sein.

Als die widerhallenden Töne verklangen, kam Joanna wieder zu sich. Als nächstes entnahm sie der Lade zwei ovale Bilder. Sie waren stark verblichen, aber ein Mann und eine Frau darauf waren noch deutlich erkennbar. Der Mann trug eine komplette schottische Uniform mit Kilt und runder Mütze, hohen Strümpfen, ledernen Bundschuhen und einem breiten Schwert an der Seite; das Kleid der Frau war auf bezaubernde Weise altmodisch, bodenlang, mit einem hohen Kragen, und rundum mit Spitzen besetzt. Wenn sie nur die Farben hätte erkennen können!

Waren das die Eltern ihrer Großmutter? Ihre eigenen Urgroßeltern? Joannas Puls begann schneller zu schlagen, ein Schauder der Erregung lief ihr Rückgrat entlang.

Hastig nahm sie das Medaillon vom Hals, das die Großmutter ihr gegeben hatte. Bislang hatte sie den beiden Gesichtern darin kaum einen Blick geschenkt. Nun sah sie sie an – nein, es waren nicht dieselben, deren Abbilder sie soeben auf den Miniaturen entdeckt hatte. Kein Zweifel, eines der Gesichter im Medaillon, obgleich klein und verblichen, war deutlich als das ihrer Großmutter zu erkennen. Aber wer war der junge Mann auf dem anderen Bild? Joanna fand keinen Hinweis darauf.

Als sie weitersuchte, kam sie an einen vergilbten Packen von schwerem braunem Papier. Langsam öffnete sie das Bündel. Darin befanden sich einige offiziell aussehende Dokumente. Obwohl sie für ihr hohes Alter gut erhalten waren, konnte sie ihre Bedeutung dennoch nicht entziffern; die alte Schrift schien einer fremden Sprache zu entstammen. Auf einem der Papiere konnte sie jedoch ganz deutlich den Namen eines Städtchens erkennen – Port Strathy in der Provinz Banff in Schottland. Als ihr Blick weiterwanderte, sprang ihr ein Datum ins Auge – 1784! Ihr schwindelte einen Moment lang. Dieses Dokument war fast hundertdreißig Jahre alt! Bei weiterer Prüfung konnte sie gerade noch einen einzelnen Familiennamen erkennen: RAMSEY.

Augenblicklich kehrten Joannas Gedanken zu ihrer Großmutter zurück, von deren Vergangenheit sie so wenig wußte. Warum hatte sie immer einen Schleier über ihre Herkunft gebreitet? Waren das die Papiere, von denen sie gestern gesprochen hatte?

Ihre Augen brannten vor Anstrengung, als sie die Papiere wiederum faltete und sie sorgsam zurück in ihren Beutel legte. Dann streckte sie die Hand nach dem letzten der persönlichen Schätze ihrer Großmutter aus, die sie in diesem geheimen und sorgsam gehüteten Versteck verborgen hatte. Da lag ein gefaltetes Stück feines Leinen, nicht größer als vierzehn mal zehn Zoll. Joanna öffnete es und starrte erstaunt auf eine feine Stickerei, die vier Generationen eines Familienstammbaums darstellte. Obwohl die Stickerei offenkundig von der Hand eines sehr jungen Mädchens stammte, war sie mit Sorgfalt und hinreichender Präzision angefertigt worden. Quer über den obersten Teil war der Name RAMSEY in fließender altenglischer Schrift gestickt. Ein buntes Band von Primeln und Vergißmeinnicht umrahmte das Leinen, und alle Namen von vier Generationen waren sorgfältig in einer Pyramide dargestellt.

Namen ... sie schienen ihr entgegenzurufen. Aber was ihr am deutlichsten auffiel, war eine leere Stelle, wo ein Name herausgerissen war. Der Stoff war ein wenig verblichen, wo die Buchstaben eingestickt gewesen waren, aber sie konnte immer noch den schwachen Umriß dieses einzelnen Namens erkennen: *Margaret Isabel Duncan.*

Ein Kloß formte sich in Joannas Kehle, als sie an den noch nicht lange vergangenen Tag dachte, an dem ihre Großmutter versucht hatte, sie für das Sticken zu interessieren, und sie das Stickzeug frustriert zu Boden geworfen hatte. Eine Träne fiel aus ihren Augen, als sie da saß und ihre Ahnenreihe vor sich sah, aufgezeichnet von ihrer Großmutter, als diese selbst noch ein junges Mädchen gewesen war – eine Ahnenreihe, von deren Existenz sie bislang keine Ahnung gehabt hatte. Sie streichelte das Tüchlein, das nach all diesen Jahren immer noch glatt und kostbar war, mit sanften Fingern. Dann zog sie ganz in Gedanken die Spieldose von neuem auf.

Als die Melodie wiederum aufklang, saß Joanna da und streichelte das Leinen. Sie schaukelte vor und zurück, im Herzen wieder ein Kind. Sie hatte die anderen Gegenstände in der Lade vergessen, denn diese Entdeckung bedeutete ihr mehr als alles andere. Diese Namen nur zu sehen, durchdrang ihr Herz mit einem Gefühl der Zugehörigkeit, wie sie es niemals zuvor gekannt hatte – so viel dauerhafter, so viel sicherer. Sie gehörte zu einer Familie. Selbst wenn sie alle tot waren, selbst wenn ihre eigenen Eltern tot waren, selbst wenn ihre einzige noch lebende Verwandte, ihre Großmutter, dem Tode nahe war – sie gehörte doch immer noch zu einer Familie. Sie wußte nichts über diese Menschen. Aber sie hatte Wurzeln.

Sie saß wie verzaubert, gefangen in den langsam erlöschenden Klängen des Wiegenliedes. Ihre Gedanken wanderten zurück zu jenen unbekannten fernen Tagen, zu einem Schottland, das sie nie gesehen hatte, zu jenen Menschen, zu denen sie gehören mochte.

Von dem Augenblick an, als sie diese Entdeckung in dem Sekretär gemacht hatte, nahm alles ein anderes Aussehen an. Eine Absicht begann tief in ihrem Inneren zu wachsen, aber sie entwikkelte sich so allmählich, daß sie sie zuerst weder erkannte noch verstand.

In der Nacht schlief sie unruhig und erwachte häufig, immer mit dem Gefühl, daß etwas Wichtiges ungetan geblieben war. Einmal sprang sie aus dem Bett, um sicherzugehen, daß sie alle Türen verschlossen hatte. Ein andermal stand sie auf und inspizierte die Küche, um sicherzugehen, daß dort alles in guter Ordnung war. Später tauchte in einem ihrer unruhigen Träume eine bruchstückhafte Vision von Wogen auf, die sich lärmend an einer felsigen Küstenlinie brachen. Ein Stück vom Strand entfernt konnte sie ein Dörfchen erkennen, einfache Häuschen aus Stein und Ziegel, auf denen die Sonne glänzte.

Als sie am folgenden Morgen erwachte, hatte Joanna eine entscheidende Schwelle überschritten, ohne es recht zu bemerken.

Eine Entscheidung war getroffen worden.

Sie hätte nicht einmal behaupten können, daß sie selbst tatsächlich eine Entscheidung getroffen hätte. Sie hatte eher das Gefühl, daß ihr diese Entscheidung von einer höheren Macht aufgezwungen worden war. Sie wußte, sie mußte ihre Vergangenheit suchen, wohin diese Suche sie auch führen mochte. Sie mußte Port Strathy finden. Sie mußte dem Versprechen treu bleiben, das sie gegeben hatte. Sie mußte den Wunsch ihrer Großmutter erfüllen.

*Sie mußte nach Schottland gehen!*

Als sie einem der Bekannten ihrer Großmutter von ihren Plänen erzählte, empfand sie es als Erleichterung, ihre Entscheidung in Worte zu fassen, aber sie hörte alles andere als Ermutigungen.

»Du weißt wohl nicht, was es kostet, nach Europa zu reisen?« hatte der Nachbar gefragt.

»Nein«, hatte Joanna geantwortet. »Aber ich komme hin. Ich finde einen Weg.«

Wie es sich herausstellen sollte, öffnete dann dieser selbe Bekannte ihr die Türe. Die Tante eines Freundes reiste nach Europa;

ihrer schwachen Gesundheit wegen suchte sie eine Begleiterin – Zofe, Pflegerin und Freundin in einem. Sie war bereit, einer geeigneten Person die Fahrtkosten zu bezahlen. Joanna konnte ihr Glück kaum fassen, als Mrs. Cupples sie dann tatsächlich für die Reise engagierte.

Und nun, kaum einen Monat später, war sie hier, an Bord der »Atlantic Queen«, unterwegs nach Schottland und gefährlich nahe daran, sich in einen Millionär zu verlieben. Das alles hörte sich wie ein Märchen an. Ihre Großmutter lag noch immer in tiefer Bewußtlosigkeit im Krankenhaus, ihr Zustand war unverändert. Joanna konnte nur hoffen, daß sie, was immer sie am Ende der Reise finden würde, nicht zu spät kam.

Joanna lag träumend in ihrer Koje und seufzte. Vor zwei Monaten hatte sie noch kein Ziel im Leben gehabt, keine anderen Absichten, als sich träge mit dem Strom treiben zu lassen, wohin er auch fließen mochte. Nun hatte sich all das dramatisch verändert – und vielleicht hatte auch sie sich verändert. Was auch immer geschehen mochte, diese Reise war ein Abenteuer, das sie niemals wieder vergessen würde!

## DER STURM

Wie schnell die See ihr Gesicht verändern konnte!

Am folgenden Morgen warf der Himmel, der gestern noch so klar und blau gewesen war, einen grauen Schein über wirbelnde schaumgekrönte Wogen. Eine schwere Feuchtigkeit hing in der Luft, nur von gelegentlichen warmen Windstößen aufgestört.

Am frühen Nachmittag war die Temperatur um fünfzehn Grad gesunken, und der Wind, der nun von Norden kam, hatte aufgefrischt. Große Wellen schlugen gegen den mächtigen weißen Rumpf des Schiffes. Gegen Abend war der Wind zu einem Sturm angeschwollen, mit dem ein heftiger Regen einherging. Die »Atlantic Queen« war dem Angriff der Elemente durchaus gewachsen, aber die schwere Masse des Ozeandampfers wurde doch vom Wind und den großen sich überstürzenden Wogen arg hin und her geworfen.

Joanna war überrascht, wie gut sie durchhielt. Kein einziges Mal verspürte sie ein Anzeichen von Seekrankheit. Mrs. Cupples war weniger glücklich. Beim ersten Aufkommen des Sturms war sie krank geworden und hatte sich gegen Abend zu Bett gelegt.

Die nächsten drei Tage, während derer der Sturm andauerte, hatte Joanna alle Hände voll zu tun, sich um ihre bettlägerige Herrin zu kümmern – da hieß es einen Teller Brühe aus der Kombüse holen, dann wieder ein wenig Alkaseltzer aus dem Speisesaal, ein Täßchen Ingwertee oder eine Wärmflasche aus der Schiffsapotheke.

Joanna sah Jason Channing eineinhalb Tage lang nicht, obwohl er allzeit in ihren Gedanken gegenwärtig war. Immer wieder mußte sie an seine Einladung denken. Während sie sich um Mrs. Cupples Bedürfnisse kümmerte, träumte sie davon, an seinem Arm dahinzuschweben, umgeben von Londons fröhlichster High Society. Sie hatte sich selbst schon beinahe überzeugt, daß sie imstande wäre, ihre furchtsame Persönlichkeit abzulegen und statt dessen Selbstvertrauen, Sicherheit und lässigen Charme anzulegen. Sie würde ihn locken und bezaubern mit ihrem Witz, ihren frivolen Blicken, ihrem entwaffnenden Lächeln. Ja, die Zeit war da, aus ihrem Hinterwäldlerdasein herauszutreten! Sie war bereit, eine Dame zu werden – seine Londoner Lady. Sie würde ihn aufsuchen. Sie würde es ihm sagen. Ja, das würde sie tun!

Schottland konnte noch ein paar Tage warten; ihre Großmutter würde Verständnis haben dafür.

Am Nachmittag des zweiten stürmischen Tages war Joanna unterwegs zur Kombüse. Ihr Überzieher tropfte nach dem Weg über das Achterdeck, wo die steife Brise ungehindert blies. Als sie das Deck verließ, betrat sie einen kurzen Korridor, schüttelte soviel Regenwasser wie nur möglich ab und suchte ihren Weg durch eine Doppelschwingtüre in den Speisesaal.

Hastig suchte sie den nur spärlich besetzten Raum mit den Augen ab, ob sie Jason Channings Gesicht darin erblickte. Als sie keinen Erfolg damit hatte, wandte sie sich wiederum der Kombüse zu. Da stand er plötzlich unmittelbar vor ihr, gerade vor der Türe, die sie durchschreiten mußte – die Arme lässig vor der Brust gefaltet, den Kopf zur Seite geneigt, mit funkelnden Augen.

Joanna erschrak, dann warf sie ihm einen Blick zu, der von dem neuen Selbstvertrauen sprechen sollte, das sie von nun an an den Tag legen wollte.

»Sieh an, Mr. Channing«, sagte sie in gemessenem Ton, »was für eine Überraschung?«

»Oh, *Mr. Channing*, heißt es jetzt wieder?« fragte er in gespieltem Schrecken. »Ich dachte doch, wir wären schon einen Schritt weiter.« Ein wissendes Lächeln blitzte auf, das ihr sagte, was in Worten unausgesprochen geblieben war.

»Ich … ich weiß gar nicht, was Sie meinen«, stotterte sie mit versagender Stimme.

»Nun komm schon, Joanna.« Er tat einen Schritt auf sie zu und ergriff ihren Arm mit festem Druck. Ohne ein Wort zu sprechen, führte er sie zu einem Alkoven abseits des Speisesaals.

Er zog sie an sich, schlang die Arme um ihre Hüften und küßte sie ein ums andere Mal, und jeder Kuß war hungriger als der vorhergehende. Schließlich hielt er sie auf Armeslänge von sich ab.

»Das habe ich gemeint.«

Joanna war zu verdattert, um auch nur ein Wort hervorzubringen. In den letzten beiden Tagen hatte sie insgeheim nach ihm Ausschau gehalten, so oft sie auf dem Schiff unterwegs gewesen war. Sie hatte sich bemüht, sich kühn und raffiniert zu fühlen. Sie hatte dieses Treffen in Gedanken so sorgfältig vorbereitet. Sie würde ihn an der Nase herumführen, sie würde ihn zwingen, daß er sie *bat*, mit ihm nach London zu kommen. Im allerletzten Moment würde sie ihm ihre Zustimmung geben, und Arm in Arm würden sie von Bord des Schiffes gehen.

Aber nun blieben ihr die Worte hilflos im Halse stecken. Ihre kaltfeuchten Hände zitterten. Sie war doch letztendlich nichts anderes als ein schlichtes Bauernmädchen. Sie hatte niemand außer sich selbst getäuscht.

»Ich dachte, du seist mir vielleicht aus dem Wege gegangen«, unterbrach Channing ihren Gedankengang.

»N...nein. Ich ... ich war«, stammelte Joanna unbeholfen. »Ich meine, Mrs. Cupples war krank. Ich konnte die Kabine fast nicht verlassen. Aber ich ... nun, ich habe viel darüber nachgedacht, was Sie sagten.«

»So, Joanna, dann hast du dich also entschlossen, deine verstaubten Wertmaßstäbe über Bord zu werfen und mit mir zu kommen? Ich glaube, das ist es doch, was du im tiefsten Herzen willst.«

Sie wandte den Blick ab.

»Dein erster Schritt«, fuhr Channing fort, »wird London sein. Ich will kein ›Nein‹ als Antwort hören.«

»Oh, Mr. Cha – Jason«, sagte sie, »ich würde furchtbar gerne mit Ihnen nach London gehen.« Sie zögerte wieder, während sie verzweifelt ihr Gehirn nach einem plausiblen Grund durchforschte, alle Vernunft zu vergessen und Ja zu sagen. Aber im letzten Augenblick überwanden Unsicherheit und Furcht ihre Unschlüssigkeit. »Aber, Jason«, stieß sie schließlich hervor, »Ich ... ich glaube, ich bin noch nicht reif dafür. Bitte verstehen Sie das. Ich würde so gerne ... mit Ihnen kommen. Aber ich kann nicht ... nicht jetzt schon kommen. Meine Fahrkarte gilt bis Aberdeen. Und da ist eine Stimme in mir, die mir sagt, daß ich ohne Verzögerung weiterfahren muß.« Joannas Stimme zitterte. Sie wußte, was sie sagte, klang unsicher und stolpernd. »... vielleicht könnte ich nach einem kurzen Aufenthalt in Schottland –«

»Ich glaube nicht, daß ich so lange in London sein werde.«

»Sie sagten doch, Sie kämen auch nordwärts«, schlug Joanna vor.

»Ich weiß noch nicht«, antwortete Channing, dessen Stimme plötzlich sehr kühl geworden war.

»Wenn wir uns später treffen könnten«, sagte Joanna, »dann würde ich ... ich ...«

»Wie gesagt, ich weiß nicht. Das würde mir wohl nicht gelegen kommen.« Kühle Distanz war an die Stelle von Channings früherer Leidenschaft getreten. »Nun, Miss Matheson«, sagte er, während er einen Schritt zurücktrat und ihr eine kleine Verbeugung machte, »dann wünsche ich Ihnen einen guten Tag. Ich habe einige wichtige Verabredungen heute nachmittag.«

Er wandte sich ab und eilte mit flotten Schritten den Korridor entlang davon.

Joannas Augen folgten ihm.

»Oh, Jason«, dachte sie, tief aufseufzend. »Vielleicht liebe ich dich. Aber ich weiß es ganz einfach nicht sicher.«

Sie drehte sich um und eilte der windgeschützten Steuerbordseite des Schiffes zu. Dort trat sie an die Reling, atmete tief die salzige Seeluft ein und blickte auf den grauen, stürmischen Atlantik hinaus.

»Nächster Aufenthalt: Aberdeen«, murmelte sie, während ein Windstoß durch ihr Haar fuhr.

# MACDUFF

Das letzte Schlagloch schlug Joanna beinahe die Zähne aus.

Die Straße wollte und wollte nicht besser werden. Der leere Heuwagen schien mit Absicht seinen Weg so zu wählen, daß er die größten, tiefsten und schlammigsten Schlaglöcher passierte. Die harten, geradlehnigen Sitze waren gänzlich ungepolstert, und das Schmutzwasser aus den Pfützen spritzte in hohen Bögen empor.

»Hätten besser dran getan, auf'n Schoner am Montag zu warten«, sagte der Fahrer – ein hochgewachsener, schlaksiger Schotte von etwa fünfzig Jahren. Sein rotblondes Haar zeigte noch kaum eine Spur von Grau, aber das Leben im harten Klima des Nordens hatte sein bleiches, sommersprossiges Gesicht mit Runzeln überzogen. Seine blaßblauen Augen erweckten den Eindruck, daß sie durch sein Gegenüber hindurchblickten.

»Macht nichts«, sagte Joanna und bereitete sich innerlich auf den nächsten Hopser vor, »ich hatte Glück, Sie zu finden, Mr. MacDuff.«

Sie war am Dienstag in Aberdeen angekommen. Von dort hatte sie am Donnerstag der Bus nach Fenwick Harbor gebracht, wo sie den Schoner nach Inverness erreichen wollte, der sie kurz hinter Troup Head an ihren Bestimmungsort gebracht hätte. Der war jedoch stark verspätet, und so betrachtete sie ihr zufälliges Zusammentreffen mit Mr. MacDuff als Glücksfall. Er hatte ihr versichert, sie würden über Land nur zwei Tage unterwegs sein, so daß sie drei Tage früher als per Schiff in Port Strathy ankäme. Es schien das Beste, was sie tun konnte. Damals hatte sie freilich noch nichts vom Zustand der Straße gewußt!

Große weiße Wolkenbälle sprenkelten den blauen Himmel. Der Regen hatte das Land reingewaschen, so daß jeder Grashalm und jedes Blatt sich in strahlendem Glanz den Blicken bot. Sie erkannte die zierlichen Gesichtchen von weißen, purpurnen, roten, gelben und blauen Primeln, die zwischen dem groben Gras aufblühten. Joanna schien es, als hätte sie nie zuvor so viel Schönheit aus solcher Nähe gesehen. Sie kannte nicht den Unterschied zwischen Esche und Eiche, Birke und Fichte oder Föhre und Lärche – ihre Welt hatte keinen Raum gehabt für die Schönheiten der Natur. Aber die Wälder und Weiden, selbst die einsamen Moore, die sie durchquerten, all das vereinte sich in ihrem Herzen zu dem Gefühl: »Das ist es, was ich in Schottland finden sollte!«

Der Anblick erinnerte sie an ihre Großmutter, und sie dachte wieder daran, warum sie hierher gekommen war. »Großmutter«, dachte sie, »wenn ich deine Familie ausfindig machen kann, wer immer und wo immer sie sein mögen, dann habe ich erfüllt –«

Ihre Gedanken kamen zu einem jähen Ende. Sie wußte nicht, was sie dann eigentlich erfüllt haben würde. Vielleicht war auch das ein Teil dessen, was sie im Heimatland ihrer Großmutter entdecken sollte.

Ein weiterer heftiger Stoß brachte ihr die Gegenwart wieder zu Bewußtsein – und Mr. MacDuffs heisere Stimme. »Sie werden unser Städtchen wohl 'n bißchen verschlafen finden, nach allem, was Sie schon an großen Städten gesehen haben ... aber 's ist ein liebes Plätzchen, alles in allem. Allerdings frag ich mich, wie kommt's, daß 'n Mädchen wie Sie 'n ganzen weiten Weg von Amerika daherkommt, in so'n kleines Städtchen? Nicht, daß ich neugierig wär ...«

»Sie haben schon recht, Mr. MacDuff. Meine Großmutter stammte aus Schottland. Ich weiß nicht viel über ihre Vergangenheit. Aber sie wanderte in die Vereinigten Staaten aus, als sie ein ganz junges Mädchen war, und ich glaube, sie stammte aus Port Strathy.«

»Warum frag'n Sie sie nich' einfach?«

»Oh – das geht nicht mehr. Sie hatte einen Unfall und ist bewußtlos. Sie wird es wahrscheinlich nicht überleben.«

»Tut mir leid, das zu hören, Ma'am.« Nach einer Weile fuhr er fort: »Da komm'n Sie wohl hierher, um Verwandte zu finden ... Hinterlassenschaft regeln ... 's Testament und so weiter ... oder nich?«

»Nein.« Joanna lachte. »Nein, ich bin hier, um ihr einen letzten Gefallen zu tun. Ich versprach ihr, hierherzukommen. Sie schien zu denken, ich könnte hier irgend etwas finden oder tun ... aber ich weiß nichts Näheres. Ich denke, ich bin auch um meinetwillen hier, um so viel wie möglich über meine Abstammung herauszufinden.«

»Nu, da habn Ihre Eltern wohl 'n großen Haufen Geld auf der Bank, daß Sie sie von Amerika hier rüberschicken können«, bemerkte MacDuff erstaunt.

»Da muß ich Sie leider enttäuschen, Mr. MacDuff«, sagte Joanna und schenkte dem Geschwätzigen ein sanftes Lächeln. »Ich besitze gar nichts. Ich habe für die Überfahrt gearbeitet, und ich habe nicht mehr Geld, als ich brauche, um für ein paar Wochen

Kost und Quartier zu bezahlen. Sehen Sie – meine Eltern sind beide tot.«

Mr. MacDuff, der den Vorwurf in ihrer Antwort spürte, schwieg still und richtete den Blick auf die Straße, die sich vor ihnen dahinschlängelte, so weit das Auge reichte.

»Aber wer weiß?« fuhr Joanna fort. »Vielleicht lebt noch der eine oder andere von meinen Verwandten hier in der Gegend. Ich glaube, im tiefsten Herzen ist es das, was ich herausfinden will. Das wäre die lange Reise wert.« Joanna seufzte, als sie den Gedanken zum erstenmal in Worte faßte.

»Nun«, sagte der Alte, den nun die Lust am Plaudern wieder überkam, »da kommen Sie ja grade zur rechten Zeit. Hier ist 'ne Menge los zur Zeit ... sieht fast so aus, als sollt' unser Städtchen zuletzt noch mal richtig wohlhabend werden.«

»Wie das?«

»Nun, 's ist noch nicht lange her, daß der Laird gestorben ist, und nachdem's keine Erben gibt, soll der Besitz verkauft werden. 's geht das Gerücht um, daß ein Teil der Erträge der Stadt zugute kommen soll. Wir könnten's brauchen ... Der Laird war kein schlechter Kerl, aber ... nuja, das war nich' sein fester Wohnsitz hier, und so ließ er alles 'n bißchen verschlampen, mit Verlaub gesagt.« Er machte eine Pause, während er seine Pferde vorsichtig über ein besonders zerfurchtes Stück Straße lenkte, und erst nach einer Weile fuhr er fort. »Sie werden 's erste Mal die Mitternachtssonne sehen, Miss Matheson«, sagte er, auf die Sonne deutend, die langsam dem Horizont entgegensank. »So hoch im Norden wie hier, da dauert der Sonnenuntergang im Sommer die ganze Nacht lang ... geht einfach in'n Sonnenaufgang über. Da ist der Himmel rosa, die ganze Nacht lang.« Dann erklärte er, daß sie die Nacht in einer Herberge in einem kleinen Weiler namens Northaven verbringen würden. Seiner Schätzung nach sollten sie am nächsten Mittag am Ziel ihrer Reise ankommen.

In dem Augenblick fuhr der Heuwagen in ein weiteres Schlagloch, und Miss Mathesons Hut flog hinten auf die Ladefläche. »Na, mit den Straßen hier legen wir keine Ehre ein«, sagte MacDuff. »Deswegen ist's den meisten Leuten lieber, wenn sie das Schiff nehmen können.«

»Vielleicht sollte man die Einkünfte aus dem Verkauf des Schlosses erst mal für Straßenreparaturen verwenden!« sagte Joanna.

»Aye!« stimmte MacDuff zu. »Da sollte man Sie ja direkt zur Besitzerin machen, Ma'am!« Er lachte freundlich.

Der folgende Morgen dämmerte frisch und rein. In der Luft hing noch die Kühle des eben vergangenen Frühlings. Der Karren erwies sich als noch viel unbequemer als zuvor, als Joanna aufstieg, sich die blauen Flecken rieb und sich Hoffnungen hingab, die Straße möchte an diesem Tag weniger uneben sein. Aber sie war in bester Laune: Ihr Ziel lag nun nahe vor ihr. Als sie um sich blickte, erinnerte sie der Reif auf den Gräsern daran, wie kalt es war; aber ihr Innerstes war von Vorfreude durchwärmt.

Während sie dahinfuhren, taute die Sonne allmählich die gefrorene Erde auf, und am späten Vormittag lag die ganze Landschaft in strahlendem Sonnenschein vor ihnen. Die Gegend wurde immer felsiger und waldiger, die Bäume rückten zu beiden Seiten dicht an die Straße heran, während die Weiden hinter ihnen zurückblieben. Joanna beachtete den Unterschied, der sich so allmählich eingestellt hatte, erst kaum und war überrascht, als ihr Führer sie darauf hinwies: »Wenn Sie'n Blick zurückwerfen, Ma'am, dann sehn Sie, daß wir schon ein ganz schönes Stückchen hochgeklettert sind.«

Joanna wandte sich um und war verblüfft.

»Sie sagte, sie liebe es«, murmelte sie laut, »und jetzt verstehe ich, warum ...«

»Ma'am?«

Joanna errötete, peinlich berührt, daß sie laut gedacht hatte, dann stammelte sie: »Ich ... ich habe nur an meine Großmutter gedacht.«

»Sie sagten, sie wär von hier gewesen?«

»Ich habe gute Gründe, es zu vermuten.«

»Wann ist sie fortgegangen?«

»Ich weiß nicht.«

»Hmm ... und wie war ihr Name?«

»Margaret Duncan.«

»Duncan!« rief MacDuff und pfiff laut. Er stockte, dann fuhr er mit merklich gedämpfterer Stimme fort: »*Die* Duncans?«

»Ach, Sie kennen die Familie?« fragte Joanna und vergaß einen Augenblick lang auf die Schlaglöcher.

»Wer nicht, wo sie doch die Lairds hier sind, und die Herren des Landes! Aber was geht's mich an!« fuhr er in merklich kühlerem Ton fort.

»Ich weiß nichts über die Familie meiner Großmutter ... falls es überhaupt dieselben Duncans sind.«

»Dann komm'n Sie wohl gar nicht zum Begräbnis?«

»Begräbnis? Ich verstehe nicht.«

»Nun, das Begräbnis des Lairds, von dem ich Ihnen erzählte. – Nun sagen Sie aber, wie sind Sie denn verwandt?«

»Ich weiß nicht, ob ich überhaupt verwandt bin. Vielleicht ist es nur eine Namensgleichheit.«

»Hmmja, mag sein«, murmelte MacDuff mit leiser Stimme. »Mag sein ...« Und eine ganze Weile lang sagte er nichts mehr.

Auch Joanna saß still, in Gedanken versunken. Sie wußte nicht, wieso der erst so gesprächige Bauer nun so schweigsam war, und sie hatte Hemmungen, ihn zu fragen. Zum ersten Mal überlegte sie, ob dieses ganze Unternehmen nicht am Ende ein Fehler gewesen war.

Wenig später bog der Karren um eine Kurve und erreichte die Kuppe des Hügels, und plötzlich sah Joanna in der Ferne, tief unter ihnen, die See. Sie lag in einem Bogen leuchtenden Saphirblaus ausgebreitet da, am Ende eines riesigen grünen Teppichs aus Bäumen, die vom Scheitel des Hügels hinabzogen bis etwa hundert Fuß über der Wasseroberfläche. Dort lag die See am Fuß einer steil abfallenden Felsenklippe.

Joanna sprang aufgeregt im Wagen auf und streckte sich, um besser sehen zu können. »Oh, Mr. MacDuff, das ist ja wunderschön!« rief sie aus.

»So ist's, und schön sind Sie auch, Ma'am, deshalb möcht' ich Sie jetzt auch nicht gern verlieren ... also setzen Sie sich hübsch wieder hin und halten Sie sich fest. Sie werden noch Zeit genug haben, sich alles anzusehen.«

Joanna setzte sich gehorsam wieder nieder, aber ihr Blick hing an der Küste, obwohl die Bäume hier dicht beisammen wuchsen und ihr oft den Blick verwehrten. Als sie den Hügel hinabfuhren, wurde der Wald jedoch lichter, bis der Karren schließlich die große Klippe erreichte.

»Was ist das dort?« fragte Joanna und zeigte auf einen riesigen Felsen, der jetzt in ihr Blickfeld kam. »Eine Insel?«

»Das ist Ramsey Head. Nein, Ma'am, 's ist keine Insel.«

»Es sieht aus wie ein kleiner Berg. Ist es eine Halbinsel?«

»Aye. Aber zu steil und felsig, als daß irgendwer was damit anfangen könnt', obwohl manchmal Leute hinaufklettern. Vom Gipfel kann man schon Strathy Harbor sehen. Ich denke, der Felsen ist bloß dazu da, daß die Jungs auf See wissen, der Hafen von Strathy ist gleich hinterm nächsten Eck.«

Joanna wünschte, sie wäre eine der anmutigen Seemöwen, die um Ramsey Head wirbelten – sie wollte aus dem Karren fliegen, hinauf auf den Rand der Klippen, zu dem riesigen Felsen hinüber, der den Namen der Ramseys trug. Im Augenblick, als MacDuff das Wort ausgesprochen hatte, hatte ein Schauer der Erregung sie durchrieselt; sie erinnerte sich sofort daran, daß sie es auf dem gestickten Tüchlein gelesen hatte, das sie unter den Besitztümern ihrer Großmutter entdeckt hatte. Sie behielt ihre Gedanken jedoch bei sich. Kaum hatte sie den Namen ihrer Großmutter erwähnt, hatte sie eine absonderliche Veränderung in MacDuffs Verhalten entdeckt. Sie wollte zur Zeit nicht mehr sagen.

Sie war enttäuscht, als sie entdeckte, daß die Straße sich wieder vom Absturz der Klippen entfernte und die See hinter sich ließ, sobald der Abstieg ins Städtchen begann. Ihre Enttäuschung sollte jedoch nur kurz dauern, denn fast augenblicklich entdeckte sie zur Linken das erste Anzeichen einer menschlichen Behausung, seit sie Northhaven am Morgen verlassen hatten. Eine kleine Hütte mit strohgedecktem Dach kuschelte sich behaglich in ein Wäldchen dichter Lärchen. So völlig verschmolz die Kate mit ihrer Umgebung, daß Joanna sie wohl gar nicht bemerkt hätte, wären da nicht die feuerroten Unterhosen gewesen, die an einem Baumast zum Trocknen aufgehängt waren.

Als der Karren vorbeiratterte, sauste ein Stein quer über die Straße und traf einen Baum zur Rechten.

»Das hier gehört Mackinaw«, erklärte MacDuff, während er die Pferde zügelte. »Der bleibt gerne für sich.«

»Warum hat er das Haus dann so nah an der Straße gebaut?« fragte Joanna und drehte sich um, um die uralte Hütte besser sehen zu können.

»Weil's hier noch keine Straße gab, als das Haus gebaut wurde, Ma'am.« Dann wandte er sich um und schrie über die Schulter zurück: »Nun sei mal nich' so unfreundlich, Stevie!«

»Hab's nicht bös gemeint«, schrie eine Stimme, die so uralt schien wie das Häuschen. »Wollte bloß mal sehen, wer in meinem Hinterhof rumtrampelt!«

»Hab eine Besucherin, die den ganzen weiten Weg von Amerika gekommen ist!« gab MacDuff zurück. Keine Antwort kam, und er wandte sich wieder Joanna zu. »Machen Sie sich nichts draus … Sie werden sehen, Strathy ist ein nettes Plätzchen.«

Joanna hatte nicht gerade erwartet, auf diese Weise begrüßt zu werden, aber ... nun, an jedem Ort gab es ein paar Exzentriker, sagte sie sich.

Als der Wagen an der Kate vorbeirollte, sah Joanna nichts von den tiefliegenden Augen, die durch einen Spalt in den Fensterläden hinter MacDuffs entschwindendem Karren herspähten. Sie hörte auch nicht den leisen Pfiff, der von runzligen Lippen kam. Sie wußte nicht, daß Stevie Mackinaw trotz seines hohen Alters so scharfsinnig wie eh und je war und niemals sein Ziel verfehlte, es sei denn, er wollte es so.

In unregelmäßigen Abständen tauchten nun Bauernhäuser und Hütten entlang der Straße auf. Nicht alle waren so alt wie Mackinaws Kate, aber die meisten waren klein und machten einen ärmlichen Eindruck. In einige Höfen kratzten Hühner herum, andere hatten ein Schwein, eine Ziege oder zwei oder sogar eine Kuh aufzuweisen. Die Armut der Landschaft stand in scharfem Gegensatz zu den liebevoll gepflegten Gärten. Margeriten und Kapuzinerkresse und die langen Ranken blühender Winden bedeckten so manchen Hof. Rhododendronbüsche und Azaleen, im vollen Saft des Frühlings stehend, tauchten hinter beinahe jeder Ecke auf. Und jedes Haus schien sein eigenes kleines Primelfeld zu haben.

Eine Frau, die einen einfachen geblümten Hausmantel trug, trat auf ihre Veranda heraus, beschattete die Augen mit einer abgearbeiteten Hand gegen die Sonne und winkte. Ihre großen, aufrichtigen Augen erweckten Joannas Vertrauen, und sie erwiderte den Gruß.

»Einen schönen guten Morgen, MacDuff«, rief die dralle junge Frau, aber ihre freundlichen Augen hingen an Joanna.

»Guten Morgen, Mrs. Creary!« rief MacDuff zurück. »Hab unserem schönen Städtchen eine Besucherin aus Amerika gebracht!« Er rief es in einem Ton, als hätte er Joanna höchstpersönlich die gesamten fünftausend Meilen hierher transportiert.

»Herzlich willkommen!« rief Mrs. Creary, als der Karren vorbeirumpelte.

»Danke!« erwiderte Joanna. Sie bemerkte zwei schmutzige kleine Kinder, die hinter dem bodenlangen Kleid der Frau hervorguckten, und mußte lachen.

Als der Heuwagen die immer breiter werdende Straße entlangfuhr, spähten auch andere Neugierige – meistens nett aussehende Frauen – aus ihren Häusern. Einige traten kühn heraus, um ihr Willkommen zu entbieten und einen Gruß mit MacDuff und seiner Passagierin zu wechseln.

Es dauerte nicht lang, da rückten die Häuser näher zusammen und die schlecht gepflasterte Landstraße wandelte sich zu einer leidlich ebenen Gasse, die sich durch das Städtchen schlängelte, dem Wasser zu, das knappe zweihundert Yards entfernt blitzte. Die Gerüche von Salz, Seewasser und Fischen vermischten sich untereinander und machten Joanna klar, daß sie nun endlich am Ziel angelangt war.

»Fahren wir direkt ans Wasser?« fragte Joanna erfreut.

»Das Gasthaus ›Zu Wind und Wellen‹ liegt direkt am Kai«, antwortete MacDuff. »Sie werden das Wasser bald nicht mehr sehen können, da wett ich drauf!«

»›Zu Wind und Wellen‹?« fragte Joanna und kümmerte sich nicht mehr darum, was MacDuff sonst noch sagte. Sie wußte, sie würde niemals genug bekommen von der See.

In heller Vorfreude dachte sie daran, wie es sein mochte, vom Lärm der Brandung und den schrillen Schreien der Seemöwen geweckt zu werden.

»Sie wollten doch zum Gasthaus, nicht?« fragte MacDuff.

»Gewiß. Ich wußte nur den Namen nicht.«

»'s ist sowieso das einzige in der Stadt. Alle Besucher von Strathy wohnen hier ... wenn überhaupt welche kommen.«

# GEREDE IM DORF

»Nun hör mal, MacDuff, ist dir denn ganz die Zunge eingerostet, Mann?«

»Kann man hier nicht mal mehr in Ruhe sein Bier trinken?« MacDuff ergriff seinen Krug Ale und setzte ihn an die Lippen, aber Rob Peters mächtige Hand griff über den schweren Eichentisch und hielt ihn zurück.

»Man sieht hier schließlich nicht jeden Tag jemand aus Amerika!« beharrte Rob.

»Jetzt komm schon, MacDuff«, fiel ein anderer aus der Runde am Tisch ein, der seine ersten beiden Krüge des starken Gebräus zu rasch hinabgestürzt hatte und jetzt einen heißen Kopf hatte, »Schluß mit dem Katz-und-Maus-Spiel! Raus damit oder wir nehmen dich in die Mangel!«

»Ich hab nichts übrig für Klatsch.«

Das Gelächter am Tisch ließ erkennen, daß man MacDuff hier nur allzugut kannte.

»Klatsch heißt das nur beim Weibervolk!« erwiderte Peters. »Was wir hier machen, ist ein Gespräch über das Wohlergehen unserer Stadt.« Rob konnte ein koboldhaftes Lächeln nicht zurückhalten, als er es sagte.

»Meine Frau sagte, sie säh ganz allerliebst aus – obwohl sie'n bißchen mager wär«, eröffnete Douglas Creary die Diskussion.

»Also, MacDuff!« riefen verschiedene Stimme zugleich. »Jetzt aber raus damit!«

MacDuff befreite seine Hand aus Peters Griff und hob langsam den schäumenden Krug an die Lippen, wobei er eine schaumige Spur auf seinem ungestutzten Schnurrbart hinterließ. Er wußte natürlich, daß er die kleine Gesellschaft im Gastraum der Herberge »Zu Wind und Wellen« in allen Details informieren würde. Aber er genoß es, im Zentrum der Aufmerksamkeit zu stehen, und es verlangte ihn danach, den köstlichen Augenblick so lang wie möglich hinzuziehen. Er tat zwei große Schlucke von seinem schottischen Bier.

»Nicht übel, dein Bier, Sandy ... nicht übel«, bemerkte er. »Allerdings ... eine so hochgeborene Dame wird wohl kaum dasselbe Bauernzeug trinken wie wir!«

»Was heißt ›hochgeboren‹?« erhob sich prompt ein Chor von Stimmen.

»Ach ... nur mal angenommen!« sagte MacDuff feierlich, lehnte sich in seinem steiflehnigen Stuhl vor und senkte die Stimme. »Muß ja nicht wahr sein ... aber das Mädchen, nun, sie sagt, sie wär 'ne Duncan!«

Die Reaktionen der kleinen Gesellschaft reichten von Verblüffung bis zu völligem Unglauben. Selten hatte man eine so erregende Neuigkeit gehört, seit der Tod des Laird ein Wespennest an Spekulationen über die Zukunft des Städtchens aufgestört hatte.

»Sie heißt doch Matheson«, sagte Sandy Cobden, der Wirt. »Da steht's im Gästebuch, und jeder kann's nachlesen.«

»Na, was sagst du dazu, MacDuff?« lachte ein anderer.

Genau in diesem Augenblick betrat jedoch das Objekt ihres Interesses die Szene. MacDuff öffnete den Mund, hielt aber augenblicklich inne, als er das Knarren der Stiegen hörte. Alle Köpfe fuhren herum, um zu sehen, wie Joanna langsam herabstieg und offenbar jede einzelne der wackligen Stufen mit den Zehen probierte, ehe sie ihr Gewicht darauf verlagerte.

Sandy sprang von seinem Platz am Tisch auf und eilte zu ihr hinüber. »Guten Abend, Ma'am! Hatten Sie eine angenehme Ruhe? War das Bett nicht zu hart?«

Joanna schüttelte den Kopf. »Nein«, sagte sie, »danke, das Zimmer ist sehr hübsch.« Während sie sprach, versuchte sie ihr Unbehagen über die plötzliche Stille zu verbergen, die sich über den Raum gesenkt hatte. Als sie ihr Zimmer verlassen hatte, hatte sie den Lärm fröhlicher Geselligkeit von unten heraufdringen gehört. Nun jedoch war es im Gastraum so still wie in einer Gruft. Ohne aufzublicken, wußte sie instinktiv, daß alle Blicke an ihr hingen.

»Sie wünschen gewiß ein Abendessen«, fuhr Sandy fort. »Kommen Sie hier herüber ... nehmen Sie doch bitte Platz.«

»Ein kleiner Imbiß wird genügen«, sagte Joanna mit einem Lächeln. »Ich bin immer noch sehr müde und würde mich heute gerne sehr früh zurückziehen.«

Der Gastwirt führte sie zu einem Tisch an der gegenüberliegenden Seite des Raumes. Sie setzte sich, während er geschäftig in die Küche eilte. Joanna rutschte unbehaglich auf dem harten Sitz herum, während die Konversation an der anderen Seite der Gaststube allmählich wieder auflebte, sich jedoch anderen Themen zuwandte. Wenn ein Augenpaar in ihre Richtung blickte, so bot sie ein Lächeln, und ihr Gruß wurde durch ein Tippen an die Hutkrempe erwidert. Das Unbehagen legte sich allmählich, und das

Bier, die Geschichten und die neuesten Neuigkeiten flossen in Strömen.

Nachdem Cobden mit einem herzhaften Laib braunen Brotes, Butter, würzigem Käse und einer Kanne dampfenden Tees zurückgekehrt war, begann Joanna zu essen, mit dem unbehaglichen Gefühl, daß sie bei jedem Bissen von einem nervösen Koch beobachtet wurde. Sie war froh, als sie ihre Mahlzeit beendet hatte und sich wieder in ihr Zimmer zurückzog. Die Männer lüfteten die Hüte und sagten: »Einen schönen guten Abend, Ma'am« – aber sie sprachen an diesem Abend nicht mehr über sie.

Am folgenden Morgen stieg Joanna wieder die breite Stiege hinunter. Das Feuer, das am Abend so hell und fröhlich gebrannt hatte, war erloschen, statt dessen strömte das helle Morgenlicht durch die Fenster. An zwei Tischen saßen Leute aus dem Städtchen beim Frühstück. Sandy und seine Frau waren beide aufs eifrigste mit der Küche beschäftigt.

Joanna setzte sich. Während sie auf ihre Mahlzeit wartete, betrachtete sie den Raum und sah nun vieles im Detail, das ihr die Nacht zuvor entgangen war. Derbe hölzerne Möbelstücke standen auf dem nackten Schiffboden. Sie entdeckte überrascht, daß die einzigen Fenster des Raumes hoch oben in der Wand saßen und keines von ihnen der See zugewandt war.

»Gleich brennt das Feuer wieder!« versprach Sandy, der mit einem Armvoll Feuerholz eintrat. »Für gewöhnlich brauche ich nur die glühenden Kohlen im Herd wieder anzufachen, aber heute ist's mir ausgegangen.«

Nachdem sie die Nacht in tiefem Schlaf verbracht hatte, hielt Joanna es kaum aus, wenigstens für die Dauer des Frühstücks ruhig zu sitzen. Sie konnte es kaum erwarten, die Stadt zu sehen, die See, die Küste – ihre neue Umgebung gründlich zu erforschen. Das Schottland ihrer Ahnen rief nach ihr!

Als sie am Vortag angekommen war, hatte sie sich noch am selben Tag in Port Strathy umsehen wollen. Nur gerade einen Augenblick lang wollte sie sich aufs Ohr legen. Aber die Wochen, die sie auf Reisen verbracht hatte, hatten ihren Tribut gefordert: Als sie wieder erwacht war, waren Stunden vergangen, und ein Blick nach draußen zeigte ihr, daß die Mitternachtssonne am Himmel stand.

Während sie nun dasaß und zusah, wie das Feuer auflohte, erschien Sandy Cobden von neuem, ein Tablett in den Händen, das beladen war mit zwei frischen Haferkuchen, einem Klecks Butter, einer Schüssel dampfenden Haferbreis und einem kleinen Krug frischer Sahne. »Ich hoffe, es schmeckt, Ma'am«, sagte er. »Ich bringe Ihnen später noch etwas Tee.«

»Es sieht ganz köstlich aus, Mr. Cobden«, sagte Joanna.

Der Wirt machte die Runde bei seinen anderen Gästen und begab sich dann hinter die Theke, wo er anfing, Gläser mit dem Saum seiner Schürze zu wischen. Er war ein mächtiger Mann, ebenso hochgewachsen wie massig. Man erwartete kaum so lebhafte Bewegungen von einem so überdimensionierten Körper, aber er arbeitete rasch und schien pausenlos in Bewegung zu sein.

Joanna horchte auf das Klirren von Flaschen und Gläsern und nahm die Szenen, die sich rundum abspielten, in sich auf, während sie sich herzhaft ihrem Frühstück widmete. Da sie nahe der Theke saß, wandte sie sich an Sandy, der sehr beschäftigt schien.

»Kennen Sie jemand namens Duncan in Port Strathy?«

»Ma'am?«

»Die Duncans – ich würde sie gerne besuchen, wenn sie noch hier leben. Kennen Sie irgend jemand dieses Namens?«

Sandy stellte den Krug ab, den er saubergewischt hatte. »Nun, Ma'am«, sagte er, »der alte Laird starb vor einem Monat, wenn Sie den meinen.«

»Das habe ich gehört. Aber es gibt doch sicher noch andere Duncans?«

»Er war der letzte. 's alte Haus steht jetzt leer, bis auf den Kastellan und die Haushälterin – und natürlich den alten Dorey. Alle anderen Dienstboten wurden weggeschickt.«

»Ich könnte ja vielleicht hingehen und mit ihnen sprechen.«

»Die Angelegenheiten der Duncans werden hier bald kein Gesprächsthema mehr sein, Ma'am.«

Waren Cobdens Worte eine bloße Feststellung, oder schwang eine diskrete Warnung in seinem kühlen Ton mit? Wie auch immer, Joanna bemerkte plötzlich dieselbe Distanz, die ihr schon aufgefallen war, als sie den Namen ihrer Großmutter MacDuff gegenüber erwähnt hatte.

»Nun, es geht mich wohl nichts an«, sagte sie.

»Hmmm«, murmelte Cobden, mehr zu sich selbst als zu ihr, aber immer noch mit einer Spur heimlichen Mißtrauens in der Stimme, während er sich wieder dem Glas zuwandte, das er gewischt hatte.

»Könnten Sie mir den Weg zu ihrem Haus zeigen?«

»'s ist *das Haus*«, korrigierte sie der Wirt. »Oben am Hügel ... Das Haus auf dem Hügel.«

»Und wo –«

Aber gerade da tauchte Mrs. Cobden auf und rief ihren Gatten in die Küche.

Mit den Worten »Muß mal rasch nachsehen, was Mutter braucht«, trat Cobden den hastigen Rückzug an. Aber bevor er noch hinter der Küchentüre verschwand, hielt er inne und sagte zu Joanna: »Sie würden wohl mehr Spaß an dem schönen Tag haben, wenn Sie einfach rausgingen, die Fischerboote angucken.« Dann war er verschwunden.

Joanna kümmerte sich nicht viel um diese Abschiedsworte. Sie stand auf und ging nach draußen. In einer Stadt von so geringer Größe konnte es ja nicht schwierig sein, »Das Haus auf dem Hügel« zu finden.

Als sie das Gasthaus »Zu Wind und Wellen« verließ und zu ihrem ersten Spaziergang durch Port Strathy aufbrach, da schien es Joanna, als hätte sie niemals einen blaueren Himmel gesehen. Und die See, die nur hundert Yards entfernt lag, erschien als sein perfektes Gegenstück. Sie wußte freilich, schon vom Namen der Herberge und ihren wenn auch begrenzten Kenntnissen über die Winterstürme an der schottischen Küste, daß eine Ruhe wie an diesem Tag eher die Ausnahme als die Regel darstellte.

Sie schlenderte langsam auf den Hafen zu, der praktisch vor der Türe der Herberge lag. Vielleicht sollte sie doch Sandys Rat folgen? Alle Boote lagen am Pier vertäut. Aber so malerisch die Vielfalt großer und kleiner Fischerboote auch aussah, die da sanft im klaren Salzwasser schaukelten, so waren Joannas Gedanken doch mit ganz anderen Dingen beschäftigt.

Sie wandte sich um, überquerte die Straße und ging auf der anderen Straßenseite den Weg zurück. Sie war denselben Weg am Vortag auf MacDuffs Karren gefahren, aber dabei hatte sie nicht viel aufgenommen. Heute betrachtete sie mit lebhafter Aufmerksamkeit die Läden und Häuser, die eng aneinandergedrängt die Straße auf beiden Seiten säumten.

Dies hier war zweifellos Port Strathys wichtigster Geschäftsbezirk. Joanna bemerkte eine Anzahl von Geschäften, alt und ein wenig vernachlässigt, aber dennoch liebenswert: ein Kurzwarengeschäft, ein Krämerladen, ein Schuhmacher und verschiedene andere. Erst als sie sah, daß alle diese Läden geschlossen waren, wurde ihr bewußt, daß ja Sonntag war. Das erklärte auch, warum nur relativ wenig Leute auf den Gassen zu sehen waren.

Bald hatte sie den Stadtrand erreicht. Die Häuser waren weniger zahlreich, die Geschäfte verschwanden, und in einiger Entfernung sah Joanna Farmen und Felder, die sich der Straße von links näherten. Zur Rechten erstreckte sich mit Strandhafer bewachsener Sand zum Wasser hinunter. Ein schmaler Strand, nicht breiter als zwanzig oder dreißig Yards, glitzerte weiß. In einiger Entfernung wurde der Sand von Felsen abgelöst, und die sanft im Winde wehenden Gräser nahmen ein Ende, wo eine Klippe sich hoch in den Himmel erhob und die Grenze des kleinen natürlichen Hafens nach Westen bildete.

Joanna erfaßte die Szenerie mit einem Blick und schwor sich, zu gegebener Zeit zu diesem wunderbaren Stückchen Küstenlandschaft zurückzukehren. Dann wanderte sie gemächlich zur Stadt zurück.

Der Gottesdienst in der Kirche, die etwa eine halbe Meile südlich der Stadt gelegen war, war zu diesem Zeitpunkt bereits zu Ende, und immer mehr Menschen tauchten in den Straßen auf. Ein barfüßiger Junge eilte vorbei, in der Hand eine plumpe handgeschnitzte Angel und eine Reuse, offenbar unterwegs zum Fischen am Pier. Zwei Männer in Overalls saßen schwatzend vor einem der Häuser; sie schwiegen plötzlich, als Joanna sich ihnen näherte, tippten an die Hutkrempe, als sie vorbeiging, und setzten ihre Konversation in gedämpften Tönen fort.

Ein Stück entfernt auf dem hölzernen Bürgersteig sah Joanna eine gebeugte alte Frau, die einen ziemlich großen Korb trug, die Gemischtwarenhandlung betreten. Sie beschloß, daß das wohl der geeignetste Ort sei, um die Information zu erhalten, die sie suchte, also beschleunigte sie ihre Schritte und folgte der Frau.

In dem vollgestopften kleinen Laden fühlte Joanna sich von einer Vielzahl von Gerüchen überwältigt; die ersten, die sie identifizieren konnte, waren getrockneter Fisch und Pfefferminz. Auf der Ladentheke stand eine Reihe verlockender Gläser voll Pfefferminzstangen und Fruchtgummis. Überall an den Wänden, vier Meter hoch gestapelt, türmte sich Regal über Regal mit Waren aller Art – Salz und Mehl, Weizen und Mais, Samen, Kunstdünger, Küchengeräte, Speck und verschiedene Haushaltsgegenstände. Eine bewunderungswürdige Vielfalt!

Als Joanna so stand und starrte und das alles in sich aufzunehmen versuchte, unterbrach eine Stimme ihre Gedanken: »Komme schon, meine Liebe!«

Als sie aufblickte, erkannte sie ein grauschwarzes Haupt, das sich über dem Krimskrams auf der Ladentheke erhob. Die Besitzerin des Ladens war eine Frau in mittleren Jahren, mittelgroß, mit einem Gesicht, das von vorquellenden Augen und einer mächtigen römischen Nase beherrscht wurde. Sie bediente soeben die alte Frau, die vor Joanna den Laden betreten hatte.

»Danke«, erwiderte Joanna. »Ich bin nicht in Eile.«

Als die andere Kundin gegangen war, trat sie vor. »Eigentlich«, sagte sie schüchtern, »bin ich überrascht, daß Sie heute offen haben.«

»Ich halte jeden Sonntag nachmittag ein paar Stunden lang

offen«, antwortete die Frau mit einer einschüchternden Stimme, deren Dröhnen zu ihrer imposanten Statur paßte. »Manchmal brauchen die Leute dies oder das und können nicht bis morgen warten.«

»Ich bin eben erst angekommen und –«

»Na, dann sind Sie ja das Mädchen aus Amerika!« rief sie. »Ich bin Olive Sinclair.«

Sie streckte eine breite Hand über die Pfefferminzstangen hinweg aus und drückte Joannas Hand kräftig. »Freut mich, Sie endlich mal kennenzulernen. Früher oder später wären Sie ja sowieso gekommen ... jeder kommt irgendwann mal hierher. Freut mich besonders, weil's in den letzten zwei Tagen hier kein anderes Gesprächsthema gab als Sie!«

Eine heftige Röte stieg in Joannas Wangen. »Ich weiß gar nicht, warum ich eine solche Aufregung verursacht habe«, sagte sie.

»Hierher verirren sich nicht viele Besucher, Fräulein. Der letzte war'n Franzose, der den Laird vor ein paar Jahren besuchte. Wir armen Leute bekamen ja nicht viel von ihm zu sehen ... aber Sie sind ja wohl nicht hierher gekommen, um mich schwätzen zu hören; also, was kann ich tun für Sie an diesem wunderschönen Morgen?«

»Ich höre gerne zu. Aber ich wollte fragen, ob Sie mir wohl den Weg zum Haus der Duncans zeigen könnten ... Das Haus, nannte es Mr. Cobden. Es klang, als wär's das einzige Haus in der Stadt.«

»Nun, in einer Weise ist es das auch, Miss – eh, Matheson war der Name, nicht wahr?« fragte Olive und warf Joanna einen neugierig forschenden Blick zu.«

»Ja. Joanna Matheson.«

»Nun ... Schloß Stonewycke ist wohl nicht das einzige Haus in der Stadt, aber jedenfalls das wichtigste hier in der Gegend, und das war's die letzten dreihundert Jahre.«

Joannas Augen wurden groß vor Verblüffung. Ein kleines Lächeln zeigte sich auf Miss Sinclairs dünnen Lippen, als ihr klar wurde, wie alt das für die Begriffe einer Amerikanerin sein mußte, vor allem für ein so großäugiges junges Mädchen, wie es da vor ihr stand.

»'s ist ein hübscher Anblick, wenn man dran vorbeifährt. Wenn mal Fremde hierher kamen, fuhren sie oft hinaus, zur Besichtigung. Aber nun, wo der Laird tot ist, wird wohl alles anders werden ...« Eine Andeutung von Bedauern war deutlich aus ihren Worten herauszuhören.

»Nun, ich wollte es nicht besichtigen«, sagte Joanna. »Ich hätte nur gerne mit jemand von der Dienerschaft gesprochen.«

»Stimmt es denn, was man sich hier so von Ihnen erzählt?«

Joanna fühlte Spannung in sich aufsteigen. Sie fragte sich, ob sie ihre Gründe, hierherzukommen, nicht lieber für sich behalten sollte. Aber sie hatte in Miss Sinclairs Stimme keine Spur von jenem Mißton gehört, der ihr bei den anderen aufgefallen war, mit denen sie gesprochen hatte. Statt dessen empfand sie ein Gefühl aufrichtiger Freundlichkeit. Eine gewisse Wärme strahlte von dieser lauten und imposanten Frau aus.

»Ich weiß es nicht genau. Meine Großmutter ist eine Duncan. Sie wollte, daß ich ihre alte Heimat aufsuche. Sie ist sehr krank. Das ist so ziemlich alles, was ich weiß.«

Da lehnte sich Miss Sinclair plötzlich über den Ladentisch, schob ihr einschüchterndes Gesicht nahe an Joannas Gesicht heran und sagte: »Wenn sie hier geboren wurde ...«

Sie unterbrach sich plötzlich, warf einen Blick nach allen Seiten, ob das Geschäft tatsächlich leer sei, und fuhr dann mit flüsternder Stimme fort: » ... dann wäre sie zweifellos mit dem Laird verwandt. Die Duncans – die *sind* Port Strathy, wenn Sie mich verstehn. Ich hab nie von einer anderen Familie dieses Namens gehört. Nein, wenn Sie eine Duncan sind, meine Liebe ...« und hier beendete die aufgeregte Krämerin ihren Gedankengang mit einem lauten, wohltönenden Pfiff. Dann nickte sie mit eng zusammengepreßten Lippen, als wollte sie ihre unausgesprochene Schlußfolgerung noch unterstreichen.

»Nun, meine Liebe, dann gehen Sie nur zum Haus«, fuhr sie fort. »Wer weiß, was es bringen mag. Ich würde Sie selbst hinführen, aber ich kann den Laden nicht allein lassen. Ich ging gestern nur einen Sprung fort, während Tom im Hinterzimmer aufräumte, und der Laden war ein Saustall, als ich zurückkam! Ich weiß nicht, wie seine Frau es mit ihm aushält. Ich danke Gott dem Herrn, daß es sein Wille war, mir statt eines guten Aussehens ein Hirn zu schenken ... wenigstens muß ich keinen solchen Tunichtgut mit mir herumschleppen.«

»Wo genau ist dieses ... Schloß Stonewycke?« fragte Joanna. Der Name kam ihr unbeholfen über die Lippen.

»Etwa eine Meile nordöstlich von hier. Die Zufahrt kreuzt die Straße, auf der Sie herkamen, Sie können es nicht verfehlen.«

»Vielen Dank«, sagte Joanna und wandte sich zum Gehen.

»Wenn ich Ihnen vielleicht noch einen guten Rat geben darf, bevor Sie gehen, meine Liebe«, sagte die Frau, während sie ihr zur Eingangstüre folgte. »Ich würde vorschlagen, Sie behalten all das ... was Ihre Großmutter angeht und so ... nun, für ein Weilchen bei sich ... jedenfalls so lange, bis Sie Näheres wissen.«

»Aber ... warum?«

»Ach ... die Leute hier sind im Moment ein bißchen empfindlich. Seit der Laird tot ist, wissen Sie. Die alte Stadt ändert sich. Neue Leute ziehen hierher. Wichtige Leute aus London, sogar aus den Staaten. Sie sind nicht die erste. Nein. Ich würde nicht unnötig in ein Wespennest stechen.«

»Ich habe nicht die Absicht. Aber wie soll ich irgend etwas herausfinden, ohne Fragen zu stellen?«

Joanna hielt inne. Plötzlich jagten die Worte ihrer Großmutter durch ihre Gedanken. Sie wandte sich um und blickte Miss Sinclair an, die in der Türe stand, dann lächelte sie. »Vielen Dank, Miss Sinclair, für Ihren Rat. Ich werde mich daran halten. Ich weiß, Sie meinen es gut mit mir.«

»Hören Sie auf mich«, sagte die Frau. »Passen Sie gut auf, was Sie tun und sagen. Und wenn Sie in das Haus auf dem Hügel kommen, dann wenden Sie sich an den alten Walter Innes. Er ist der Kastellan dort. Bißchen kratzbürstig aufs erste, aber er meint's nicht böse. Er wird Ihnen weiterhelfen.«

Nach der Abzweigung von der stadtwärts führenden Hauptstraße schlängelte sich die Zufahrt zu dem herrschaftlichen Besitz etwa eine dreiviertel Meile lang durch spärlich bewaldetes, hügeliges Land. Joanna überquerte ein Flüßchen auf einer wackeligen alten Holzbrücke und gelangte zwischen einige niedrige, mit Lärchen bewachsene Hügel. Auf anderen Hügeln war bebautes Ackerland zu sehen, und auf wieder anderen wuchs nichts weiter als hellgelber Ginster und die drahtigen Heidekrautbüsche, die ihre purpurnen Flammen noch verborgen hielten und auf den Anbruch des Herbstes warteten. Die Zufahrtstraße war gut gepflegt und wies nichts von den tiefen sumpfigen Karrenspuren und dem Geröll auf, die sie auf der Fahrt mit MacDuff bemerkt hatte.

Joanna schritt inmitten der Straße dahin, atmete die warme reine Luft ein und erfreute sich an dem lieblichen Anblick. Gelegentlich wuchsen Zwergeichen oder Eschen oder Silberbirken bis an den Straßenrand heran. Dann machten die Bäume grünen Feldern Platz, die mit Mauern aus Lehm oder aus moosbewachsenen Steinen eingezäunt waren. Schwarzweißes Vieh graste auf diesen Feldern, die sich weit nach beiden Richtungen erstreckten.

Nirgends gab es ein Anzeichen menschlichen Lebens, und so wurde die Einsamkeit allmählich ein wenig unheimlich; Joanna begann sich bereits zu fragen, ob sie Miss Sinclairs Wegweisungen mißverstanden hatte und irgendwo falsch abgebogen war. Aber eben, als sie umkehren wollte, machte die Straße eine scharfe Kurve, und ein turmhohes graues Schloß ragte hoch in den Himmel vor ihr auf. Völlig überrascht, sah Joanna jetzt, daß das imposante Gebäude vor ihren Blicken verborgen gewesen war, weil die Straße sich ständig durch dichten Wald gewunden hatte. Der stille, finstere Ort war von Wäldern umgeben, jungen und uralten Fichten, zwischen denen Birken wuchsen.

Ein mächtiges Eisentor sperrte die Straße vor ihr, von dem sich nach beiden Seiten eine dicke, zehn Fuß hohe Hecke zog. Durch die Eisenstäbe sah sie einen mit Katzenkopfsteinen gepflasterten Hof unmittelbar vor dem Haus. In seiner Mitte stand ein Brunnen mit einer Brunnenfigur, die ein auf den Hinterbeinen steigendes Pferd darstellte. Das offene Maul – das vermutlich früher die Gäste mit einer eindrucksvoll in die Luft steigenden Wasserfontäne begrüßt hatte – war jetzt leer und trocken wie eine stumme Erinnerung daran, daß der Tod das Oberhaupt der Familie Duncan dahingerafft hatte.

Joanna zögerte ein paar Augenblicke, ehe sie den Mut aufbrachte, den schweren eisernen Riegel des Tores zu heben, das anscheinend unversperrt war. Sie konnte das Gefühl nicht abschütteln, daß sie ein sehr unwillkommener Eindringling war.

Der Riegel kreischte, als sie ihn in seinem ungeölten Schlitz hochschob. Auf einen leichten Stoß hin schwang das Tor auf und Joanna trat ein. Mit ängstlichen Schritten ging sie auf das große geschnitzte Eingangstor des Hauses zu. Der Ort schien einer anderen Zeit anzugehören, einer anderen Welt, an der sie keinen Anteil hatte. Sie bemühte sich, die Bilder von Automobilen und Fabriken in ihr Gedächtnis zu rufen, um sich daran zu erinnern, daß sie im 20. Jahrhundert lebte. Aber sie fühlte sich dennoch wie Alice im Wunderland an der Schwelle eines jenseitigen, der Welt der Märchen zugehörigen Reiches.

Eine Messingglocke hing an einer Seite des Tores, und ein Klingelzug pendelte daran herab. Joanna streckte die Hand aus, zögerte einen Augenblick lang und zog dann an dem Klingelzug.

Das Schellen der Glocke widerhallte in ihren Ohren. Sie wartete mit angehaltenem Atem und fragte sich, ob vielleicht irgendein Gespenst der Vergangenheit die Türe öffnen würde.

Niemand antwortete auf ihr Läuten.

Sie zog noch einmal an der Klingelschnur, aber der Klang zerriß die Stille so grell, daß sie vom Tor zurücktrat. Langsam wich sie zurück, blickte um sich, stieg die drei steinernen Stufen hinab und begann ängstlich um die rechte Flanke des Hauses zu biegen, um einen Rundgang um die efeubewachsenen steinernen Mauern zu machen.

Nachdem sie einen Vorsprung in einer der Mauern umrundet hatte, kam sie auf eine Rasenfläche, die sich vom Haus zu der Hekke erstreckte. Sie bot einen so lieblichen Anblick, daß Joanna einen Augenblick lang das ehrfurchtgebietende Schloß vergaß. Sauber beschnittene Azaleen und Rhododendren blühten in hellen Farbtupfern von Lavendelblau und Orange und Zinnoberrot. Rosenbüsche kletterten an dem grimmigen Stein des Hauses empor, und ihre rosafarbenen und roten Blüten erfüllten Joannas Herz mit frischem Mut und neuer Hoffnung.

In der Ferne erkannte sie neben dem Rasen ein Bauwerk aus Stein und Holz, das etwas abseits vom Hause stand. Sie ging weiterhin darauf zu, in der Hoffnung, dort jemand zu finden. Bevor sie jedoch den halben Weg zurückgelegt hatte, erregte eine Bewegung in den Rosen, die sie gerade noch aus dem Augenwinkel erkennen konnte, ihre Aufmerksamkeit. Sie wandte sich scharf um und sah einen Mann nur wenige Yards von ihr entfernt stehen. Sie hatte ihn nicht früher bemerkt, da er zwischen den Büschen gekniet hatte. Er war kein junger Mann mehr, seinem Aussehen nach mochte er in den Sechzigern sein.

»Hallo«, rief sie ihm zu. »Sind Sie Mr. Innes?«

Einen Augenblick lang gab er keine Antwort, sondern starrte sie nur mit einem merkwürdig eindringlichen Blick an, als hätte er Mühe, sie deutlich zu sehen. Schließlich stieß er ein einziges Wort hervor: »Nein.« Es klang so tonlos, als käme der Klang aus weiter Ferne.

Nach einem Augenblick peinlicher Stille wollte Joanna eben nähertreten, als sie hinter sich das laute Gerumpel eines näherkommenden Fahrzeugs hörte – den ersten Laut dieser Art, den sie seit ihrer Ankunft hier hörte. Die Augen des Gärtners ruhten noch einen Augenblick länger mit jenem beunruhigend harten Blick auf ihr, dann wandte er sich ab und jagte davon, mit weitaus schnelleren Sprüngen, als sie es bei einem Mann seines Alters jemals für möglich gehalten hätte. Aber ihr blieb wenig Zeit, über die Begegnung nachzusinnen, denn schon schrie sie eine neue Stimme von hinten an. »Was haben Sie hier zu suchen?«

Sie fuhr herum und sah einen hochgewachsenen, hageren Mann in den späten Vierzigern, der sie zornig anstarrte, während er aus einem schlichten, funktionell aussehenden Automobil kletterte. Obwohl ihr Herz heftig schlug bei seinen scharfen Worten, war doch ihr erster Gedanke, daß er aussah wie Abraham Lincoln ohne Bart. Dieser Eindruck wurde noch verstärkt durch seinen staubigen schwarzen Gehrock und seine nadelgestreiften Hosen. Die kleinen, engstehenden Augen des Mannes strahlten nicht gerade Willkommen aus.

»Na?« sagte er, während er auf sie zuschritt, »wer hat Ihnen erlaubt, hier einzudringen und den armen alten Dorey zu erschrecken?«

»Niemand ... ich meine, ich wollte nicht eindringen«, stammelte Joanna, bemüht, ihr Unbehagen so gut wie möglich zu verbergen. »Ich konnte niemand sehen und ... ich komme zu Besuch und ..«

»Besuch, hah! Zu wem denn? Und ich wüßt' nicht, daß wir jemand eingeladen hätten!«

»Nein...... ich ... ich wollte nur mit den Dienern oder dem Kastellan sprechen. Ich dachte, sie könnten mir vielleicht etwas über die Duncans sagen. Die Familie des Laird.«

»Der Laird ist tot, und andere gibt's nicht«, gab er zurück, mit mehr Ingrimm als Trauer in der Stimme.

»Ich dachte nur ...« begann Joanna, dann zögerte sie. Sie dachte an Olive Sinclairs Abschiedsworte. Was konnte sie sagen, ohne sich die Feindseligkeit dieser Leute zuzuziehen?

»Nun hören Sie zu, Ma'am«, sagte der Mann. Sein Ton wurde fast unmerklich weicher, aber seine Worte klangen immer noch nachdrücklich genug. »Ich bin der Kastellan hier, und was Stonewycke betrifft, betrifft mich auch. Mein Name ist Innes.«

»Ich verstehe«, sagte Joanna Matheson und versuchte, sich ein Lächeln abzuringen. Dann streckte sie die Hand aus. »Ich bin Joanna Matheson. Ich bin neu hier und weiß noch nicht, wie hier der Brauch ist. Und wenn Sie Mr. Innes sind, dann können Sie mir vielleicht helfen ... Olive Sinclair empfahl mir, mich an Sie zu wenden. Sehen Sie, falls Sie nämlich die Familie Duncan kennen ...« Joanna zögerte und wählte ihr Worte vorsichtig. »Ich versuche herauszufinden, ob ich mit den Duncans verwandt bin. Meine Großmutter –«

»Ah, da liegt der Hund begraben!« Innes stellte augenblick wieder die Stacheln auf. »Kommt daher und sieht nach, ob sie auch ein Stückchen vom Kuchen abbeißen kann, ah? Aber das klappt hier nicht, mein Fräulein!«

»Nein ... nein, wirklich nicht, Mr. Innes«, beharrte Joanna. »Es war ... eine ganz persönliche Angelegenheit«, fügte sie hinzu, und ihre Unterlippe begann zu zittern.

»Nun weine nicht, Mädchen«, sagte der Kastellan. Die Tränen, die nun in Joannas Augen glänzten, erschienen dem mürrischen Schotten als eine hinreichende Bestätigung, daß sie die Wahrheit sprach, und seine Kratzbürstigkeit verwandelte sich langsam in eine fast um Entschuldigung bittende Milde. »'s ist bloß so, daß ich gedacht hab, hier käm wieder einer von den Geiern, die der Tod anlockt ... und ich bin verantwortlich hier. Das alte Haus hier, für das bin ich nun verantwortlich. Ich hab ihn einmal im Stich gelassen, und wenn ich ihn schon am Ende seines Lebens verlassen hab, so will ich ihn wenigstens nicht im Tod verlassen. Sie seh'n also, ich kann nicht einfach jeden hier 'reinlassen.«

Joanna trocknete ihre Tränen, schniefte und sagte: »Können Sie mir nicht etwas über die Familie des Laird sagen? Ich –«

»Vielleicht, vielleicht auch nicht. Am besten, Sie gehen zuerst zu Mr. Sercombe. Palmer Sercombe ist der Testamentsvollstrecker der Duncan'schen Besitztümer. Er kann Ihnen mehr als jeder andere sagen. Sein Büro ist in der Stadt, nur zwei Häuser vom Gemischtwarenladen entfernt.«

Joanna nickte dankend und begann sich zu entfernen. Bevor sie jedoch drei oder vier Schritte zurückgelegt hatte, rief Innes ihr nach: »Würden Sie gerne mit dem Auto in die Stadt zurück fahren, Miss?« bot er ihr an. »Der Laird hat den Kasten aus Glasgow gebracht. Ich bin noch nicht so geschickt damit, aber ich würd' Sie schon sicher hinbringen.«

»Danke vielmals, Mr. Innes«, erwiderte Joanna. »Aber der Spaziergang wird mir guttun. Ich habe den Weg hierher sehr genossen und habe heute nachmittag nichts weiter vor.«

Sie wandte sich um und warf dem grandiosen Haus einen letzten abschiednehmenden Blick zu. Plötzlich fiel ihr Augenmerk auf einen kleinen Turm, hoch oben an der Nordseite des Hauses. Am Fenster stand eine schmale Gestalt und blickte hinaus. Aber im Augenblick, als Joannas Blick sie traf, verschwand die Gestalt im Inneren des Turmes. Sie starrte hin, aber niemand erschien. Schließlich drehte sie sich um und ging. Sie blickte nicht mehr zurück.

Walter Innes hob eine knochige Hand ans Kinn und beobachtete sie, bis sie außer Sicht war. »Das kann ja noch interessant werden ...« murmelte er vor sich hin. Dann ging er zum Auto zurück, kletterte hinein und fuhr in Richtung des steinernen Anbaus, der die Ställe beherbergte. Immer noch vor sich hin murmelnd, parkte er den Wagen vor dem Gebäude, ein Symbol des modernen Industriezeitalters, das seltsam fremd wirkte vor diesem altertümlichen Schloß.

Die Ställe mußten ausgemistet werden, aber das wollte er nicht in seinem Feiertagsanzug tun. Statt dessen faßte er einen Kübel Hafer aus einem Leinensack und trug ihn zu der Box, in der das einzige Pferd in den Ställen stand.

»Da, das ist für dich, Junge.«

Er schüttete den Hafer in den Futtertrog.

»Der Laird sagte, du solltest immer vom Besten haben ... nur das Beste für seinen ›Feuertanz‹.« Die Stimme des Kastellans erstickte einen Augenblick lang. »Das ist das wenigste, was ich für dich tun kann«, fuhr er fort, »gut für dich sorgen ... sollst soviel Hafer haben, wie du nur fressen kannst.«

Der mächtige Hengst schnaubte und stampfte erwartungsvoll mit dem Huf. Innes wischte das feuchte Auge mit der Hand. »Du müßtest dringend ins Freie, mein Junge, aber da kann ich dir nicht helfen, bockiges Vieh, das du bist ...«

Innes tätschelte die weiche Nase des Pferdes, und einen Augenblick lang schienen die wilden Augen des Hengstes sanfter zu blicken.

Bis Joanna die Hauptstraße erreicht hatte, brannten ihre Füße bereits vom Laufen. So schön die Landschaft auch war, wenn sie öfter solche Spaziergänge unternehmen wollte, brauchte sie entweder anderes Schuhwerk oder stabilere Füße!

Sie war erleichtert, als sie die Straßen von Port Strathy menschenleer fand. Sie hatte fürs erste genug von dem Ort. Sie wollte nur noch in ihr Zimmer gehen und sich ausruhen, vielleicht eines der Bücher lesen, die sie mitgebracht hatte.

Sie hatte jedoch kaum den Fuß auf die Schwelle gesetzt, als Mrs. Cobdens muntere Stimme ihr entgegenschallte. »Na, da sind Sie ja! Den Tee haben Sie verpaßt, aber ich mach Ihnen gern noch eine Kleinigkeit. Die Haferkuchen sind noch warm, und ein bißchen Suppe ist auch noch da. – Mein Sandy sagte, Sie wären zum Haus rausgegangen?«

»Ja.«

»Und haben Sie mit irgend jemand gesprochen?«

»Ich sah Mr. Innes – er war sehr nett – und einen alten Mann namens Dorey, der nicht viel sagte.«

»Ah ja!« stimmte die Wirtin zu und nickte bedeutungsvoll mit dem Kopf. »Schade, daß Sie ihm begegnen mußten – das ist vielleicht ein absonderlicher Mensch!«

»Wer ist er?«

»Der Gärtner – jedenfalls hat er die Gärten richtig schmuck hergerichtet, seit er hier ist. Ein oder zweimal war er sogar im Städtchen hier und hat die Leute überredet, Blumengärten anzulegen. Aber ... nun, 's rinnt einem kalt über'n Rücken, wenn man mit ihm ins Reden kommt. Hat nicht alle beisammen, wie man so sagt. Er war immer schon so. Wir leben jetzt fünfundzwanzig Jahre hier, und die ganze Zeit und schon früher lebt er im Schloß ... aber ich seh', Sie sind müde, da will ich Sie nicht mit mein' Geschwätz aufhalten. Soll ich Sie zum Abendessen rufen?«

»Ja, bitte, das wäre sehr freundlich.«

Joanna stieg die Treppe zu ihrem Zimmer hinauf. Sie ging geradewegs zum Bett, zog die Schuhe aus und streckte sich auf der weichen Matratze aus. Warum hatte sie sich nur die Mühe gemacht, hierher zu kommen? Sie würde niemals irgend etwas herausfinden. Wenn sie hier nur ihre Zeit verschwendete, dann sollte sie wohl besser rasch Klarheit darüber gewinnen und sich beeilen, das nötige Geld für die Rückreise in die Staaten zu verdienen.

Sie seufzte schwer, und plötzlich stand ihr das Bild Jason Channings vor Augen.

Vielleicht wäre sie doch besser nach London gegangen. Diese Reise nach Schottland, die brachte doch nichts. Hier waren keine Familienangehörigen zu finden. Nur Leute, die ihr Spiel spielten und nicht wollten, daß man es ihnen verdarb, und die hinter ihrem Rücken flüsterten.

Jason hätte sie wenigstens nach Hause zurückbringen können. Aber jetzt saß sie hier im Norden Schottlands fest!

Halb unbewußt tastete Joannas Hand nach ihrem Beutel, und ihre Finger suchten nach den Dokumenten, die sie seit ihrer Entdeckung im Sekretär der Großmutter sorgfältig aufbewahrt hatte. Zusammen mit der Spieldose, dem Medaillon, dem leinenen Sticktüchlein und einigen Fotos hatte sie diese Dokumente mit sich gebracht, als die einzigen handfesten Erinnerungsstücke an jene Vergangenheit, die sie zu enthüllen versuchte.

Vielleicht mußte sie mit diesen Papieren den Anfang machen. Statt überall herumzufragen und den Leuten lästig zu fallen, wäre es entschieden klüger, jemand die Dokumente zu zeigen und kurzerhand zu fragen, was sie bedeuteten.

Am besten war es wohl, mit diesem Palmer Sercombe den Anfang zu machen. Sie hatte sein Büro auf dem Rückweg von Stonewycke bereits entdeckt. Die Worte *Mr. Palmer Sercombe, Esq., Rechtsanwalt* waren in präziser schwarzer Schrift auf das Fenster gemalt. Die Jalousieläden der Fenster waren geschlossen, so daß sie nicht hineinsehen hatte können. Der Familienanwalt der Duncans würde doch sicherlich in der Lage sein, ihr mehr über die Dokumente zu sagen und vielleicht sogar über ihre Großmutter. Es würde ein angenehmes Gefühl sein, die ganze Sache ein für allemal erledigt zu wissen.

Sie wollte ihn gleich als erstes am nächsten Morgen aufsuchen.

# PALMER SERCOMBE

Palmer Sercombe blätterte geschäftig in den alten Dokumenten. Eine buschige schwarze Augenbraue war ein wenig hochgezogen.

»Diese Papiere gehörten Ihrer Großmutter, sagen Sie?«

Joanna nickte. »Ich fand sie unter ihren Besitztümern – nach dem Unfall.«

»Aha ... ich verstehe.« Er zog die Worte nachdenklich in die Länge. »Sie scheinen tatsächlich echt zu sein.«

Er blätterte weiter in den Papieren. »Wie, sagten Sie, war der Name Ihrer Großmutter?«

»Margaret ... Margaret Duncan.«

»Mhmm ...« murmelte er. Es war offenkundig, daß er tief in Gedanken versunken war.

Das Büro, in dem Joanna sich befand – umgeben von schweren dunklen Walnußmöbeln, üppigem rotem Samt und Porzellanlampen, der Boden von einem teuren persischen Teppich bedeckt – stand in schroffem Gegensatz zu dem schlichten Fischerdorf, das sie bislang gesehen hatte. Und ein ebenso schroffer Gegensatz war der wortgewandte, tadellos gekleidete Rechtsanwalt selbst. Seine schmalen, bleichen Lippen formten ein perfektes Englisch, ohne eine Spur des derben schottischen Dialekts, an den ihre Ohren sich bereits gewöhnt hatten. Die Augenbrauen und Lippen waren die vielleicht einzigen beweglichen Züge in seinem weitgehend ausdruckslosen glattrasierten Gesicht. Seine Züge ließen nichts erkennen, weder Wärme noch Freundlichkeit, weder Abneigung noch Schurkerei. Sie waren bar jeden Gefühls. Entweder war Palmer Secombe ein völlig emotionsloser Mensch, oder er legte in Joannas Gegenwart große Selbstbeherrschung an den Tag, um seine Emotionen zu verbergen. Aber wie auch immer, Joanna wurde mit jedem Augenblick überzeugter, daß sie aus seinen ausdruckslosen Zügen nichts erfahren würde.

»Sie sagen, Ihre Großmutter wanderte nach Amerika aus, als sie ein junges Mädchen war?« fragte er schließlich.

»Ja.«

»Aber Sie haben keine Beweise – äh – Dokumente, die Hinweise auf ihre Abkunft geben?«

»Nein. Sie sprach sehr wenig über ihre Vergangenheit. Ich hoffte, Sie würden mir anhand dieser Papiere etwas sagen können.«

»Nun, Miss Matheson, diese Papiere ... falls sie tatsächlich echt sein sollten ...«

»Was sagen Sie da? Sie wären vielleicht gar nicht echt?«

»Aber keineswegs. Ich versuche nur alle Eventualitäten zu berücksichtigen. Wie ich sagte, wir erfahren nicht viel aus diesen Dokumenten. Nun – sind Sie ganz sicher, daß der Name Ihrer Großmutter Duncan lautete?«

»Ich ... ich habe nie eine Geburtsurkunde gesehen, wenn Sie das meinen, aber ich –«

»Ich verstehe«, unterbrach der Anwalt. »Und Sie sind auch nicht absolut sicher, daß sie tatsächlich aus Port Strathy stammt?«

Joanna begann sich unbehaglich zu fühlen, als der Rechtsanwalt ihr diese herausfordernden Fragen stellte. »Ich muß wiederum sagen – ich weiß nichts mit Sicherheit. Ich kann mich nur an die letzten Worte meiner Großmutter halten ... und diese Papiere. Sie sprach von der Familie, und von Strathy, und vom Haus.«

»Was sagte sie genau – über die Familie und das Haus?« fragte Sercombe und beugte sich vor. Zwischen seinen Brauen zeichnete sich eine tiefe Falte ab.

»Nun, eigentlich nichts. Sie gebrauchte nur die Worte ... die Familie ... das Haus ...«

»Aber sie sagte nichts weiter darüber, wen und was sie meinte?«

»Nicht im einzelnen ... nein.«

»Aha ... ich verstehe«, sagte er. Er lehnte sich in seinen Sessel zurück und schien sich etwas zu entspannen. »Also wissen wir nichts Genaues darüber, ob sie – eine Duncan – von der Familie des Laird abstammte, oder überhaupt aus Port Strathy kam oder sonst etwas. Soweit wir *wissen*, sind diese Dokumente –«

»Aber, Mr. Sercombe«, beharrte Joanna, »Sie sehen doch sicherlich, daß alle Anzeichen darauf hinweisen –«

»Ich gebe gerne zu, Miss Matheson, daß sich bei oberflächlicher Betrachtung der Dinge gewisse – äh – faszinierende Hinweise auf eine mögliche Verbindung zwischen Ihrer Großmutter und der Familie des Laird, den Duncans von Port Strathy, abzeichnen. Aber wenn wir – ich meine: wir Rechtsanwälte – die Angelegenheiten einer Liegenschaft ordnen, dann brauchen wir Beweise, solide, gut untermauerte Beweise.«

»Aber es ist weniger der Besitz, um den es mir geht«, sagte Joanna. »Ich will einfach nur wissen, wer meine Großmutter ist, woher sie kommt, und ob es noch lebende Verwandte gibt.«

»Gewiß, gewiß«, antwortete er mit der Andeutung eines Grinsens.

»Haben Sie selbst denn niemals von meiner Großmutter gehört ... von einer Margaret Duncan?«

»Das war alles vor meiner Zeit, meine Liebe.«

»Aber wenn Sie schon seit einiger Zeit der Familienanwalt sind, dann wird sie doch irgendwann einmal irgend jemand erwähnt haben.«

»Ich bin erst seit etwa fünfzehn Jahren der Rechtsanwalt der Familie, Miss Matheson. Wie alt ist sie, sagten Sie?«

»Anfang sechzig. Es muß hier noch Leute geben, die sie gekannt haben, oder wenigstens von ihr gehört haben.«

»Ich kenne die Familien hier in der Umgebung sehr gut und ich bezweifle –«

»Es muß jede Menge Leute in der Stadt geben, die fünfundsechzig oder siebzig oder noch älter sind und sich erinnern können, was damals geschah, vor allem, wenn es um eine so bedeutende Familie geht –«

»Meine Liebe«, unterbrach sie der Rechtsanwalt in beschwichtigem Ton und erhob sich aus seinem Sessel, »ich fürchte, Sie jagen da einem Hirngespinst nach. Es tut mir leid, daß Sie deshalb so viel Mühe und Auslagen hatten, aber aus diesen Papieren ist nicht viel zu entnehmen ... und außerdem wissen wir nicht, wie sie in die Hände Ihrer Großmutter gerieten.«

»Sie wollen doch nicht behaupten –« begann Joanna, der es bei diesen Andeutungen des Rechtsanwalts unbehaglich zumute wurde.

»Nein, meine Liebe, ich behaupte gar nichts. Es liegt mir ganz ferne, Verdächtigungen gegen Ihre Großmutter auszusprechen. Jemand ganz anderer kann die Hand im Spiel gehabt haben. Tatsache bleibt, daß diese Dokumente – nachdem wir nichts über ihren Ursprung wissen – mehr Fragen aufwerfen, als sie uns beantworten.«

»Nun, sie müssen doch wohl etwas aussagen«, sagte Joanna und biß sich in die zitternde Lippe. Sie wollte nicht vor diesem Mann die Beherrschung verlieren. »Sie sind doch Rechtsanwalt, könnten Sie mir nicht wenigstens erklären, was sie besagen? Ich möchte nur wissen, ob es irgendwelche Hinweise gibt, die ich verfolgen könnte, Hinweise, ob ich mich in der richtigen Richtung bewege. Ich möchte einfach nur wissen, ob ich Angehörige hier habe – ist das zuviel verlangt?«

Sercombe hatte sich langsam um seinen riesigen Schreibtisch herumbewegt und näherte sich Joanna nun in einer Weise, die erkennen ließ, daß er sie aufs höflichste zur Türe hinauszumanövrieren gedachte. Auf ihre letzte Frage antwortete er: »Wie ich schon sagte, Miss Matheson, diese Dokumente können uns dabei nicht viel helfen. Alastair Duncan war der Letzte seines Stammes. Natürlich ist Duncan ein sehr verbreiteter Name hier in Schottland, es gibt wohl tausende –«

»Aber ich hörte deutlich, wie meine Großmutter von Port Strathy sprach!«

Sercombe nickte mitfühlend.

»Es wäre ganz unmöglich, alle Duncans in ganz Schottland aufzusuchen!« sagte Joanna. Ihre Stimme brach beinahe vor Erregung.

»Es tut mir leid, daß ich Ihnen keine Hoffnungen machen kann.«

Zuletzt erhob sich Joanna aus ihrem Sessel. »Dann sind die Papiere alles, worauf ich mich stützen kann«, sagte sie und streckte die Hand nach den Papieren aus, die der Rechtsanwalt immer noch in Händen hielt. Er machte keine Anstalten, sie ihr zurückzugeben, sondern schien fast unmerklich vor ihr zurückzuweichen.

Eine unbehagliche Stille trat ein, ehe er sagte: »Vielleicht sollte ich diese Dokumente kurzfristig behalten … zur Sicherheit.«

»Ich dachte, sie wären praktisch wertlos«, sagte Joanna und blickte ihn fragend an.

»Sie haben keinerlei Geldwert«, antwortete er, »aber ich sehe, daß sie einen hohen emotionellen Wert für Sie haben, und ich möchte nicht, daß sie verlorengehen.«

»Ist Diebstahl ein so ernstes Problem hier?« fragte Joanna, eine Andeutung von Sarkasmus in der Stimme.

»Nein, natürlich nicht«, sicherte Sercombe ihr zu, »aber da ist die Armut, die wir nicht übersehen dürfen. Wir können die Augen nicht davor verschließen – Armut kann einen Menschen zu allem fähig machen.«

»Gier auch?« fragte Joanna bedeutungsvoll.

»Ja … ja, Gier natürlich auch. Ein Grund mehr, warum ich doch lieber –«

»Ich möchte mich nicht davon trennen«, beharrte Joanna. Sie trat einen Schritt vor und streckte die Hand nach den Papieren aus.

Wiederum trat Sercombe einen halben Schritt zurück. »Ich hätte auch gerne Gelegenheit, sie mir noch einmal genauer anzusehen.«

»Aus Ihren Worten habe ich geschlossen, daß Sie bereits überzeugt wären –«

»Das weiß man nie«, fiel er ihr ins Wort. »Vielleicht finde ich eine Gelegenheit, mit jemand zu sprechen, der mit diesen Dingen besser vertraut ist als ich.« Nicht einmal sein ausdrucksloses Gesicht konnte verbergen, wie sehr es ihm widerstrebte, ihr die Dokumente auszuhändigen.

»Das mag sein, wie es will«, hörte sie sich selbst sagen, »aber ich will sie noch eine Weile bei mir behalten.«

Sie streckte die Hand aus, diesmal weitaus entschlossener als zuvor, und schließlich gab der Rechtsanwalt ihr die Papiere zurück. »Gewiß, gewiß ... wenn Sie so sehr darauf bestehen, will ich keine Einwände machen.« Er machte eine unbehagliche Bewegung. Sein Blick wanderte von Joannas Gesicht zu der Hand, die die Papiere hielt.

Sie steckte die Dokumente in ihre Handtasche und verließ das Büro. Ihr war nicht danach zumute, auf ihr Zimmer zurückzukehren oder die stummen, aufmerksam starrenden Gesichter der Leute in der Stadt zu ertragen. Sie wollte einfach allein sein ... nachdenken ... eine Entscheidung treffen, was sie tun sollte. Ohne daß es ihr bewußt geworden wäre, wandten sich ihre Schritte der See zu.

Ein einziger Gedanke erfüllte sie – der Gedanke an ihre Großmutter. »Ist es mir denn bestimmt, allen gegenüber zu versagen, die mich lieben?« dachte sie.

Ihr Leben hatte das Leben ihrer Mutter gekostet; wie oft hatten die Gewissensbisse sie zu dem Wunsch getrieben, es wäre umgekehrt gewesen! Wie gerne wäre sie damals vor einundzwanzig Jahren gestorben, so daß ihre Mutter hätte leben können. Wie glücklich wäre dann jedermann gewesen!

Statt dessen war sie zur Welt gekommen. Sie hatte gelebt ... ihre Mutter war gestorben ... und Kummer war das Ergebnis gewesen. Sie hatte ihre Mutter getötet, sie hatte vor ihrem Vater versagt, und nun sah es aus, als könnte sie nicht einmal die letzte Bitte ihrer Großmutter erfüllen. Sollte sie auch ihr gegenüber versagen?

»Oh, Grandma, ich wollte das so gerne für dich tun – einmal im Leben wollte ich etwas für jemand anderen tun! Aber jeder scheint entschlossen, mir Steine in den Weg zu legen, und ich bin einfach nicht stark genug, um zu wissen, was ich tun soll! Ich sollte einfach von diesen Leuten verlangen, daß sie mir sagen, was sie wissen. Aber« – sie seufzte, als es ihr klar wurde – »das werde ich nicht tun. Ich werde dem Druck nachgeben, anstatt ihm Widerstand zu leisten.«

Sie dachte an Jason Channing. Seine Gegenwart hatte sie überwältigt. Was immer sie an Entschlüssen gefaßt hatte, wenn sie alleine war – kaum fiel sein Blick auf sie, wurde sie wieder ihr altes, ängstliches Selbst. Und in mancher Weise hatte Palmer Sercombe dieselbe Wirkung auf sie gehabt. Würde sie es fertigbringen, ihm gegenüber auf ihrem Recht zu bestehen?

Joanna schlenderte langsam der See zu und spazierte dann nach Westen, den Strand entlang. Sie wich dem Hafen aus, wo eine Gruppe von Fischern an ihren Booten arbeitete. Im Augenblick hatte sie mehr als genug von der Stadt und den Menschen hier.

Sie fand heraus, daß sie eine ziemlich felsige Strecke überwinden mußte, bevor sie auf die weite Sandfläche gelangte, die sie suchte. Einmal glitt sie aus und vertrat sich den Knöchel. Sie stieß einen kleinen Schrei aus, aber der Schmerz vergrößerte ihre Frustration noch. Wie froh würde sie sein, diesem Ort den Rücken zu kehren! Es war ein Fehler gewesen, überhaupt hierherzukommen.

Zuletzt jedoch wurden ihre Mühen belohnt, als sie den feinen weichen Sand unter den Füßen fühlte. Sie zog die Schuhe aus und bewegte die Zehen im warmen Sand hin und her. Einen Augenblick stand sie nur da und blickte um sich. Dann machte sie ein paar zögernde Schritte. Der Sand war warm in der Sonne, tröstlich, einladend. Sie warf ihre Schuhe beiseite und lief zur Wasserlinie hinunte, wo spannenhohe Wellchen über den Sand leckten. Kühles, salziges Wasser spritzte über ihre Füße und durchnäßte den Saum ihres Kleides. Sie hielt inne, ging ein paar Schritt weiter, dann drehte sie sich um und rannte zurück zum Strand. Das Wasser umspülte ihre Füße von allen Seiten. Ihre Sorgen verschwanden im fröhlichen Ebben und Fluten der schäumenden See.

Joanna bückte sich, schöpfte eine Handvoll Wasser und warf es ins Sonnenlicht. Das Wasser zog sich zurück, und sie rannte den Strand hinab, dann drehte sie sich um und folgte der Wasserlinie. So entfernte sie sich immer weiter von der Stadt. Eine Reihe Fußstapfen blieb im nassen Sand zurück. Sie hielt inne und wandte sich um. Sie beobachtete, wie das steigende Wasser die Eindrücke füllte und sie allmählich wegwusch. Ohne daß sie es merkte, schrieb sie mit der großen Zehen den Namen D-U-N-C-A-N in den Sand. Eine neuerliche lautlose Welle kam herbeigeeilt und wusch die Buchstaben fort. Waren die Bewegungen der See nicht ein Gleichnis für ihre Anstrengungen, ihre Abkunft zu entdecken? Sollten die Vergangenheit ihrer Großmutter und ihre verzweifelte Suche in den schweigenden Grüften der Geschichte verschwinden, wie die Wellen hier alle Erinnerung an die Fußstapfen auslöschten, die sie nur wenige Augenblicke zuvor in den Sand gedrückt hatte?

Sie lief ein Stück weiter über den Sand, dann blieb sie stehen und blickte über die Wasserwüste des Ozeans in nördlicher Richtung hinweg. Zur Rechten verschwammen die Hafenanlagen und Gebäude von Port Strathy in der Ferne. Ein heftiges Verlangen überkam sie, alle Vorsicht fahren zu lassen und geradewegs in die landwärts brausenden Wellen zu laufen. Sie nahm ihren ganzen Mut zusammen, hob den Saum ihres Kleides über die Knie und lief ein paar Schritte weit. Aber als das Wasser ihr bis zu den Knien stieg, schwand ihr der Mut, und sie rannte Hals über Kopf der Sicherheit der Küste zu.

Plötzlich unterbrach der höchst unwillkommene Klang von Gelächter ihr kindliches Spiel.

Eine Männerstimme rief: »Wenn Sie vorhaben, hier in unserm eisigen Wasser zu schwimmen, Ma'am, da werden Sie aber Ihr hübsches Kleidchen kaputt machen.« Seinen Worten folgte ein weiteres Lachen, ein wenig gedämpfter als das erste.

Etwa fünfzig Fuß entfernt, auf dem sanften Abhang einer kleinen Düne, stand ein Mann in abgetragenem Overall und einem verblichenen Arbeiterhemd aus blauer Baumwolle. Er hatte breite Schultern, das sah sie auf den ersten Blick, und er schien hochgewachsen zu sein. Der Wind hatte sein strohblondes Haar zerwühlt – allerdings schien er nicht der Typ zu sein, der viel Wert darauf legte, sauber gekämmt herumzulaufen, selbst wenn die Umstände weniger stürmisch waren. Sein Gesicht war wettergegerbt, trug aber einen jungenhaften Ausdruck, und im Augenblick strahlte es in gutmütigem Gelächter. Er schien nicht älter als zwanzig zu sein; tatsächlich war er jedoch siebenundzwanzig.

Scharlachfarbene Röte stieg in Joannas Wangen.

Ihr erster Gedanke war, ihn einfach zu ignorieren. Sie war nicht in der Stimmung, ihre Zeit an einen Fremden zu verschwenden, der sich über sie lustig machte.

»Bitte«, fuhr er fort, als er sie wie erstarrt an der Wasserlinie stehen sah, »lassen Sie sich bloß nich' von mir den Spaß verderben. Ich wollt' Sie nicht stören, Ma'am!«

Sein Ton erfüllte sie mit Empörung. »Mir scheint, ich habe Ihnen genug zum Lachen gegeben!« fuhr sie ihn an, zornig und peinlich berührt zugleich.

»Tut mir leid. War ungehörig von mir, Sie nich' wissen zu lassen, daß ich da war ... aber ehrlich, Ma'am, ich bin grad einen Augenblick zuvor über'n Hügel gekommen und hab Sie gesehen. Und Sie hatten soviel Spaß im Wasser.«

Sein Lachen verstummte, aber ein fröhliches Blitzen blieb in seinen azurblauen Augen zurück. Daß er die Szene genoß, machte alles noch viel schlimmer.

»Wie können Sie es wagen?« sagte Joanna in steigender Verwirrung. »Warum sind Sie überhaupt nicht draußen beim Fischen, oder flicken Ihre Netze mit den anderen?«

»Eh, tut mir leid, Ma'am«, sagte er und lachte wieder, versuchte es aber zu verbergen, »aber Sie verstehen das falsch ... Ich bin kein Fischer. Ich war gerade unterwegs, zurück zur Stadt. Bitte um Verzeihung«, sagte er, aber sein Ton ließ deutlich erkennen, daß ihm nichts an ihrer Verzeihung gelegen war. Er nahm die Begegnung offenkundig längst nicht so ernst wie Joanna. Er wandte sich ab und verschwand so rasch, wie er aufgetaucht war, auf der anderen Seite der Düne.

Joanna stand wie erstarrt. Sie starrte ihm noch eine gute Minute lang nach, als er schon längst aus ihrem Blickfeld verschwunden war.

Der Zauber des Morgens war gebrochen. Sie hob ihre Schuhe und ihre Handtasche auf und machte sich auf den Rückweg nach Port Strathy, erfüllt von düsterer Ungewißheit, was ihre Zukunft betraf.

# FALSCHES SPIEL

Joanna starrte fassungslos.

Im ganzen Zimmer war das Unterste zuoberst gekehrt. Geplündert!

Sie schluckte ihre Tränen hinunter. Die Unordnung konnte man wieder aufräumen, aber warum sollte ihr jemand so etwas antun? Warum war sie so unwillkommen?

»Meine Güte, wie können wir Ihnen das nur wieder gutmachen?« rief Mrs. Cobden aus und rang die Hände.

»So etwas ist hier noch niemals passiert«, sagte ihr Mann. »Was für eine Schande! Sie können sicher sein, das wird den Behörden gemeldet!«

Joanna kletterte über die umgedrehte Matratze und hob einige der Gegenstände auf, die aus ihren Koffern verstreut worden waren. Kleider lagen da und dort auf dem Boden, ihre Beutel waren rücksichtslos ausgeleert worden, die Laden der Kommode waren herausgezogen worden, das Bett war in Unordnung, und die Kleider, die sie in den Schrank gehängt hatte, lagen im ganzen Zimmer verstreut.

»Wissen Sie, ob etwas gestohlen wurde?« fragte Sandy.

»Ich hatte nichts Wertvolles«, antwortete Joanna.

»Nichts Wertvolles!« dachte sie, und umklammerte ihre Handtasche, die immer noch an ihrer Schulter hing. Was für ein Glück, daß sie ihre einzigen wertvollen Besitztümer bei sich getragen hatte! Die Spieldose ihrer Großmutter war den Einbrechern wohl als zu wenig wertvoll erschienen, denn sie stand ungestört auf dem Frisiertischchen. Joanna streckte die Hand aus und hob sie auf. Sie drehte den silbernen Schlüssel und stellte die Dose wieder hin, erleichtert, die zarten Töne des Wiegenliedes wie eh und je klingen zu hören.

»Ich mach Ihnen 'mal eine schöne heiße Tasse Tee«, sagte Mrs. Cobden und legte einen Arm zärtlich um Joannas Schulter. »Und später helf' ich Ihnen beim Aufräumen.«

Joanna empfand Widerwillen bei dem Gedanken an die unerfreuliche Arbeit, den Raum wieder in Ordnung zu bringen. Sie nahm das Angebot an und stieg die Treppe in die Gaststube hinunter. Sie nahm Platz, während die Cobdens in die Küche eilten, um den Tee zu bereiten. Andere Gäste waren nicht anwesend.

Joanna versank in tiefe Gedanken, und im Stillen beklagte sie diese letzte Wendung der Dinge.

Nach einiger Zeit nahm ihr Bewußtsein Worte auf, die aus der Küche hereindrangen. Ein Geflüster, das ganz eindeutig nicht für ihre Ohren bestimmt war, war deutlich hörbar geworden.

»... nicht ihre Schuld ... sie weiß ja nichts ...«

»... mehr als sie einen wissen läßt ...«

»Sie ist einfach ein unschuldiges junges Mädchen.«

»Geschieht ihr recht, sag ich nur.« Das war Sandy Cobdens tiefe Baßstimme.

»Wie garstig, so etwas zu sagen!« kam Mrs. Cobdens Stimme, nun deutlich lauter als ein Flüstern.

»Ich sag ja nich', 's wäre recht gewesen, ihr Zimmer so zuzurichten. Ich versteh' schon, daß das arme Ding in Schwierigkeiten ist. Ich sag bloß, das kommt davon, wenn man wo auftaucht und in ein Wespennest sticht!«

»Sie hat niemand Ärger gemacht, das weißt du gut genug, Sandy. Und sie ist unser Gast!«

»Das weiß ich, Frau. Und ich mag die Kleine«, erwiderte Sandy. »Aber ich wette, du würdest auch anders reden, wenn sie sich das Geld des Laird schnappt, und es wird nichts aus dem Landverkauf!«

»Das würde sie doch wohl nicht tun!«

»Und warum nicht, frag ich dich? Das Städtchen bedeutet ihr nichts. Die kann sich einfach umdrehen und heimfahren in die Staaten. Und ich brauch dir nichts zu erzählen, was der neue Hafen für uns bedeuten würde. Wenn der Verkauf platzt, dann stehn wir da mit'm dummen Gesicht, so wahr ich hier stehe!«

»Jetzt sei mal leiser, Sandy!«

Aber die Frau des Gastwirts hätte sich keine Sorgen zu machen brauchen. Als sie den Gastraum mit Joannas Tee wieder betraten, war ihr Gast nirgends zu sehen.

Joanna verließ die Herberge und tat, was sie schon den größten Teil des Tages getan hatte – sie wanderte ziellos in der Stadt herum, dachte nach, überlegte, grübelte, was sie als nächstes tun sollte. Sie hatte den ganzen Tag nur wenig gegessen. Sie hatte erwogen, noch einmal zum Haus der Duncans hinauszuwandern, hatte sich aber dagegen entschieden. Kein Zweifel, ihre Ankunft hatte Spekulationen aller Art in dem kleinen Fischerstädtchen aufgestört. Das war nicht im geringsten ihre Absicht gewesen. Aber es schien, als sei der bloße Name ihrer Großmutter ein Reizwort für die Leute, die so lange unter der Herrschaft der Duncans gelebt hatten.

Vielleicht war das die unausweichliche Folge davon, wenn man irgendwo hineindrängte, ohne eingeladen zu sein. Mehr und mehr hatte sie das Gefühl, daß sie in Port Strathy nicht dazugehörte. Aber sie gehörte auch nicht nach London mit Jason oder nach Chicago, nicht einmal nach Denver, wenn ihre Großmutter starb.

Irgendwie hatte sie gehofft, es möchte hier anders sein ... aber nein, es hatte keinen Sinn. Morgen würde sie ihr bißchen Geld dafür verwenden, die Fahrt zurück nach London zu buchen. Sie hatte noch Jasons Visitenkarte. Selbst wenn sie das Geld auf Zinsen von ihm leihen mußte – er würde ihr helfen. Sie hoffte nur, daß er nicht einen allzu hohen Preis dafür verlangte.

Augenblicklich empfand sie ein Gefühl der Erleichterung.

Daß sie sich entschlossen hatte, zu handeln, nahm die Last der Unsicherheit von ihren Schultern. Sie würde heute abend ihre Sachen packen. Dann, am Morgen, würde sie alle Vorbereitungen treffen, um bei erster Gelegenheit abzureisen.

Joanna schlug den Weg nach Westen ein. Die Straße lief parallel zum Strand, aber in hundert bis zweihundert Yards Entfernung, denn zwischen See und Straße erhob sich eine gewaltige Düne. Joanna konnte die Wogen nicht sehen, aber sie konnte die Brandung hören, die nun mit der aufkommenden Flut immer lauter wurde. Die Wogen donnerten gegen den felsigen Fuß eines klippenähnlichen Absturzes, der sich am westlichen Ende des breiten Sandstrandes erhob, etwa eine Meile vom geschützten Hafen der Stadt entfernt. Die Straße, die Joanna entlangwanderte, stieg allmählich an, bis sie sich ebenfalls an der Kante einer hohen Klippe entlangwand, die einen weiten Blick über die Küste, den Hafen und das winzige Port Strathy in der Ferne bot.

Schwer atmend von den Anstrengungen des Aufstiegs, blieb Joanna stehen und blickte hinter sich. Der gelbe und rosafarbene Feuerschein der frühsommerlichen Mitternachtssonne raubte ihr den Atem.

»Wie wunderschön!« sprach sie mit leiser Stimme vor sich hin.

Zu ihren Füßen breitete sich die See in einem stumpfen abendlichen Blaugrau aus. Die Möwen kreischten, als sie mit raschen Flügelschlägen dicht über dem Wasser dahinstrichen, in der Hoffnung auf einen leichten Fang. Fischerboote trieben gemächlich aus dem Hafen, um die Nacht auf See zu verbringen.

Joanna machte sich auf den Rückweg in die Stadt, um dort ihre – wie sie hoffte – letzte Nacht in Port Strathy zu verbringen.

Wenn sie nur das Glück hatte, morgen irgendein Transportmittel zu finden – entweder über Land, wie sie hergekommen war, oder an Bord eines Schiffes, das nach Fenwick oder Peterhead oder, noch besser, nach Aberdeen fuhr. Bis Joanna die ersten Bauernhäuschen am Rande der Stadt erreicht hatte, war es neun Uhr abends vorbei und der Himmel war so dunkel geworden, wie er in der Nacht werden sollte – ein tiefes Blaugrau, in dem sich im Westen der Saum des endlosen rosafarbenen Sonnenuntergangs zeigte. Im Laufe der Nacht würde sich das Licht unmerklich nach Osten wenden und schließlich einem farbenprächtigen Sonnenaufgang Platz machen.

In Port Strathy waren alle Türen verschlossen. Die Fischersleute waren um diese Stunde entweder bereits zu Bett gegangen, oder die Männer waren draußen bei der schweren Arbeit auf See. Joanna sah keine lebende Seele, als sie durch die Straßen schlenderte, der Kreuzung zu, die sie zu Cobdens Herberge zurückbringen sollte. Ein schmaler Sichelmond war in der Richtung, in der Schloß Stonewycke lag, am Himmel aufgestiegen und verstärkte den stillen, unheimlichen Zauber des einsamen Abends. Wiederum mußte sie an Jason Channing denken. Was für ein wunderbarer Abend wäre es gewesen, um mit ihm einen Spaziergang durch die bescheidenen Straßen zu machen!

Sie fragte sich, ob er jemals im Mondschein spazierenging. Vielleicht würde sie es in einer Woche schon wissen, wenn alles gutging.

Nun, wie auch immer – in dieser Nacht hatte sie niemand, der sie begleitete, und kein Daheim außer der Herberge, wo ihr Zimmer, immer noch in chaotischer Unordnung, auf ihre ordnende Hand wartete. Sie schritt an Miss Sinclairs Laden vorbei, der jetzt dunkel und still da lag. Sie hatte Olive Sinclair sympathisch gefunden. Von all den Leuten, die sie hier getroffen hatte, war sie die einzige, die ihr fehlen würde. Sie hätte sie gerne näher kennengelernt. Sie – und MacDuff, den sie wohl nicht wiedersehen würde.

Joanna stieg von dem hölzernen Bürgersteig herunter, um ein Gäßchen zu überqueren. Die Herberge lag nur knapp fünfzig Yards von ihr entfernt, aber alle Fenster waren bereits dunkel. Das einzige Lebenszeichen war der dünne Rauchfaden, der aus dem Schornstein geradewegs in die windstille Nacht stieg.

Da packte sie plötzlich eine Hand am Gürtel!

Sie spürte, wie eine zweite grobe Hand sich auf ihren Mund preßte, als sie sich verzweifelt zu befreien versuchte.

In der Verwirrung konnte sie nichts von den Zügen des Mannes erkennen, der in den Schatten des Gäßchens versteckt gelauert hatte, hinter der Ecke eines Gebäudes verborgen. Im Augenblick, als sie auf die Straße trat, hatte er sie angesprungen.

»Her mit deiner Tasche, und ich tu dir nichts«, zischte der Angreifer, während er sie fest umklammert hielt.

Sie spürte, wie der Mann am Riemen ihrer Handtasche zerrte. Unfähig, um Hilfe zu rufen, trat sie nach ihm. Schließlich gelang es ihr, wild um sich schlagend, ihren Mund wenigstens teilweise freizubekommen.

»Hilfe!« Noch während sie schrie, preßte sich eine starke, fleischige Hand von neuem auf ihren Mund. Sie umklammerte verzweifelt ihre Handtasche, wand und drehte sich und biß dann in die Hand, so kräftig sie konnte.

»Au!« brüllte der Angreifer. »Du bissiges Weib du! Da, du Miststück!« fluchte er und lockerte seinen klammernden Griff gerade so weit, daß er ihr eine scharfe Ohrfeige versetzen konnte.

Der Schlag warf sie rücklings, so daß sie einen Augenblick lang frei war.

Da rief eine Stimme von hinten: »Heda! Was geht denn da vor?«

Der Angreifer fluchte laut vor Enttäuschung, dann rannte er das Gäßchen hinunter davon und verschwand so rasch, wie er aufgetaucht war.

Joanna versuchte, sich der Stimme zuzuwenden, die ihn in Angst versetzt und vertrieben hatte, aber alles rund um sie schien sich in einem Wirbel zu drehen, und sie fühlte, wie ihre Knie nachgaben. Sie kämpfte darum, das Bewußtsein wiederzuerlangen, aber der Schlag war zu kräftig gewesen.

Ihre Knie knickten ein, in ihrem Kopf drehte sich alles, und die Schritte, die nun hastig auf sie zueilten, verklangen in nebligem Nichts.

Sie spürte, daß sie in langsamer Bewegung vornüber fiel, während die Nacht um sie schwärzer und schwärzer wurde.

Dann verlor sie das Bewußtsein.

Ein flackernder bernsteinfarbener Schein drang in Joannas Bewußtsein.

Wo war sie ... was war geschehen? Wenn sie sich nur erinnern könnte!

Sie wollte sich aufsetzen, fand die Anstrengung aber zu strapaziös und legte sich wieder nieder. Ihre verwirrten Sinne blieben von nebelhafter Verschwommenheit umwölkt, als sie auf ihr Lager zurücksank.

Warum tat nur ihr Kopf so weh?

Allmählich kehrte das Bewußtsein in ihr verwirrtes Hirn zurück. Der Schmerz in ihrer rechten Wange wurde deutlicher fühlbar. Sie faßte sich an den Kopf, und im Augenblick, in dem ihre Hand ihr Gesicht berührte, wurde ihr bewußt, daß der pulsierende Schmerz von ihrem heißen, geschwollenen Kiefer ausging. Dann kehrte die erste Erinnerung an den Angriff auf der Straße zurück.

Joanna verdrehte den Kopf ein wenig nach links.

Selbst ihre Nackenmuskeln taten weh. Ihr ganzer Kopf fühlte sich an, als wollte er jeden Moment auseinanderbersten. Aus ihrem Blickwinkel in einer Ecke eines schwach erhellten Raumes sah sie den Kamin ihr gegenüber, von dem der Lichtschein und die Wärme ausstrahlten. Das Feuer war nur klein, aber es brannte schon eine ganze Weile, und die feurigen Kohlen strahlten eine erfreuliche Hitze aus. Joanna sah, daß sie auf den weichen Kissen einer braunen Couch lag.

Als der Nebel sich von ihrem Bewußtsein hob, erkannte sie auch den Rest des Raumes, in dem sie lag. Verblichene Chintzvorhänge hingen vor den Fenstern. Ein abgetretener Perserteppich lag vor dem Kamin. Die Möbel waren im viktorianischen Stil gehalten – einige Möbelstücke aus polierter Eiche, die zwar ganz offensichtlich nach praktischen Gesichtspunkten ausgewählt worden waren, deshalb jedoch um nichts weniger schön waren. Sie dachte sofort an Palmer Sercombes Büro, und ein unwillkürlicher Kälteschauer durchrann sie. Einen Augenblick fragte sie sich, ob sie wohl in diesem Büro lag. Aber sehr bald wurde ihr bewußt, daß die luxuriösen Gegenstände hier im Raum schon einmal bessere Tage gesehen hatten. Und im Gegensatz zum Büro des Anwalts wies dieser Raum trotz seines Mangels an Eleganz eine Atmosphäre von schlichtem Charme auf, mochte seine Schönheit auch bescheidener sein.

All das nahm sie in einem Augenblick in sich auf. Dann wurde ihre Aufmerksamkeit von einem leisen, aber hitzigen Wortwechsel im Hintergrund gefesselt.

»Wenn ich den schmutzigen Lumpen nur in die Hände bekäme!« ließ eine Männerstimme sich hören. »Meine Fäuste mögen alt sein, aber's sind die Fäuste eines Arbeiters, und stark!« Obwohl der Sprecher sich merklich bemühte, die Stimme zu dämpfen, glühte Leidenschaft in seiner Stimme.

»Dem Mädchen geht's schon wieder gut, Nathaniel«, meldete sich eine andere Stimme, die Joanna erkannte, aber nicht einordnen konnte.

»Aber der Schuft soll seiner Strafe nicht entgehen, Olive! Dafür mußt du sorgen!«

»Du weißt, was der Herr sagt ... die Rache ist mein.« Nun erinnerte sich Joanna. Die Stimme war die von Olive Sinclair.

»Aber manchmal siehts der Herr gerne, wenn wir Leutchen hier unten ihm ein bißchen helfen, das weißt du auch.«

»Du hast ihm schon geholfen, indem du den Kerl verjagt und das arme Mächen hierher gebracht hast«, sagte Miss Sinclair. »Der Herr wird den Schurken schon nicht ungestraft lassen, darauf kannst du zählen, Nathaniel.«

Eben da regte Joanna sich und zog die Aufmerksamkeit ihrer Gastgeberin auf sich.

»Nun, meine Liebe, sind Sie endlich wach? Liegen Sie nur noch ein Weilchen still. Wie geht's dem Kopf? Sie haben ganz schön was abgekriegt, so wie's aussieht!«

Joanna blickte die Frau an und versuchte ein Lächeln zustande zu bringen. »Ich ... ich glaube ... mir geht's gut. Mir tut nur furchtbar der Kopf weh ...« Sie wandte den Blick dem anderen Gesicht zu, das sie jetzt schweigend betrachtete. Der Mann sah freundlich aus. »Bin ich schon lange hier?« fragte Joanna.

»Nathaniel hat Sie vor ein paar Minuten hereingebracht.«

Der Mann in Olive Sinclairs Gesellschaft war groß und grobknochig, etwa fünfzig Jahre alt, wie Joanna schätzte, denn sein spärliches Haar war bereits grau. Seine tiefliegenden, kleinen braunen Augen waren von Runzeln umgeben – der unausweichlichen Folge langer, mit schwerer Arbeit bei Wind und Wetter verbrachter Jahre. Die Jeanshosen waren stark abgetragen und schienen ihm etwas zu groß zu sein. Er trug ein Arbeitshemd von verwaschenem Rot.

»Dann waren Sie es«, fragte Joanna, »der mir zu Hilfe gekommen ist?«

»Na, Ma'am, ich hab nicht viel getan«, antwortete er. »Der feige Tunichtgut rannte wie ein Hase, kaum daß er eine ehrliche Stimme hörte.«

»Ich stehe tief in Ihrer Schuld«, sagte Joanna. »Ich weiß nicht, was ich getan hätte –« Ihre Hand fuhr plötzlich hoch, und sie erbleichte. »Meine Handtasche!« schrie sie auf. »Er hat doch nicht meine Handtasche –«

»Nana, keine Aufregung, Mädchen. Da ist sie ja.« Miss Sinclair nahm die Tasche vom Tisch auf, wo sie gelegen hatte und reichte sie ihr. Joanna griff hastig danach und schob die Hand hinein. Alles war noch da. Sie stieß einen tiefen Seufzer der Erleichterung aus.

»Er wollte meine Tasche«, erklärte Joanna.

»Sie müssen einen ziemlich schlechten Eindruck von unserer Stadt bekommen«, sagte Miss Sinclair, während sie Joanna, die nun aufrecht auf der Couch saß, eine Tasse Tee brachte. »Nun setzen Sie sich einmal hin und entspannen Sie sich und trinken ein schönes Schlückchen Tee, dann geht's Ihnen wieder gut.«

»Ich fürchte, es liegt nicht an der Stadt«, sagte Joanna schließlich. »Ich habe das ganze Unheil ausgelöst. Ich habe nichts als Ärger gebracht von dem Augenblick an, als ich hier ankam.«

Joanna schloß die Augen und trank einen Schluck Tee. Es tat gut, als die Wärme sie von innen her durchströmte.

»Was soll das heißen, Sie wär'n selbst schuld an Ihrem Unglück – so'n nettes harmloses Mädchen, wie Sie eins sind«, fragte Mr. Nathaniel Cuttahay.

»Ich wollte sagen, ich hatte wohl kein Recht, hierherzukommen und Fragen nach der Vergangenheit zu stellen.«

»Joanna ist hierher gekommen, um Verwandte ihrer Großmutter ausfindig zu machen«, erklärte Miss Sinclair, an Nathaniel gewandt. »Wenn ihre Großmutter überhaupt von hier stammte.«

»Ich weiß gar nicht, was ich denken soll«, sagte Joanna. »Heute wurde in mein Zimmer in der Herberge eingebrochen und alles durchwühlt ...« Sie brach ab und wandte den Kopf ab, unfähig, weiterzusprechen, während sie um Fassung rang.

»Ich glaube wirklich, es war ein Fehler, nach Schottland zu kommen«, fuhr sie mit zitternder Stimme fort. »Ich wollte morgen versuchen, nach London zu gelangen ...«

»Meine Liebe«, unterbrach Miss Sinclair, »Sie müssen unbedingt einige Tage ruhen. Sie können in Ihrem Zustand nicht reisen.

Wir müssen allerdings einen sichereren Ort finden, wo Sie heute nacht schlafen können.«

»Was für eine Schande!« rief Mr. Cuttahay aus. »Man schämt sich ja, diese Stadt seine Heimat nennen zu müssen ... obwohl's ja sonst kein übler Ort ist. Aber warum sollt's wohl jemand stören, daß Sie hier Ihre Verwandten suchen?«

»Joannas Großmutter war eine Duncan aus Port Strathy«, warf Miss Sinclair ein.

Joanna erzählte ihnen nun in kurzen Worten von der letzten Bitte ihrer Großmutter. »Sie hieß Margaret Duncan und –«

»Gott bewahre uns!« schrie Nathaniel auf, und alle Farbe wich aus seinem Gesicht.

»Was ist los, Mann?« fragte Miss Sinclair alarmiert. »Du siehst ja aus, als hättest du eben ein Gespenst aus'm Grab steigen gesehen!«

»Vielleicht hab ich das auch, Olive«, sagte er, während er sich schwer in den Sessel sinken ließ und ungläubig den Kopf schüttelte. Dann warf er Joanna einen durchdringenden Blick zu und beäugte sie scharf. »Ich kann's nicht glauben!« sagte er schließlich. »Nein, ich kann's einfach nicht glauben!«

»Mann, jetzt spann uns doch nicht auf die Folter!« drängte Miss Sinclair. »Warum bist du so hochgefahren, als du den Namen gehört hast? Also, was ist, heraus damit!«

»Du bist neu hier, Olive – wie lang ist's jetzt her, zwanzig Jahre, seit du aus Leeds zugezogen bist? Da hast du nie was von Margaret Duncan gehört. Aber's gab eine Zeit, da hat der Name hier für jede Menge Aufregung gesorgt. Nun, ich war damals selber noch 'n kleiner Junge, also weiß ich nicht so genau, was passiert ist.«

»Was meinen Sie, Mr. Cuttahay?« fragte Joanna ungeduldig. »Was ist mit meiner Großmutter ... haben Sie sie vielleicht gekannt?«

»Nein nein. Ich war damals höchstens acht oder zehn Jahre alt. Da wissen Sie also nichts Näheres darüber, warum sie Schottland verlassen hat?«

»Ich weiß gar nichts über ihre Vergangenheit. Sie ließ nur im Delirium dann und wann ein Wort über Port Strathy fallen, bevor sie das Bewußtsein verlor. Bitte ... erzählen Sie mir von ihr.«

»Ach, mein Mädchen, das ist keine Geschichte, die man gerne hört«, begann er. »Und wie gesagt, ich weiß auch nur Bruchstücke. 's ist schon so lange her. Vielleicht ist sie nach Amerika gefahren, weil ihr das Herz brach ... nun, wie auch immer, plötzlich war sie verschwunden. Niemand in der Stadt wußte, warum. Nun ja, es war kein Geheimnis, daß ihr Vater, der Laird, und sie, sich ganz entzweit hatten wegen irgendeiner unglücklichen Liebesgeschichte; ihr Vater wollte der Sache unbedingt ein Ende machen. Der Skandal wurde vertuscht, und plötzlich hört man nur noch, Margaret ist auf und davon nach Amerika. Und man hat nie wieder was von ihr gehört. Was immer da war zwischen Margaret und ihrer Familie, 's muß schon etwas sehr Schlimmes gewesen sein, daß sie da einfach fortgeht und ihr Erbe links liegen läßt ... sie war das älteste von den Kindern des Laird. Des alten Laird, meine ich.«

»Dem, der jetzt eben gestorben ist?« fragte Joanna. »Wer war er?«

»Der Sohn des alten Laird – Margarets jüngerer Bruder Alastair.«

Joanna saß wie betäubt da.

»Deshalb ist jeder hier so mißtrauisch«, sagte Miss Sinclair. »Sie denken alle, Joanna sei gekommen, um die Erbschaft anzutreten.«

»Ich hatte nicht die geringste Ahnung von all dem«, sagte Joanna mit einem benommenen Seufzer. »Ich konnte nicht einmal einen Fuß ins Haus setzen. Ich wechselte ein paar Worte mit dem Kastellan, aber er sagte nichts von Bedeutung; sagte, ohne Mr. Sercombes Erlaubnis dürfte er mir nichts sagen. Und als ich zu dem ging, sagte er mir, meine Papiere seien wertlos.«

»Papiere?« fragte Cuttahay interessiert.

»Dokumente, die ich nach dem Unfall meiner Großmutter unter ihren Effekten fand.«

»Haben Sie sie hier?«

»Sie sind in meiner Handtasche«, sagte Joanna. »Ich zeigte sie heute morgen Mr. Sercombe. Er sagte, sie seien bedeutungslos, aber er wollte sie jemand zur Überprüfung geben.«

»Hmmmm ...« brummte Nathaniel.

Joanna öffnete ihre Handtasche und entnahm ihr den braunen Briefumschlag, der die Dokumente enthielt. Dann legte sie sie ihren beiden neuen Freunden vor.

»Die sehen aber ganz schön wichtig aus«, sagte Nathaniel.

Olive Sinclair sah sie sich sorgfältig an und studierte jedes Detail daran. Nach einer Weile sagte sie: »Vielleicht täusche ich mich, aber ...« Sie rieb sich nachdenklich das Kinn. »Aber 's sieht nicht so aus, als seien sie sehr schwierig zu entziffern, wenn man sich einmal durch die altertümliche Sprache durchgekämpft hat ... was für einen Rechtsanwalt kein Problem sein sollte.«

»Was lesen Sie heraus?« fragte Joanna.

»Dieses hier sieht wie der Bericht eines Landvermessers aus ... was meinst du, Nathaniel?«

Der Mann rückte näher heran, blickte Miss Sinclair über die Schulter und murmelte unsichere Zustimmung.

»Sieh einmal, hier«, fuhr Miss Sinclair fort und fuhr mit dem Finger über die Zeichnung, »all diese Grenzmarken und verschiedenen Entfernungsangaben, so viele Achtelmeilen von hier und da. Und hier ist der Ausgangspunkt – die Mündung des Lindow. Das ist die Grenze der Ländereien des Laird ... wo der Lindow ins Meer mündet, ein Stück weiter westlich an der Küste. Und das hier ... Rossach Kyle – hm, was das heißt, weiß ich nicht.«

»Das existiert nicht mehr«, warf Nathaniel ein. »Das ist jetzt alles im Meer versunken ... das war ein Stückchen Landzunge, etwa drei Meilen vom Hafen entfernt, an der Küste. In alter Zeit war's eine Art Hafen, aber es gab immer Streitereien über die Eigentumsrechte mit dem Laird –«

»Welchem Laird?« fragte Joanna. »Ich bin ganz durcheinander.«

»Talmud Ramsey, Mädchen. Der war Margarets Großvater, der Vater ihrer Mutter. Auf jeden Fall hat er das Land in Besitz genommen, als er Laird war. Ich denke, es war damals so wichtig, weil es eine Art natürlichen Schutzwall für die Stadt darstellte.«

»Und was geschah damit?« fragte Miss Sinclair.

»'s gab einen argen Sturm auf See, damals in den sechziger Jahren. Hätte um ein Haar die ganze Stadt zerstört. Die hohen Sturzwellen, die den ganzen Winter andauerten, zogen die Landspitze einfach in die See runter. Damals hat der Sturm auch die Herberge zerstört, wenn ich mich recht erinnere. Ich war noch keine fünf Jahre alt damals, aber die alten Leute erzählten noch jahrelang davon.«

»Nun, vielleicht wurde der Bericht des Landvermessers angefertigt, um irgendwelche Streitigkeiten danach zu schlichten.«

»Nein, das kann nicht sein«, bemerkte Joanna mit steigendem Interesse. »Seht euch das Datum an – 1845.«

»Das wäre ja gerade zu der Zeit gewesen, als Atlanta Ramsey James Duncan heiratete ... das wären dann die Eltern Ihrer Großmutter, Mädchen«, sagte Nathaniel.

»Dann hat wohl James Duncan diesen Bericht machen lassen,

um den exakten Umfang des Besitzes festzuhalten«, sagte Miss Sinclair. »Nachdem er ja in die Familie einheiratete, und die Grenzmarken in alter Zeit ziemlich unklar waren, wollte er wohl sichergehen, wieviel Land er eigentlich besaß.«

»Oder wieviel seine Frau besaß«, schlug Nathaniel vor. »Bedenkt mal, James Duncan hatte ja nur eingeheiratet. Manche sagen, er sei ein schlauer Fuchs gewesen, der nur das Land in seinen Besitz bringen wollte. Zu der Zeit war Atlanta die letzte, die den Namen Ramsey trug.«

»Dieses andere Papier hier«, fuhr Miss Sinclair fort, »scheint mir aber noch interessanter zu sein. Schau mal, Nathaniel. Es scheint eine Art Urkunde zu sein. Sieh einmal ... ›die als Port Strathy bezeichneten Ländereien‹ ... die Tinte ist hier verschmiert, aber das könnte ein Hinweis auf einen Vermessungsbericht oder auf Grenzmarken sein. Und dann steht da ›Ramsey und alle gesetzlichen Erben, sollen nach königlicher Verordnung regieren und besitzen ... gegeben unter der gnadenreichen Herrschaft Georgs III., König von Gottes Gnaden ... an diesem 17. April des Jahres 1784 ...‹« Sie unterbrach sich und stieß einen langen Seufzer aus.

»Was bedeutet das?« fragte Joanna.

»Wer weiß?« antwortete Miss Sinclair. »Aber wenn ich eine Entscheidung treffen müßte, würde ich sagen, es ist die Urkunde über das Erbe der Ramseys ... und der Duncans, wie die Lage jetzt ist.«

»Ich sollte das alles wohl Mr. Sercombe sagen«, sagte Joanna. »Wenn er sich die Papiere genauer ansähe und ich ihm erzählte –«

»Joanna«, begann Miss Sinclair, »es ist nicht meine Art, schlecht von einem anderen zu sprechen, schon gar nicht, wenn er praktisch Tür an Tür mit mir wohnt. Aber an Ihrer Stelle würde ich ihm zunächst einmal lieber nichts sagen. Wenn er Ihnen etwas zu sagen hätte, hätte er das heute morgen tun können.«

»Auf jeden Fall«, sagte Nathaniel, »ist es viel zu spät, heute nacht noch irgend etwas zu beschließen. Letty wird sich schon Sorgen machen meinetwegen.«

»Tut mir leid, daß ich Sie so lange aufgehalten habe«, entschuldigte sich Joanna, aber sie hatte kaum ausgesprochen, als ihre beiden neuen Freunde sich weitere Äußerungen in dieser Richtung verbaten. »Jedenfalls«, fuhr sie fort, »muß ich mich beeilen, daß ich in die Herberge zurückkomme. Ich muß mein Zimmer in Ordnung bringen und ein wenig schlafen. Morgen muß ich dann entscheiden, wie ich von hier wegkomme.«

»Davon will ich nichts mehr hören!« beharrte Miss Sinclair, während sie Joanna freundschaftlich in die Arme schloß und sie mit ihrer Zärtlichkeit fast erstickte. »Und es ist keine gute Idee, zur Herberge zurückzukehren. Die Leute, die Ihr Zimmer durchwühlt haben –«

»Mädchen«, fiel Nathaniel ein, »meine Letty und ich, wir haben 'n Häuschen ungefähr zwei Meilen südlich von hier. Luxus könn' wir keinen bieten, aber wir haben 'n freies Zimmer und wir würden uns geehrt fühlen, wenn Sie'n Weilchen bei uns bleiben wollten, wenigstens, bis Sie wieder ausgeruht sind, oder bis Sie wissen, wie's nu' genau weitergehn soll.«

»Ich ... ich weiß nicht recht«, stammelte Joanna, als Miss Sinclair sofort Zustimmung nickte. »Sie kennen mich doch kaum, und ich ... ich will nicht, daß Sie Ärger kriegen, weil Sie mir helfen.«

»Papperlapapp, Mädchen! 's ist das beste für uns alle, wenn wir Sie aus der Stadt rausholen, weg von all den Falkenaugen, die Sie beobachten. Sie täten's doch auch für mich, wenn ich ein Fremder wäre, oder etwa nich'? Und das wissen Sie ja wohl, was der Herr drüber sagt, daß man die Fremden aufnehmen soll, nich'? Nein, Mädchen, Sie müssen kommen, sonst könnt' ich selbst keine Auge zutun vor Angst, 's passierte noch einmal dasselbe wie heut abend, und ich wär nicht in der Nähe, um zu helfen.«

Das Feuer war tief herabgebrannt und das Licht im Raum war jetzt trübe. Die Nacht war still um sie. Joanna blickte ihre beiden Gefährten an – Nathaniels wackeres, freundlich-einfältiges Gesicht und Miss Sinclairs ehrliche und entschlossene Züge.

»Sie wissen nicht, wieviel mir das bedeutet ...« sagte sie, und ihre Augen füllten sich mit Tränen. »Ich danke Ihnen beiden ... vielmals.«

War ihr zartes Mitgefühl, ihre Güte ein Teil dessen, was sie in Schottland zu finden gehofft hatte?

## EIN NEUES HEIM

Die Wiese erstreckte sich vor ihr wie eine Decke aus tiefgrünem Tuch, mit zahllosen weißen und gelben Gänseblümchen gesprenkelt. An manchen Stellen reichte ihr das Gras bis zu den Knien, als sie bedächtig ihren Weg dahinschritt und unter dem Gehen einen Blumenstrauß pflückte. Als sie einen Blick zurückwarf, lag das Bauernhäuschen der Cuttahays bereits im Dunst der Ferne und war kaum noch zu sehen.

Joanna war früh am Morgen erwacht. Auf dem Strohsack ausgestreckt, versuchte sie sich zu orientieren. Aber das Sonnenlicht, das durchs Fenster strömte, der Klang von Mrs. Cuttahays Stimme, die ein Lied nach dem anderen in der Küche sang, und die nebelhafte Erinnerung an die Heimfahrt in der vergangenen Nacht klärten ihren Geist bald wieder. Und dasselbe tat der Schmerz in ihrem Kiefer!

Sie lag ein paar Sekunden still und hörte der bäuerlichen Stimme zu, die draußen sang: »Jesus, meine Zuversicht ...«, und allmählich breitete sich tiefer Friede über sie aus.

Später am Morgen, nachdem Nathaniel zur Stadt gefahren war, um ihre wenigen Besitztümer zu holen, blieb Joanna im Bauernhaus und bot Mrs. Cuttahay an, ihr zu helfen.

»Oh, ich hab nur noch ein paar Kleinigkeiten zu tun, Mädchen«, hatte die fröhliche Frau abgewehrt. »Ruhen Sie sich nur aus und machen Sie sich keine Gedanken.« Letty Cuttahay war um einiges kleiner als ihr Mann und, wie Nathaniel zu sagen pflegte, »hübsch ausgepolstert«. Ihr braunes Haar, in das sich bereits reichliches Grau mischte, war immer zu Zöpfen geflochten und diese Zöpfe säuberlich auf ihrem Scheitel aufgesteckt. Ihre kleinen braunen Augen schienen beständig fröhlich zu zwinkern. An diesem Morgen trug sie ein blaugeblümtes Baumwollkleid mit einer frisch gestärkten weißen Schürze darüber.

Das Haus schien makellos sauber zu sein, aber die wackere Frau fand nie ein Ende mit ihrer Arbeit. »Sie haben Schlimmes mitgemacht, Mädchen«, sagte sie, »also gehn Sie's nur langsam an.« So saß Joanna auf einem hölzernen Schemel, während Mrs. Cuttahay einen Berg Kartoffeln schälte und schnitt. Sie warf sie in den mächtigen Topf, der an einer im Kamin befestigten schweren Kette über dem Feuer hing, und dort kochten und sotten sie in Erwartung des Mittagessens. Es dauerte nicht lange, bis die unkomplizierte Fröhlichkeit der älteren Frau Joanna ganz und gar beruhigt hatte.

Sie hatten in der vergangenen Nacht nur kurz miteinander gesprochen, aber der Empfang hätte nicht herzlicher sein können. Letty Cuttahays erste Reaktion auf ihren unerwarteten Gast war eine herzerwärmende, willkommen heißende Umarmung; es machte ihr nicht das geringste aus, ein Bett in ihrem Gästezimmer zurichten zu müssen.

Kurz vor Mittag sagte Letty: »Warum sehen Sie sich nicht ein wenig in der Gegend um? Wir essen zu Mittag, sobald Nathaniel zurückkommt, und es wird Ihnen doch langweilig, hier drinnen herumzusitzen an einem so prächtigen Tag.«

So hatte Joanna sich also zu einem Spaziergang aufgemacht. Ihr Ziel war ein kleiner Hügel, den sie am Morgen vom Küchenfenster aus entdeckt hatte. Er war kaum hoch genug, um überhaupt ein Hügel genannt zu werden, aber er bot Joanna einen weiten Blick über das umliegende Land. Sie konnte das Städtchen nicht sehen, aber drüben in westlicher Richtung – wo der Grund gleichmäßig anstieg – schien es ihr, daß sie gelegentlich das Aufblitzen der Sonne auf den Türmen von Stonewycke sehen konnte. Nach Norden hin erstreckte sich die glitzernde Fläche der See. Im Westen, aber außerhalb ihres Blickfeldes, lag der Fluß Lindow, das wußte sie von Nathaniels Beschreibung des umliegenden Landes. Eine dünne Reihe hellgrüner Bäume zeigte sich in der Ferne, und Joanna fragte sich, ob diese Bäume wohl am Ufer des Flusses wuchsen, der sich dort dem Meer entgegen schlängelte. Eines Tages würde sie zu dem Abenteuer aufbrechen, dorthin zu wandern ... wenn sie überhaupt so lange hier blieb.

»Ich wollte doch heute nach London zurückkehren!« dachte sie plötzlich. Sie hätte es beinahe vergessen.

Wiederum blickte Joanna zur Silhouette des großen Gebäudes hinüber. Es konnte nicht mehr als ein paar Meilen entfernt sein, aber es hätte sich genau so gut in einer anderen Welt befinden können. Lagen die Geheimnisse der Vergangenheit ihrer Großmutter dort verborgen? Sollten diese Geheimnisse unangetastet bleiben?

Joanna streckte sich rücklings im Gras aus, schloß die Augen und erlaubte der Sonne, sie in ihrer duftenden sommerlichen Wärme zu baden. Sie wußte nicht, wie lange sie so lag, halb dösend, halb mit offenen Augen träumend.

Plötzlich hörte sie gewaltige Sprünge, und etwas Nasses,

Kratziges fuhr über ihr Gesicht. Sie riß die Augen in hellem Entsetzen auf und fand sich Auge in Auge mit dem größten, zottigsten Hirtenhund, den sie jemals gesehen hatte. Er starrte sie mit heraushängender Zunge an. Seine Augen funkelten vor purer Lebensfreude. Dann rief ihn ein scharfer Pfiff an den Fuß des Hügels zurück.

Joanna stand auf und sah Nathaniel über die Weide auf sich zukommen.

»Hallo, Mädchen«, rief er. »Ich fürchte, der alte Reiver hat Ihnen einen gehörigen Schrecken eingejagt. Hoffentlich hat er Sie nicht zu sehr erschreckt – er ist übrigens ganz harmlos.«

»Allerdings ist er ziemlich groß!« lachte Joanna.

»Die Frau hat mich geschickt, Sie zu holen. Wollen Sie mit uns zu Mittag essen?«

»Das klingt erfreulich«, antwortete Joanna. »Das heißt, wenn es Ihnen nichts ausmacht.«

»Mir was ausmachen!« antwortete Nathaniel ungläubig. »Mädchen, Sie sind unser Gast, Sie gehören sozusagen schon zur Familie, also vergessen Sie den Unsinn!«

Joanna lächelte. Als sie den Hügel hinunterstiegen, lief Reiver wieder auf sie zu. Sie beugte sich nieder und ließ die Finger durch seine zottige Haarmähne gleiten, dann umschlang sie seinen Nakken.

»Sieht so aus, als hätte er Sie schon ganz besonders liebgewonnen«, sagte Nathaniel.

Joanna beobachtete den Hirtenhund, wie er einem Schmetterling nachjagte und wieder zurückkam, um ein paar Schritte weit an ihrer und Nathaniels Seite zu laufen. Sie fühlte sich sicherer und friedlicher, als sie es in letzter Zeit getan hatte.

»Ich war bei der Herberge«, sagte Nathaniel schließlich.

»Werden alle wissen, wo ich bin?«

»Macht wohl nichts aus, denke ich«, antwortete er. »Ich habe das Gerücht ausgestreut, Sie würden Port Strathy bald verlassen, um sich noch ein bißchen im Land umzusehen, ehe Sie in die Staaten zurückfahren. Ich wußte ja nicht sicher, was für Pläne Sie haben, aber vielleicht wird es Ihnen auf die Art ein wenig leichter, wenn die Leute nicht denken, Sie wollten ihnen hier Ärger machen.«

Das Mittagessen im Haus der Cuttahays erwies sich als ein sehr erfreuliches Ereignis. Sie setzten sich, und Mr. Cuttahay sprach das Tischgebet. »Unser Herr im Himmel, wir danken dir für deine Fürsorge, und besonders dafür, daß du Joanna zu uns gebracht hast. Herr, beschütze sie und führe sie in diesen schweren Zeiten, und möge sie sich willkommen fühlen in unserem bescheidenen Heim, so lange sie hier bleiben mag. Und nun, Herr, danken wir dir für das Essen auf dem Tisch und das Dach über dem Kopf, das du uns gegeben hast. Wir danken dir für das Leben, das du uns gegeben hast. Amen.«

Berührt von den Worten des Mannes, blickte Joanna auf. Die beiden lächelten sie an. Sie wußte, die Worte waren keine höflichen Floskeln, sondern entsprangen echter Liebe. War da etwas in diesem Gebet, das ihr erklärt hätte, warum diese beiden Menschen so besonders waren, so anders als viele andere, die Joanna in ihrem Leben kennengelernt hatte? Sie erinnerte sich an ähnliche Worte und Gebete aus ihrer Kindheit und Jugend. Ihre Großmutter hatte aus ganzem Herzen über diese Dinge gesprochen. Warum hatte sie ihr nicht zugehört, wie sie jetzt und hier zuhörte?

Die herzhaften Haferkuchen, die Mrs. Cuttahay »bannocks« nannte, gekochte Kartoffeln und gedörrter Hering wurden mit Stolz aufgetischt und mit Appetit gegessen. Im Augenblick erschien es Joanna unmöglich, daß irgend etwas im Leben köstlicher sein könnte als die schlichten Freuden nahrhaften Essens, angenehmer Gesellschaft und herzlicher Gespräche. Die Cuttahays sprachen offenherzig über das Alltagsleben in Port Strathy und bedrängten Joanna mit Fragen nach Amerika. Als die Mahlzeit beendet war, stand Nathaniel auf, streckte seine langen Beine und schritt dann auf seinen Lieblingsessel zu. Dort setzte er sich hin, legte die Füße auf einen dreibeinigen Hocker und zündete seine Lieblingspfeife an.

»Gerade noch Zeit für ein kleines Pfeifchen, bevor ich mich wieder an die Arbeit mache«, sagte er.

Schweigen breitete sich eine Weile über den Raum, während die beiden Frauen die Teller abräumten und Nathaniel zufrieden an seiner Pfeife zog.

»Da war noch was, als ich heute morgen in der Stadt war – das hab ich Ihnen noch gar nicht erzählt«, sagte Nathaniel nach einer Weile. Joanna und Letty ließen die Hände sinken und sahen ihn erwartungsvoll an. »Sagten Sie nicht«, fuhr er fort, »Sie hätten den Mann gestern nacht in die Hand gebissen?«

Joanna nickte.

»Nun, ich hab' Tom Forbes im Gasthaus gesehen, und da trug der doch tatsächlich einen frischen Verband an der Hand.«

»Ach, der arme Tom«, sagte Letty bestürzt.

»Ich denke nicht gern, daß er's gewesen ist«, fuhr Nathaniel fort. »Aber ich fürchte, es ist ihm durchaus zuzutrauen.«

»Und nach allem, was die liebe Olive für ihn getan hat«, seufzte Letty.

»Solchen wie ihm ist manchmal nicht zu helfen, Letty.«

»Von uns nicht, das mag sein«, antwortete seine Frau. »Aber der ihn geschaffen hat, der kann ihm doch helfen – also dürfen wir auch nicht aufgeben. Und ich dachte die ganze Zeit, nun ging's gut mit ihm, und er hätt' seinen Unfall überwunden.«

»Er war in letzter Zeit ungewöhnlich oft im ›Zu Wind und Wellen‹ – ich hab gehört, keines der Boote wollte ihn anheuern.«

»Die arme Familie!« sagte Letty. »Ich muß morgen gleich in aller Frühe bei Annie vorbeischauen ... vielleicht bring ich ihr gleich ein paar Gläser Eingemachtes mit.«

»Das ist lieb von dir, Letty. Du versuchst doch immer rauszukriegen, was der Herr selbst täte, nicht wahr, meine Gute?«

Als Joanna sah, wie der Mann seine Frau betrachtete, schien es ihr, als hätte sie nie zuvor einen solchen Blick unter Eheleuten gesehen. Bewunderung lag darin, nicht wenig Ehrfurcht, und zweifellos tiefe und ehererbietige Liebe. Zum erstenmal empfand Joanna ein wehmütiges Sehnen nach einer solchen Liebe von einem Mann – und sie fragte sich, ob Jason Channing ihr dies geben könnte, und ob er solche Liebe überhaupt wahrnehmen oder sich dafür interessieren würde, wenn er sie sah.

»Aber alles, was er mitgemacht hat«, sagte Nathaniel schließlich, »ist noch lange kein Grund, eine solche Schurkerei zu begehen.«

»Ich verstehe das alles überhaupt nicht«, sagte Joanna. »Warum sollte er – oder irgend jemand – mir so etwas antun?«

»Ich wette, es hat was mit Ihren Papieren zu tun oder jedenfalls damit, daß Sie eine Duncan sind«, sagte Nathaniel.

»Aber Mr. Sercombe sagte, meine Papiere seien wertlos.«

»Rechtsanwälte!« schnaubte Nathaniel. »Die sind einer wie der andere schlitzohrige Schufte, und Palmer Sercombe ist keine Ausnahme.«

»Nicht doch, Nathaniel«, schalt Letty ihn sanft, »du vergißt den lieben Mr. Ogilvie in Culden. Der ist doch ein wirklich liebenswerter Mensch.«

»Das weiß ich, Letty, aber solche wie er sind dünn gesät. Ich wär nicht überrascht, wenn Sercombe vorhätte, sich selbst ein hübsches Stückchen vom Kuchen abzuschneiden.«

»Wie kannst du sowas sagen über den Mann?« sagte Letty. »Wo er doch so viel für die Stadt tut!«

»Nun beruhige dich, Letty«, erwiderte Nathaniel in zärtlichem Ton. »Manchmal bist du zu vertrauensselig, wenn's um Lumpen wie Tom und Sercombe geht. Ich bin immer lieber für als gegen einen, speziell, wenn ich nichts Sicheres weiß. Aber der Herr hat uns geraten, klug wie die Schlangen zu sein, und wir müssen einen klaren Kopf behalten und uns nicht von jedem Bauernfänger an der Nase rumführen lassen.«

»Was tut Sercombe eigentlich für Port Strathy?« fragte Joanna.

»Nun, nachdem es keinen gesetzlichen Erben gibt«, sagte Nathaniel, »hat Sercombe den Verkauf der Hinterlassenschaft in die Wege geleitet. Und wie's heißt, soll der Käufer zugesagt haben, den Hafen auszubauen. Und es geht das Gerede, daß ein Anteil der Erträge an uns weitergegeben wird, damit wir unsere Häuser renovieren und in die Landwirtschaft und die Fischerboote und dergleichen investieren können.«

»So lange ich mich erinnern kann, hat es so etwas noch nicht gegeben«, fügte Letty hinzu. »Die Leute reden über nichts anderes mehr. Die beiden letzten Winter waren hart. Und so etwas gibt dem armen alten Städtchen natürlich mächtigen Auftrieb.«

Über den kleinen Haushalt breitete sich ein kurzes Schweigen.

Bald darauf stand Nathaniel auf, klopfte seine Pfeife am Kamin aus, setzte seine rote Wollmütze auf und ging nach draußen, um sich um seine Arbeit zu kümmern, nachdem er den Damen noch einen schönen Nachmittag gewünscht hatte.

Letty nahm einen Kessel mit heißem Wasser vom Herd und füllte das Abwaschschaff in der nebenan liegenden Küche, wobei sie leise vor sich hinsummte. Als sie ihr zusah, fragte Joanna sich unwillkürlich, wie man in Port Strathy wohl vor fünfzig Jahren gelebt hatte. War dieses selbe Haus damals vielleicht schon an seinem Ort gestanden? Wie hatte ihre Großmutter gelebt? Und was war geschehen, das sie vertrieben hatte? Sie versuchte, sich Port Strathy zwei Generationen früher vorzustellen und fragte sich, ob sich das Aussehen der Stadt wohl sehr verändert hatte.

»Ich wollte, ich wäre damals hier gewesen«, sprach sie ihre Gedanken laut aus.

»Was ist, Kind?«

»Ich fragte mich eben, wie es hier wohl war, als meine Großmutter noch hier lebte«, antwortete Joanna.

»Ach, die Lady Margaret war ein Mädchen zum Liebhaben!«

»Haben Sie sie denn gekannt?« lautete Joannas verblüffte Antwort.

Letty lächelte, als herzerwärmende Erinnerungen in ihren Gedanken auftauchten. Sie trocknete ihre seifigen Hände ab und setzte sich zu Joanna an den Tisch. »Ich weiß nur, was meine Mama mir mal eines Abends über sie erzählt hat. Sie kannte Lady Margaret. Ich denke, sie waren so gut Freund miteinander, wie's bei dem Standesunterschied nur möglich war. Das ist eins von den Dingen, die damals ganz einfach anders waren als heute. Die Leute hatten ihren Platz, und die junge Dame aus dem Herrenhaus hatte ihren Platz, und armer Leute Kind hatte auch seinen Platz. Aber meine Mama sagte, Lady Margaret war anders als die anderen Herrschaften. Es war, als ... wollte sie wie die armen Leute sein.«

Letty seufzte und verfiel in Schweigen, der ferne Blick in ihren Augen sagte Joanna, daß die alte Frau in Gedanken in diese lang vergangene Zeit zurückgekehrt war. Schließlich begann sie wieder zu sprechen. »Als ich geboren wurde, kam die junge Dame, um nach mir zu sehen. Man dachte damals, ich würde die Nacht nicht überleben. Aber sie kam, einfach nur, um einen Besuch zu machen bei meiner Mama und mir ... so sehr kümmerte sie sich um uns ...«

»Hat Ihre Mutter Ihnen denn jemals erzählt, warum Lady Margaret Schottland verließ?«

»Sie wollte mir immer nur von den guten Zeiten erzählen«, antwortete Letty mit einem traurigen Unterton in der Stimme. »Als die junge Dame fortging, nun, da war's meiner Mama zumute, als hätte man aus dem Herzen von Stonewycke ein Stück 'rausgeschnitten. Niemand wußte wirklich, was geschehen war. Manche sagten, es wär die Liebesgeschichte gewesen. Aber der Laird verbot allen Leuten, vor seinen Ohren von seiner Tochter zu sprechen. Und bald fanden die Leute andere Dinge, die sie mehr interessierten. Und so schwer es mir fällt, es zu sagen – im Lauf der Jahre vergaßen die meisten sie ganz einfach. Meine Mama, die vergaß sie freilich nicht, und vielleicht ein paar andere Leute auch noch, die sie geliebt hatten. Aber die neigten alle nicht zum Schwatzen.«

»Könnte es –« begann Joanna, unterbrach sich dann jedoch. Sie hatte Angst, die Frage zu stellen, die ihre Gedanken ausfüllte. Dann platzte sie schließlich heraus: »Ist es möglich ... ist es wirklich möglich, daß diese selbe Margaret meine Großmutter ist?«

Letty schnalzte gedankenvoll mit der Zunge, dann sagte sie:

»Nun, Kind, es scheint mir, da wären ein bißchen zu viele Zufälle im Spiel, wenn sie's nun nicht wäre. Ja, ich würde sagen, es ist mehr als wahrscheinlich.«

Joanna wußte jedoch, daß sie es auf die eine oder andere Weise herausfinden mußte. Sie brauchte bessere Beweise als bloße Übereinstimmungen. War sie nicht eben deshalb nach Schottland gekommen?

Der Rest des Tages verlief beschaulich. Obwohl ihr erster Tag bei den Cuttahays eine wundervolle Abwechslung und eine große Erleichterung gewesen war, fühlte sich Joanna am Ende dieses Tages erschöpft. Die gefühlsmäßige Anspannung der letzten Tage forderte ihren Tribut.

In dieser Nacht ging sie früh zu Bett. Als sie langsam in den Schlaf sank, galten ihre letzten Gedanken ihrer Großmutter und den grauen Steinmauern des mächtigen alten Hauses auf dem Hügel. Sie träumte in der Nacht – einen Traum von einem hochgewachsenen, mageren Mann in Gärtnerkleidung, den ein zottiger Hirtenhund durch eine Wiese voll gelber Gänseblümchen jagte.

# EINE UNERWARTETE BEGEGNUNG

Joanna erwachte am frühen Morgen.

Der Tag war bereits angebrochen, aber ein rascher Blick auf die Uhr in ihrem Zimmer zeigte ihr, daß es erst halb sechs Uhr morgens war. Sie wußte, daß sie nicht mehr weiterschlafen konnte, also kletterte sie aus dem Bett, zog sich an und schlich aus ihrem Zimmer. Sie fand Nathaniel in seinem Sessel ausgestreckt, voll angezogen, aber tief schlafend. Sie konnte nicht sagen, ob er gar nicht zu Bett gegangen war, oder ob er geschlafen hatte, eine Zeitlang vor ihr aufgestanden und dann wieder eingeschlafen war. Sie schlüpfte an ihm vorbei und trat hinaus in die frische Kälte des jungen Morgens.

Reiver lag neben dem Hühnerstall und schlief so fest wie sein Herr. Die frostige Luft war still, und Joanna war zumute, als müßte sie auf Zehenspitzen gehen, um diese tiefe Ruhe nicht zu stören. Wie seltsam war es doch, daß die Sonne in diesem Land im Norden so frühzeitig aufging!

Da wurde die Stille plötzlich zerrissen von einem unmenschlichen Schrei, der ihr das Blut in den Adern gefrieren ließ!

Joanna erstarrte.

Sie sagte sich, es sei wohl nichts gewesen als einer der vielen tierischen Laute, an die man sich auf einem Bauernhof gewöhnen mußte. Aber das konnte das erstickende Pochen in ihrer Brust nicht beruhigen. Sie warf einen Blick auf die Scheune – von dort war der gräßliche Laut an ihr Ohr gedrungen – und schlich langsam in diese Richtung.

Sie näherte sich der offenen Türe und spähte hinein.

Sie konnte nichts erkennen außer tiefen, dunklen Schatten. Sie trat einen zögernden Schritt vorwärts und blickte eilig nach links, dann nach rechts. Nichts Ungewöhnliches war zu sehen. Ihre Augen gewöhnten sich allmählich an das Zwielicht, aber sie sah den Stapel leerer Milchkübel zu spät.

Als sie zu Boden fielen, krachten und schepperten sie gegeneinander, bis sie endlich einer nach dem anderen zur Ruhe kamen.

»Heda!« antwortete ein lauter Ruf vom entfernten Ende der Scheune. »Nathaniel, was treibst du da? Halt dich ruhig, Mann!«

»Es tut mir leid … es ist nicht Nathaniel.« Joannas Stimme klang fadendünn, als sie Antwort gab.

»Na, wer immer du auch bist, halt dich trotzdem ruhig! Der

Lärm hat die Kuh erschreckt, und sie hätt' mir um ein Haar den Arm zerquetscht.«

Joanna wußte, daß sie unwillkommen war, aber die Neugier trieb sie weiter in die Scheune hinein – vorbei an den Boxen, in denen Nathaniels Kühe die Nacht verbrachten, bis zur letzten Box. Ein trübes Licht, das aus dieser Richtung kam, zog sie an, und sie tastete sich langsam vorwärts über den strohbestreuten Lehmboden. Als sie das Ende der Reihe von Boxen erreichte, sah sie einen Mann auf dem Boden knien, unmittelbar neben einer riesigen, seitlich hingestreckten Form. Der Rücken des Mannes war ihr zugewandt, als er sich um das regungslose Tier bemühte; sein muskulöser Körper war bis zur Hüfte entblößt und troff trotz der Kälte des Morgens vor Schweiß. Dampf stieg von seinen Schultern auf. Aus den nassen Nüstern der Kuh dampften von Zeit zu Zeit ebenso weiße Dampfwölkchen.

»Es tut mir leid«, sagte Joanna noch einmal. »Ich dachte, ich hätte ein so seltsames Geräusch gehört und –«

»Na, was erwarten Sie von dem armen Vieh?« fiel er ihr ins Wort und fuhr herum. Nun, wo er Joanna zum erstenmal richtig sah, verriet sein frustriertes Gesicht ein jähes Wiedererkennen. »Sie sind's!« rief er aus.

Joanna fuhr bestürzt zusammen.

Es war der Mann, den sie am Strand gesehen hatte. Nur waren diesmal die Rollen anders verteilt: Nun war sie es, die ihn aufgestört hatte, und das hatte ihn deutlich aus der Fassung gebracht.

Bevor sie noch ein Wort sagen konnte, stieß die Kuh ein weiteres herzzereißendes Gebrüll aus. Er klopfte ihr die Flanken und murmelte ein paar beruhigende gälische Worte, die Joanna nicht verstehen konnte.

»Ist sie krank?« fragte sie, froh, daß die Aufmerksamkeit fürs erste von der Störung, die sie verursacht hatte, abgewendet war.

»Sie versucht, zu kalben«, sagte er. »Und der Krach, den Sie gemacht haben, hat sie um Stunden zurückgeworfen.«

Er stand auf und ging zu einem Kübel voll Seifenwasser hinüber. Sein rechter Arm war mit getrocknetem Blut bedeckt, und einen Augenblick lang machte Joannas Magen einen spürbaren Sprung. Er tauchte beide Arme ins Wasser und versuchte, das Blut abzuschrubben, aber der größte Teil davon blieb an seiner Haut kleben.

»Und warum schleichen Sie um diese Tageszeit beim Haus der Cuttahays herum?« fragte er im Befehlston. Die Tatsache, daß er den größten Teil der Nacht wach gewesen war, hatte ihn ziemlich ungeduldig gemacht.

»Ich sagte doch«, verteidigte sie sich, »ich hörte ein Geräusch.«

»Sie sind ja das Mädchen aus Amerika?«

Sie nickte.

»Da wohnen Sie nun also bei den Cuttahays?«

»Ich hab' die letzten paar Tage hier gewohnt. Aber ich weiß nicht –«

Das Wimmern der Kuh unterbrach sie mitten im Satz.

»Wieder an die Arbeit«, sagte er und eilte an die Seite der Kuh. »Laufen Sie mal 'rüber und holen Sie Nathaniel – schnell.«

»Er schläft.«

»'s ist ihm wohl zuviel geworden ... er war die halbe Nacht hier draußen mit mir«, sagte er, dann zögerte er und dachte einen Augenblick nach. »Nun«, fuhr er fort, »dann müssen eben Sie mir helfen.«

»Ich?« schrie Joanna auf. »Aber ich weiß doch überhaupt nicht –«

»Streiten Sie sich nicht 'rum mit mir, dazu hab ich keine Zeit! Ich zeig Ihnen, was Sie tun müssen«, sagte er, und ohne auf ihre Zustimmung zu warten, nahm er einen Strick, der nebstbei neben seiner Tasche mit den Instrumenten lag, und knüpfte rasch eine Schlinge in ein Ende. Er kniete nieder und schob den Arm ins Innere des keuchenden Tieres.

Joanna riß Mund und Augen auf, als sein Arm und seine Hand, die immer noch die Schlinge hielt, im Hinterteil der Kuh verschwanden.

Es wäre ein denkbar ungünstiger Zeitpunkt gewesen, sich zu übergeben, aber sie fühlte, wie ihr Magen sich aufbäumte!

Zum erstenmal bemerkte sie den Gestank der Jauche, in der die Kuh ausgestreckt lag.

»Aufgepaßt, wenn ich rufe!«

Joannas Hand wanderte zum Mund. Sie kämpfte darum, ihren zitternden Magen ruhig zu halten. Sie durfte jetzt nicht die Beherrschung verlieren!

»Wenn ich nur den Kopf herumdrehen kann ...« hörte sie den Mann sagen. »Das Kalb ist noch am Leben, glaube ich –« Er stockte, ganz auf seine Arbeit konzentriert. »Ja – es lebt!«

Lange Augenblicke vergingen.

Trotz der Übelkeit, die sie jeden Moment zu überwältigen

drohte, empfand Joanna Bewunderung für den Mann, der da auf dem harten, schmutzbedeckten Boden kniete. So bäurisch er aussah, seine Züge hatten etwas knabenhaft Fröhliches an sich. Sie dachte an sein unbekümmertes Lachen am Strand, das sie so sehr geärgert hatte. Und obwohl er nun keineswegs lächelte, waren seine Augen von einem Funkeln freudiger Erregung erfüllt – als wäre er ein Junge, der ein wundervolles Abenteuer erlebte.

Aber es waren nicht seine straffen Muskeln und wettergegerbten Züge, die ihre Aufmerksamkeit fesselten, sondern die sanfte Hingabe, mit der er sich seiner Aufgabe widmete – das tröstende Gemurmel, mit dem er die Kuh bedachte, und seine Entschlossenheit, allen Widrigkeiten zum Trotz ein gesundes Kälbchen ans Licht zu bringen. Er schien in dem Ereignis völlig aufzugehen.

»Ich hab's!« rief er schließlich aus. Die Anstrengung in seiner Stimme überdeckte den Triumph, den er empfand. »Hier, Mädchen ... nehmen Sie den Strick an dem Ende hier –«

Joanna zögerte.

»Schnell!« fuhr er sie an. »Knien Sie hier nieder – da, nehmen Sie den Strick!«

Sie trat einen Schritt vorwärts und kniete widerwillig nieder. Ihre Knie sanken in die weiche Schmutzschicht, die den Boden des Stalles bedeckte. Er drückte ihr den Strick in die Hand und ihre Finger schlossen sich darum. Sie war dankbar, daß sie in dem trüben Licht nicht sehen konnte, ob der Schleim, in dem sie kniete, braun oder rot war.

»Nicht anrucken ... einfach langsam ziehen ... hübsch gleichmäßig anziehen.«

Joanna gehorchte.

»So ist's recht – immer hübsch langsam.«

Joanna konnte fühlen, wie das Kälbchen am anderen Ende strampelte. Ein plötzliches Gefühl, ein Wunder zu erleben, durchdrang sie. Sie hielt ein neues Leben in der Hand! Ein noch ungeborenes Wesen hing am anderen Ende des Stricks, den sie in Händen hielt, und sie half mit, es in die Welt zu befördern.

Im Augenblick vergaß sie ihr Kleid, das von den Knien abwärts in einer übelriechenden schwarzem Masse begraben lag. Sie vergaß den widerlichen Geruch, bei dem sie noch vor einer Woche in Ohnmacht gefallen wäre. Sie vergaß ihre Großmutter und Jason Channing und Urkunden und Papiere und Pläne und Probleme.

Sie wußte nur noch, daß sie mithalf, Leben zur Welt zu bringen!

»Ah, Mädchen ... du machst das wunderbar!«

Joanna lächelte und zog weiter. Ihre Arme und Schultern begannen von der Anstrengung zu schmerzen.

»Danke«, sagte sie.

»Ich meinte die Kuh«, antwortete er. »Aber Sie machen's auch wunderbar.«

Die Bewegungen der Kuh und die ermutigenden Worte des Tierarztes nahmen beide an Intensität zu. Joannas Herz klopfte heftig, und ihre Kehle war wie ausgedörrt. Dann sah sie plötzlich eine winzige rosa Schnauze ans Licht kommen. Der Mann schob sich an Joannas Seite und packte den Strick mit an.

»So, jetzt haben wir sie dort, wo wir sie haben wollen. Zusammen jetzt – holen wir's raus!«

Bevor Joanna noch wußte, was geschah, lag das blutverschmierte neugeborene Kälbchen auf dem Boden des Stalles.

Aber die Arbeit des Tierarztes war noch nicht getan. Er nahm eine Handvoll sauberes Stroh und begann das braun und weiß gefleckte Kälbchen, das schlaff und leblos dalag, damit abzureiben. Es machte immer noch keine Bewegung. Eilig spreizte er mit den Fingern das kleine Maul auf, entfernte Schleim daraus und blies einige kräftige Atemzüge hinein. Dann fuhr er fort, die Brust des kleinen Tieres zu massieren, bis die Augenlider flatterten. Plötzlich zappelte das Kälbchen wild und versuchte sich auf die Beine zu stellen. Es war jedoch noch zu schwach dazu und fiel wieder zu Boden.

»Ich habe noch niemals etwas so Hübsches gesehen«, sagte Joanna, und die Tränen rannen ihr die Wangen herunter.

Er fuhr fort, das Neugeborene mit Stroh abzureiben, dann zerrte er es neben den Kopf seiner Mutter. Die erschöpfte Kuh lag teilnahmslos da, aber als er ihr Baby an ihre Seite brachte, blähten sich ihre Nüstern, sie schnüffelte und begann dann eifrig, das winzige junge Gesichtchen zu lecken.

»Tja ... mich berührt es auch immer wieder«, sagte er. Als Joanna sich ihm zuwandte, schien es ihr, als entdeckte sie einen Schimmer von Feuchtigkeit in seinen Augen. Und was für tiefblaue Augen waren das!

Sie standen beide ein paar Augenblicke lang schweigend da und beobachteten das zärtliche Schauspiel, das sich vor ihnen entfaltete. Sie merkten kaum, wie die steigende Sonne sich bemühte, die Risse in den Wänden der alten Scheune zu durchdringen und sich durch jede verfügbare Öffnung ins Innere ergoß. Der Lärm stampfender Stiefel, die durch die Scheune eilten, unterbrach schließlich die friedliche Morgenstille.

»Hallo ... Alec... wie geht's ihr?« rief Nathaniel, der nun fürchtete, die Zeit verschlafen zu haben, zu der er am meisten gebraucht wurde.

»Entspann dich, Nathaniel«, rief der Tierarzt, als der alte Mann sich in die Box drängte.

»Du hast'n hübsches neues Stierkalb, Nathaniel«, strahlte Joannas unbekannter Begleiter. »Genau, was du dir gewünscht hast!«

»Preist den Herrn! Was tät ich ohne dich, Alec? Und ich hab geschlafen, während du alle Arbeit gemacht hast! Wie hast du das nur geschafft?«

»Dein neuer Besuch, Nathaniel. Sie hat wackere Weiberarbeit geleistet!«

»Was, Mädchen!« rief Nathaniel aus, der Joanna nun erst zu bemerken schien. »Nun seh'n Sie sich an, voll Dreck von oben bis unten, und der Schweiß steht Ihnen auf der Stirn ... Sie haben ja schwer gearbeitet!«

Nathaniels Stolz hätte nicht strahlender sein können, wäre Joanna seine eigene Tochter gewesen. Er legte einen starken Arm um sie und preßte sie fest an sich. Joanna errötete, dann lachte sie aus ganzem Herzen.

»Ich hab' noch gar keine Gelegenheit gehabt, Ihnen für Ihre Hilfe zu danken«, sagte der Tierarzt. Seine früher so scharfe Stimme klang sanfter, als er sich Joanna zuwandte, die an Nathaniels Seite stand.

Sie antwortete: »Ich hätte das Erlebnis nicht missen mögen ... obwohl ich nur zufällig hier hereinstolperte und alle Milchkannen umwarf.«

Nun war der junge Mann mit Lachen an der Reihe. »Es ist ja nichts passiert«, sagte er freundlich.

»Nun«, sagte Nathaniel, »das freut mich, daß ihr beide euch auf so nette Art kennengelernt habt.«

»Naja, es war keine Zeit dazu, daß wir uns einander vorgestellt hätten ... dein Mädchen kam hier hereingeschlendert, und ich hab sie gleich zur Mitarbeit vergattert.«

»Na dann, Joanna – darf ich Ihnen ganz offiziell unseren jungen Tierarzt vorstellen, Alec MacNeil. Alec, dies hier ist Joanna Matheson, unser Gast aus Amerika.«

Alec streckte die Hand aus, aber dann fiel ihm ein, wie die Hand aussah und wo sie eben noch gewesen war, und er zog sie hastig zurück. Joanna lachte. »Mein Kleid sieht um nichts besser aus, Mr. MacNeil«, sagte sie.

»Na, dann kommt, ihr beiden«, sagte Nathaniel. »Wascht euch erst mal. Letty macht ein ordentliches Frühstück für uns alle. Ich hol euch schon mal frisches Wasser aus der Quelle.«

Als Joanna aus der Scheune trat und dabei den Saum ihres ruinierten Kleides hochhielt, fühlte sie sich glücklicher als je zuvor im Leben.

## EIN FRIEDLICHER NACHMITTAG

Joanna stellte ein Glas von Lettys eingelegtem Gemüse in den Picknickkorb. Noch ein oder zwei Kleinigkeiten, und alles war fertig.

Wie wunderbar war das! Ein richtiges Picknick auf dem Land!

Sie war schon seit Anbruch der Dämmerung wach und hatte ungeduldig darauf gewartet, daß Letty sich in der Küche zu rühren begann.

Der Morgen war unendlich langsam verstrichen, während Nathaniel sich mit der Tagesarbeit beeilte, um am Nachmittag frei zu sein. Aber zu guter Letzt hatte Letty Joanna gebeten, den Korb zu holen und mit den Vorbereitungen zu beginnen.

Sie war beinahe Hals über Kopf in die Speisekammer gestürzt!

»So, noch den Topf Marmelade hier, und die vier Teller, das sollte reichen«, sagte Letty, während sie Joanna den Marmeladentopf reichte.

In dem Augenblick kam Nathaniel in die Küche. Er nahm seine Mütze ab und fuhr sich mit dem Ärmel über die Augen. »So, das Vieh ist gefüttert – wir können aufbrechen, sobald Alec da ist.« Er streckte die Hand in den Korb, um ein Keks herauszunehmen, aber Letty versetzte ihm einen sanften Klaps auf die Finger.

»Die sind für später!« schalt sie ihn.

»Ich wollt's doch nur ein bißchen leichter machen, damit ihr nicht so schwer tragen müßt«, sagte er und lachte. Letty sah das fröhliche Blitzen in seinen Augen, wurde bei seinem Lächeln schwach und überließ ihm seine Beute.

»Es ist ein wunderbarer Tag, um einen Nachmittag in den Wiesen zu verbringen«, sagte er, während er an dem frischgebackenen Haferkuchen kaute.

»Wir sind fertig«, sagte Letty.

»Oh, wo ist nur Mr. MacNeil?« fragte Joanna, die ihre Ungeduld zu bezwingen versuchte. Sie wollte keinen Augenblick dieses Tages verlieren.

Es war jetzt zwei Tage her, seit Alec MacNeil auf der Farm der Cuttahays gewesen war, um den jungen Stier zur Welt zu bringen. Seit diesem Morgen – der für Joanna so entscheidend wichtig geworden war wie für das Kalb – hatte sie kaum noch daran gedacht, Port Strathy zu verlassen. Etwas hatte sich an diesem Morgen für sie verändert. Plötzlich schien ihr London sehr fern, weit weg von allem, was in diesem schlichten bäuerlichen Leben wichtig und bedeutsam war.

Die Cuttahays akzeptierten sie so vorbehaltlos und teilten ihr einfaches Leben so völlig mit ihr, daß es Joanna nach nur zwei kurzen Tagen schien, als hätte sie ihr ganzes Leben hier verbracht.

Es dauerte noch eine halbe Stunde, ehe Alec MacNeil schließlich auftauchte. Ganz außer Atem galoppierte er die ungepflasterte Straße herauf und sprang hastig aus dem Sattel, schwitzend und völlig aufgelöst.

»Tut mir leid, daß ich so spät komme«, sagte er. »Aber ich habe den ganzen Morgen damit verbracht, den Stier der Kerrs zu behandeln, und er war nicht gerade ein duldsamer Patient.«

»Wir freuen uns, daß du kommen konntest, Alec«, antwortete Letty herzlich.

»Nathaniel, könnt' ich mein Pferd in deinen Stall einstellen? Es braucht dringend Ruhe, nachdem ich es so scharf geritten habe.«

»Aber natürlich«, erwiderte Nathaniel. »Ich geh mit dir raus ... ich muß ohnehin den Wagen holen.«

Zuletzt bestieg die kleine Gesellschaft den Wagen und war, von Nathaniels beiden wackeren Pferden gezogen, bald fröhlich unterwegs. Die Sandstraße, die sie entlangfuhren, führte vom Häuschen der Cuttahays erst nach Süden und dann nach Westen, vorwiegend über flaches Land, auf das anstoßende Gebiet jenseits des Lindow zu. Ihr Ziel war eine abgelegene kleine Wiese, mit weichem, grünem Gras bewachsen, strotzend von wilden Blumen und umgeben von einem Fichtendickicht. Nathaniel und Letty hatten den Ort ganz zufällig entdeckt, als sie noch ein junges Liebespaar gewesen waren, und seit der Zeit war ihnen der Ort teuer gewesen. Alec hielt die Zügel, während sie die holprige Straße entlangfuhren, und Nathaniel saß auf dem Kutschbock an seiner Seite. Letty und Joanna hatten es sich auf Decken auf der Ladefläche des Karrens bequem gemacht. Sie plauderten und erfreuten sich an den Wundern des Frühsommers.

Der Morgen stand in voller Blüte und versprach einen blauen Himmel und warmen Sonnenschein. »Wenn Sie nur das Heidekraut in voller Blüte sehen könnten«, sagte Letty mit einem Seufzer zu Joanna. »Gerade hier« – sie machte eine weitausholende Geste zu den niedrigen Hügeln zur Linken hinüber – »ist es einfach atemberaubend, eine Decke von Purpur, so weit das Auge reicht.«

»Wann blüht es denn?« fragte Joanna.

»Später erst ... nicht vor September; das hängt vom Wetter ab.«

»Es ist jetzt schon wunderschön«, sagte Joanna mit einem zufriedenen Lächeln. Sie atmete tief den süßen Duft ein, den der Südwind mit sich trug. »Ich wüßte nicht, wo ich lieber sein wollte.«

Letty schenkte ihr ein Lächeln und legte eine mütterliche Hand auf Joannas Arm. »Und ich bin froh, daß Sie hier bei uns sind, Kind«, sagte sie.

Alec lenkte die beiden Apfelschimmelstuten die kaum noch befahrbare Straße entlang, erst in südlicher Richtung, dann langsam gegen Westen zu abschwenkend. Sie waren schon fast eine Stunde gefahren, als Nathaniel sagte: »Halt, hier müssen wir aussteigen. Bring die Pferde dort hinüber, Alec, dort haben sie Gras genug, daß sie sich nicht langweilen.«

Sie banden die Pferde fest und sammelten die Decken und den Picknickkorb auf, dann machte sich die kleine Gesellschaft auf den Weg durch das hohe Gras, über einen rauhen Felsenhügel und schließlich durch ein winziges Wäldchen. Zuletzt wurden ihre Mühen belohnt.

»Das ist ... das ist ja wunderlieblich!« rief Joanna in einer Mischung von Entzücken und Verblüffung aus. »Was für eine bezaubernde kleine Wiese und so völlig vor aller Welt verborgen!«

»Das ist unser privates kleines Versteck«, sagte Nathaniel voll Stolz.

»Täuschen mich meine Ohren, oder höre ich den Fluß?« fragte Alec, der von dieser landschaftlichen Entdeckung nicht weniger ergriffen war.

»Du hörst schon recht, Alec«, sagte Nathaniel. »Hier sind Bäume auf drei Seiten und der Fluß auf der vierten. Es ist ein vollkommen geschütztes Fleckchen Erde.«

Das alte Paar führte die jungen Leute nun stolz herum. Allmählich kamen sie dabei zur gegenüberliegenden Seite der Wiese. Der Fluß, vom Schmelzwasser gespeist, führte immer noch Hochwasser und donnerte gewaltig dahin auf seinem Weg zur See. Im Spätsommer fielen die Uferböschungen beinahe zehn Fuß tief zum Wasser ab. Aber jetzt erreichte das Wasser fast den Kamm der felsigen Ränder.

»Als ich jung war«, sagte Nathaniel, »da wollte ich immer Eindruck bei Letty schinden, indem ich mir das Hemd vom Leib riß und mich ins Wasser stürzte, um hinüberzuschwimmen.«

»Als er das das erste Mal machte«, lachte Letty, »traf mich beinahe der Schlag vor Schreck!«

»Das Wasser ist eiskalt um diese Jahreszeit«, sagte Nathaniel, »aber als ich ein junger Narr war, da machte es mir nichts aus.«

»Und heute«, fragte Alec grinsend, »heute führst du uns nichts dergleichen vor?«

Nathaniel lachte herzlich. »Oh, nein! Ich bin schon seit Jahren nicht mehr in den Lindow gesprungen. Aber wie wär's mit dir, Alec?«

»Ein andermal! Aber sag einmal, Nathaniel, ist das nicht der Dormin-Wald dort drüben?«

»Ja. Von der Seite sehen ihn die wenigsten Leute ... ein weiterer Vorzug unserer kleinen Wiese.«

Der Dormin-Wald war ein kleiner, aber ungewöhnlich dicht verwachsener Wald, etwa eine Meile breit und nicht mehr als zwei Meilen lang. Seit er vor Jahrhunderten entdeckt worden war, war der Dormin-Wald unter dem besonderen Schutz des Königs gestanden, obwohl kein Zaun ihn umgrenzte und er nur ziemlich unklar markiert war. Er strotzte von Dutzenden Arten von Bäumen und Büschen, Moosen und Gräsern, Farnen und wildlebenden Tieren. Es war verboten, darin zu jagen, Holz zu schlagen oder zu sammeln oder irgendetwas zu pflücken; während der warmen Sommermonate zogen Scharen von Biologen und Botanikern von Schottlands Universitäten zum Dormin, um seine außergewöhnliche Flora und Fauna zu studieren.

Aber heute warfen die Picknickgäste nur einen Blick über den Grenzfluß auf den Dorminwald, ganz zufrieden mit der Pracht ihrer eigenen Wiese. Letty und Joanna breiteten die Decke unter einer gewaltigen Rüster aus und richteten das im Korb mitgebrachte Mittagessen an.

»Na, du hast ja an alles gedacht, Letty«, sagte Nathaniel.

»Joanna hat die meiste Arbeit gemacht«, sagte seine Frau.

»Was meinst du, sollten wir sie nicht bei uns behalten?« fragte Nathaniel und warf Joanna ein breites Lächeln zu. »Wäre doch nett, so eine brave junge Frau um sich zu haben.«

Joanna errötete bei der Neckerei, dann lachte sie.

»Ich dachte, sie gehörte uns schon«, sagte Letty. »Ich hatte ganz vergessen, daß sie nur unser Gast ist.«

»Nun, wie auch immer, Gott sei Lob und Dank, daß er sie zu uns geschickt hat«, sagte Nathaniel.

Ein gemütliches Essen folgte, begleitet vom Klang des strömenden Wassers und dem Brummeln neugieriger Hummeln über ihren Köpfen.

Joannas Herz war leicht, von einer Freude erfüllt, die sie nie zuvor gekannt hatte.

Allmählich und ohne daß sie es recht bemerkte, begannen ihre Gedanken um Alec zu kreisen. Eine unausgesprochene Nervosität herrschte in ihr, eine Folge ihres ersten zänkischen Zusammentreffens auf dem Strand. Er hatte kein weiteres Wort darüber verloren. Aber sie hatte das Gefühl, sie sollte sich für ihre Grobheit entschuldigen, obwohl sie viel zu verlegen war, das Gespräch darauf zu bringen.

Alec jedoch zeigte nicht das geringste Anzeichen einer ähnlichen inneren Spannung. Er plauderte und lachte mit der gleichen Leichtigkeit. Aber steckte nicht mehr hinter diesem rauhbeinigen jungen Schotten, als der oberflächliche Blick einer fast völlig Fremden entdecken konnte? Als sie ihm einen Seitenblick zuwarf, fand sie ihn still und gedankenvoll. Sein Blick verlor sich im Dorminwald, hypnotisiert, wie es schien, vom langsamen Dahinströmen des Lindow, als könnte sein Blick den überreichen, dicht verschlungenen Wald durchdringen.

Wie gerne hätte Joanna den Mut aufgebracht, ihn zu fragen, was er dachte! Aber sie hätte es niemals fertiggebracht, auf diese Weise in einen anderen Menschen zu dringen. Außerdem war ihr bereits klargeworden, daß es ein Gebiet gab, auf dem er sich nicht gesprächig zeigte – nämlich, wenn die Rede auf ihn selbst kam.

Als sie mit dem Essen fertig waren und die Konversation in friedlicher Stille verebbte, stand Alec auf und streckte seine langen Glieder.

»Ich brauch' ein bißchen Bewegung«, sagte er. »Nathaniel, warum führen wir unsere Besucherin nicht auf den Gipfel des Marbrae?«

»Mein lieber Alec, du vergißt mein Alter! Ich war seit fünf Jahren nicht mehr auf dem Gipfel des Marbrae und möchte es meinen alten Knochen auch heute nicht zumuten. Nicht, daß ich nicht vorhätte, es eines Tages doch noch mal zu machen. Aber heute – da überlaß' ich es doch lieber euch beiden jungen Leuten.«

Alec wandte sich Joanna mit fragendem Blick zu.

»Ich bin einverstanden«, sagte sie. »Aber was ist der Marbrae?«

»Ein mächtiger Hügel auf der anderen Seite der Straße, wo wir den Karren stehenließen«, sagte Nathaniel. »Ein gewaltiger Hügel, aber noch kein richtiger Berg. Er steigt steil aus dem Tal hier auf, und man kann in einer Stunde bis zum Gipfel aufsteigen – das heißt, wenn man jung ist.«

»Wir treffen euch in zwei Stunden wieder beim Karren, Nathaniel«, sagte Alec.

Dann übernahm er die Führung, und die folgende Stunde lang war Joanna verzweifelt bemüht, mit ihrem langbeinigen Begleiter Schritt zu halten. Der Pfad war schmal, so daß sie notgedrungen hintereinander gehen mußten. Sie sprachen nur wenig miteinander, denn Alecs ganzes Interesse schien auf ihr Ziel gerichtet. Als sie den Gipfel erreichten, war Joanna außer Atem; sie schwitzte und glaubte, jeden Augenblick zusammenzubrechen.

Als er sich umdrehte und zum erstenmal ihren Zustand sah, sagte er: »Tut mir leid ... ich bin wohl zu rasch gegangen für Sie.«

»Oh nein«, sagte Joanna, immer noch ein wenig atemlos, »ich bin müde, aber ... nun, ich hab's geschafft.«

»Sooft ich hierher komme, kann ich nicht anders als mich beeilen. Es ist immer wieder von neuem ein Abenteuer für mich. Ich habe wohl vergessen, daß ich schon öfter hier oben war und daran gewöhnt bin.«

Joanna mußte sich ein paar Minuten auf einen Felsen setzen und erst wieder zu Atem kommen, ehe sie ihre Aufmerksamkeit dem Panorama zuwandte, das sich vor ihr ausbreitete. Dann verstand sie, warum Alec hier heraufklettern hatte wollen und warum er die Wanderung, die er doch schon öfter gemacht hatte, ein Abenteuer nannte.

Knapp unterhalb ihres Rastplatzes, auf der Seite, die dem sanft ansteigenden östlichen Rücken, den sie heraufgekommen waren, gegenüber lag, brach der Marbrae in jähem Absturz ab. Joanna rang nach Atem, als sie vorsichtig über den halsbrecherischen Felsabbruch hinunterspähte und sich hastig ein oder zwei Schritt in die Sicherheit an Alecs Seite zurückzog.

»Oh du meine Güte!« rief sie aus. »Das ist eine ordentliche Klippe!«

»Aber sehen Sie sich nur einmal den Ausblick an, Miss Matheson. Vergißt man da nicht alle seine Sorgen?«

Der Fluß Lindow, der sich auf seiner langsamen Wanderung der See entgegen durch Felder und Wälder schlängelte, strömte lautlos unter ihnen dem Westen zu und erweiterte sich beträchtlich an seiner Mündung, dem Firth of Lindow.

»Ja«, antwortete sie, »da haben Sie wohl recht. Ich frage mich, wo Nathaniel und Letty jetzt eben sind?«

»Das ist leicht zu beantworten«, sagte Alec. »Ich zeig's Ihnen.«

Er schritt selbstsicher auf den Absturz zu und blickte zurück, als er ihn erreicht hatte. Joanna stand stocksteif da und rührte sich keinen Schritt.

Er wandte sich ihr mit ausgestrecktem Arm zu und bot ihr die Rechte.

Ängstlich kam Joanna ein paar Schritt näher und griff nach seiner Hand. Seine große, rauhe Hand schloß sich fest um die ihre, die winzig und schwach in seinem kraftvollen Griff lag. Sie spürte, daß es eine gute Hand war, die sie jetzt mit festem Griff umfaßt hielt, eine Hand voll Stärke und Sicherheit. Sie näherte sich dem Absturz, bis sie dicht an seiner Seite stand, seine Hand wie ein Schraubstock umklammernd, verängstigt und doch zugleich von einem Gefühl der Sicherheit erfüllt.

»Wenn Sie da hinunterschauen«, sagte Alec und deutete mit der Linken, »wo der Fluß einen Augenblick lang zu verschwinden scheint, da sehen Sie einen Fleck, wo die Bäume dunkler aussehen als ihre Umgebung. Das ist der Dormin. Nur wenige Leute, die hierherkommen, wissen von diesem Ort und davon, wie die Dinge von hier oben aussehen. Nun, dort sind sie, gerade auf der anderen Seite des Flusses, dort beim Dormin. Man meint fast, das helle Grün der Wiese zu sehen, aber vielleicht spielen mir meine Augen da einen Streich.«

»Ich glaube, ich seh's!« sagte Joanna aufgeregt.

Weiter nördlich erstreckte sich die See in alle Richtungen in einer weiten Fläche von tiefem Blau, mit Grün und gelegentlich Flecken von Grau gesprenkelt. Unter dem klaren Himmel dieses Tages war die dünne Linie des Horizonts scharf und klar abgezeichnet erkennbar. Zur Rechten lagen in einer Entfernung von sechs oder sieben Meilen die kleinen Gebäude von Port Strathy; ihre braunen Ziegel und weißgetünchten Mauern hoben sich deutlich vom Hintergrund der grünen Felder und der blauen See ab. Noch weiter entfernt erhob sich Ramsey Head gewaltig über dem Meer, riesenhaft selbst noch in dieser großen Entfernung. Im Osten war Strathy Summit zu sehen, und dazwischen, bis zu dem Ort, wo sie standen, erstreckten sich die tiefgelegenen Felder, Weiden und Wäldchen des Tales von Strathy.

»Es ist ... es ist atemberaubend!« sagte Joanna und trat einen Schritt oder zwei zurück.

Alec ließ ihre Hand los und setzte sich auf einen großen Stein in ein paar Schritt Entfernung vom Felsabsturz nieder.

»Du meine Güte«, fuhr Joanna fort, unfähig, ihr Entzücken über die Landschaft zu verbergen, »man kann ja einfach alles von hier aus sehen.«

»Ja, das ist ein wunderbarer Ort hier«, sagte er. »Nathaniel und Letty haben ihre Wiese. Aber das hier war immer *mein* Lieblingsplatz.«

»Kommen Sie oft hierher?«

»Wenn ich nachdenken will oder meine Sorgen hinter mir lassen, dann sitze ich hier und sehe übers Meer hinaus und stelle mir vor, ich sähe unsere Ahnen, die Wikinger, in ihren mächtigen Schiffen übers Meer kommen.«

»Sind Sie denn ein Abkömmling der Wikinger?«

»Ja, aber das ist Jahrhunderte her.«

»Ich wäre nie auf den Gedanken gekommen, eine Verbindung zu sehen«, sagte Joanna. »Die Wikinger waren so wild und barbarisch, und nachdem ich Nathaniel kennengelernt hatte, erschien mir Schottland als ein so sanftes Land.«

»Ja, aber der typische Schotte ist aus einem groben Holz geschnitzt. Wir sind eine rauhbeinige Rasse. Erinnern Sie sich nicht mehr an den Mann, der Sie anfiel? Schottlands Geschichte ist voll von Blut und Gewalt. Sie haben doch sicher schon von den Schlachten bei Culloden und Glencoe gehört und von den Kriegen zwischen rivalisierenden Clans wie den MacDonalds und den Campbells? Nein, unser Schottland ist kein sanftes Land.«

Alec versank in Schweigen, und als Joanna zu ihm hinübersah, schienen seine Augen auf die Aussicht zu starren, aber seine Gedanken in eine weite Ferne zu schweifen.

Er sann über seine eigenen Worte nach.

Er hatte fast schon zu viel gesagt, fast schon mehr von sich enthüllt, als er wollte. Warum er das getan hatte, wußte er selbst nicht. War es der Zauber des Marbrae, oder war es das Gefühl des Vertrautseins mit Joanna? Niemand außer Nathaniel wußte, warum er seine Heimat verlassen hatte, um seine Praxis in Port Strathy aufzumachen – und am besten blieb es dabei.

Er blickte auf seine Hände nieder, und ein leiser Schauder durchrann ihn. O ja, er wußte, wovon er sprach, wenn von Gewalt die Rede war ... er wußte es nur zu gut.

»Was ist das dort?« fragte Joanna und deutete auf einen Felsrücken, der sich in einer Entfernung von etwa einer Meile aus dem grünen Tal erhob, das sich zu ihren Füßen der See entgegenstreckte.

Alec fuhr aus seinen Gedanken hoch. »Das ist Braenock Ridge. ’s ist ein Stückchen felsiges Moorland, auf dem nichts wächst außer braunem Gebüsch, und ist eigentlich für nichts zu gebrauchen. Aber sehen Sie einmal, da ...« Er zeigte mit der Hand, und Joanna blickte in die Richtung, die er wies. »Sehen Sie ... da, ungefähr in der Mitte, man kann’s gerade noch erkennen. Das sind die letzten Überreste von Ruinen eines Piktendorfes«, sagte er. Es war nun kaum mehr etwas davon zu sehen als kleine Steinhäufchen, dicht mit Efeu überwachsen und umringt von einigen schäbig aussehenden Büschen. »Die Geschichte erzählt, daß eines Nachts ein Schiff der Wikinger in unserem Hafen landete, und die Wikinger zogen ins Land und fielen über das Dörfchen her ... sie erschlugen die Einwohner bis zum letzten Mann, Männer, Frauen und Kinder.« Seine Stimme erstickte fast. Aber er war entschlossen, die schaurige Geschichte zu Ende zu erzählen. »Es kam so plötzlich«, fuhr er fort, »daß sie keine Zeit hatten, auch nur einen einzigen Schwertstreich zu ihrer Verteidigung zu tun.«

»Wie schrecklich!« hauchte Joanna. Sie erzitterte ein wenig.

»Und das alles, weil sie Nahrungsmittel wollten. So erzählt man – aber es steckte wohl noch mehr dahinter.«

»Sie hätten das Dorf doch einfach erobern können. Es war nicht nötig, alle zu erschlagen.«

»Aber so geschah es. Und ich nehme an, die Pikten hätten umgekehrt wohl dasselbe getan. Dieses selbe Blut fließt noch heute in den Adern der Einwohner dieses Landes. Und nicht wenige Schotten sind stolz auf diese wilde, barbarische Vergangenheit. Nein, Miss Matheson, Ihr neuer Freund Nathaniel ... er ist eine Ausnahme. Und auch in seinen Adern fließt dieses Blut.«

»Aber wie kommt es dann, daß er ein so sanfter, so mitfühlender Mensch ist?«

»Es liegt nicht an seinem schottischen Blut, daß er etwas Besonderes ist. Es liegt an seinem Glauben. Sie haben doch sicher schon bemerkt, wie er über Gott und die Heilige Schrift spricht?«

»Ja ... daran hatte ich gar nicht gedacht. Ja, jetzt wo Sie es sagen, fällt mir ein, daß er Gott oft erwähnte. Aber er ist gar nicht der Typ des Kirchgängers.«

»Genau das finde ich auch. Er ist anders als die anderen. Er paßt weder in das Klischee des rauhen Schotten noch des braven, frommen Kirchgängers. Er ist einfach ... Nathaniel.«

»Was ist dann so Besonderes an ihm?«

»Sehen Sie das denn nicht? Er lebt seinen Glauben. Er rennt

nicht den ganzen Tag herum und predigt oder tut ungemein heilig. Er krempelt einfach seine Ärmel auf und lebt. Sein Glaube spiegelt sich in der Art Mensch, die er ist.«

»Das hört sich an, als hätte er großen Eindruck auf Sie gemacht.«

»Ja«, sagte Alec langsam, nachdem er einen Augenblick lang nachgedacht hatte. »Da haben Sie wohl recht. Ich traf ihn kurz nachdem ich nach Strathy gekommen war. Er und Letty nahmen mich sozusagen in die Familie auf – so ähnlich, wie's bei Ihnen war. Und ich fand bald heraus, daß ich noch nie einen Menschen wie ihn kennengelernt hatte. Ich konnte nicht anders, ich wollte so sein wie er. Er ist ehrlich und aufrichtig, hat keine Angst zu sagen, was er denkt, und hat auch keine Angst, sich mit anderen anzulegen, wenn's ihm scheint, daß etwas nicht recht ist. Er kümmert sich nicht darum, was die Leute in der Stadt über ihn sagen; ihm liegt allein daran, daß die Wahrheit ans Licht kommt.«

Joanna blickte Alec an. Sie war nicht sicher, ob er schon zu Ende geredet hatte.

Er starrte in die Ferne, ganz in seine eigenen Gedanken versunken. Sein Gesicht faszinierte sie. Nun bemerkte sie etwas darin, das ihr zuvor nicht aufgefallen war. Von Wildheit war nur wenig darin zu erkennen. Sie bemerkte sogar eine Sanftmut in seinen Zügen, die sie an die Worte erinnerte, die er eben noch über Nathaniel gesprochen hatte. Aber in seinen Augen entdeckte Joanna ein lohendes Überbleibsel einer ungezähmten, gewaltigen Energie, etwas Wildes, das der zerklüfteten Küstenlinie oder dem grünen Geheimnis namens Dormin nicht unähnlich war.

»Und wie steht es mit Ihnen, Alec?« fragte Joanna, von ihrer eigenen Kühnheit überrascht.

Er antwortete nicht sofort.

Als er die Worte schließlich aussprach, kamen sie ihm langsam und gemessen über die Lippen. Joanna konnte fühlen, welcher tiefe Blick in sein eigenes Inneres sich in seinem Ton offenbarte – als sähe er sich einem alten Dilemma gegenüber, das er schon Dutzende Male in Gedanken umgewälzt hatte, ohne bislang eine zufriedenstellende Lösung dafür zu finden.

»Die Bibel sagt uns, wir sollen die andere Wange hinhalten«, begann er. »Und viele solche Dinge. Und ich glaube den Worten. Und ich sehe, welche Frucht sie in Nathaniels Leben bringen. Und ich versuche, mein eigenes Leben danach zu leben. Aber ...«

Er stockte.

Sein Blick bohrte sich in die ferne See, als könnte die so schwer zu fassende Antwort dort zu finden sein. »Ich nehme an, es zu versuchen, ist nicht immer ausreichend. Für mich ist alles in den Worten des Apostel Paulus zusammengefaßt: ›Das Gute, das ich tun will, tue ich nicht, sondern das Böse, das ich nicht will, das tue ich.‹ Es tröstet mich ein wenig, daß auch Paulus mit Dingen zu kämpfen hatte, die auf dem Grund seiner Seele lagen.«

»Ich verstehe nicht«, sagte Joanna.

»Es bedeutet, daß das Böse in uns allen verborgen liegt, obwohl es nicht in allen an die Oberfläche kommt ... und ... nun, das ist alles sehr schwer in Worte zu fassen.«

Er dachte: *Eines Tages vielleicht. Aber nicht heute.*

»Es tut mir leid ... ich wollte nicht aufdringlich sein.«

»Da ist noch etwas, das Paulus sagt – daß unsere Hoffnung in Christus liegt. Das muß ich mir immer ins Gedächtnis rufen.«

Eine schwere, lastende Stille folgte Alecs Worten.

Als er schließlich weitersprach, war seiner Stimme das Bemühen anzuhören, die Stimmung aufzuheitern und das Gespräch von sich abzulenken.

»Aber Sie haben ja noch gar nicht alles gesehen«, sagte er, während er aufstand und ihr die Hand bot, um ihr von dem Felsblock, auf dem sie saß, aufzuhelfen.

»Sehen Sie dort hinüber, Miss Matheson«, sagte er und wandte sich zum ersten Male nach Süden, wo der Lindow in der Ferne zusammenschrumpfte und zwischen den fernen Hügeln, denen er entsprang, verschwand. »Jenseits unseres Blickfeldes, im Süden und Westen, liegt das schottische Hochland.«

Joanna nahm den Anblick schweigend in sich auf. Nun war sie es, deren Gedanken sich ihrem eigenen Inneren zuwandten. Diese ganze Land schien wie eine andere Welt – aus einer anderen Zeit, einem anderen Zeitalter. Und dennoch wünschte Joanna plötzlich dringlicher denn je, ein Teil dieses Landes zu sein.

Sie fragte sich, ob ihr das jemals möglich sein würde.

Alec MacNeil hatte dreiundzwanzig von seinen siebenundzwanzig Lebensjahren an Schottlands zerklüfteter nördlicher Küste gelebt, nur unterbrochen von seinem vierjährigen Veterinärstudium in Edinburgh. Er war ein kleines Stück westlich von Ramsey Head aufgewachsen.

Alecs Vater war ein hochangesehener Fischer gewesen; er war in einem Sturm auf See zu Tode gekommen, als Alec fünfzehn gewesen war. Der Knabe hatte immer vorgehabt, wie sein Vater zur See zu gehen, und schon als Heranwachsender hatte er beträchtliches Geschick beim Fischfang bewiesen. Aber bald nach dem Tod seines Vaters hatte der Tierarzt des Dorfes einen Helfer gebraucht und den jungen Alec unter seine Fittiche genommen. Alec hatte erkannt, daß es einer zuverlässigeren Einkommensquelle als der See bedurfte, um seine Mutter und seine Schwester zu unterstützen, und so hatte er beschlossen, sich ganz der neuen Tätigkeit zu widmen. Der alte Tierarzt faßte bald Zuneigung zu ihm und machte ihm das Angebot, ihm die Ausbildung zum Tierarzt zu finanzieren.

Mit zweiundzwanzig Jahren hatte Alec alles, was sein Herz begehrte – einen Beruf, den er liebte, und eine verheißungsvolle Zukunft. Vor allem würde er in der Lage sein, seine Familie zu unterstützen. Das Leben hätte nicht rosiger aussehen können für Alec, und es wäre so geblieben, wäre da nicht diese Nacht gewesen ... diese Nacht, die zeitlebens in seiner Erinnerung brennen würde wie Feuer.

Es war eine geschäftige Woche gewesen. Als er nach dem letzten Einsatz des Tages heimritt, schlief er beinahe im Sattel. Sein Haus lag hinter der nächsten Ecke, und er träumte von heißer Suppe und Haferkuchen, als er plötzlich aufgeschreckt hochfuhr. Es schien ihm, als hätte er erstickte Schreie auf der dunkleren Seite der Straße gehört, als er vorbeiritt. Er hielt inne, um nachzusehen.

Im trüben Licht des späten Herbstabends konnte er gerade noch sehen, wie ein Mann den Arm hob, um auf ein hilfloses Opfer einzuschlagen.

»He!« schrie er laut, um den Mann abzulenken, während er die Straße hinab auf ihn zurannte. Kaum hatte er ihn erreicht, als er ihn von seinem Opfer zurückriß – und in diesem Augenblick sah er die Frau, die mit zerrissenen Kleidern auf dem Boden lag, das

Gesicht zerschürft und die Wange blutverschmiert, wo der Mann sie geschlagen hatte.

Es war seine Schwester!

In hemmungslosem Zorn fuhr Alec herum, packte den Mann mit grausamer Gewalt und schleuderte ihn gegen die Ziegelmauer. Er hob den Arm, um ihn zu schlagen, aber der Mann sackte in einen leblosen Haufen auf dem Boden zusammen. Er lag bewegungslos, und als Alec ihn näher ansah, entdeckte er, daß der Schädel des Mannes vom Stoß gegen die Wand eingeschlagen war. Er würde sich niemals wieder bewegen.

Als die ganze schmutzige Affäre ans Licht kam, wurde Alec öffentlich als Held gefeiert. Der Tote, so stellte sich heraus, war ein übel beleumundetes Subjekt aus Aberdeen gewesen, der bereits wegen zahlreicher Verbrechen gesucht wurde. Aber das alles bedeutete Alec nichts.

*Er hatte einen Menschen getötet.*

Von Zorn und Gewalttätigkeit getrieben, hatte er mit seinen eigenen Händen einem anderen das Leben genommen. Es quälte ihn Tag und Nacht. Er lebte in der ständigen Angst, der Zorn könnte ihn noch einmal überwältigen – das nächste Mal mochte er ein Opfer treffen, das weniger schuldbeladen war. Und es schien ihm auch, als bemerkte er eine subtile Veränderung in der Haltung seiner Freunde und Nachbarn ihm gegenüber, ein angestrengtes Bemühen, durch nichts seinen Zorn zu erregen.

Vielleicht bildete er sich das alles nur ein. Aber als die Stelle eines Tierarztes in Port Strathy vakant wurde, verlor er keine Zeit und bewarb sich.

Jacob Greely, der Tierarzt von Port Strathy, suchte einen Assistenten; Alec entsprach genau seinen Vorstellungen. Die beiden schlossen augenblicklich Freundschaft, und der alte Mann nahm es achselzuckend zur Kenntnis, als Alec ihn über seine Vergangenheit informierte. Jacob schätzte ihn nur um so mehr, nicht nur wegen seiner Aufrichtigkeit, sondern weil die Tat den jungen Mann so offenkundig belastete.

Dann starb Jacob innerhalb eines Jahres und hinterließ Alec seine Praxis.

Alec liebte seine Arbeit – selbst an dem Morgen, an dem Billy, der Stallknecht von Stonewycke, um halb sieben Uhr morgens unbarmherzig an seine Tür trommelte. Der Junge konnte nicht wissen, daß Alec erst vor wenigen Augenblicken (so schien es ihm jedenfalls) ins Bett gekrochen war, nachdem er Stunden angestrengter Arbeit bei einer kranken Kuh der Hootons verbracht hatte.

»Was ist denn los, Junge?« fragte Alec, während er in seinen Overall schlüpfte.

»Mr. Innes hat mich geschickt, Sir«, antwortete Billy. »Es ist wegen Feuertanz. Er ist ganz schlimm krank. Wir haben ihn noch nie so gesehen. Mr. Innes sagt, Sie sollten kommen, so rasch Sie nur können.«

Alec verschwand im Haus, um hastig die paar Gegenstände einzupacken, die er brauchen würde, und dann hastete er zum Stall hinüber, um seinen eigenen rauchfarbenen Wallach zu satteln. Er fragte sich, was wohl dem großen gescheckten Hengst, dem Leibpferd des Laird, zugestoßen sein mochte. Er erinnerte sich noch, wie der Hengst vor vier Jahren zur Welt gekommen war. Jacob war damals noch am Leben gewesen, aber er hatte es Alec überlassen, bei der schwierigen Geburt Hilfe zu leisten. In dem Augenblick, in dem das neugeborene Fohlen seinen damals schon mächtigen Leib auf vier gertenschlanken Beinen aufgerichtet hatte, hatte Alec gewußt, daß es ein ganz besonderes Pferd sein würde.

Und er hatte recht behalten. Feuertanz erwies sich bald als das schnellste Pferd in der ganzen Grafschaft und das fast ohne Training. Der Laird hatte eine Art Besessenheit entwickelt; unermüdlich hatte er daran gearbeitet, Feuertanz für ein nationales Rennen vorzubereiten. Aber die Karriere als Rennpferd endete, noch bevor sie begonnen hatte, als sich herausstellte, daß Feuertanz nur einen einzigen Reiter auf seinem Rücken duldete. Der Laird engagierte die besten Jockeys, die ein Mann in seiner Position auftreiben konnte, aber alle Versuche, Feuertanz auf der Rennbahn zu reiten, endeten in Mißerfolgen. Dennoch liebte der Laird das Pferd so sehr, daß selbst der Verlust möglicher Lorbeeren ihm nicht die Freude verderben konnte, den Hengst zu reiten.

Vor einem Jahr hatte Feuertanz sich einen Schnitt am Bein zugezogen, und von da an hatte Alec begonnen, eine besondere Beziehung zu dem Hengst aufzubauen. Kurz vor dem Tod des Laird hatte er das mächtige Pferd einmal tatsächlich geritten. Seit damals besuchte er den Stall bei jeder sich bietenden Gelegenheit in der Hoffnung, auf diese Weise die Trauer, die das Tier über den Tod seines Herrn empfinden mußte, wenigstens ein wenig zu mildern. Insgeheim hegte Alec die Hoffnung, das grandiose Tier würde ihm schließlich dieselbe Zuwendung erweisen, die es dem Laird entgegengebracht hatte.

Was konnte jetzt nur geschehen sein? dachte er, während er durch die offenen Tore des herrschaftlichen Besitzes galoppierte. Billy folgte ihm in einer Viertelmeile Entfernung auf seinem eigenen Pferd. Alec ließ sein Pferd im Schritt gehen und lenkte es um das Haus herum zu den rückwärtigen Gebäuden, wo sich der Stall befand.

Im Augenblick, als er die Box des Pferdes betrat, bäumte sein Magen sich auf. Er blieb stehen, totenbleich, und schloß einen Augenblick lang die Augen, während er einen langen bitteren Seufzer von sich gab. Feuertanz stolperte herum, sein zitterndes Fleisch war von Schweiß und Schaum bedeckt, so grausam litt er. Seine Augen waren glasig, er stierte ins Leere und gab kein Zeichen von sich, daß er Alec erkannte.

»Oh mein Gott!« stöhnte Alec. »Nicht das ... bitte nicht das.« Dann, als ihm zum erstenmal die Gegenwart des Kastellans bewußt wurde, wandte er sich mit einer scharfen Bewegung Walter Innes zu, der an der Stalltüre stand. »Warum hast du mich nicht früher gerufen?« fuhr er ihn an.

»Ich dachte, er hätte Koliken«, antwortete der Kastellan, den Blick hilflos zu Boden gerichtet. »Ich hab ihm was eingegeben, aber nichts schien dem armen Kerl zu helfen.«

»Wahrscheinlich ist ihm auch nicht mehr zu helfen«, seufzte Alec. »Aber laß mir Seife und Wasser holen, ja?«

Er öffnete seine Tasche und entnahm ihr ein Thermometer. Er wußte, daß alles, was er tat, nur leere Gesten waren. Aber immer noch hoffte daß, daß vielleicht – vielleicht – Walter mit seiner Diagnose recht hätte und nicht er selbst.

Innes kehrte mit einem Eimer voll Seifenwasser zurück, und Alec begann seine Untersuchung. Feuertanz wehrte sich mit keiner Bewegung dagegen, was Alecs Befürchtungen noch weiter bestätigte. Die Untersuchung dauerte kaum fünf Minuten. Alec erhob sich langsam. Er wandte den Blick von dem angstvollen und forschenden Gesicht des Kastellans ab. Aber das Pferd durfte nicht länger leiden.

»Er hat eine schlimme Darmverschlingung«, sagte er in trokkenem professionellem Ton.

»Was kann man für ihn tun?« fragte Innes verzweifelt.

Alec schluckte schwer. Seine Kehle war wie ausgedörrt.

»Walter«, sagte er, »du weißt selbst, 's gibt nichts –«

»Alec«, schrie der Kastellan, »sag mir nicht, 's gäb nichts, was du für ihn tun kannst! Wir könnten doch –«

»Walter!« rief Alec. Seine Stimme gellte vor hilfloser Qual. »Er hat eine Darmverschlingung. Das wird immer schlimmer und schlimmer, bis es ihn von innen her umbringt. Und es ist ein scheußlicher Tod. – Ich muß ihn erschießen.«

Ein klagender Schrei kam von den Lippen des Kastellans. »Nein, nur das nicht! Es muß doch etwas geben ... erst der Laird ... und jetzt sein armes Pferd. Oh, ich habe alles ruiniert –«

»Hör zu, Walter. Tut mir leid, daß ich vorher so grob zu dir war. Aber niemand hätte ihm helfen können.« Wie gerne hätte Alec seine eigenen Worten geglaubt, um sein eigenes Gefühl der Unzulänglichkeit zu beschwichtigen!

»Nein, es ist alles meine Schuld«, beharrte Innes. »Zuerst gab ich dem Pferd die Schuld daran, daß der Laird den schlimmen Sturz tat, aber es war meine Schuld. Ich hätte den Sattel überprüfen müssen. Ich hätte –«

»Hör auf, Walter! Der Laird war zu alt und krank, um zu reiten. Du darfst nicht dir die Schuld geben.«

»Nein, ich bin schuldig. Er verließ sich auf mich.«

»Du hast unrecht«, sagte Alec, »aber ich will nicht mit dir herumstreiten. Ist ja jetzt auch egal. Und jetzt muß ich mich um das Pferd kümmern.«

»Machst du es, ja?« bat Innes. »Ich brächt's nicht übers Herz.«

»Keine Sorge«, sagte Alec. »Geh hinaus, wenn du willst.«

Die beiden Männer schritten schweigend aus dem Stall. Alec ging zu seinem Pferd und nahm sein Gewehr aus der Halterung am Sattel. Innes verschwand hinter den Ställen.

*Das ist mein Job,* dachte Alec.

Jeder Beruf hatte seine ekelhaften Augenblicke, aber was war mit dem hier zu vergleichen? Sein Magen drehte sich beinahe um, wenn er nur daran dachte, was er zu tun hatte. Es wurde niemals leichter, er überstand es nie, ohne daß ihm körperlich übel wurde. Aber es war ein notwendiges Übel, mit dem alle Tierärzte fertig werden mußten. Er hatte es früher getan, und er würde es wiederum tun.

Aber es würde ihm niemals leicht fallen.

Dieses Mal schaffte er es fast nicht. Seine schweißfeuchten Finger zitterten, als er abzudrücken versuchte. Er konnte nichts anderes vor sich sehen als Feuertanz, das prächtige Pferd, in seiner Glorie – stolz und mächtig, voll Feuer und Kraft. Vor seinem inneren Auge erstand eine Vision, des Tages, an dem er ihn zum erstenmal geritten hatte. Ein frostiger Morgen, kalt genug, daß jeder Atemzug des Pferdes sichtbar in der Luft hing. Seine pulsierenden Nüstern sandten große heiße Wölkchen in die eisige Morgenluft, während Alec laut lachend auf seinem Rücken saß.

Langsam verblaßte die Vision, und die grausame Kälte der Wirklichkeit durchdrang Alec. Ein Schauder lief seinen Rücken entlang.

Er stöhnte tief innerlich. Vielleicht wäre er niemals imstande gewesen, den Abzugshahn zu drücken, hätte Feuertanz ihn in diesem letzten Augenblick seiner Todesqual nicht angeblickt, einen glasigen Schmerzensblick in den Augen.

Schließlich tat er, was getan werden mußten, während die Tränen in seinen Augen brannten.

Das war sein Beruf.

Eine Stunde später lag Alec auf einer grasbewachsenen Düne, etwa eine Viertelmeile von der Stadt entfernt. Er hatte das Schloß so schnell wie möglich verlassen. Er und Walter würden Feuertanz später einscharren, sobald ihr innerer Aufruhr sich ein wenig gelegt hätte. Aber im Augenblick mußte er weg von all dem. Auch Walter würde eine Weile allein sein wollen.

Für gewöhnlich ritt Alec zum Marbrae, wenn er Trost in der Natur suchte. So hoch über der Landschaft zu sitzen, erfüllte ihn immer wieder mit neuer Lebenskraft und innerem Frieden. Aber heute hatte er keine Zeit für den langen Ritt. Er hatte einen Termin in der Stadt und konnte nicht noch einen anstrengenden Ritt auf sich nehmen, nach allem, was an diesem Morgen schon geschehen war.

Er versuchte zu beten.

»Gott ...« begann er, aber die Worte versandeten, bevor er noch begonnen hatte.

War es überhaupt recht und billig, sich über den Tod eines Pferdes zu grämen? Gefühlsmäßig war er fast so angegriffen, als habe es sich um einen Menschen gehandelt. War das die richtige Reaktion, die geistliche Reaktion – war es das, was Jesus getan hätte, wäre es sein Pferd gewesen?

Aber noch während diese Frage in seinen Gedanken aufstieg, folgte ihr eine andere. War nicht gesagt worden, daß man zwei Sperlinge um einen Groschen kaufe, und dennoch falle keiner zu Boden, ohne daß der Vater es wüßte ... und sich darum kümmerte?

So war also Gott nun auch betrübt.

Alec fand ein wenig Trost in diesem Gedanken.

Und dennoch war es ein geringer Trost, denn seine Hand hatte Feuertanz' Leben beendet. Noch einmal sah er in Gedanken das mächtige Tier bewegungslos zu Boden sinken, als die tödliche Kugel ihr Ziel traf. Von neuem trieb die Erinnerung die Tränen in seine Augen. Er versuchte, sich in Erinnerung zu rufen, was ihm an der Edinburgher Hochschule für Veterinärmedizin eingedrillt worden war – daß es nur arme Tiere ohne Verstand waren. Sie verstanden Schmerz nicht, und sie reagierten nicht wie Menschen darauf. Unter den Umständen konnte es nur eine Gnade gewesen sein, vom Schmerz erlöst zu werden ... nur eine Gnade ...

Alec hatte nicht vorgehabt, einzuschlafen, aber er hatte nur zwei Stunden Schlaf in der Nacht gehabt. Als er allmählich wieder zu sich kam, war er nicht sicher, ob das Rascheln der Brise im grauen Strandhafer ihn geweckt hatte oder ob er sich einfach ausgeschlafen hatte. Die Sonne war hoch in den Himmel gestiegen, aber es war noch nicht Mittag.

Alec drehte sich leise zur Seite, in der Erwartung, ein Karnikkel im hohen Gras zu sehen. Sie waren überall, mochte man meinen, besonders in den Gebüschen hoher, dicker Gräser, die die Dünen bedeckten. Stattdessen sah er, als er sich umwandte, die Gestalt einer Frau, halb verdeckt von dem niedrigen Sandhügel, den sie emporstieg. Die Sonne stach ihm in die Augen, und er konnte zwar ihre Silhouette gegen den blauen Himmel erkennen, aber nichts von ihren Zügen. Sie hatte ihn anscheinend nicht gesehen.

Alec beobachtete ihre langsamen Bewegungen, wie sie durch den weichen Sand schritt, und schließlich erkannte er Joanna. Zuerst schien es ihm in seiner gegenwärtigen Stimmung das beste, sich still zu verhalten. Aber dann erinnerte er sich an ihre erste unbehagliche Begegnung nicht weit von dieser Stelle, und er entschloß sich, sie anzusprechen.

»Hallo ... Miss Matheson!«

Joanna blickte auf, milde überrascht.

»Hallo ... Mr. MacNeil, sind Sie das?«

»Ja«, antwortete er.

»Ich wußte nicht, daß hier jemand ist. Ich habe Sie doch hoffentlich nicht gestört, oder?« Auch sie erinnerte sich an diese erste Begegnung.

»Nein ... eigentlich nicht.«

»Ich mache nur einen kleinen Spaziergang«, sagte sie. »Ich

war heute morgen mit Nathaniel in der Stadt ... ich hoffte, es sei eine Nachricht von zuhause für mich angelangt.«

»Es muß schwer für Sie sein, nicht Bescheid zu wissen.«

»Ja. Ich war so sicher, Dr. Blakeley hätte mir bereits eine Nachricht geschickt. Es hätte mich schon beruhigt, nur zu hören, daß Großmutters Zustand unverändert sei.«

»Nun, machen Sie sich keine Gedanken darüber, daß Sie noch keine Nachricht haben. Der Telegraph ist noch ziemlich neu hier, und die arme Olive hat's noch nicht ganz im Griff, wie man damit umgeht. Wir bekommen hier nicht viele Telegramme, und wenn wir welche bekommen, dauert es eine Ewigkeit, bis sie ankommen – wenn sie überhaupt ankommen.«

»Oh nein!« sagte Joanna. Ihr Gesicht verfiel merklich. »Wollen Sie sagen, ich bekäme vielleicht überhaupt keine Nachricht?«

Alec sah sofort, daß er einen Fehler gemacht hatte. »Oh nein, Ma'am! Sie werden sicherlich ... ich meine, es geht nicht immer schief. Sie brauchen sich keine Sorgen zu machen.« Seine Rede endete in einem unbeholfenen Stammeln, und er schwieg.

Joanna stand immer noch neben ihm und beide fühlten sich unbehaglicher als je zuvor.

Schließlich sprach Alec wieder. Er bemühte sich, dem Gespräch eine andere Richtung zu geben. »Dann mögen Sie also die Küste und den Strand?«

»Oh ja ... ich liebe es. Wo ich aufgewachsen bin, gab es nichts dergleichen.«

»Es gibt nichts, was einem so sehr den Frieden Gottes nahebringen könnte, wenn man innerlich aufgewühlt ist ...« Er blickte hinaus auf die Brandungswellen und vergaß einen Augenblick lang, den Satz zu beenden. Seine Gedanken waren noch erfüllt von den schrecklichen Ereignissen des Tages.

»Aber ... ich habe Sie gestört. Ich werde jetzt lieber wieder gehen«, sagte Joanna und wandte sich um.

»Nun«, sagte Alec, »vielleicht haben Sie mich gestört, aber es war mir eine sehr willkommene Störung, das kann ich Ihnen versichern. Als ich hierher kam, dachte ich, ich brauchte die Einsamkeit. Aber vielleicht ist's doch eher Gesellschaft, was ich brauche. Ich versuche die Paradoxa des Lebens aufzulösen und komme nicht weiter dabei.«

»Ich bezweifle, daß ich Ihnen dabei eine Hilfe sein kann, Mr. MacNeil«, sagte sie und lächelte.

»Nun, Sie können eines tun, Miss Matheson, Sie können den

›Mr. MacNeil‹ in Zukunft weglassen. Ich mag solche Formalitäten nicht sehr. Ich würde mich freuen, wenn Sie mich einfach bei meinem Taufnamen nennen könnten, Alec.«

»Und Sie werden mir denselben Gefallen tun?«

»Ja, das tue ich gerne ... Joanna«, sagte er lächelnd.

Er verwandte einen Augenblick daran, sie genau zu betrachten, wie sie da vom Sonnenlicht umflossen vor ihm stand. Ihr kastanienbraunes Haar war auf ihrem Scheitel aufgesteckt, ein paar Strähnen fielen zu beiden Seiten ihres Gesichts herunter. Ihre Haut war cremig weich, ganz anders als die grobgeschnitzte, rauhe Erscheinung der Bäuerinnen, die er gewohnt war. Sie hatte sich bereits an ihre neue Umgebung gewöhnt und war nicht mehr die unsichere Fremde, die sie noch vor einer Woche gewesen war.

»Nun«, sagte er nach einer Weile, »... dann setzen Sie sich doch, Miss ... äh, Joanna.«

Sie lachten gemeinsam über seinen Versprecher. Dann setzte sie sich auf den Sand neben ihm und breitete ihr blau-weißes Baumwollkleid um ihre Füße. Sie fand, daß sie den Ausdruck auf seinem Gesicht nicht deuten konnte, das Flackern eines nach innen gerichteten Blicks, das sich sekundenlang darauf ausgedrückt hatte. Er wollte nicht zuviel auf einmal von sich enthüllen.

Eine lange Stille folgte.

Joanna blickte auf ihre gefalteten Hände nieder. Alec hatte sich in seine eigenen Gedanken zurückgezogen, und wiederum fühlte sie sich verlegen, da es ihr schien, sie habe seine Zeit der Besinnung gestört. Er blickte an ihr vorbei auf das offene Meer. Es war ihm immer schwer gefallen, über seine Gefühle zu sprechen, seine innersten Gedanken mit anderen zu teilen. Er wußte nicht, warum er sich im Augenblick so heftig danach sehnte, eben das zu tun – es sei denn, daß ihm das Herz zu schwer war, um seine Last allein zu tragen.

»Ich mußte heute ein Pferd erschießen«, sagte er endlich, den Blick immer noch in die Ferne gerichtet.

»Das tut mir leid«, sagte sie und hob den Blick zu ihm auf. »Das muß sehr schwer gewesen sein für dich.«

»Er war ein großartiges Tier – Feuertanz. Ich habe vor vier Jahren mitgeholfen, ihn zur Welt zu bringen. Sein Name war bezeichnend für ihn. Von dem Augenblick an, als er zur Welt kam, war ein Funkeln in seinen Augen – eine Kraft ... er war so voll Leben! Ach, er schien zu bersten vor Kraft und Energie, und er war so schnell! Wenn er rannte, das war wie ein Steppenbrand.«

»Vielleicht ist er nun endlich frei«, wagte Joanna zu bemerken. Sie suchte nach Worten. Alec gab eine Zeitlang keine Antwort, und sie fragte sich, ob die Bemerkung ihn irritiert hatte.

Schließlich sprach er wieder, den Blick immer noch starr vor sich hin gerichtet: »... sie werden auffahren mit Flügeln wie die Adler, daß sie laufen und nicht müde werden ...«

Er hielt kurz inne, dann fuhr er fort. »Ich weiß, das wurde nicht für Pferde geschrieben, aber kannst du dir vorstellen, wie es für ihn wäre – wenn es tatsächlich ein Leben nach dem Tode für Tiere geben sollte – mit Flügeln zu laufen? Der Wind selbst wäre langsam im Vergleich zu ihm!«

»Behalte ihn so in Erinnerung«, sagte Joanna in leisem Ton, sanfte Ermutigung in der Stimme.

Er seufzte, dann wandte er ihr dankbar seine blauen Augen zu.

»Das werde ich tun«, sagte er. »Danke.«

»Du liebst Tiere sehr, nicht wahr?« sagte Joanna. »Dein Beruf bedeutet dir mehr als nur deinen Lebensunterhalt.«

»Ja, da hast du recht. Es ist die Art und Weise, wie ich Gott diene. Ich hab mich mit Tieren immer leichter getan als mit Menschen.«

»Deine Religion ist dir sehr wichtig, nicht wahr?« fragte sie.

»Man kann so sagen, ja. Aber ich bezeichne mich nicht gerne als religiösen Menschen.«

»Ich verstehe nicht.«

»Man kann aus vielem eine Religion machen«, antwortete er. »Aber es würde meinem Glauben nicht gerecht, wenn ich bloß sagte, ich bin religiös, und beließe es dabei. Und außerdem bin ich gar nicht sicher, ob ich wirklich fromm bin. Ich liebe Gott, und ich möchte ihm und seiner Schöpfung dienen, aber nicht, weil ich so religiös wär'. Ich denke es ist, weil ... nachdem ich einmal seine Liebe gesehen habe, was könnte ich anderes tun?«

»Was meinst du, du ›hättest seine Liebe gesehen‹?«

»Es läuft wohl bei jedem anders ab, aber ich denke, meistens passiert es, wenn man ihm von Angesicht zu Angesicht gegenübertritt und dir wird bewußt, daß er dich liebt und dir vergibt, ganz gleich, wer du bist ... oder was du getan hast ...« Seine Stimme erstarb, als er in Gedanken versank.

»Meine Großmutter sagte das auch immer, aber ...« Sie zögerte einen Augenblick, bevor sie fortfuhr. »Aber es gibt Dinge, die nicht einmal Gott vergibt.«

»Das ist mir noch nie untergekommen«, sagte Alec leise. Er hatte das jähe Flackern des Schmerzes in Joannas Augen entdeckt.

»Ich weiß, ich müßte anders empfinden«, fuhr Joanna fort. »Meine Mutter und meine Großmutter hingen beide diesem Glauben an. Meine Mutter starb bei meiner Geburt. Sie war ... eine sehr gute Frau. Ich wäre gerne wie sie gewesen. Aber ich hatte niemals Gelegenheit dazu. Ich war schuld daran –«

Sie stockte abrupt, und eine heiße Röte stieg in ihren Wangen auf. »Ich weiß gar nicht, warum ich das alles erzähle.«

»Es tut mir leid, das von deiner Mutter zu hören«, sagte Alec. »Du gibst dir selbst die Schuld dafür, nicht wahr?«

»Nein!« Sie schrie beinahe. »Warum sollte ich?« fuhr sie hastig fort. »Ich war doch bloß ein Baby.«

»Dann war Gott schuld?« Seine Augen schienen bis in die Tiefen ihrer Seele zu dringen.

»Natürlich nicht!« Die scharfe Verteidigungsbereitschaft in ihrem Tonfall war unmißverständlich, aber nicht einmal das konnte verhindern, daß eine Träne ihr ins Auge stieg.

»Vielleicht gebe ich tatsächlich mir selbst die Schuld ... ich weiß nicht«, fuhr sie nach einer kurzen Gedankenpause fort. »Du scheinst etwas ganz Besonderes zu haben, Alec. Vielleicht ... vielleicht werde ich eines Tages von Angesicht zu Angesicht vor Gott stehen.«

»Vielleicht«, sagte er. Er wußte, sie wollte damit sagen, daß sie noch nicht die Entscheidung getroffen hatte, Gott nachzufolgen. Er fühlte keinen Antrieb, ihr zu predigen. Niemand – am wenigsten er selbst – konnte dazu überredet werden, Gottes Liebe zu akzeptieren. Sie würde ihm selbst begegnen müssen, wie immer und wann immer dieser Augenblick kommen mochte. Erst dann, und keinen Augenblick früher, würde sie imstande sein, mit dem inneren Aufruhr der Schuld, die sie empfand, fertig zu werden. Ihm war diese Begegnung zu später Stunde in einer Sommernacht auf See widerfahren. Für Joanna würde sie früh genug kommen, wenn erst die Zeit reif war.

Wie in stillem Einverständnis, schwiegen sie beide; jeder von ihnen gab sich mit der von tiefer Ruhe erfüllten Freude daran zufrieden, dem anderen die Zeit für stille Besinnung zu schenken. Fast fünf Minuten lang wurde kein Wort gesprochen.

Schließlich erhob Alec sich widerwillig.

»Nun, ich habe heute noch einiges an Arbeit zu erledigen«, sagte er, während er seine langen Glieder dehnte und reckte. »Soll ich dich irgendwo hinbringen?«

»Danke«, sagte Joanna. »Ich treffe mich in Kürze mit Nathaniel. Ich werde noch ein wenig hier sitzen bleiben.« Sie lächelte.

»Ich bin froh, daß du mir über den Weg gelaufen bist, Joanna. Vielleicht hättest du einmal Lust, mich auf einer Runde zu begleiten? Es ist nicht immmer so schlimm wie eine schwere Geburt bei einer Kuh, oder das Einschläfern eines Pferdes. Manchmal ist es geradezu spaßig.«

»Das würde mir schon gefallen.«

Als Alec den Strand entlang zur Stadt zurückschritt, fragte er sich, warum er sie nicht gebeten hatte, gleich jetzt mitzukommen. Aber es war ihm erschienen, als wollte sie allein sein.

Es würde sich eine andere Gelegenheit bieten.

Es ist mir egal, wie ihr's macht – ihr beschafft mir diese Papiere!«

»Aber«, antwortete einer der Männer, merklich eingeschüchtert vom Ton des Rechtsanwalts, »wie weit dürfen wir gehen? Ich meine ... Sie wollen ja wohl nicht, daß wir –«

»Egal, wie ihr's macht! sagte ich. Verstanden?«

Palmer Sercombe hörte auf, in seinem Büro herumzulaufen und starrte seine beiden widerwilligen Komplizen an. Die trübe brennende Porzellanlampe spendete ein schwaches Licht und erhellte nur unbestimmt die Züge von Sercombes Gefährten.

»Das ist etwas, womit wir nicht gerechnet hatten, Sir.«

»Wollt ihr mehr Geld?« fuhr Sercombe sie an.

»Wenn wir Sie recht verstanden haben – nu, dann ja ... wir haben ja auch'n größeres Risiko, und –«

»Erzählt mir nichts von Risiko!« sagte der Rechtsanwalt fast, als spräche er mit sich selbst. Dann wandte er ihnen von neuem seine Aufmerksamkeit zu. »Zwanzig Pfund – und keinen Penny mehr!«

»Zwanzig für jeden von uns?«

Sercombe nickte. Die beiden anderen tauschten Blicke schweigenden Einverständnisses aus.

»Die Hälfte bekommt ihr jetzt ausgezahlt«, fuhr der Anwalt fort, »und die andere Hälfte, wenn der Job zufriedenstellend erledigt ist.«

Er händigte jedem der beiden Männer seinen Teil des Geldes aus, das er einer Lade entnommen hatte, dann eskortierte er sie zum Hinterausgang. »Kommt nicht hierher zurück«, fügte er hinzu. »Ich treffe euch morgen nacht hinter der Herberge, neun Uhr abends. Seht zu, daß ihr die Papiere habt! Ihr kriegt keinen Penny mehr, bevor der Job nicht erledigt ist.«

Sercombe schloß die Türe und schob den Riegel vor.

»Was für ein schäbiges Pack!« dachte er angeekelt. Aber genau das hatte er gesucht, als er kürzlich zu einem Besuch in Fenwick Harbor aufgebrochen war. Es war viel zu riskant gewesen, einen Einheimischen einzusetzen; er hätte niemals dazu seine Zuflucht nehmen dürfen. Aber im Augenblick, als er Joanna Mathesons Papiere gesehen hatte, war er in Panik verfallen.

Es gab gute Gründe, in Panik zu verfallen.

Aber er war zu gerissen dafür. Von jetzt an würde er keine solchen Fehler mehr machen. Er konnte es sich nicht leisten.

Er setzte sich an seinen Schreibtisch. Selbst jetzt, wo er allein in seinem Büro war, lümmelte er sich nicht auf den Tisch, noch lehnte er sich zurück. Er nahm einen Schreibstift und begann einige Ideen zu notieren. Es gab schließlich auch noch andere Arbeit zu tun. Es dauerte jedoch nicht lange, bevor die flotten Bewegungen des Stiftes langsamer wurden und schließlich innehielten. Die Ellbogen auf den Tisch gestützt, hielt er die Enden des Stiftes in beiden Händen, tief in Gedanken versunken.

Alles war so glatt gelaufen. Was für ein verfluchter Zufall hatte dieses vermaledeite Mädchen den ganzen weiten Weg von Amerika hierher gebracht!

Und wie in aller Welt war sie an diese Dokumente gekommen?

Wenn sie ihre Abreise nur einen Monat hinausgezögert hätte oder ihre Reise unterbrochen, um London zu besuchen!

Natürlich konnte der Anspruch, den sie erhob, glatter Betrug sein. Wer hätte sie dazu anstiften können? Vielleicht war die Urkunde eine Fälschung. Aber die Dokumente hatten allzu authentisch ausgesehen.

Er mußte sie in die Finger bekommen!

Aber noch war nicht alles verloren, trotz der Einmischung des Matheson-Mädchens. Er mußte die Dinge nur etwas beschleunigen. Wenn er innerhalb einer Woche schaffte, was sonst zwei oder drei Wochen gedauert hätte, dann konnte er aufatmen. Selbst wenn ihr Verdacht geweckt war, sie würde keine Zeit mehr haben, irgend etwas zu unternehmen. Die Tatsache, daß sie zu den Cuttahays gezogen war, spielte ihm in die Hände. Im Augenblick sah sie wohl keinen Grund, in dieser Angelegenheit Druck zu machen. Sie war nicht zurückgekehrt, um noch einmal mit ihm zu sprechen, und er hatte nichts über weitere Versuche gehört, sich Zutritt zum Schloß zu verschaffen. Der Überfall durch seine bezahlten Schurken würde sie natürlich alarmieren. Aber selbst wenn sie die Verbindung erkannte und die Spur zu ihm zurückverfolgte, würde er dann die Dokumente bereits in der Hand haben, und sie konnte verlangen, was sie wollte – es würde ihr nichts nützen.

Diese zwei Strauchritter mußten Erfolg haben – es durfte keinen Mißerfolg geben.

Er mußte diese Dokumente haben. Alles hing davon ab – *alles!*

Plötzlich zerbrach der Schreibstift unter dem Druck seiner Finger.

ANGRIFF!

Joanna konnte es kaum glauben, daß sie den ganzen weiten Weg gekommen sein sollte, nur um schließlich feststellen zu müssen, daß der Rechtsanwalt außer Haus war. Gordon Ogilvie war geschäftlich aus der Stadt abberufen worden und man erwartete ihn nicht vor zwei Tagen zurück. Sie hatte so sehr gehofft, dieser alte Freund der Cuttahays könnte in der Lage sein, zusätzliches Licht auf die Papiere ihrer Großmutter zu werfen. Nun würde sie warten müssen; es schien ihr, als hätte sie bereits ein Leben lang gewartet.

Das Dörfchen Culden, im Binnenland gelegen, hätte einer Touristin aus Amerika einen erfreulichen Tagesaufenthalt bieten können mit seinem ungewöhnlichen Gasthaus, der altertümlichen, aus Ziegeln und Granit erbauten Kirche und den gastfreundlichen schottischen Bewohnern. Für Joanna wurde es jedoch zum Symbol einer weiteren enttäuschenden Sackgasse.

Vielleicht hätte sie nicht ohne Alec zur Heimreise aufbrechen sollen.

Er war so freundlich gewesen, sie nach Culden zu begleiten. Aber sie hatte keine Ahnung, wie lange er in der Umgebung zu tun haben würde und hatte keine Neigung verspürt, den ganzen Tag wartend in einer fremden Stadt herumzusitzen. Daher entschloß sie sich, die zwei bis drei Stunden dauernde Heimreise allein anzutreten.

Sie ritt ihre Apfelschimmelstute in gemächlichem Tempo. Sie war nicht in Eile, obwohl ihr der Gedanke gekommen war, noch einmal zu versuchen, sich Zutritt zu Schloß Stonewycke zu verschaffen. Vielleicht war der Nachmittag eine geeignetere Zeit. Dennoch hatte sie es nicht eilig und hielt die Zügel ihres Pferdes locker in Händen.

Die Straße zwischen Culden und der Brücke über den Lindow war lieblich anzusehen – dichter Wald zur Linken und mit Heidekraut bedeckte Wiesen zur Rechten, die allmählich anstiegen fernen schneebedeckten Gipfeln zu.

Das sanfte Klip-Klop der Pferdehufe auf der festen Straße schläferte Joannas Sinne ein; sie versank in zielloses Sinnen. Die Ereignisse der vergangenen Wochen drängten in ungeordneten Bruchstücken in ihre Gedanken; so sehr sie es auch versuchte, sie konnte keine Ordnung schaffen in dem Chaos, das ihr begegnet war … Jason … MacDuff … Sercombe … ihre Großmutter …

Würde sie jemals etwas über die Vergangenheit ihrer Großmutter erfahren? Würde sie Jason jemals wiedersehen?

Plötzlich tauchte Alecs Bild vor ihrem inneren Auge auf. Er war sicherlich kein Weltmann wie Jason Channing. Aber er hatte eine Besinnlichkeit in ihr erweckt, die ihr bislang fremd gewesen war. Das war eine Eigenschaft – vielleicht sogar eine Gabe – die nicht jedermann besaß.

So beschäftigt, schenkte sie den beiden Reitern, die ihr entgegenkamen, nur wenig Aufmerksamkeit. Sie wäre an ihnen vorbeigeritten, aber als sie näherkamen, riefen sie ihr zu, sie möge anhalten.

Sie zog die Zügel an.

»Guten Morgen, Ma'am«, sagte einer der Reiter und lüftete höflich seinen breitkrempigen Hut. Dabei enthüllte er kohlschwarze Augen, die über einem buschigen braunen Bart tief in den Höhlen lagen. Der Mann, der zu ihr sprach, saß groß und schlank im Sattel, sein Gefährte – kleiner und vierschrötiger – schwieg still.

»Äh ... guten Morgen«, antwortete Joanna zurückhaltend. Sie warf einen nervösen Blick auf den Schweigenden, und ein unwillkürlicher Schauder rieselte ihr Rückgrat entlang. Ein Bart wäre zweifellos eine deutliche Verbesserung für dieses blatternarbige Gesicht gewesen!

»Eine Dame wie Sie sollte nich' allein unterwegs sein«, sagte der bärtige Reiter. »Wir würden Sie gerne begleiten ... zu Ihrem Schutz, Ma'am.«

»Nicht notwendig«, sagte Joanna. Sie fürchtete, ihr Unbehagen könnte nur allzu deutlich sichtbar sein. Es fiel ihr ein, daß die Situation unangenehm werden konnte, wenn sie sie weiter bedrängten. Sie lenkte die Stute unauffällig nach links und versuchte, die Reiter zu umrunden, aber als sie das tat, machte der Mann mit den Narben eine Bewegung und verstellte ihr den Weg.

»'s täte uns furchtbar leid, Ma'am, wenn Ihnen was zustoßen sollte«, sagte der bärtige Reiter. Ein kalter Schauder durchfuhr Joanna, als sie bemerkte, wie seine Hand sich langsam auf den Kolben eines Karabiners zubewegte, der an seinem Sattel festgeschnallt hing.

Als sie später daran zurückdachte, wußte Joanna nicht mehr, ob der gesunde Menschenverstand oder schiere Panik ihr Handeln bestimmt hatten. Auf jeden Fall hatte die Furcht sie beinahe überwältigt, und sie wußte, sie mußte rasch handeln, oder eine schreckliche Gefahr erwartete sie.

In einem Augenblick verzweifelter Entschlossenheit stieß sie die Fersen unbarmherzig in die Flanken der Stute.

Die Stute schoß zwischen den Pferden der beiden Männer durch, die wie erstarrt zurückblieben, völlig überrascht von Joannas plötzlichem kühnem Manöver. Ihre Fersen stießen wie wild, trieben das Pferd an. Sie schlug mit den Zügeln auf seinen Nacken. Als sie es wagte, einen hastigen Blick zurückzuwerfen, fand sie ihre schlimmsten Befürchtungen bestätigt – die beiden Reiter jagten ihr in vollem Gallopp nach und kamen ihr mit jedem Schritt näher.

Immer noch schlug sie mit den Zügeln zu und grub die Fersen in die bebenden Flanken der Stute. Aber die Aussichten, die Cuttahay-Farm noch vor den Beiden zu erreichen, standen sehr schlecht – wenn es nicht überhaupt unmöglich war.

Joanna war noch nie so schnell geritten; es war, als fliege sie. Aber sie war eine unerfahrene Reiterin, und nur das nackte Entsetzen gab ihr die Kraft, sich mit eisernem Griff festzuhalten und das unvermeidliche Unheil zu verhindern.

Sie ritt weiter, ohne sich nochmals umzuwenden. Sie wußte, die beiden Männer waren ihr nahe, der Donner der Pferdehufe widerhallte in ihren Ohren.

Plötzlich zerriß ein scharfer Knall die Luft.

Der Karabiner!

Den hatte sie ganz vergessen. Der erste Schuß war wohl nur eine Warnung gewesen. Wäre es nicht das Beste, anzuhalten? Vielleicht konnte man vernünftig mit ihnen reden.

Aber etwas trieb sie, weiterzureiten.

In der Ferne, etwa zweihundert Yards entfernt, sah Joanna die schmale hölzerne Brücke über den Fluß. Wenn sie sie nur als erste erreichen konnte und ihren Vorsprung auf der anderen Seite vergrößern, dann vielleicht –

Da stolperte die Stute über einen Steinblock, der mitten auf der Straße lag. Bei der Geschwindigkeit, mit der sie dahinjagte, war es unmöglich, sich rechtzeitig wieder zu fangen. Das Pferd ging in die Knie, und Joanna wurde über seinen Kopf hinweggeschleudert. Die drahtigen Gebüsche am Straßenrand milderten ihren Sturz, aber fürs erste lag sie besinnungslos, abgeschürft und zerschunden.

Die beiden Reiter, die fast auf gleicher Höhe mit ihr gewesen waren, galoppierten ein ganzes Stück weit an ihr vorbei, unfähig, ihre Pferde aus dem vollen Galopp heraus anzuhalten. Joanna gewann so Zeit genug, sich aufzurappeln. Jeder Muskel in ihrem Körper schmerzte, aber sie brachte es fertig, auf die Füße zu kommen und auf das Gebüsch am Straßenrand zuzulaufen. Halb stolpernd, halb laufend, kämpfte sie sich durch die Büsche, immer weiter weg von der Straße. Je weiter sie eindrang, desto dichter und höher wurden die Gewächse rundum.

Bald fand sie sich von Bäumen umgeben, und der Wald wurde immer dichter, durchwachsen von eng aneinander wachsenden Bäumen und Unterholz. Büsche, Dornen, Gesträuch und Farne hinderten sie bei jedem Schritt.

Sie warf einen hastigen Blick zurück. Nichts war zu sehen, aber sie hörte Stimmen, nicht weit hinter sich. Ein Ast, der quer über den Weg wuchs, stellte ihr ein Bein, so daß sie, alle Viere von sich gestreckt, aufs Gesicht fiel. Sie kämpfte sich stöhnend wieder hoch.

Die Stimmen kamen näher!

Joanna kroch über einen umgestürzten Baumstamm. Sie schwitzte, feuchter Schmutz vom Boden des Waldes verschmierte ihr Gesicht. Innerlich schrie sie vor Verzweiflung und wagte doch nicht, einen Laut von sich zu geben. Die Tränen strömten über ihr schmutzverkrustetes Gesicht, während sie sich vorwärtskämpfte. Ihr Herz schlug dröhnend in der Brust, jeden Atemzug begleitete ein scharfer Schmerz in den Lungen.

Schließlich mußte sie stehenbleiben ... wenigstens einen Augenblick lang. Sie mußte nach Atem ringen.

Während sie tief den Sauerstoff in die Lungen sog, horchte sie aufmerksam.

Außer ihren eigenen schweren Atemzügen war es still rundum. Das Licht war trüb; nur gelegentliche Flecken von Sonnenlicht durchdrangen das dichte, üppige Laub über ihrem Kopf.

»Da ist sie!« rief eine tiefe, zornige Stimme.

Die kurze Rast hatte Joannas Aufenthalt verraten! Sie sah den Mann nun – es war der Große – kaum fünfzig Fuß entfernt, wie er seinem Komplizen den Weg zur anderen Seite wies; sie wollten versuchen, ihr von zwei Seiten den Weg abzuschneiden.

Sie wandte sich um und floh von neuem, so schnell es nur möglich war im verwachsenen Unterholz. Sie zwang sich zum Laufen, so schnell und zugleich so leise, wie sie nur konnte. Nach ein paar Minuten hielt sie von neuem an. Sie hörte nichts. Hatte sie die Verfolger zuletzt doch abgeschüttelt?

Dann hörte sie die beiden Männer schreien. Es hörte sich an, als hätten sie im Augenblick wenigstens ihre Spur verloren. Sie schlich weiter, weg von den Geräuschen, die sie machten. Sie zwang sich, sich so langsam und gleichmäßig wie nur möglich zu bewegen.

Ein Zweig knackte unter ihrem Fuß.

Joanna erstarrte mitten im Schritt. Instinktiv ließ sie sich auf die Knie nieder.

Plötzlich peitschte ein Schuß durch den Wald, der jedoch weit an seinem Ziel vorbeiging.

Da wurde Joanna zum erstenmal bewußt, in welcher äußersten Gefahr sie sich befand. Wenn sie sie nun hier zu fassen bekamen, so weit entfernt von der Straße, würden sie keine Skrupel haben, sie zu ermorden und ihren Leichnam liegen zu lassen, wo man ihn niemals finden würde.

Sie mußte unbedingt auf die Straße zurück!

Wieder machte sie sich daran, im Schneckentempo davonzuschleichen, wobei sie sich tief niederbeugte, um nicht gesehen zu werden. Sie fürchtete, verloren zu sein, aber sie versuchte, sich in einem weiten Bogen auf die Straße und ihr Pferd zu zu bewegen.

Es war ihre einzige Chance.

Ein großer umgestürzter Baum zwang sie, nach links auszuweichen. Sie hatte jegliche Orientierung verloren. Nun konnte sie nur weiter vorwärts stolpern und hoffen, daß sie auf die Straße zuhielt und nicht noch tiefer in diesem verwachsenen Irrgarten landete …

Sie kletterte über den Baumriesen, wandte sich nach rechts –

Plötzlich tauchte, nicht weiter als Armeslänge von ihr entfernt, das narbige Gesicht ihres Verfolgers vor ihr auf. Seine gelben Zähne glänzten, als seine Lippen sich in einem bösartigen Lächeln teilten. Der gellende Aufschrei, der aus Joannas Mund drang, war kaum mehr als ein vor Schreck erstickter Laut.

»Na, Ma'am, wo sind die Papierchen?« knirschte er mit grausamer Stimme und zog mit der Linken ein großes Messer. Der kalte Stahl lauerte gefährlich nahe an Joannas Kehle.

»Ich … ich hab sie nicht«, sagte Joanna. »Sie … sie sind nicht da.«

»Na, wo sind sie dann? Komm schon, oder willst du mich zum besten haben, hah?«

»Ich … ich hab nicht … sie sind nicht da.« Aber Joanna wußte, daß er ihr die Lüge nicht glaubte.

»Langsam werd ich ärgerlich, Ma'am!« sagte er. »Ich krieg sie auch auf meine Weise, warten Sie nur«, fügte er in einem Ton hinzu, der sie mit Schauder erfüllte.

Er sprang sie an.

Der Instinkt trieb Joanna, sich nach rechts wegzuducken. Während der Mann sich eben von seinem schlecht gezielten Schlag erholte, wandte sie sich und floh, alle Vorsicht fahren lassend.

Wenn er sie nun zu fassen bekam, war das ihr Ende!

Ihr Leben stand auf dem Spiel! Die Panik peitschte sie vorwärts. Sie kümmerte sich nicht mehr um den Lärm, den sie machte, noch um die verzweifelten Hilfeschreie, die von ihren Lippen drangen.

Ihr Ärmel verfing sich an einem Ast.

Sie riß in heller Aufregung an, so daß das einst so schöne Baumwolltuch zerriß und ein großer Fetzen zurückblieb. Der abscheuliche Feind war nur einige wenige Schritte hinter ihr. Jeden Augenblick erwartete sie, seinen bärtigen Spießgesellen vor sich zu sehen oder den scharfen kalten Stahl seines Messers im Rücken zu fühlen.

Sie warf einen raschen Blick zurück – und übersah dabei die Gestalt eines athletischen Mannes, der ihr in den Weg trat. Mit einem übelkeiterregenden dumpfen Krach rannte sie mit ihrem vollen Gewicht gegen ihn an und fühlte, wie seine starken Arme sie umschlangen.

Eine vertraute Stimme rief ihren Namen, aber sie war schwach und fern. Ihr Blick war vernebelt von Schweiß und Erschöpfung, lose Haarsträhnen hingen ihr ins Gesicht. Ihre Sinne umwölkten sich, in ihrem Kopf brauste es. Wo hatte sie diese Stimme schon einmal gehört?

Ihre Knie knickten unter ihr ein, und sie wußte nichts mehr von sich.

Alec hatte kaum einen Augenblick Zeit, sich um Joanna zu kümmern, als der Angreifer ihn auch schon ansprang. Er ließ Joannas schlaffen Körper so rasch er konnte zu Boden gleiten – sie mußte alleine aus ihrer Ohnmacht erwachen. Dann fuhr er herum und wandte den Blick dem Narbengesicht seines Gegners zu. Alec packte die Hand, die noch das glänzende Messer hielt, in dem Versuch, dem Angreifer den Arm zu verdrehen und es ihm zu entreißen. Der Kampf tobte wild, denn obwohl der Angreifer ein kleingewachsener Mann war, war er fast ebenso stark wie Alec. Zuletzt jedoch kündigte ein winselnder Aufschrei das Erschlaffen seiner Kräfte an, und einen Augenblick später fiel das Messer auf den Waldboden.

Alec lockerte seinen Griff, aber sein Mitleid erwies sich als unklug; der andere riß sich los und knallte seine knotige Faust geradeaus in Alecs Kiefer. Er sprang den jungen Mann an und riß ihn zu Boden. Aber sein Vorteil war nur von kurzer Dauer. Jahrhunderte von schottischem Temperament flammten in Alecs Blut auf. Er holte aus und traf den Mann, der auf ihm lag, mit der Faust, so daß er rücklings niederfiel.

Alec sprang auf die Füße und stürzte vorwärts. Er packte den Mann, als er rücklings davonstolperte, und schmetterte seinen Körper gegen den nächsten Baum. Die Faust erhoben, wollte er ihm schon den alles entscheidenden Schlag versetzen, als er plötzlich zögerte. Sein Herzschlag dröhnte in den Schläfen. Sein Geist schwankte zwischen Zorn und Furcht.

Zögernd ließ er die Faust sinken.

Da peitschte ein Schuß durch die Luft und riß die Rinde vom Baum. Die Kugel ging nur drei Zoll an Alecs Schläfe vorbei.

Joanna erlangte das Bewußtsein wieder, nur wenige Sekunden, nachdem Alec sie auf den Boden gebettet hatte. Noch benommen, versuchte sie auf die Füße zu kommen. Sie sah den Bärtigen mit dem Gewehr in der Hand näherkommen, zu spät, um Alec eine Warnung zuzuschreien.

Sie sprang ihn im selben Augenblick an, als der Schuß krachte, und packte die Beine des Schurken mit den Händen. Er verlor durch den Stoß das Gleichgewicht und das Gewehr flog ihm aus den Händen. Alec ließ blitzschnell den ersten Angreifer los und wandte seine Aufmerksamkeit dem zweiten Schurken zu. Der schlanke, bärtige Mann war so groß wie Alec, und seine Muskeln schienen ebenso stark zu sein wie seine Absichten böse waren. Er kam rasch wieder auf die Füße, schrie Joanna ein wüstes Schimpfwort zu und stürzte dann, nun in hellem Zorn, auf seinen Gegner zu. Im Augenblick hatte er Alec zwei harte Faustschläge in den Bauch versetzt.

»Das kommt davon, wenn man sich ungefragt einmischt!« knurrte er wutentbrannt. »Ihr beide könnt' hier im Wald verfaulen, den Ratten zum Fraß!«

Im nächsten Augenblick kämpfte Alec gegen beide Männer zugleich. Der Kleinere der beiden fand sein Messer, wo es zu Boden gefallen war, und richtete sich auf, um den rasiermesserscharfen Stahl in Alecs Rücken zu stoßen, sobald sein Spießgeselle dessen Aufmerksamkeit voll in Anspruch nahm.

Alec, der seine Absicht erkannte, bemühte sich, beide Männer vor sich zu haben. Der Große verpaßte ihm einen Faustschlag gegen den Kopf, der ihn sekundenlang betäubte. Fast in derselben Sekunde durchdrang ein scharfer Schmerz seine Schulter und er fühlte, wie sein warmes Blut aus der Messerwunde floß.

Er versetzte dem Kleineren einen Tritt, versuchte, das Messer mit einem Fußtritt zu treffen, während er den zweiten Schurken auf der anderen Seite von sich fernhielt.

Ein ohrenbetäubender Schuß brachte das Durcheinander zu einem jähen Halt.

Die drei Männer fuhren auseinander, und augenblicklich starrte Alec in die Richtung, wo Joanna, bleich und zitternd, den Karabiner mit bebenden Fingern hielt.

Die beiden Angreifer wichen zurück, warfen Joanna einen scharfen Blick zu und flüchteten wortlos in die Tiefe des Waldes.

Joanna ließ das Gewehr fallen. Ihr Körper erbebte, als sie dem aufgestauten Schluchzen Raum gab. Alec eilte an ihre Seite.

»Alles gut ... jetzt ist alles gut«, sagte er und versuchte sie zu beschwichtigen, indem er sie in die Arme nahm. »Alles ist vorbei ... alles ist gut«, wisperte er immer wieder. Die ganze Zeit jedoch hielt er ein Auge offen, um gewarnt zu sein, falls es neue Schwierigkeiten gab. Er beugte sich nieder und hob das Gewehr auf, falls es noch einmal gebraucht würde. Er hielt es mit der linken Hand, während sein von der Wunde geschwächter rechter Arm Joannas zitternden Körper umfangen hielt. Er streifte eine Haarsträhne von ihrem Gesicht und küßte sanft ihre Stirn. Allmählich fühlte Alec, wie Joannas zitternde Tränen verebbten, als sie wieder zu Kräften kam.

Er bemühte sich, nicht an die Übelkeit in seinem Magen zu denken. Der Zorn, der ihn durchrast hatte, war überwältigender gewesen, als er es jemals für möglich gehalten hätte. Er schauderte bei dem Gedanken, was er dem Kerl angetan hätte, hätte der Gewehrschuß seines Komplizen ihn nicht innehalten lassen. Er hatte seit Jahren in der Furcht vor einem solchen Augenblick gelebt.

Hätte er ein zweitesmal töten können?

Die Ungewißheit war fast so gräßlich wie die Tat selbst.

Fast ohne zu denken ergriff er Joannas Hand und führte sie aus den Tiefen des Waldes hinaus.

# PLÄNE

Letty wand ein mit warmem Wasser getränktes Tuch aus. Eine Wunde versorgen – das lag im Bereich ihrer Möglichkeiten. Aber zu verstehen, wie jemand einem anderen eine solche Wunde zufügen konnte, das war zu viel für ihr sanftes Gemüt. Im Augenblick, als sie Joanna und Alec gesehen hatte, waren Tränen in ihren Augen aufgestiegen, nicht nur, weil die beiden so offenkundig Schmerzen litten, sondern weil zwei so innig geliebte Menschen so grausam mißhandelt worden waren.

Es war schon Abend, als die beiden auf dem Rücken von Alecs Pferd heimkehrten. Joannas Pferd war nach dem Sturz durchgegangen, und sie waren zu erschöpft gewesen, sich auf die Suche zu machen. Sie hofften, die Stute würde den Rückweg von allein finden. Wenn nicht, mußten sie zum Dormin zurückkehren, um sie aufzufinden. Inzwischen beeilten sich die Cuttahays, sie ins Haus zu bringen, und kümmerten sich augenblicklich um ihre Verletzungen – oberflächliche Schnitte und Abschürfungen, aber dennoch sehr schmerzhaft.

Alecs rechter Arm wies einen tiefen Schnitt von einer Messerklinge auf.

»Wir können noch dankbar sein, daß es nicht schlimmer ausgegangen ist«, sagte Letty, nachdem Joanna ihr einen kurzen Bericht von dem Zwischenfall gegeben hatte.

»Eine Schande ist's, daß die Schurken schon wieder davongekommen sind!« sagte Nathaniel in hellem Zorn.

»Nicht *schon wieder*«, verbesserte ihn Joanna. »Keiner von diesen beiden Männern war der Bursche, den Sie in der Stadt verjagt haben.«

»Aber Sie sagen doch, die waren wieder hinter den Papieren her.«

Joanna nickte. »Sie sagten, ich sollte ihnen die Papiere aushändigen – einfach so.«

»Was für ein Glück, daß der Junge dazukam! Wie kam's übrigens, daß du gerade da im Dormin-Wald warst, Alec?«

Alec hatte noch kein Wort gesprochen, seit sie das Haus betreten hatten.

»Ich verließ Culden gleich nach Joanna und wollte sie eben einholen, als sie angefallen wurde«, antwortete er kurz.

»Diesen Tom Forbes, den möchte ich in die Finger kriegen!« schäumte Nathaniel.

»Aber Joanna sagte doch, er wär's nicht gewesen«, mahnte seine Frau zur Vorsicht.

»Ich bin sicher, er weiß was! Ich hätt' ihn zum Amtmann bringen sollen, sobald ich diesen Verband an seiner Hand gesehen hab!«

Nathaniel schritt eine Weile schweigend auf und ab. Dann blieb er mit einer abrupten Bewegung stehen und wandte sich den anderen zu. »Wir kommen immer wieder auf diese Papiere zurück«, sagte er. »Irgend jemand ist bereit, einen Mord zu begehen, um sie in die Hand zu bekommen. Ich muß immer öfter daran denken, daß es wohl stimmt, daß Joanna eine von den Duncans ist.«

»Wenn ich nur ins Innere des Hauses gelangen und mit den Leuten dort sprechen könnte«, seufzte Joanna. »Ich habe das sichere Gefühl, irgend jemand könnte mir etwas sagen.«

»Vielleicht könnten sie's, Mädchen«, fiel Letty ein. »Aber die Frage ist ja, ob sie's auch täten. Von Walter wissen wir schon, daß ihm kein Wort über die Lippen kommt, und obwohl er ein anständiger Kerl ist, kann er recht halsstarrig sein, wenn's ihm danach zumute ist. Und Mrs. Bonner ... nun, sie hat wohl auch ihre Anweisungen von Mr. Sercombe, und ihr wird nichts anderes übrigbleiben, als ihnen gehorchen. Und sonst gibts nur noch den alten Dorey.«

»Aus dem kriegt man doch kein vernünftiges Wort heraus«, mischte sich Nathaniel ein. »Obwohl er einiges über die Duncans sagen könnte, wenn er wollte – solange ich zurückdenken kann, war er auf dem Schloß.«

»Was ist eigentlich los mit ihm?« fragte Joanna. »Die Leute reden, als wäre er verrückt.«

»Nein, nein. Er ist ganz harmlos, keine Sorge«, antwortete Letty. »Bleibt still für sich und kümmert sich um seine Blumen. Meistens bleibt er im Schloß oder im Park. Ich hab ihn nur einmal in der Stadt gesehen – das muß jetzt schon Jahre her sein. Ging einfach mitten in den Vorhof der Crearys hinein. Damals lebte Doug Crearys alte Mutter noch. Und stellt euch vor, die alte Mrs. Creary stand auf der Veranda und sah ihm zu, wie er anfing, die Erde rund ums Haus aufzugraben – ich glaube, sie war so verblüfft, daß sie kein Wort rausbrachte. Dann holte er ein paar Setzlinge aus seinem Sack und pflanzte sie ein. Und all das, ohne ein einziges Wort zu sprechen! Er goß die Pflanzen noch, und dann tippte er sich an den Hut und ging lächelnd weg – und Mrs. Creary stand da mit sperrangelweit offenem Mund. Ein paar Monate später blühten die Pflanzen, und der Vorhof der Crearys, der immer einer der schäbigsten im ganzen Tal gewesen war, war fast so schön wie der Garten von Stonewycke. Dann fanden die Leute nach und nach, das sei eine gute Idee, und bald blühte es überall in der Umgebung.«

Letty lächelte fröhlich und vergaß einen Augenblick lang die schrecklichen Ereignisse des Tages. »Also, wenn das Wahnsinn ist, dann würd' es uns allen nicht schaden, ein bißchen verrückt zu sein.«

»Wenn ich nur ein paar Minuten mit ihm sprechen könnte!« sagte Joanna.

»Wenn er überhaupt sprechen kann«, fügte Nathaniel hinzu.

»Er hat aber mit mir gesprochen, als ich damals beim Haus war«, bemerkte Joanna hoffnungsvoll.

»Tatsächlich?«

»Nun – nur ein Wort. Er schien Angst zu haben. Dann fuhr Mr. Innes' Auto vor, und er rannte davon.«

»Alec«, sagte Nathaniel und wandte sich dem Jüngeren zu. »Du hast doch öfters im Haus zu tun gehabt. Was meinst du?«

Bis jetzt hatte Alec sich abseits der Gruppe gehalten. Die Muskeln in seinen Wangen waren verkrampft vor innerer Anspannung.

Vielleicht war es der Schmerz in seiner Schulter, dachte Nathaniel. Aber das Schweigen schien einen tieferen Grund zu haben als körperlichen Schmerz. Nathaniel hatte da einen ganz bestimmten Verdachte, aber er wußte, er konnte dem jungen Mann kein Wort des Trostes bieten, ohne sein Geheimnis zu enthüllen – von dem selbst Letty nichts wußte. Wenn jemals davon gesprochen werden sollte, mußte Alec selbst die Entscheidung dazu treffen.

»Geht es dir gut?« fragte Nathaniel langsam.

Alec raffte sich auf. »Ich brauche nur ein wenig frische Luft«, sagte er und schritt aus dem Zimmer.

Die kühle, prickelnde Abendluft tat ihm gut. Aber sie konnte keine Klarheit in seine verworrenen Gedanken bringen. Seit jener furchtbaren Nacht in seiner Heimatstadt war er allen Streitigkeiten angstvoll aus dem Weg gegangen. Und nun schien es ihm, als sei er in einen Konflikt hineingeraten, der schlimmer als alles je zuvor Erlebte war. Als er Joanna so verletzt und verlassen gesehen hatte, hatte er den Wunsch verspürt, sie zu beschützen, ihr zu Hilfe zu eilen. Diese paar kurzen Augenblicke lang – hatte er den Wunsch verspürt, zu töten! Er zitterte immer noch bei dem Gedanken.

Und er wußte, wenn er sie in Gefahr fand oder sie neuerlich bedroht wurde, dann würde er sich wieder in den Kampf werfen müssen.

Was sollte er nur tun?

»Was wird von mir erwartet?« fragte er sich. »Was will Gott von mir? Was wäre Joanna zugestoßen, wäre ich nicht dagewesen?« Er schloß die Augen und knirschte mit den Zähnen, als die Qual in seinem Herzen schlimmer wurde.

Er hörte, wie sich die Tür des Häuschens öffnete und ein sanfter Schritt sich ihm von hinten näherte. Aber er hatte nicht die Kraft, sich umzuwenden.

»Es tut mir leid«, flüsterte Joanna. »Es tut mir leid, daß ich all diese Schwierigkeiten über Sie gebracht habe. Ich ... ich war so gedankenlos. Ihr wart alle so freundlich zu mir, und das ist mein Dank!«

»Nein!« sagte Alec und wandte sich rasch um, um ihr ins Gesicht zu blicken. »Das darfst du nicht sagen ... nicht einmal denken. Du hast nichts von uns verlangt. Du hast etwas gebraucht und wir – ich habe dir geholfen ... und ich würde es wieder tun. Ich könnte nicht anders.«

»Ich verstehe nicht.«

»Du hast nichts über mich gebracht. Ich selbst hab' etwas über mich gebracht ... oder Gott hat's getan. Ich bin davongelaufen; wenn ich mich nun auch von dir abwendete? Ich kann nicht ... ich glaube nicht, daß der Herr das will. Und doch ...«

»Alec«, sagte Joanna, »bitte; was belastet dich so?«

»Du hältst mich wahrscheinlich für verrückt, wenn ich so dahinfasele. Ich hoffte, ich wäre mit der Sache innerlich klargekommen. Aber –«

Er stockte mitten im Satz.

»Alec. Was ist los?«

»Vor vier Jahren passierte etwas – meine Schwester wurde attackiert. Als ich den Mann sah, packte ich ihn und –«

Er zögerte wieder und bedeckte das Gesicht mit seinen großen Händen, die Tränen verbergend, die nun zu fließen begonnen hatten.

»Ich ... ich«, stammelte er, »ich tötete ihn.«

»Oh, Alec!«

»Sie nannten mich einen Helden, aber ich fühlte mich wie der Teufel selbst. Mit bloßen Händen – habe ich ein Leben genommen.«

Er hielt ihr die Hände entgegen.

»Diese Hände – Hände, die Leben schenken und Leben beschützen sollten – diese selben Hände ...«

Wieder bedeckte er vor Scham das Gesicht.

Joanna streckte sanft die Hand aus, umfaßte seine Hände und sagte: »Alec, es sind gute Hände. Ich kann nichts anderes in ihnen sehen als die zärtlich liebenden Hände, die so sanft das Kälbchen seiner Mutter hinlegten.«

»Aber heute ... heute schien es mir, daß ich wiederum töten könnte. Ich – ich war so außer mir vor Zorn, als ich sah, was sie getan hatten –«

»Aber Alec«, unterbrach sie ihn und umklammerte seine Hände noch fester, »du hattest keine Wahl! Diese Männer versuchten, mich umzubringen. Und sie hätten es getan.«

Er schüttelte den Kopf, verwirrt, unfähig zu sprechen.

»Alec«, fuhr Joanna fort, »ich habe alles gesehen. Du hast getan, was du tun mußtest, und nichts darüber hinaus. Als du den Mann gegen den Baum gedrängt hattest, hättest du ihn ein zweites Mal schlagen können. Aber du hast es nicht getan. Dein Zorn hat dich nicht überwältigt. Du hast ihn beherrscht.«

Eine lange Stille folgte.

Schließlich beruhigte Alec sich und hob die Augen, um Joanna anzublicken.

»Alec, ich danke dir dafür, was du getan hast. Du hast mir heute das Leben gerettet. Und nach allem, was du mir erzählt hast, bedeutet es mir mehr denn je. Aber ich werde dich und Nathaniel und Letty um nichts weiter bitten. Ich kann unbeteiligte Menschen nicht in etwas verstricken –«

»Unbeteiligt!« sagte Alec und lachte zum ersten Mal. »Mädchen, du hast in dieser Sache nichts mehr zu sagen. Wir können nicht anders, als dir helfen.«

»Ich fürchte, ich kann dich nicht bitten, mir bei meinen nächsten Schritten zu helfen.«

»Und das wäre?«

Als sie zuvor dem Gespräch über Dorey zugehört hatte, hatte Joanna wieder daran gedacht, mit welcher Absicht sie ursprünglich nach Port Strathy gekommen war – um die Bitte ihrer Großmutter zu erfüllen, ihre Familie zu finden. Das blieb die einzige Pflicht, die sie noch zu erfüllen hatte. Und dazu mußte sie einen einzigen Schritt tun: Sie würde noch einen weiteren Versuch machen müssen.

»Ich gehe morgen nach Stonewycke zurück.« Die Worte kamen hart und unnachgiebig heraus, jedem Einwand Trotz bietend. Etwas geschah in ihr. Sie fühlte eine Veränderung. Die alte, ängstliche, stille Joanna wurde langsam von einer neuen, selbstbewußteren Joanna abgelöst. Und sie konnte nicht anders – es erschien ihr als eine positive Veränderung. »Ich möchte mit diesem Dorey sprechen. Ich glaube, er kann mir etwas sagen.«

»Es könnte gefährlich sein. Du weißt, was geschehen ist. Diese Männer werden nicht aufgeben.«

»Ich muß es tun«, beharrte sie. »Ich bin fest entschlossen.«

»Dann gehe ich mit dir«, sagte Alec.

Sie öffnete den Mund, um zu protestieren, aber bevor es ihr gelang, sagte er: »Ich bin nämlich auch fest entschlossen.«

Sie lächelte.

»Es würde mich sehr freuen«, stimmte sie ihm zu.

# DOREY

Walter Innes hatte keinen Anlaß, die Einladung der Cuttahays zum Mittagessen mit Mißtrauen aufzunehmen.

Als Witwer hatte er oft Gelegenheit, die großzügige Gastfreundschaft seiner Umgebung mit Freuden entgegenzunehmen. An diesem Morgen schien es nicht anders zu sein, obwohl es schon eine ganze Weile her war, daß er in Gesellschaft gewesen war. Seit dem Tod des Laird hatte er es vorgezogen, auf dem Grund und Boden von Stonewycke zu bleiben, manchmal in seinem eigenen kleinen Häuschen, manchmal im Schloß selbst. Aber mehr als einmal sagte er sich, das sei »als wollte man den Brunnen abdecken, nachdem die Kuh schon reingefallen ist.« Aber da waren noch Dorey und Mrs. Bonner, die Haushälterin, und das Haus selbst, für das er Sorge tragen mußte.

Als Nathaniel an diesem Morgen hereingeschaut hatte, entdeckte Walter plötzlich, wie sehr er sich nach Gesellschaft sehnte, besonders der Gesellschaft jener Freunde, die ihn unweigerlich aufmunterten. Und keine Frage, er hatte einige Aufmunterung nötig! Zuweilen ging es ihm durch den Kopf, daß er wohl schon so absonderlich wie Dorey würde. Es würde ihm gut tun, einmal aus seinen vier Wänden zu kommen; Mr. Sercombe würde das sicher verstehen.

Er schloß das Tor hinter sich und sperrte es ab – einer neuen Anordnung gehorchend, die Sercombe erst am Vortag ausgegeben hatte. »Eine Menge unnütze Mühe, wenn man mich fragt«, dachte der Kastellan. Das altertümliche, gußeiserne Tor war eine bloße Formalität, wenn es darum ging, Eindringlinge abzuhalten, denn der rundum laufende Eisenzaun war längst verfallen und wurde stellenweise durch die dicke, zehn Fuß hohe Hecke ersetzt.

Walter wandte sich nach links, und seine schlaksige Gestalt wanderte an der Hecke entlang und dann den steilen Pfad in den Hohlweg hinab. Der Fußweg führte nicht zur Stadt, sondern bot sich als Abkürzung des Weges in das Tal an, wo die Farm der Cuttahays lag.

Ja, das war es, was er gebraucht hatte!

Der Tod des Laird hatte zwangsläufig alles Leben auf Stonewycke verändert, aber in letzter Zeit war es dort wie in einem Gefängnis gewesen. Nicht, daß das Schloß jemals ein fröhlicher Ort gewesen wäre – das war nicht einmal zu Lebzeiten des Laird der Fall gewesen. Aber damals hatte wenigstens jeder nach Belieben kommen und gehen dürfen. Nun jedoch kam niemand dem Haus in die Nähe – nicht einmal, um Waren zu liefern. Die Sicherheitsvorkehrungen des Rechtsanwalts hatten es in ein Mausoleum verwandelt. Walter hatte sogar schon erwogen, seine Stelle zu kündigen – er würde seinen Job ohnehin bald genug verlieren, sobald der Besitz veräußert wurde. Aber er kam nicht über die tiefeingewurzelte Treue hinweg, die er dem großen Gut gegenüber empfand.

Tief in Gedanken schritt Walter über den dichten Rasen auf der gegenüberliegenden Seite des Hohlwegs. Er bemerkte nichts von den beiden verstohlen huschenden Gestalten, die sich dem Tor, das er soeben abgeschlossen hatte, näherten. Er sah nicht, wie sie das Schloß zu öffnen versuchten und wie sie – als es ihren Bemühungen widerstand – ostwärts am Zaun entlang schlichen, der Lücke zu, die sich genau am Anfang der Hecke befand.

Joanna hatte sich gegen die List ausgesprochen.

Aber sie vertraute Alec, und als die Cuttahays sich seinem Vorschlag anschlossen, gab sie ihre Einwilligung in dem Wissen, daß sie es zu ihrem Besten taten. Und dann vergaß sie alle ihre Skrupel, als sie und Alec durch eine Öffnung in der Hecke krochen und Stonewycke vor sich sahen, mit all den Geheimnissen, die es möglicherweise enthüllen würde.

Das Haus erhob sich dräuend vor ihr in seiner altertümlichen grauen Pracht. Efeubewachsener Stein, Türme, Erker und Brustwehren – vielleicht war das das Heim ihrer Großmutter! Von einander widerstreitenden Gefühlen ergriffen, ging sie langsam auf das Eingangstor zu. Und wenn ihre Reise nach Schottland ihr keine anderen Erfolge bescheren sollte, so konnte sie doch wenigstens die Gewißheit haben, daß sie einen Teil jener Vergangenheit, die sie hier suchte, mit Händen berührt hatte.

»Versuchen wir es an der Vordertüre?« fragte Joanna.

»Es könnte sein, daß noch ein paar von den Dienern hier sind«, entgegnete Alec. Er zögerte, dann wandte er sich plötzlich in die andere Richtung. »Komm«, sagte er, »ich habe eine Idee.«

Er führte sie ums Haus herum, auf demselben Weg, den sie zuvor gegangen waren, vorbei an dem kleinen Rosengarten, weiter zu den Ställen und an ihnen vorbei und durch einen baumbestandenen Hof. Als Joanna das Blitzen eines Sonnenstrahls auf dem Dach eines Treibhauses sah, wußte sie, wohin er wollte.

Sie hatte noch kaum Gelegenheit gehabt, sich in Gedanken irgendeine Vorstellung von dem Mann zu machen, von dem sie annahm, er sei der Gärtner hier. Bei ihrem vorigen Besuch hatte er sich so hastig verabschiedet. Und nach allem, was sie den Gesprächen anderer über ihn entnommen hatte, hatte sie erwartet, er müßte ein Tölpel mit einfältig starrendem Blick sein. Aber als sie das Treibhaus betrat, erkannte sie sofort, wie falsch diese Vorstellung gewesen war. Sein breitschultriger Körper war nun vom Alter gebeugt, aber er sprach von vergangener Pracht, und dasselbe tat seine Mähne schlohweißer Haare. Aber sein Gesicht! Schon beim ersten Blick sah Joanna, daß es den Stempel des Adels jener Familie trug, der er diente. Selbst seine schlichten, ländlichen Arbeitskleider konnten dem vornehmen Ausdruck seines alten Gesichts keinen Abbruch tun.

Er blickte langsam auf, als sie eintraten.

Joanna sah, daß sie recht hatte, was den in die Ferne gerichteten Blick in seinen Augen anging; er war so ganz anders als der erschrockene Blick, der sie getroffen hatte, als sie einander das erstemal kurz begegnet waren. Er wandte sich ihnen zu, starrte vor sich hin und schien von ihrer Anwesenheit keine Notiz zu nehmen.

»*Primula scotica*«, sagte er, als setzte er ein Selbstgespräch fort, das sie unterbrochen hatten. »Lieblich, nicht wahr?«

Joanna warf einen Blick auf die winzigen, purpurroten Blümchen in dem hölzernen Trog, in dem die kräftigen Finger des Mannes sanft die Erde lockerten.

»Ja ... das stimmt«, antwortete sie und fühlte sich plötzlich verlegen.

Er blickte wiederum seine Besucher an. Sein Blick wanderte hin und her und ruhte schließlich auf Joanna. Ein kurzes fragendes Stirnrunzeln zeigte sich auf seinem Gesicht, dann verschwand es so schnell wie es aufgetaucht war. Der in die Ferne gerichtete, glasige Blick kehrte zurück.

»Verstehen Sie etwas von Blumen?« fragte er.

Joanna schüttelte den Kopf.

»Die schottische Primel – hier in der Gegend gibt es nicht viele, aber meine gedeihen gut. Die man im Tal sieht, gehören zu einer anderen Sorte. Aber diese hier sind sehr selten.« Seiner Stimme fehlte der schwere schottische Dialekt, an den sie sich bereits gewöhnt hatte; hätte sie sich mit Akzenten ausgekannt, so hätte sie einen typischen Oxford-Akzent im Klang seiner Stimme entdeckt. »Ich werde es doch einmal versuchen müssen, sie außerhalb des Gewächshauses anzupflanzen –«

Seine weiche Stimme verlor sich in einem Murmeln und er wandte seine Aufmerksamkeit von neuem den Blumen zu.

»Selbst die zartesten Blumen können zäher sein, als sie aussehen«, wagte Alec sich vor. Dorey sah ihn einen Augenblick lang scharf an.

»Ja ... vielleicht«, sagte er, dann stockte er. »Ich ... ich glaube, ich kenne Sie, oder nicht?« fügte er unsicher hinzu.

»Ich bin Alec MacNeil – ich habe mich um einige der Tiere des Laird gekümmert.«

»Oh, ja. Sie sind der junge Tierarzt.«

»Wir – wir wollten Sie besuchen«, begann Joanna vorsichtig.

»Niemand besucht mich.« Seine Stimme klang fast entschuldigend.

»Wir wollten nicht stören«, sagte Joanna, »aber ich wollte Sie gerne sprechen, und das letzte Mal, als ich hier war –«

»Dann ... ich kenne Sie wohl nicht?« sagte er, blickte von seiner Arbeit auf und betrachtete sie forschend. »Aber ich dachte ...« Er stockte, und ein Schatten der Verwirrung zog über sein Gesicht; er blickte wieder auf seine Pflanzen nieder und beendete den Satz nicht.

»Ich heiße Joanna. Ich komme aus Amerika. Ich kam erst vor einigen Tagen hier an.«

»Aber ... dann wollen Sie doch wohl Alastair sehen. Er ist der Laird hier. Er ist nicht hier ... verstorben, verstehen Sie. Ich bin sein Gast. Ich fürchte, ohne Alastair ist hier nichts mehr, wie es einmal war. Sie werden enttäuscht sein – aber selbstverständlich sind Sie willkommen. Schade. Alastair hatte so gerne Besucher.«

»Was werden Sie denn jetzt nach dem Tod des Laird tun?« fragte Joanna.

»Was ich tun werde? Nun ... mich um meine Blumen kümmern, wie immer. Man muß sich immerzu um sie kümmern.«

»Werden Sie hierbleiben?«

»Ich kann nirgends anders hingehen. Es ist so lange her –«

»Ich meine, werden Sie hier bleiben, in Stonewycke?«

»Oh – das Haus meinen Sie. Ja, natürlich. Palmer hat schon alles arrangiert. Sehr großzügig, der Mann. Ich verdiene es nicht, aber er weiß, ich könnte hier nicht weggehen. Ich weiß, ich bin nur zu Gast hier, aber es ist doch mein Heim.«

Er hielt inne und blickte Joanna scharf an, als versuchte er sich an irgend etwas zu erinnern.

»Ja, ich werde bleiben. Nichts wird sich ändern. Es wird

nicht mehr dasselbe sein, aber nichts wird sich ändern. So ist das hier ... immer dasselbe, immer ...«

Seine Stimme verebbte, als er von neuem eine der zierlichen Primelblüten pflückte und sie bewundernd gegen das Licht hielt. »Es gibt nichts Lieblicheres auf der Welt, finden Sie nicht?«

»Ja«, stimmte Joanna zu und bemühte sich, ihrer Stimme die Enttäuschung nicht anmerken zu lassen, daß das Gespräch sich so abrupt wieder den Blumen zugewandt hatte.

»Ihre sind besonders lieblich«, fügte sie hinzu.

»Ich danke Ihnen. Ich arbeite mit meinen Blumen ... und ich liebe sie.«

Weder Joanna noch Alec sagten ein Wort. Dorey fuhr jedoch fort, ohne sich weiter um sie zu kümmern.

»Manchmal ist es so anstrengend, zu denken. Vielleicht ist es deshalb so friedlich hier. Ich muß nicht nachdenken. Ich besuche einfach meine Blumen und arbeite im Gewächshaus. Es ist wohl seltsam, daß ich ausgerechnet hier Frieden gefunden habe, wissen Sie, nachdem ...«

Er stockte, wischte ein Auge mit dem Ärmel ab, dann senkte er den Blick auf seine Hände. »Oh nein!« rief er aus, als er sah, daß er die zarte Blüte zwischen den Fingern zerquetscht hatte, die sich immer härter verkrampften, während er sprach. »Ich habe sie ruiniert! – Ich wollte Ihnen die Blüte schenken ... Ich weiß, wie sehr Sie sie lieben ...« Wiederum zog die Verwirrung über sein Gesicht und brachte seine Worte zum Stocken. Dann wurde ein Ausdruck der Enttäuschung daraus, und er sagte: »Aber warum sind Sie hierher gekommen?«

»Ich hoffte, wir könnten Freunde sein«, sagte sie.

»Freunde ... warum ich? Ich verstehe nicht.«

»Ich kam ganz allein nach Schottland. Ich hoffte, ich könnte die Familie meiner Großmutter hier finden.«

»Familie ist sehr wichtig«, sagte er. »Ich habe auch keine Familie. Ein paar Verwandte in London, aber die zählen kaum.«

»Waren Sie mit dem Laird verwandt?« fragte Joanna, sich vorsichtig vortastend. Sie war sich innerlich noch nicht im Klaren, wie weit sie mit diesem Gespräch gehen sollte.

»Verwandt? Ich bin sein Gast – der Gast des Laird. Er ist gestorben, müssen Sie wissen. Er war ein richtiger Gelehrter – Altgriechisch – liebte Geschichte. Aber es ist jetzt sehr still hier. Sogar die Dienerschaft ist weg – außer der Haushälterin, und Innes. Palmer sagt, es sei am besten so – zu viel Betriebsamkeit ist nicht gut für mich, sagt er. Und ich habe meine Blumen. Alastair hat das Gewächshaus hier für mich bauen lassen.«

»Das war sehr freundlich von ihm«, sagte Joanna.

Dorey machte sich mit Hingabe wieder ans Umtopfen seiner Pflanzen. Nach einer längeren Stille schluckte Joanna, holte tief Atem und bereitete ihre nächste Frage vor. »Hatte er eine Schwester?«

»Schwester ... wer? Alastair?«

»Ja. Hatte Alastair eine Schwester?«

»Schwester ...?« wiederholte er.

Joanna wartete, aber bald wurde ihr klar, daß er entweder wieder in Gedanken versunken war oder nicht die Absicht hatte, ihre Frage zu beantworten. Er beugte sich über seinen Arbeitstisch, ohne noch – wie es schien – auf ihre Worte zu achten. Joanna fuhr fort:

»Ich will Sie nicht belästigen, aber ... nun, nachdem Sie hier so lange gelebt haben, dachte ich, Sie könnten mir vielleicht Auskunft geben. Sehe Sie, meine Großmutter heißt Margaret Duncan –«

Sie brachte den Satz nicht zu Ende.

Der Ausdruck auf Doreys Gesicht, als er sich hoch aufrichtete, brachte sie zum Schweigen. Er zuckte bei den Worten, und ein jähes Stirnrunzeln umdüsterte seinen Blick. Dann, ebenso abrupt, wich jeder Ausdruck von seinem Gesicht. Seine Aufmerksamkeit wandte sich von neuem dem Tisch zu und seine Hände wurden schneller und schneller, bis sie sich mit hektischen Bewegungen ihrer Beschäftigung widmeten.

»*Sinningia*«, sagte er. »Sie blühen sehr hübsch mit rot-weißen Blüten. Brauchen sehr viel Licht und Feuchtigkeit. Man möchte nicht glauben, daß eine tropische Pflanze wie diese hier gedeihen könnte, nicht wahr? Aber sie muß natürlich im Gewächshaus bleiben. Und ich muß darüber wachen –«

»Bitte ...« beschwor ihn Joanna.

»Joanna«, unterbrach Alec sanft, »vielleicht könnten wir ein andermal wieder zu Besuch kommen.«

»Ein andermal«, sagte Dorey. »Ja ... ein andermal. Das wäre sehr nett, junger Mann.«

Er blickte wiederum Joanna an. Ein wissender Ausdruck glitt über seine Augen und seine Lippen formten ein schwaches Lächeln – das erste, das sie bei ihm gesehen hatte. »Ja ... Sie hier immer willkommen«, fuhr er fort. »Ich freue mich, daß Sie zurückgekommen sind. Sie müssen wieder einmal kommen – zum Tee.

Aber jetzt muß ich gehen … ja, jetzt muß ich wirklich gehen …« und mit diesen Abschiedsworten eilte er an ihnen vorbei aus dem Treibhaus.

Olive seufzte schwer, als sie die Hand hob, um an die Türe der Cuttahays zu klopfen. Sie mochte Telegramme nicht – die brachten niemals gute Nachrichten. Sie war alles andere als begeistert gewesen, als der Laird den Telegrafen in Port Strathy installieren ließ und noch weniger, als ihr die Aufgabe zufiel, sich darum zu kümmern. Er war ihr seit damals ein Ärgernis gewesen; das einzig Gute daran war, daß so wenig Telegramme eintrafen.

Nun hatte sie eine Nachricht für Joanna und sie wußte, daß der Inhalt eine zusätzliche Last für das ohnehin schon bedrückte Mädchen bedeuten würde.

Letty öffnete die Türe.

Joanna saß am Feuer und sann immer noch über ihren Besuch beim alten Dorey nach. Sie hatte so große Hoffnungen auf die Begegnung gesetzt, aber wie alle anderen hatte auch dieser Versuch mit einer Enttäuschung geendet. Der alte Mann war wohl wirklich, wie alle behaupteten, nicht bei Verstand und konnte ihr nichts sagen – oder wollte nichts sagen. Ihre Großmutter hatte sie hierher gesandt, um etwas zu finden, aber dieses Etwas schien entschlossen, sich ihr zu entziehen – erst durch den Tod Alastairs, der ihre einzige Verbindung zu einer fernen Vergangenheit darstellte, nun durch die geistige Umnachtung eines alten Mannes.

Aber ihre Großmutter hatte sie leidenschaftlich gedrängt, hierher zu kommen, und mit gutem Grund – obwohl Margaret Duncan diese letzten Entwicklungen nicht hatte erraten können. Etwas Schreckliches war im Gange, aber was es war und wieweit ihre Großmutter darin verwickelt war, das wußte Joanna nicht. Wenn Margaret tatsächlich Alastairs ältere Schwester war, dann hätte sie die Erbin sein sollen. Aber dennoch …

Ihre Gedanken verloren sich unbeendet, als ihr Olives Gegenwart bewußt wurde.

»Joanna, meine Liebe«, sagte sie. »Das kam heute für Sie an.« Ihre Stimme klang ernst.

Widerwillig griff Joanna nach dem Papier, das Olive ihr hinhielt. Sie öffnete es und sah Olives präzise Druckbuchstaben:

JOANNA
IHRE GROSSMUTTER IST HEIMGEGANGEN stop

HABE ALLES NÖTIGE VERANLASST stop NICHT NÖTIG IHRE REISE ABZUBRECHEN stop DR. BLAKELEY

»Es ist so kalt und unpersönlich«, sagte Joanna. Olive hatte dasselbe gedacht, aber sie hatte es als typisches Medizinerverhalten angesichts einer Krise entschuldigt.

Einen Augenblick lang konnte Joanna an nichts anderes denken – ihre Seele war wie erstarrt. Sie blickte mit ausdruckslosem Gesicht zu Olive auf. Dann verzog sich ihr Gesicht langsam zu einem Ausdruck des Kummers, als die Wirklichkeit der Botschaft ihr bewußt wurde. Olive legte ihren starken Arm um Joanna, und Letty stürzte herbei, um Trost anzubieten.

»Das tut mir leid, Mädchen«, sagte Olive.

»Ist's ihre Großmutter?« fragte Letty Olive. Die Krämerin nickte. »Oh, liebes Kind!« Dann, nachdem Letty die Worte des Telegramms gelesen hatte, preßte sie Joannas Hand. »Ich weiß, es ist jetzt schwer für Sie, Joanna ... aber wie's hier geschrieben steht, sie ist zu ihrem Gott heimgegangen. Versuchen Sie sich damit zu trösten.«

»Ich hätte niemals fortgehen dürfen«, rief Joanna.

»Sie haben doch nur getan, was sie wünschte«, sagte Olive.

»Sie hätte nicht so ganz allein sterben sollen ...« antwortete Joanna. »Und was hab ich hier schon zustande gebracht!«

Joanna ging zum Feuer hinüber und starrte in die flakernden Flammen. Sie schauderte trotz der Wärme. »Es ist vorbei«, dachte sie. »Meine Großmutter hatte eine letzte Hoffnung, und ich habe ihr gegenüber versagt. Sie starb in dem Wissen, daß sie ihre Heimat niemals zurückerhalten würde.« Nun war es Joanna ganz klar, daß es bei ihrer letzten Bitte um eben dies gegangen war. Ihre Großmutter hatte im Sterben gelegen, als Joanna abgereist war; der Arzt hatte ihr zu verstehen gegeben, daß es keine Hoffnung gäbe. Und dennoch hatte sich Joanna in ihrem Herzen eine winzige Hoffnung bewahrt, irgend etwas in Schottland zu finden, das ihre Großmutter gesundmachen könnte.

Dazu würde es nun niemals mehr kommen. Die Botschaft klang ihr mit schrecklicher Endgültigkeit in den Ohren. Was zählte jetzt noch? Vom Anfang an hatte es so ausgesehen, als sollten alle ihre Bemühungen in Sackgassen enden. Sie hätte niemals dieses Versprechen geben und der kranken Frau Hoffnungen machen dürfen. Vielleicht hatte sie sich niemals klargemacht, was für eine Versagerin ihre Enkelin war. »Vielleicht kann ich nach Hause fahren und alle meine Mißerfolge vergessen«, dachte Joanna todunglücklich.

»Nach Hause!« Bei dem Gedanken brach Joanna von neuem in Tränen aus. Ihre Großmutter war das einzige Zuhause gewesen, das sie gekannt hatte; nun, da sie verschieden war ... hatte sie kein Zuhause mehr. Sie hatte begonnen, sich diesem Ort, diesen Menschen verbunden zu fühlen, aber es gab nun keinen Grund mehr, warum sie hierbleiben sollte – außerdem würde sie nur Unheil auf sie herabziehen.

Sie wandte sich um und blickte die beiden Frauen an, die ihre Freundinnen geworden waren. Als sie ihre liebenswerten, mitfühlenden Gesichter ansah, begriff sie, daß sie sie zu lieben begonnen hatte. Wie konnte sie diesen Ort verlassen?

»Ich bin so dankbar, daß Sie beide bei mir sind«, sagte sie, bemüht, ihre zitternden Lippen zu einem Lächeln zu formen. »Es wird mir so schwerfallen, hier wegzugehen ...«

»Weggehen, Kind?« unterbrach Letty und klang fast ebenso bedrückt wie Joanna.

»Ich kam auf die Bitte meiner Großmutter hierher«, antwortete Joanna. »Nun, da sie tot ist, sehe ich keinen Anlaß mehr, hierzubleiben.«

»Meinst du, ihr Tod machte dein Versprechen weniger bindend?« fragte Olive. Ihre angeborene Rauhbeinigkeit ließ die Worte strenger klingen, als sie wohl vorgehabt hatte.

»Ich habe das für sie getan ...« begann Joanna, aber plötzlich erinnerte sie sich daran, daß sie es teilweise auch für sich selbst getan hatte. Eigentlich war sie selbstsüchtig gewesen.

»Wenn Ihre Großmutter Lady Margaret Duncan war«, fuhr Olive fort, »und ich denke, wir können ziemlich sicher sein, daß sie es war, dann hängt mehr an der Sache dran, als einfach nur den Wunsch einer Sterbenden zu erfüllen. Dieses Land hat ihr so viel bedeutet, daß ihm ihre letzten Worte galten. Und nun geschieht hier irgendein Unrecht. Stonewycke braucht Sie, Joanna, jetzt, mehr denn je zuvor!«

»Was kann ich denn ausrichten gegen all die Gewalt und Drohungen?«

Es war Letty, die mit sanfter Stimme antwortete, von der lieben Erinnerung an die Geschichten ihrer Mutter von längst vergangenen Zeiten durchdrungen. »Sie können tun, was jeder täte, in dessen Adern das Blut der Ramseys fließt«, sagte sie. »Sie können tun, was Lady Margaret selbst getan hätte, hätte sie gesehen, wie man ihre Leute bedroht. Joanna, haben Sie schon jemals bedacht, daß es kein bloßer Zufall war, der Sie hierher geführt hat?«

»Ich will nicht versagen«, antworte Joanna.

»Das werden Sie nicht, Mädchen. Das werden Sie nicht.«

»Ich glaube, ich habe keine Wahl.« Joanna blinzelte, um einen neuerlichen Tränenstrom zurückzuhalten. »Und um die Wahrheit zu sagen, ich will jetzt auch gar nicht hier weggehen. Ich beginne diesen Ort so sehr zu lieben.«

Dann umarmten die drei Frauen einander und weinten gemeinsam. Selbst in Olives schlauen alten Augen standen die Tränen.

# BELAUSCHTE WORTE

Das Feuer flammte mit lärmendem Funkenflug auf. Sandy Cobden warf ein neues Scheit ins Feuer. Das Gespräch, das das kleine Grüppchen von Ortsansässigen an diesem Abend in der Gaststube des Wirtshauses »Zu Wind und Wellen« führte, verlief sehr lebhaft, und das Bier floß in Strömen.

»Wenn ich es nicht mit meinen eigenen Augen gesehn hätt', ich hätt's nicht geglaubt!« dröhnte Rob Peters, als brüllte er immer noch Befehle über das Deck seines Heringsfangbootes.

»Nun, eben das hat Mr. Sercombe ja versprochen«, sagte Sandy, der hinter der Theke stand.

»Ja. Aber ich sag immer, man soll seine Küken nicht zählen, bevor sie ausgeschlüpft sind.«

»Nun, es sieht aber ganz so aus, als wollten sie zu schlüpfen beginnen, also können wir wohl auch mit'm Zählen anfangen«, mischte sich Doug Creary ein. »Eine Sache ist ja nun ganz sicher, diese Männer fangen an, den neuen Hafen auszuschachten, da wett ich drauf.«

»Nun wird sich hier einiges ändern!« fügte Sandy hinzu und schenkte eine neue Runde Bier aus, als ginge es schon ans Feiern.

»O ja ... Veränderungen wirds geben.« MacDuffs Stimme klang schleppend vor Unsicherheit. »Und vielleicht mehr, als uns lieb ist.«

Nathaniel hatte schweigend zugehört. Seine vordringlichste Absicht bei diesem Besuch war nicht ein geselliges Zusammensein mit seinen Nachbarn, sondern der Wunsch, Informationen zu sammeln. Nach seinem Plauderstündchen mit Walter Innes und Joannas Besuch bei Dorey hatte er das Gefühl, daß er nun die Schulter ans Rad stemmen mußte, wie er zu sagen pflegte, und sich bemühen mußte, so viel wie möglich herauszufinden. Die Neuigkeit, daß Arbeiter aus Aberdeen angekommen waren, war zweifellos unerwartet gekommen und hatte die ganze kleine Stadt in ein Fieber von Erwartung und Spekulationen versetzt.

»Man weiß doch nie«, mischte er sich schließlich in die Diskussion. »Mag sein, daß MacDuff recht hat. Nicht alle Veränderungen sind zum Besseren.«

»Du hast leicht reden, Nathaniel«, sagte Rob. »Du mußtest noch nie Kopf und Kragen riskieren bei dem Versuch, aus diesem Hafen rauszukommen. Ich sage, es ist höchste Zeit, daß endlich einmal etwas unternommen wird.« Als wollte er seinen Worten den Stempel der Autorität aufdrücken, hob er den Bierkrug an die Lippen und tat einen tiefen Zug; dann setzte er ihn mit einem widerhallenden Krach auf dem dicken Eichentisch ab.

»Ist ja eine Schande, daß der arme Laird erst sterben mußte, damit es so weit kommen konnte«, fügte Creary hinzu.

»Ja, aber da sieht man nun wenigstens, wem wirklich an uns gelegen ist!« sagte Rob.

»Sercombe?« fragte Nathaniel mit einem mürrischen Schnauben.

»Beiß nicht die Hand, die dich füttert, Nathaniel«, gab Rob zurück.

»Nun«, sagte Nathaniel, »mag schon stimmen, daß *eine* Hand mich füttert, aber was die *andere* tut, macht mir Sorgen.«

»Willst du Sercombe was Böses nachreden?« schnappte der Gastwirt.

»Aber keinesfalls, Sandy«, antwortete Nathaniel, dem nun bewußt wurde, wie töricht es gewesen war, leere Anschuldigungen zu erheben. »Ich sag nur, das Land ist noch nicht verkauft, also warten wir mit unseren Jubelrufen noch ab, bis es soweit ist.«

Das Gespräch ging weiter, voll von Spekulationen – einige fundiert, andere aus der Luft gegriffen – welcher Art und von welchem Umfang die erwarteten Verbesserungen wohl sein würden. Jeder hatte seine eigenen Meinungen, die freilich mehr auf den persönlichen Wünschen und Bedürfnissen jedes einzelnen basierten als auf harten Tatsachen. In einer Sache freilich waren sie alle einer Meinung – ein großer Tag brach für Port Strathy an. Es dauerte nicht lange, bis einer aufstand und einen Toast aussprach – langes Leben und Gesundheit dem Rechtsanwalt, der zu ihrem Glück Interesse am Wohlergehen des Städtchens hatte, Palmer Sercombe! Die dröhnenden Jubelrufe der Zechgenossen antworteten ihm, und so machten sie weiter, bis die Nacht anbrach, und arbeiteten sich durch einige große Krüge von Sandys feinstem Bier.

Nathaniel hatte sich entschlossen, den Mund zu halten und wollte gerade aufbrechen, als die Türe der Schankstube aufging und Tom Forbes hereinkam. Er trug lehmverschmierte Reitstiefel und Breeches und einen schweren, dunkelbraunen Ledermantel.

»Hey, Tom«, rief Rob Peters, »komm herüber und trink ein Schlückchen mit deinen Freunden!«

Forbes sprach kein Wort, sondern wehrte die Einladung mit einer müden Handbewegung ab, und schlich in einen Winkel, wo er sich allein hinsetzte. Sein breitkrampiger Hut warf einen dunklen Schatten über sein Gesicht. Nathaniel betrachtete ihn aufmerksam, aber Forbes schien ihm nicht die geringste Beachtung zu schenken. Möglicherweise hatte er gar nicht bemerkt, daß es Nathaniel gewesen war, der ihn in dieser Nacht in der dunklen Gasse vertrieben hatte.

Nathaniel beschloß, doch noch ein Weilchen länger zu bleiben, und hörte dem hin und her wogenden Gespräch zu.

Eben da betraten zwei Männer die Schankstube, warfen einen Blick in die Runde, begaben sich dann zu Forbes' Tisch und setzten sich zu ihm. Das Gespräch an dem Tisch, an dem Nathaniel saß, verstummte augenblicklich beim Auftauchen der beiden Fremden.

»Arbeiter, nehm ich an«, sagte Rob mit gedämpfter Stimme.

»Der Lange ist ein schräger Vogel, was?« wisperte MacDuff und warf über die Schulter einen Blick auf Forbes' Gefährten.

Aber Nathaniel hörte kaum ein Wort. Im Augenblick, in dem die beiden aufgetaucht waren, hatte sein Herz einen harten Sprung getan. Kein Schatten konnte den buschigen schwarzen Bart des einen und das Narbengesicht des anderen verbergen. Sie führten ihr Gespräch im Flüsterton; Nathaniel spannte jede Faser im Körper an, um ihre Stimmen zu verstehen, aber er konnte nur da und dort einen Brocken des Gesprächs aufschnappen.

»... wohl kaum meine Schuld«, sagte Forbes. »Ihr habt den Job vermasselt, das ist's ...«

»Ah! Wir hatten das Mädchen«, antwortete der Bärtige, »bis der Kerl sich einmischte, da hatten wir –« Inzwischen hatte das Gespräch an Nathaniels Tisch jedoch wieder seine frühere Lautstärke erreicht und verschlang den Rest des Satzes.

»Versteht ihr, was ihr diesmal zu tun habt?« fragte Forbes gerade, als es Nathaniel später noch einmal gelang, Gesprächsfetzen mitzuhören.

»Mr. Sercombe –«

»Still, du Tölpel!« schnappte Tom, so laut, daß jeder es hätte hören können. Aber niemand kümmerte sich sonderlich darum.

»Du kannst auf uns zählen, Mann.«

»Hoffentlich. Wenn ihr's wieder verpatzt, macht er uns allen die Hölle heiß ... kann Versager nicht ausstehen ... Und jetzt raus mit euch.«

»Wie wär's mit'm Gläschen Bier zur Stärkung?« schlug der vierschrötige Mann mit dem Narbengesicht vor, der noch kein Wort gesprochen hatte.

»Raus, sagte ich, du Dummkopf!« Tom schrie beinahe.

Die beiden Männer standen auf und schlichen mürrisch aus der Gaststube.

Einige Augenblicke später erhob sich Nathaniel – der sich den Anschein gab, von den Vorgängen am Nebentisch nichts bemerkt zu haben –, entbot seinen Freunden einen Guten Abend, zahlte Sandy, was er schuldig war und begab sich gemächlich aus dem Gasthaus »Zu Wind und Wellen«. Er ging durch die Hintertüre – dort, sagte er, hätte er sein Pferd angebunden.

Die kalte Nachtluft fuhr in sein erhitztes Gesicht. Hastig drückte er sich um die Ecke der Herberge, von wo aus er die Vordertür im Auge behalten konnte. Es dauerte keine fünf Minuten, da kam Tom Forbes heraus und ging die Straße aufwärts davon, den kleinen Läden zu.

Sobald er sich in sicherer Entfernung wußte, folgte Nathaniel ihm. Er behielt ihn scharf im Auge und achtete auf seine Füße, daß er kein unnötiges Geräusch machte. Tom marschierte am Kurzwarenladen und an Miss Sinclairs Geschäft vorbei. Es kam nicht eben überraschend, daß er vor dem Büro des Rechtsanwalts anhielt, dort einen raschen Blick nach allen Seiten warf, dreimal scharf an die Tür klopfte und dann lautlos den verdunkelten Raum betrat.

Nathaniel zögerte nur einen Augenblick lang. Er trat aus dem Schatten des Schuppens, hinter dem er sich verkrochen hatte, eilte zu den Gebäuden, sprang über die Hofmauer von Miss Sinclairs Haus und kam schließlich an das Hintergäßchen, das an der Rückseite der Häuser entlanglief. Im Augenblick hatte er Sercombes Hintertür erreicht. Die Jalousie war herabgelassen, und nicht mehr als eine Kerzenflamme brannte im Inneren. Die übergroßen Schatten zweier Männer waren auf dem Fenster zu sehen.

Er preßte das Ohr an den Fensterrahmen und horchte.

» ... vielleicht der einzig gangbare Weg«, wurde eine Stimme hörbar, die Nathaniel rasch als die Sercombes erkannte.

»Ich weiß, sie sind Pfuscher, aber ich würde doch sagen, geben wir den beiden Fenwick-Jungen noch eine Chance.« Diese Stimme gehörte Forbes. »Niemand hier kennt sie ... und Sie werden nicht in die Sache reingezogen.«

»Das ist nun wohl egal, nachdem die Cuttahays und der verfluchte Tierarzt diese Papiere gesehen haben!«

»Aber Sie sagten selbst, solange sie die Papiere nicht in der Hand haben, könnten sie nichts tun. Wenn wir sie bloß kriegen können –«

»Sie können immer noch einen Ausweg finden.«

Eine lange Stille folgte. »Nun, wie auch immer«, fuhr Sercombe schließlich fort, »wenn das Mädchen beiseite geschafft ist, wären die Papiere bedeutungslos.«

»Die Papiere kriegen ist eine Sache. Mord ist eine andere. Damit will ich nichts zu tun haben, das hab ich Ihnen von Anfang an gesagt.«

Der Rechtsanwalt ließ ein hohles Lachen hören.

»Nun kommen Sie, mein Freund. Beim Laird hat es Ihnen doch gar keine Mühe gemacht.«

»Das war was anderes«, sagte Forbes. »Er war alt ... seine Zeit war ohnehin fast abgelaufen. Und außerdem hatte der alte Narr nichts Besseres verdient. Und ich hab ihn nicht umgebracht – wäre er ein besserer Reiter gewesen –«

»Ein interessanter Punkt, gewiß«, lachte Sercombe. Aber er wurde sofort wieder ernst. »Denken Sie daran, mein Freund. Wir alle – Sie mit eingeschlossen – verlieren ziemlich viel, wenn sich diese Sache verzögert. Unser Käufer wird bald hier auftauchen, in den nächsten Tagen schon. Ich möchte nicht, daß dann die Hälfte noch ungetan ist. Und von jetzt an kommen Sie bitte nicht bei der Vordertüre herein. Wir sollten überhaupt nicht mehr zusammen gesehen werden. Ich sehe auch gar keine Notwendigkeit, weitere Gespräche zu führen – wenn nur jeder von uns sein Teil tut!«

Plötzlich hörte Nathaniel den Riegel des Hinterausgang knarren. Er stürzte davon, suchte hastig nach einem Versteck und konnte gerade noch hinter einem Müllkübel in Deckung gehen, als die Türe geöffnet wurde. Wäre Tom Forbes nach links statt nach rechts gegangen, wäre er beinahe über Nathaniels zusammengekauerten Körper gestolpert. So jedoch blieb dieser verborgen und flüsterte ein leises Dankgebet.

Er wartete, bis Forbes' allmählich entschwindende Schritte nicht mehr zu hören waren. Einen Augenblick später wurde die Kerze im Büro des Anwalts gelöscht und er hörte, wie Sercombe das Gebäude durch die Vordertüre verließ und hinter sich abschloß. Nathaniel wartete noch ein paar Augenblicke, dann erhob er sich, streckte seinen verkrümmten Rücken und schlich vorsichtig auf demselben Weg, den er gekommen war, zurück.

Die Straße war verlassen. In der Ferne waren die Stimmen seiner Freunde aus der Gaststube immer noch zu vernehmen. Er hastete zum Gasthaus zurück, eilte an die Rückfront, band sein Pferd los und führte es weg. Sobald er außer Hörweite von der

Herberge war, sprang er auf, stieß seine Fersen in die Flanken des Tieres und jagte heim, so schnell sein Pferd ihn tragen konnte.

Er mußte augenblicklich Schutzmaßnahmen gegen einen weiteren Angriff treffen. Er konnte nur hoffen, daß es nicht zu spät war, und er machte sich Vorwürfe, daß er so viel Zeit damit vertrödelt hatte, Forbes zu folgen. Wenn die beiden Schurken nun in diesem Augenblick bereits bei seinem Haus waren!

Er hätte jedoch seinem Pferd den rasenden Galopp ersparen können. Freilich konnte er nicht wissen, daß die beiden Männer umgekehrt waren und es sich bei einer Runde Bier wohlsein ließen.

Was immer ihre Absichten sein mochten, sie würden sie nicht ausführen, bevor ihr Durst nicht gründlich gestillt worden war.

# EINE ZWEITE JURISTISCHE BEWERTUNG

Nathaniel galoppierte vor das Haus, sprang inmitten einer dichten Staubwolke ab und stürzte hinein.

Joanna saß in Lettys behaglicher Küche und trank Tee. Sie fühlte sich immer noch wie betäubt von der Nachricht, die Olive ihr gebracht hatte. Letty tat sehr beschäftigt am Küchentisch, trotz der späten Stunde. Sie war nervös, weil Nathaniel so lange ausblieb, und konnte sich nicht entspannen, bevor ihre Angst nicht beruhigt worden war.

Als Nathaniel durch die Tür stürzte, warf er einen Blick nach links und nach rechts, sah die friedliche Szene vor sich und stieß hervor: »Gott sei Dank!« Er nahm den Hut ab und ließ sich in einen Sessel fallen. Erschreckt von seiner offenkundigen Anspannung, bedrängten ihn die beiden Frauen mit Fragen. Aber so sehr sie es auch versuchten, keine von ihnen beiden brachte ein Wort aus ihm heraus, was in der Stadt geschehen war, daß er sich so erregt zeigte.

»Es ist Zeit für uns alle, zu Bett zu gehen«, sagte er schließlich, und zuletzt stimmten sie ihm zu.

Als Nathaniel sich einige Minuten später leise neben seiner Frau zur Ruhe legte, blieben seine Augen weit offen. Im Augenblick, in dem er den tiefen ruhigen Rhythmus von Lettys gleichmäßigem Atem hörte – das Signal, daß sie fest eingeschlafen war – stieg er lautlos wieder aus dem Bett. Er zog sich an, schlich auf Zehenspitzen zurück ins Wohnzimmer, legte ein neues Scheit auf das erlöschende Feuer und nahm seine Flinte von der Halterung über dem Kaminsims herab. Er überprüfte, ob sie auch richtig geladen war, dann setzte er sich in seinen Lieblingsschaukelstuhl mit dem Rücken zum Feuer und dem Gesicht zur Türe. Das Gewehr lag schußbereit in seinem Schoß.

Nathaniel schaukelte langsam vor und zurück und wartete. Allmählich fielen ihm die Augen zu. Er war ein Mann von großer Kraft und erstaunlicher Gesundheit, aber der strapaziöse Tag forderte nun dennoch seinen Tribut.

Dann schreckte er plötzlich hoch.

Er hatte nicht vorgehabt einzunicken. Er wußte nicht, wie lang er geschlafen hatte. Es war tief in der Nacht, und die gespenstische Stille legte sich schwer auf ihn. Aber es konnte keinen Zweifel geben – der leise Klang von Schritten im Vorhof hatte ihn aufgeweckt.

Er umklammerte den Griff des Gewehrs.

Die Vordertüre öffnete sich mit leisem Knarren, und durch die Öffnung strömte das Mondlicht in das Häuschen. In seinem Glanz erkannte Nathaniel die Silhouette eines hochgewachsenen, bärtigen Mannes ... eine Gestalt, die er schon einmal gesehen hatte – am Abend in der Herberge. Fast augenblicklich konnte er den schalen Geruch von Bier riechen, der den Mann umgab.

Der Augenblick zum Handeln war gekommen.

Er beugte sich vor, spannte alle Muskeln zum Kampf an und sagte zu sich: »Im Namen des Vaters, des Sohnes und des Heiligen Geistes, Amen!« Mit einem Satz sprang er aus dem Sessel und stürzte sich mit einem Schrei auf den Feind. »A diabhuil mhoir, tha thu ag deanamh breug!«

Bevor der zu Tode erschrockene Einbrecher sich wieder fassen konnte – umnebelt vom Alkohol und eingelullt von der Überzeugung, das ganze Haus liege in tiefem Schlummer – traf ihn ein Schlag mit dem Gewehrgriff mitten auf die Brust.

Benommen stolperte er rücklings davon – und da er Nathaniel für Alec hielt, den er bereits zu fürchten gelernt hatte, wandte er sich um und stürzte fliehend aus dem Haus, wobei er seinen verblüfften Partner zu Boden riß, als er sich in aller Hast durch die Türe drängte.

Unter einem Strom von gälischen Ausrufen jagte Nathaniel ihm nach und gab ohrenbetäubende Schüsse über ihre Köpfe hinweg ab. Ihre Phantasie war erhitzt vom Alkohol (von dem sie mehr als genug gehabt hatten), und die plötzliche Attacke, zusammen mit Nathaniels fremdartigem gälischem Geschrei, erschreckte die beiden Schurken so, daß sie in langen Sätzen die Straße hinunter rannten. Von Todesschrecken erfüllt hielten sie keinen Augenblick inne, bevor sie eine halbe Meile außerhalb der Stadt vor Erschöpfung zusammenbrachen.

Es dauerte fast eine Stunde, bis Joanna, Letty und die vor Aufregung brüllenden und blökenden Tiere der Farm sich nach dem Tohuwabohu von Schreien und Gewehrschüssen wieder beruhigt hatten. Reiver eilte hierhin und dorthin, bellte den übrigen Tieren Ermutigung zu und kläffte Warnungen an alle möglichen Eindringlinge. Aber es geschah nichts weiter in dieser Nacht.

Am Morgen weigerte sich Joanna, Nathaniels Warnung zu gehorchen und im Hause zu bleiben. Die Erinnerung an die Ereignisse der Nacht und die zusätzliche farbige Schilderung, die Nathaniel von seinen Erlebnissen in der Stadt geliefert hatte, ließen kalte Schauder über ihren Rücken rinnen, aber sie faßte ihren Entschluß nur um so fester. Sie konnte nicht länger eine Statistenrolle in dem Drama spielen, das um sie herum über die Bühne ging. Sie hatte diese Stadt und ihre Menschen lieben gelernt und sie würde sich ihrer Pflicht nicht entziehen.

Sie mußte die Dokumente in Sicherheit bringen. Niemand – weder Nathaniel noch Letty, Alec oder sie selbst – konnte sich sicher fühlen, bevor sie nicht außer Haus und sicher verwahrt waren.

»Wir müssen zu Ogilvie fahren«, sagte Nathaniel am nächsten Tag. »Er ist ein anständiger Bursche. Er wird wissen, was wir tun sollen.«

»Wir müssen im geheimen nach Culden fahren«, sagte Alec. »Sie halten vielleicht das Haus unter Beobachtung.«

»Du?« rief Joanna. »Ich lasse nicht zu, daß du meinetwegen wieder in Gefahr kommst! Ich selbst werde zu Ogilvie fahren.«

»Nein, nein, Mädchen, der Junge hat recht«, antwortete Nathaniel. »Es ist das Beste, wenn er das macht.«

»Vielleicht bin ich tollkühn«, beharrte Joanna, »aber ich gehe. Wenn Alec auch gehen will, soll es mich freuen. Aber ich bleibe nicht hier, während er allein geht.«

Die Cuttahays blickten einander an. Alec seufzte; er wußte, daß sie ihre Entscheidung getroffen hatte.

»Und außerdem«, sagte Joanna, »will ich mit eigenen Ohren hören, was er zu sagen hat. Schließlich sind es die Papiere meiner Großmutter.«

»Wenn Sie Ihren Kopf durchsetzen müssen«, sagte Nathaniel, »dann gehen Sie am besten nachts. Da ist die Gelegenheit am besten, davonzuschlüpfen, ohne gesehen zu werden.«

Nach einem kurzen Schlaf am frühen Abend standen sie kurz nach Mitternacht auf. Sie nahmen einen kleinen Imbiß von Haferkuchen und Tee zu sich und machten sich dann auf den Weg nach Culden. Alec führte sie auf Umwegen und Seitenpfaden, wobei sie alle Hauptstraßen vermieden, bis sie den Fluß erreichten. Nachdem sie die Brücke über den Lindow passiert hatten, ritten sie am Dormin vorbei, und Joanna konnte die unheimliche Kälte nicht abschütteln, die sie bei der Erinnerung an ihren letzten Ritt auf dieser Straße befiel.

Es war noch vor Tagesanbruch, als sie schließlich langsam durch Culden und die Hauptstraße entlang ritten. Alles war still, jede Tür war noch gegen die Gefahren der Nacht verriegelt. Das Klip-Klop der Pferdehufe widerhallte in den leeren Straßen.

Sie ritten an Ogilvies Büro vorbei, denn sie wußten, daß er zu einer so frühen Stunde nicht da sein würde. Alec führte sie zum Wohnhaus des Rechtsanwalts, einem behäbigen steinernen Gebäude, das einige Straßen von der Hauptstraße entfernt lag. Sie stiegen ab, banden ihre Pferde fest und gingen zur Vordertüre. Zum erstenmal kamen sie sich bei ihrem Unternehmen ein wenig albern vor. Schließlich hob Alec die Hand und klopfte hart an die stabile hölzerne Türe. Ein paar Augenblicke verstrichen, und Alec klopfte wieder. Schließlich hörten sie das leise Schlapfen von Füßen in Pantoffeln hinter der Türe näherkommen.

Gordon Ogilvie öffnete die Türe – mit vom Schlaf verschwollenen Augen, in einen wollenen Hausmantel und Filzpantoffeln gekleidet und betrachtete die beiden draußen mit einer Mischung aus Verwirrung und Ärger. Er war ein magerer Mann in mittleren Jahren mit spärlichem schwarz und grau geflecktem Haar und trug große Brillengläser, die auf seiner Nase herabrutschten.

»Was in aller –«

Seine Stimme krächzte beim Sprechen, und er unterbrach sich, um sich zu räuspern. »Ist euch klar, daß es mitten in der Nacht ist?«

»Der Morgen ist näher, als Sie glauben, Sir«, antwortete Alec. »Und es tut uns leid, daß wir Sie so überfallen – aber Sie werden sehen, wie wichtig die Sache ist, wenn wir Ihnen erzählen, warum wir hier sind.«

»Nun ... dann kommt herein, kommt herein.« Der Rechtsanwalt führte sie durch einen teppichbelegten Flur in den hinteren Teil des Hauses und dort in die Küche.

»Kommt, setzt euch an den Tisch«, sagte er. »Ich glaube, ich kann das Feuer im Herd noch einmal anfachen – ach ja, es ist immer noch Glut da.« Er machte sich mit einem Schürhaken und ein paar Stücken trockenen Holzes am Feuer zu schaffen, während Alec und Joanna an dem großen runden Eichentisch Platz nahmen.

»Nun«, sagte er schließlich. »Was habt ihr für Sorgen?«

Alec stellte nun Joanna vor und gemeinsam lieferten sie dem Rechtsanwalt einen möglichst vollständigen Bericht, welche Umstände Joanna veranlaßt hatten, nach Schottland zu kommen, und was nach ihrer Ankunft schon alles geschehen war.

»Ach du liebe Güte«, brachte er hervor, als sie zu Ende gekommen waren. »Das muß ja eine ganz außergewöhnlich schwere Zeit für Sie sein, Miss Matheson. Bitte nehmen Sie mein herzliches Beileid zum Hinscheiden Ihrer Großmutter entgegen. – Wie wäre es mit einer Tasse Tee?« Er nahm Tassen aus dem Schrank und goß Milch in ein Krüglein. »Mr. Sercombe ist ein Kollege von mir. Allerdings kenne ich ihn kaum, und kann auch nicht sagen, daß er mir besonders sympathisch wäre. Aber das würde uns vor Gericht nicht viel weiterhelfen, nicht wahr?« Er kicherte dünn. »Und wie ich sagte, er ist ein Kollege. Ich würde zögern, mich einzumischen, wenn es keine handfesten Beweismittel gibt. Das Beste, was Sie tun können, Miss Matheson – so lautet meine Empfehlung – ist, daß Sie nicht mehr daran denken, Sercombe irgend etwas nachzuweisen und sich statt dessen darauf konzentrieren, Ihre eigene Position zu festigen.«

»Meine ... Position?«

»Ja. Darum geht es doch, nicht wahr, um Ihre Abstammung von James und Atlanta Duncan?« fragte Ogilvie.

»Ich ... ich habe noch gar nicht richtig darüber nachgedacht.«

»Ja, natürlich – Sie haben ja eben erst vom Tod Ihrer Großmutter erfahren. Aber, meine Liebe, so schwer es Ihnen auch fallen mag, sich zu diesem Zeitpunkt solchen Überlegungen hinzugeben – es wird Ihnen nichts anderes übrigbleiben, wenn wir hoffen wollen, Sercombe aufzuhalten.« Er stockte, als der pfeifende Teekessel seine Aufmerksamkeit ablenkte. Nach einer Weile fuhr er fort, während er die Tassen vor seine Gäste hinstellte: »Mit anderen Worten, Miß Matheson, wenn Sie tatsächlich die Urenkelin von James und Atlanta Duncan sind, dann liegen die Folgerungen, die wir daraus ziehen können, klar auf der Hand.«

»Sie meinen doch nicht ...« begann Joanna, fand jedoch, daß sie nicht weitersprechen konnte.

»Ich meine, junge Dame, daß Sie in direkter Linie abstammen. Sie erwähnten einige Dokumente, die Sie besitzen und die sich auf die Liegenschaft beziehen; da gibt es niemand anderen, der Ansprüche erhebt, in diesem Punkt bin ich mir sicher. Es sieht alles sehr klar und geradlinig aus«, schloß er und warf drei Teelöffel Zucker in seinen Tee.

»Wollen Sie sagen«, stammelte Joanna, »daß ich ... ich die Erbin des Besitzes sein könnte?« Nun endlich war die unausgesprochene Frage in Worte gefaßt worden.

»Gewiß. Deshalb sitzen wir ja hier im Morgengrauen beisammen, um die Rechtmäßigkeit Ihrer Ansprüche zu beweisen, nicht wahr?«

»Ja, Mr. Ogilvie«, fiel Alec ein. »Aber verstehen Sie, Joanna ist das alles noch so neu.«

»Ich weiß«, erwiderte Ogilvie, »und Sie müssen mir verzeihen, wenn ich kalt und herzlos erscheine. Aber, meine liebe Miss Matheson, es sieht aus, als wäre die Zeit hier ein sehr kritischer Faktor. Und so schwierig das auch sein mag, es könnte durchaus von Ihnen verlangt werden, daß Sie eine Zeitlang Ihren persönlichen Kummer vergessen und statt dessen aktiv werden. Ihre Großmutter wußte, daß sie im Sterben lag, als sie ihre Bitte aussprach, dennoch hatte sie das Gefühl, daß nichts deren Erfüllung entgegenstehen konnte.«

Joanna saß benommen da, als ihr die ganze Tragweite des Gesprächs allmählich bewußt wurde.

»Ich bin nicht wegen des Besitzes hierher gekommen«, sagte sie schließlich.

»Das ist gut und schön, meine Liebe, aber es mag unser einziger Weg sein, diesen – nun, diesen Ihrer Meinung nach finsteren Machenschaften ein Ende zu machen. Sercombe ist ein überaus schlauer Fuchs. Er ist niemals unvorsichtig. Wenn Ihre Andeutungen die Wahrheit treffen, dann bin ich sicher, daß er jedem Detail Beachtung geschenkt hat – allem außer der Möglichkeit, daß eine unbekannte Erbin plötzlich aus heiterem Himmel auftauchen könnte. Und das ist der einzige Trumpf, den Sie im Ärmel haben. – Aber wir wollen einen Blick auf diese Dokumente werfen, bevor wir uns in wilden Mutmaßungen verlieren.«

Joanna förderte die altertümlichen Papiere zutage, die sie sorgfältig gefaltet in ihrer Handtasche aufbewahrt hatte. Sie reichte sie Ogilvie, der sie vor sich auf dem Tisch ausbreitete.

Der Rechtsanwalt prüfte die Papiere eine ganze Weile lang, ohne ein Wort zu sprechen. Er klopfte mit dem Finger gegen den Mund, und ein gelegentliches »Hmmmm« entschlüpfte seinen Lippen. Zuweilen hob sich eine Augenbraue, während er schweigend las.

Schließlich blickte er auf und holte tief Atem.

»Kein Wunder, daß jemand hinter diesen Papieren her ist«, sagte er. »Wären Sie nicht plötzlich aufgetaucht mit diesen Papieren in Ihrem Besitz, so wäre Sercombe kaum auf ein Hindernis gestoßen. Er ist schließlich der Familienanwalt; er hat die Verfügungsgewalt, es gab keinen Erben. Das alles ist, wie ich zugeben muß, sehr günstig für ihn. Aber nun, mit diesen Dokumenten hier, sieht die Geschichte ganz anders aus.«

»Geht es einfach um die Möglichkeit, daß ich die Erbin bin?« fragte Joanna.

»Das ist nur ein Teil der Sache. Sehen Sie, eine Urkunde ist ... nun, nicht umsonst eine *Urkunde.* Und diese hier scheint mir ...« Hier unterbrach er sich und klopfte sich von neuem gedankenvoll mit dem Finger an die Lippen. »Dies sieht ganz nach der Originalurkunde aus, die von König George selbst ausgestellt wurde, als den Ramseys nach dem Jakobiter-Aufstand ihre Ländereien zurückgegeben wurden. Sehen Sie, die Ramseys gehörten zu denjenigen schottischen Adeligen, die Bonnie Prince Charlie unveränderlich die Treue hielten und denen zur Strafe für ihre Teilnahme an dem Aufstand ihre Güter konfisziert wurden. Dann, etwa vierzig Jahre später, entschloß George sich zu einer versöhnlichen Geste und gab den Erben der Rebellen ihre Ländereien zurück. Beachten Sie das Datum hier – 1784.«

»Können wir mit dieser Urkunde den Verkauf der Ländereien verhindern?« fragte Joanna.

»Wenn diese Urkunde vor fünfzig Jahren in die Hände Ihrer Großmutter überging, dann kann kein Zweifel bestehen, daß niemand von ihrer Existenz wußte. Und es ist sehr wahrscheinlich, daß inzwischen ein neues Dokument erstellt wurde, vermutlich von Sercombe selbst, der seine Verfügungsgewalt ausnutzte. Ich stelle mir vor, daß sich ein solches Dokument bereits in seinen Händen befindet, wenn die Übergabe an den neuen Besitzer so kurz bevorsteht, wie Sie sagen.«

Ogilvie machte eine Pause, während der er ihre Tassen mit Tee nachfüllte.

»Wissen Sie irgend etwas darüber, wer der Käufer sein wird?« fragte er.

Joanna schüttelte den Kopf. Alec sagte: »Nichts, Sir ... wir haben alle nur Gerüchte gehört. – Wie stehen wir also jetzt?«

Der Rechtsanwalt antwortete langsam: »Ich würde sagen, unser Freund Palmer Sercombe befindet sich zur Zeit in einer äußerst heiklen Situation. Sie besitzen diese Urkunde, und Sie können Ihre Stellung in der Familie der Duncans beweisen – was Sie natürlich tun müssen, um zu bestätigen, daß es sich bei diesen Papieren um keine Fälschung handelt – und damit wird Mr. Sercombe vor die Tür gesetzt, um es mal so zu sagen. Er könnte sogar seine Verfügungsgewalt verlieren.«

»Das geht alles so schnell«, sagte Joanna. »Ich ... ich verstehe das alles noch gar nicht.«

»Meine Liebe, Ihre Großmutter ist Margaret Duncan, das sagten Sie mir doch.«

»Ja.«

»Als die älteste der Kinder von James Duncan hätte sie den Besitz erben sollen – das ist Ihnen doch sicher klar?«

»Ja«, erwiderte Joanna zögernd. »Aber ich dachte, sie wäre enterbt worden oder hätte auf das Erbe verzichtet, als sie nach Amerika ging.«

»Wissen Sie das sicher?«

»Ich weiß gar nichts mit Sicherheit.«

»Tatsache ist, daß die Urkunde sich in ihren Händen befand, das ist der entscheidende Punkt. Sie war die natürliche Erbin nach der Erbfolge der Familie – von Geburt an – und damit gehörte ihr der Besitz. Und die Tatsache, daß sie die entsprechende Urkunde besaß, bestätigt dieses Anrecht über alle Zweifel hinaus.«

»Aber das ist doch kaum von Bedeutung«, warf Alec ein. »Selbst wenn Alastair der gesetzliche Erbe war ... selbst wenn seine Schwester auf jeglichen Anspruch verzichtet hätte, würde immer noch Joanna erben. Er hatte keine Kinder. Sie ist immer noch die Nächste in der Erbfolge.«

»Oh, gewiß, aber hier kommen wir in Konflikt mit Mr. Sercombes Verfügungsgewalt. Wenn Alastair der rechtmäßige Erbe war und ihm die Verfügungsgewalt über seine Güter übertrug, dann hatte er das gesetzliche Recht, zu tun, was ihm beliebt. Aber wenn Alastair gar nicht der rechtmäßige Erbe war, dann würde eine Ermächtigung, die er ausgestellt hat, nicht bindend sein, wenigstens insoweit nicht, als es die Verfügung über den Gutsbesitz betrifft.«

»Da ist noch etwas Merkwürdiges an dieser Urkunde«, fuhr der Rechtsanwalt fort, während er noch einmal die Seiten des Dokuments durchblätterte, »ja ... etwas sehr Merkwürdiges.«

»Und was wäre das?« fragte Joanna.

»Sie haben es wohl nicht bemerkt, aber hier ganz unten am Rande steht eine Unterschrift – Anson Ramsey.«

Er hielt inne, und Alec und Joanna warteten gespannt darauf, daß er weitersprach.

»Diese Urkunde wurde 1784 ausgestellt. Die Namen sind verblaßt, aber man kann die Unterschriften des Königs und die Robert Ramseys erkennen. Aber darunter steht Anson Ramseys Unterschrift.«

»Wer war er?« fragte Alec.

Aber Joanna schwieg. Der Name war ihr nur zu vertraut: Sie hatte ihn wieder und wieder auf dem Tüchlein gelesen, auf dem ihre Großmutter den Stammbaum der Familie gestickt hatte.

»Anson Ramsey war Roberts Sohn und Erbe«, antwortete Ogilvie. »Dennoch sehe ich keinen rechten Grund, warum sein Name in dem Dokument aufscheinen sollte, es sei denn ...« Sein Finger klopfte langsam gegen die gespitzten Lippen.

»Was für ein Mensch war er?« fragte Joanna, als Ogilvies Bemerkung unbeendet versandete.

»Er wurde sehr geliebt von seinen Leuten. Seit die Ramseys zum erstenmal nach Strathy kamen, war er einer der wenigen Lairds, die auch tatsächlich hier wohnten. Er war ein guter Mensch, seinen Untergebenen gegenüber sehr gütig. Zu seinen Lebzeiten war die Gegend hier sehr wohlhabend, was vor allem auf seinen Einfluß zurückzuführen war. Der einzige Makel in seinem Leben waren seine beiden Söhne. Beide, hieß es, seien Schurken gewesen. Dann, noch in seinen besten Jahren, starb Anson eines plötzlichen und verfrühten Todes.«

»Wurde er ... ermordet?«

»Es war ein Jagdunfall. Aber das Gerede nahm kein Ende, ob es tatsächlich ein Unfall gewesen war. Es geschah zwischen Dormin und Culden. Er und seine Söhne waren allein. Niemand weiß, was wirklich geschah. Gerüchte gingen um, er hätte seinen Söhnen gedroht, sie zu enterben, wenn sie nicht bald anfangen wollten, sich ihres Standes würdig zu erweisen. Aber mir macht diese Unterschrift hier Kopfzerbrechen. Und unter dem Namen stehen die Worte: ›In Übereinstimmung mit der Übergabe des Rechtstitels, die noch vorgelegt wird.‹«

»Wurde das Land jemand anderem übergeben?«

»Nun, es hört sich ganz so an, nicht wahr?« sagte Ogilvie. »Aber wenn das der Fall war, ist das Wissen darum verlorengegangen, denn das Land blieb in den Händen der Ramseys. Sein Sohn Talmud erbte das Land nach dem Tod des Vaters. Nein, ich kann nicht sagen, was es bedeutet.«

»Klingt so, als hätte er vorgehabt, es jemand anderem zu übergeben«, sagte Alec. »Vielleicht kam er dann einfach nicht mehr dazu.«

»Sie mögen recht haben«, sagte Ogilvie nachdenklich. »Wenn es ein die ›Übergabe des Rechtstitels‹ betreffendes Dokument gäbe, wüßten wir zweifellos mehr. Aber ich bezweifle, daß ein derartiges Papier existiert. Nachdem sie diese Urkunde in Besitz hat, ist Joanna mit letzter Sicherheit die Erbin. Aber wenn der Besitz jemand anderem übergeben wurde, nun ... dann sähe alles ganz anders aus.«

»Was ist, wenn Sercombe dieses Papier hat?« schlug Joanna vor. »Er ist seit vielen Jahren der Anwalt der Familie.«

»Ja«, sagte Ogilvie langsam, »das könnte unsere Position natürlich dramatisch verändern. Und das ist möglicherweise das As, das Palmer Sercombe im Ärmel hat.«

# NATHANIEL UND LETTY

Der Ritt zurück nach Port Strathy war lang.

Eine feierliche Stille hing über den beiden, als sie langsam dahinzogen. Vielleicht war es die Müdigkeit, die sie nach ihrer mitternächtlichen Reise überkommen hatte. Vielleicht war es der verhangene Himmel über ihren Köpfen, der Düsternis auf ihre Seelen breitete. Und vielleicht waren auch beider Gedanken damit beschäftigt, was Ogilvie über Joannas Stellung in den Angelegenheiten von Port Strathy gesagt hatte. Joanna selbst war nicht sicher, ob der Besuch beim Rechtsanwalt ein Anlaß für Jubelrufe oder Sack und Asche war. Sie hatte viel erfahren, das stimmte. Aber sie hatte noch immer nicht entdeckt, in welche Richtung sie sich bewegen sollte. Inzwischen hatte der Rechtsanwalt ihr das Versprechen gegeben, ein paar Kleinigkeiten nachzuprüfen – diskret natürlich.

Es war kurz vor Mittag, als sie das Häuschen der Cuttahays erreichten.

Die Wolken hatten sich schwer und drohend gesammelt, und die beiden entkamen nur knapp einem tüchtigen Regenguß. Mit matten Gliedern näherten sie sich dem Tor. Welch eine Erleichterung würde es sein, sich mit einer Tasse Tee ans Feuer zu setzen!

Unerwarteterweise trat ihnen Olive Sinclair unter der Türe entgegen. Der Gruß, den sie ihnen entbot, ging an ihnen vorbei, als sie über ihre Schulter hinweg das Innere des Häuschens in wüster Unordnung sahen.

»Was ist geschehen!« stöhnte Alec, während er sich an Miss Sinclair vorbeidrängte. »Nathaniel ... Letty!« rief er, als er keinen von seinen beiden alten Freunden sah. Seine Stimme bebte vor Angst.

Mit einer raschen Bewegung drehte er sich und blickte Miss Sinclair an. »Wo sind sie?«

»Es geht ihnen gut«, sagte sie. »Sie sind zu Bett gegangen.«

Alec drehte sich von neuem um und wollte zum Schlafzimmer eilen.

»Warten Sie, Alec«, rief Olive ihm nach. »Beruhigen Sie sich, mein Junge, und wir setzen uns hin und ich erkläre euch beiden alles – so gut ich kann.«

Alec, der ihre Entschlossenheit spürte, gab nach und ließ sich in Nathaniels Schaukelstuhl fallen. Joanna, die während des Wortwechsels im Eingang stehen geblieben war, betrat zitternd den Raum und stand vor dem Feuer, entsetzt über diesen letzten Ausbruch roher Gewalt.

Der Küchentisch war umgeworfen, und die meisten anderen bescheidenen Einrichtungsstücke im Wohnzimmer ebenfalls. Eine dick gepolsterte Couch – das einzige luxuriöse Möbel, das die Cuttahays besaßen – war offenkundig mit einem Messer zerschlitzt worden, so daß Baumwollfetzen und Federn auf dem Boden herumlagen. Eines der großen Fenster des Raumes war zerbrochen. Die einzige Pflanze im Inneren des Hauses, eine alte grün-gelbe Sanseveria, lag in drei Stücken auf dem Boden, der Topf war zerschmetter, der Boden mit Erde bestreut.

»Ich kam vor zwei Stunden hierher«, begann Miss Sinclair. »Es sah hier so aus wie jetzt, nur war Nathaniel noch da, der sich über die weinende Letty beugte.«

Alec sprang von seinem Sitz auf, aber Olive streckte eine Hand aus und packte seinen Arm.

»Machen Sie sich keine Sorgen, Junge«, sagte sie, »sie kommt in Ordnung. Aber Nathaniel hatte Angst, sie allein zu lassen, während er Hilfe holte. Ich kam zufällig vorbei. Ich holte den Arzt. Lettys Arm war gebrochen, und er schiente ihn. Nathaniel hatte eine leichte Gehirnerschütterung und war eine Weile bewußtlos.«

»Wie ist es geschehen?« fragte Joanna, als die Stimme ihr wieder gehorchte.

»Sie stürmten kurz nach dem Frühstück hier herein. Nathaniel sagte, sie wären hinter euch beiden her gewesen, aber sobald sie begriffen hatten, daß ihr nicht da seid, schienen sie nichts anderes mehr im Kopf zu haben als Zerstörung. Er sagte, einer der Männer hätte geschrien: ›Nun siehst du mal, was dabei rauskommt, wenn man sich in anderer Leute Angelegenheiten mischt, Alter!‹ Etwas in der Art.«

»Wußte er, wer sie waren?« fragte Alex angstvoll.

»Sie hatten Tücher vors Gesicht gebunden. Er dachte, einer sei vielleicht Tom gewesen – Sie wissen schon, Tom Forbes. Beim anderen war er sich nicht sicher. Es hätten aber auch die beiden Männer sein können, die er in der vergangenen Nacht weggescheucht hatte. Er war sich einfach nicht sicher; sie platzten so rasch herein und fingen an, auf die beiden loszuschlagen – die armen Lieblinge!«

»Oh nein!« stöhnte Joanna und bedeckte ihr Gesicht mit den Händen. »Was habe ich getan? Was habe ich getan? Nichts von alldem wäre geschehen, hätte ich –«

Alec war augenblicklich an ihrer Seite. »Nun mach dir doch keine Vorwürfe, Mädchen«, sagte er.

»Wem denn sonst?« antwortete Joanna. »Ich hätte wissen müssen –«

»Wir beide hätten es wissen müssen«, sagte Alec.

»Nur Gott der Herr weiß im voraus, was geschehen wird«, sagte Miss Sinclair. »Das Weinen hat jetzt keinen Zweck. Letty und Nathaniel werden beide wieder gesund, und der Herr sei gepriesen dafür! Das ist das Wichtigste. Was geschehen ist, ist geschehen. Wir müssen jetzt an die Zukunft denken. Kommt her und setzt euch; wir müssen miteinander reden.«

Alec führte Joanna zum Schaukelstuhl, wo sie sich niedersetzte. Alec schlug seine langen Beine kreuzweise unter und setzte sich auf den Boden. Miss Sinclair legte ein weiteres Scheit aufs Feuer, wo es in Flammen aufging, dann zog sie einen dreibeinigen Hocker heran und ließ sich mit steifen Bewegungen nieder.

»Ich nehme doch an, daß sie hinter Ihnen und Ihren Dokumenten her waren, nicht wahr, Mädchen?« fragte sie.

Joanna nickte. »Es ist ein Alptraum.«

»Es kann nicht so weitergehen«, sagte Alec zornig. »Ich muß diese beiden Männer aufhalten.«

»Aber, Alec«, beharrte Joanna, »es ist nicht dein Kampf. Hinter mir sind sie her.«

»Die Sache ist größer als ihr beide«, sagte Miss Sinclair. »Hier geschieht etwas, in das wir alle verwickelt sind. Deshalb kam ich ja heute morgen hierher. Sercombe hat heute in der Morgendämmerung die Stadt verlassen. Ich hasse Gerüchte, aber in meinem Geschäft kommt man nicht an ihnen vorbei. Die Leute munkeln, er wär nach Aberdeen gefahren, um den Käufer des Landbesitzes abzuholen. Wahrscheinlich werden sie in vier Tagen zurück sein, und dann wird alles so gut wie vorbei sein. Die Übergabe des Rechtstitels soll dann ein paar Tage später erfolgen. Ich hab was läuten gehört von einer öffentlichen Zusammenkunft, wenn die Unterschrift geleistet und das Geld ausgezahlt wird.«

»Ich weiß einfach nicht, was ich tun soll«, seufzte Joanna. »Wir waren heute bei einem Rechtsanwalt in Culden, einem Mr. Ogilvie.«

»Das ist ein guter Mann«, versicherte ihr Olive. »Ja, ein hochanständiger Mann. Dem können Sie vertrauen.«

Alec, der tief in Gedanken gewesen war, platzte los: »Joanna, ich weiß, du zögerst, und du bist eine Frau, und du denkst, die

Leute würden dich nicht akzeptieren, weil du hier fremd bist, aber die Zeit ist gekommen, wo du öffentlich bekannt machen mußt, wer du bist. Die Leute müssen es wissen.«

»Ich ... ich weiß nicht recht«, sagte Joanna.

»Nein!« Alec schrie beinahe. »Das alles ist zu weit gegangen. Das muß ein Ende haben.«

»Was soll ich tun?« jammerte Joanna.

»Was recht und richtig ist, das sollen Sie tun«, sagte Olive.

»Aber wie soll ich wissen, was richtig ist?«

»Vertrauen Sie dem Herrn, daß er es Ihnen zeigen wird.«

»Aber ich weiß doch nicht einmal, was das heißt«, antwortete Joanna frustriert. »Verstehen Sie nicht? Ich bin nicht so wie Nathaniel und Letty. Ich weiß nicht, wie man Gott vertraut. Ich dachte, ich hätte das Richtige getan, als ich mit Alec nach Culden ging. Aber nun sehen Sie, was dabei herausgekommen ist! Es ist allein meine Schuld, daß Nathaniel und Letty etwas zugestoßen ist! Ich hätte niemals hierherkommen dürfen! Ich mache nur Ärger. Mein ganzes Leben lang hab ich nur Ärger gemacht!«

»Sprechen Sie nicht so, Joanna«, sagte Olive zärtlich. »Der Herr liebt dich. Er will nur, daß du ihm vertraust und das Werk tust, daß er dir zu tun gegeben hat. Du kannst das nicht tun, bevor du nicht seine Vergebung annimmst. Und dann mußt du dir selbst vergeben, Kind. Darum dreht sich das ganze Leben mit Gott – Vergebung. Wir sind alle Sünder vor ihm. Aber er kann die Vergangenheit weiß wie Schnee waschen.«

»Aber ich sagte es Ihnen doch ... ich weiß nicht, wie.«

»Hast du niemals dem Herrn dein Herz übergeben, Kind?«

»Nein – ich glaube, das habe ich nie getan«, sagte Joanna.

»Du kannst nicht im Vertrauen auf ihn leben, bevor du ihm nicht dein Herz übergeben hast«, sagte Olive.

»Aber ich weiß nicht, wie man das macht.«

»Oh, das ist ganz einfach, Kind. Du mußt nur dein Herz öffnen und ihm sagen, du brauchst ihn, und ihn einladen, zu dir zu kommen und in dir zu leben.«

Joanna versank einen Augenblick lang in Gedanken, dann brach es aus ihr heraus. »Vielleicht könnte ich das tun, wenn ich mich nicht so schuldig dafür fühlte, was Nathaniel und Letty passiert ist!«

Und mit diesen Worten stürzte sie aus dem Haus.

Alec sprang auf, um ihr nachzulaufen, aber Olive legte eine Hand auf seinen Arm und hielt ihn zurück. »Sie muß jetzt allein sein, Alec.«

»Aber ich kann sie doch nicht davonlaufen lassen, nach allem, was geschehen ist!«

Da hörten sie, wie die Stalltüre knarrend geöffnet wurde und dann mit einem dumpfen Knall zuflog.

»Sie wird nicht weit weglaufen, Junge«, antwortete Olive und blickte Alec ruhig an.

Alec zögerte sekundenlang, dann wandte er sich um und kam herein, und gemeinsam machten sich die beiden daran, das verwüstete Häuschen in Ordnung zu bringen.

*Schuldig!*

Das Wort widerhallte in Joannas Herz, als sie aus dem Haus davonstürzte. Die Tränen strömten ihr über die Wangen. Es war ihr so unbedacht über die Lippen gekommen. Aber jetzt, wo sie es ausgesprochen hatte, wurde ihr klar, daß dasselbe Gefühl, das sie ihr Leben lang verfolgt hatte, auch die Wurzel ihrer gegenwärtigen Probleme war. Sie war niemals imstande gewesen, die Schuld zu bewältigen, die sie ihrer Mutter wegen empfand. Und nun gingen noch mehr Leben ihretwegen zugrunde!

Sie weinte bitterlich, als sie die Scheune erreichte, aber sie mußte fort, sie mußte fliehen … vor jedermann; sie mußte sich vor der Welt verbergen, so daß niemand die Scham sehen konnte und die Flecken der Schuld, die ihre Seele schwärzten. Schluchzend rannte sie dahin, die warmen Tränen brannten in ihren Augen und ließen die Welt vor ihr verschwimmen. Die freundliche Wärme des Stalles mit seinem reichen Geruch freundlicher Tiere und ehrlicher Arbeit hätte sie trösten sollen, aber ihre Umgebung wurde ihr kaum bewußt. Wenn sie nur rennen könnte, und rennen, und rennen und niemals zurückkommen, niemals irgend jemand unter die Augen treten. Dann würde niemand mehr verletzt von dem Fluch der Verwundung und der Schmerzen, den sie mit sich zu schleppen schien, wohin sie auch ging.

»Oh, Gott!« dachte sie. »Wie können sie davon reden, Gott zu vertrauen, das Rechte zu tun, für die Wahrheit einzutreten, wenn das Leben so grausam ist? Oh, wäre ich niemals hierhergekommen! Ich verursache nur Schmerzen, wohin ich auch gehe!«

In was hatte sie sich da eingelassen? Sie hatte niemals vorgehabt, anderen Schwierigkeiten zu machen. Sie hatte nur das Versprechen erfüllen wollen, das sie ihrer Großmutter gegeben hatte. Nun schien alles über ihr zusammenzustürzen. Ihretwegen waren Gewalt und Schmerz in das einst so schläfrige Fischerstädtchen Port Strathy eingekehrt. Ein Fluch lag auf ihr; er folgte ihr und galt auch all jenen, mit denen sie in Berührung kam. Sie allein war schuldig; irgendein unbekanntes Böses war ein Teil ihres ganzen Wesens!

Plötzlich hallten Olives Worte durch ihre Gedanken: »Der Herr liebt dich. Du kannst das Werk nicht tun, das er für dich hat, bevor du nicht seine Vergebung angenommen hast. Du kannst nicht lernen, ihm zu vertrauen, bevor du ihm nicht dein Herz gegeben hast.«

Joanna blieb stehen und warf sich auf ein Strohbündel nieder.

»Oh, Gott!« weinte sie. »Ich möchte dich kennen, wie sie dich kennen. Ich möchte lernen, dir zu vertrauen. Gott – hilf mir!«

Sie konnte nicht weitersprechen, sondern barg das Gesicht in den Händen und weinte in bitterem Kummer. Wie einsam war sie! Wie fern der Heimat! Sie hatte keine Mutter, keinen Vater, keine Großmutter. Nicht einmal ein Heim!

Plötzlich schien ein Stimmchen – war es nur ein Gedanke in ihrem Herzen, oder sprach tatsächlich jemand zu ihr? – zu sagen: *»Du bist nicht allein, Kind. Ich liebe dich.«*

Joanna blickte auf und fuhr sich hastig mit dem Ärmel über die Augen. Sie war allein. Sie blickte um sich, als könnte sie die Worte nicht glauben, die sie in Gedanken gehört hatte. Dann erinnerte sie sich an etwas, das ihre Großmutter ihr vor so langer Zeit vorgelesen hatte: *»Und ob ich auch wanderte im finsteren Tal, fürchte ich kein Unglück, denn du bist bei mir.«*

Joanna mühte sich, mehr zu hören, als kämen nun alle die Worte, die sie als Kind überhört hatte, zu ihr zurückgestürmt. »Ich verdiene solche Versprechungen nicht!« schluchzte sie.

Dann tauchten andere Worte in ihren Gedanken auf, die sie erst kürzlich gehört hatte: *»Er liebt dich und vergibt dir, ganz gleich, wer du bist ... oder was du getan hast.«* Sie dachte einen Moment lang an Alec und daran, was er getan hatte.

*Was immer du getan hast ...*

»Meinte Alec, es sei nicht notwendig, daß ich deine Liebe verdiene, Gott?« fragte sie.

Und diese selbe Stimme in ihrem Inneren antwortete: *»Ja.«*

»Oh, Gott!« jammerte Joanna. »Ich möchte rein sein! Ich möchte dich kennenlernen! Hilf mir zu wissen, wie!«

Aber noch während sie die Worte aussprach, wurde ihr klar, daß sie es bereits wußte. Hatte Olive nicht gesagt, es sei ganz einfach? Hatte sie ihr nicht gesagt, wie sie es anstellen mußte?

»Wenn das nur wahr sein könnte!«

Dann brach der Damm vor den Jahren aufgehäufter Selbstvorwürfe und Joanna weinte in bitterer Reue. Als die tiefen und qualvollen Brunnen von Schuld und Jammer endlich versiegten, setzte sie sich auf, blickte um sich, und obwohl ihre Augen rotgerändert vom Weinen waren und ihre Stimme immer noch vor

Schluchzen zitterte, fühlte sie sich seltsam gefestigt. Dann faltete sie die Hände zum Gebet, wie ihre Großmutter es sie als Kind gelehrt hatte, atmete tief ein und sagte: »Herr, ich habe dich so verzweifelt nötig! Willst du bitte in mein Herz kommen und bei mir bleiben, und mir zeigen, wie ich leben soll?«

Eine Stunde später öffnete sich die Küchentüre.

Als Olive sich ihr zuwandte, wußte sie sofort, daß Joanna sich verändert hatte. Ihre Augen waren immer noch rot und geschwollen, aber ihr Gesicht strahlte, als sie sich von den Fesseln der Vergangenheit befreit fühlte.

»Du hattest recht, Olive«, sagte sie mit sanfter Stimme. »Er hat mir vergeben.«

»Ja«, antwortete Olive mit einem Lächeln. »Und hat er dir auch schon gezeigt, was du tun sollst?«

»Nein. Noch nicht. Aber er wird es sicher tun. Er hat mir vergeben, und das ist mir im Augenblick genug.«

# ABERDEEN

Der glattglänzende schwarze Wagen suchte sich vorsichtig seinen Weg durch die engen Straßen der Stadt.

Die wenigen Automobile, die man so hoch oben im Norden noch sah, waren kaum jemals größer als die Karren und Kutschen, für die die Straßen geplant worden waren, und einen ausgewachsenen Rolls Royce an Pferdekarren vorbei durch gaffende Menschenmengen zu manövrieren, war keine einfache Aufgabe. Unablässig prasselte der Regen auf das Auto herab, und der Chauffeur knirschte mit den Zähnen, während er durch die verschmierte Windschutzscheibe starrte und sich fragte, ob er die richtige Ausfahrt verpaßt hatte.

Die beiden Männer im Fond des Wagens kümmerten sich nicht um den Ärger des Chauffeurs. Sie befaßten sich mit Dingen höherer Ordnung, und sie waren es gewöhnt, so triviale Sorgen wie das Wetter den niedrigeren Klassen zu überlassen.

Palmer Sercombe streichelte den üppigen Ledersitz mit der Handfläche.

Es machte ihm Vergnügen, mußte er zugeben. Und die praktische Auto-Bar, der sein Gefährte ihre Drinks entnahm, war tatsächlich eindrucksvoll. Es war der feinste Scotch, den er jemals im Leben genossen hatte.

Sercombe hatte sich viele Jahre lang in der Gesellschaft reicher und mächtiger Männer bewegt. Aber irgendwie war es ihm niemals genug gewesen, sich nur in Gesellschaft reicher Leute zu befinden. Als sein Blick über den Luxus glitt, der ihn umgab, fühlte er ein Prickeln der Befriedigung bei dem Gedanken, daß er schon bald – ja, schon sehr bald – die Mittel in der Hand haben würde, über seinen eigenen Reichtum, seine eigene Macht zu verfügen. Er hatte so manches Jahr auf diesen Augenblick gewartet.

Es würde die schönste Stunde seines Lebens sein!

Sein Gesicht verzog sich zu einem grimmig triumphierenden Lächeln.

»Aber alles schön der Reihe nach«, dachte er, während er seine Aufmerksamkeit seinem Begleiter zuwandte, einem Geschäftsmann in einem dreiteiligen grauen Anzug.

»Muß ich das so verstehen«, sagte dieser soeben, »als bestünde die Gefahr, daß das Geschäft platzt?«

»Aber nicht im geringsten«, antwortete der Rechtsanwalt.

»Ihr Telegramm klang so dringlich.«

»Ich hatte einfach das Gefühl, wir sollten den Ablauf der Dinge etwas beschleunigen. Ich habe alle notwendigen Papiere vorbereitet – in einer Woche werden sie zum Unterzeichnen bereit sein.«

»Warum die Hast? Ich erwartete, nicht vor Ablauf einiger Wochen aus London abberufen zu werden.«

»Ein kleines Problem ist aufgetaucht. Nichts weiter als ein kleines Ärgernis. Man kümmert sich bereits darum – zur Stunde sollte es bereits erledigt sein.«

»Ein Problem?«

»Einige Papiere, die ich brauche. Wir brauchen sie nicht unbedingt, um mit der Angelegenheit wie geplant fortzufahren, es wäre nur ... nun, sagen wir, zweckmäßiger, wenn ich sie sicher in meinem Besitz hätte, bevor wir unsere Unternehmungen abschließen. Und diese Papiere sollten im Augenblick, wo wir uns hier unterhalten, in meinem Büro sein. Zwei meiner Kollegen am Ort wurden ausgesandt, sie an dem Morgen abzuholen, an dem ich die Stadt verließ.«

»Was macht diese Papiere so lebenswichtig? Ich dachte, alles Wichtige wäre mir vorgelegt worden, als wir uns das letztemal in London trafen.«

»Ja, natürlich. Aber eine Frau ist aufgetaucht –«

»Ach, das tun sie immer.«

»Ich fürchte, diese Frau wird versuchen, Anspruch auf den Besitz zu erheben.«

»Sie versicherten mir doch, es gäbe keine Erben – keine unangenehmen Verwicklungen, die sich für immer an unsere Fersen heften würden.«

»Ich bin auch ganz sicher, daß sie sich als Betrügerin entpuppen wird. Dafür werden wir sorgen. Aber sie hat gewisse Dokumente –«

»Sie haben sie gesehen?«

»Ja.«

»Und Sie haben sie aus den Fingern gelassen?«

»Keine Sorge. Die Frau wird ausgelöscht sein, wenn wir ankommen.«

»Sie wären doch nicht dumm genug, sie kurzerhand ermorden zu lassen?« Der Mann schien viel eher schockiert über Sercombes Dummheit als über die Aussicht auf einen Mord.

»Wir können hier beide sehr viel verlieren. Ich plane, alles Nötige zu erledigen.«

»Nun, tun Sie, was Ihnen beliebt. Aber denken Sie daran – ich weiß von nichts.«

Ein paar Augenblicke saßen sie still da, ihre Drinks in der Hand.

Schließlich sagte Sercombe: »Ich dachte, wir sollten bei der Unterzeichnung der Papiere ein kleines öffentliches Fest veranstalten. Eine Zusammenkunft der ganzen Stadt, Fahnen, ein paar Reden – solche Dinge eben.«

»Ist das wirklich notwendig?« fragte sein Gefährte im Ton eines Vaters, der den Launen eines Kindes nachgibt.

»Wir müssen unseren guten Willen öffentlich zeigen – ich habe nicht die Absicht, den Rest meines Lebens von verdrossenen Pächtern verfolgt zu werden. Ich habe vor, zum Schein einige Verbesserungen durchführen zu lassen. Die Leute hier sind einfältig. Sie haben keine Ahnung vom wahren Wert des Landes. Wir setzen ihren Hafen instand, wie wir es besprochen haben, geben ihnen einige finanzielle Zuschüsse –«

»Wozu das alles? In drei Jahren liegt alles unter Wasser.«

»Und denken Sie dran«, sagte Sercombe mit einem verschlagenen Lächeln, »ich weiß von nichts.«

»Es interessiert mich nicht, was Sie wissen oder nicht wissen.«

»Es wird nicht alles unter Wasser liegen, nur die tiefliegenden Binnengebiete. Port Strathy wird weiterbestehen und seine Bevölkerung auch. Wir müssen uns bemühen, sie zu beschwichtigen.«

»Alles, was ich vorhabe, ist völlig legal und ehrlich, und das ist mehr, als ich von Ihnen sagen kann. Was ich für die Leute tue, wird ihnen mehr nützen als Ihr Witz von einem kleinen Hafen.«

»Unglücklicherweise werden zwei Drittel der Bevölkerung keine Gelegenheit haben, diese Wohltaten zu genießen«, kicherte Sercombe trocken.

»Das ist doch wohl Nebensache.« Die weißen Zähne des Mannes glänzten in einem listigen Lächeln. »Sie werden eben umsiedeln müssen. Eine Arbeit in Glasgow oder Edinburgh wird den armen Teufeln nur gut tun.«

Das Auto rutschte und schlitterte auf der schlüpfrigen Straße. Sercombes Gefährte klopfte scharf mit den Knöcheln an die Scheibe, die den Fahrer von den Rücksitzen trennte.

»Nicht einmal ordentlich autofahren können diese Provinzler!« murmelte er angewidert.

An den nächsten drei Tagen ging das Leben wieder seinen gewohnten Gang – soweit das unter den Umständen möglich war. Alec kümmerte sich um Arbeiten, die er liegengelassen hatte, und nahm seine Runden in der Nachbarschaft wieder auf, wobei er das Häuschen jedoch so sorgsam im Auge behielt, wie er nur konnte.

Joanna verbrachte ihre Tage damit, für Nathaniel und Letty zu sorgen, und sie empfand ein Gefühl stiller Freude dabei. Als der folgende Morgen dämmerte, ging es Letty bereits viel besser und sie bestand darauf, aufzustehen und Frühstück zu machen. Joanna mußte einen Großteil ihrer Energie dafür aufwenden, sie zu überreden, daß sie im Bett bliebe. Ihre nächste, und besonders schwierige, Aufgabe war es, Nathaniel daran zu hindern, daß er – unbekümmert um das Kopfweh, das als Folge der Schläge immer noch anhielt – aufstand und sich um seine täglichen Pflichten kümmerte.

Zuletzt stimmte er zu, noch einen Tag zu ruhen. Aber nicht länger.

Dies bot Alec die Gelegenheit, einer von überströmendem Entzücken erfüllten Joanna die morgendliche Runde des Kuhmelkens, Stallausmistens und Schweinefütterns vorzuführen. Als sie in Lettys kniehohen Gummistiefeln durch den Stall stampfte, konnte nicht einmal der stechende Geruch der Jauche unter ihren Füßen die Freude dämpfen, die sie bei dem Gedanken empfand, den Cuttahays die Liebe vergelten zu können, die sie ihr so reichlich hatten zukommen lassen.

Ein fröhliches Lächeln schwebte den ganzen Tag lang auf ihren Lippen, und ein Lied sang in ihrem Herzen, während sie an diesem Tag und dem nächsten dem alten Ehepaar den Tee brachte, das Haus fegte, aufräumte und das warm glühende Feuer im Herd unterhielt. Nun, da sie von der Last der Selbstvorwürfe befreit war, konnte Joanna die Wohltaten eines solchen Dienstes der Liebe und Fürsorge empfangen. Die Heilung ihrer seelischen Wunden hatte begonnen. Alec reparierte das zerbrochene Fenster, und Joanna kochte einen großen Topf Eintopf, wobei ihr Letty durch Zurufe aus dem Schlafzimmer wacker zur Hand ging. Jetzt stand auch Nathaniel, der es im Bett nicht mehr aushielt, auf und zeigte sich in erträglich guter Laune.

Wäre es nur möglich gewesen, so hätte Joanna sofort alle Anrechte auf zukünftige Erbschaften dafür eingetauscht, ihr Leben mit diesem schlichten Paar zu verbringen.

Vier Tage nach dem Angriff auf Nathaniel und Letty kam Alec kurz zu Besuch, um Nathaniel bei seinem Vieh zu helfen. Ihre Arbeit wurde jedoch allzufrüh unterbrochen, als Douglas Crearys Sohn angerannt kam und außer Atem nach Alec schrie: Ihr Schwein sei gefährlich erkrankt!

»Nimm das Mädchen mit, Sohn«, schlug Nathaniel vor. »Wir kommen hier schon zurecht.«

Gemeinsam rannten sie hinaus, und Alec nahm Joannas Hand und half ihr, das Pferd zu besteigen; dann schwang er sich hinter ihr in den Sattel, ergriff mit fester Hand die Zügel, und sie galoppierten davon.

In den letzten Tagen hatte Joanna sich einer solchen inneren Glückseligkeit erfreut, daß der Ritt in die Stadt sie aufs höchste entzückte. Der Wind blies ihr ins Gesicht, sie fühlte die schwellende Kraft der Muskeln des Pferdes unter ihr – all das berauschte sie noch mehr. Und Alecs Nähe, als er das Pferd antrieb, trug noch weiter dazu bei, daß ein Gefühl von selbstvergessener Freude in ihr aufwallte. Sie lehnte sich zurück, bis ihr Rücken an seine mächtige starke Brust stieß. Seine Arme legten sich um ihre Hüfte. Der Wind wehte ihr Haar nach hinten in Alecs Gesicht, und Joanna brach in ein helles Lachen aus, durchdrungen von der Ekstase des Augenblicks. Sie dachte: »Er ist vielleicht wirklich das, was meine Freunde in Chicago einen Bauernjungen nennen würden. Aber unter diesem rauhen bäuerlichen Äußeren verbirgt sich ein zartfühlender und mitleidiger Mann, der gerade genug Humor und Spontanität besitzt, um ihn interessant zu machen. Welches vernünftige Mädchen wäre nicht stolz darauf –«

Ihre Gedanken wurden von Schreien unterbrochen, die ihnen aus dem Haus vor ihnen entgegenhallten.

Joanna sah sich einem ärmlichen Häuschen mit strohgedecktem Dach und abgeschlagener Tünche gegenüber, wobei ihr besonders Doug Crearys Garten auffiel, der sich im vollem Farbenrausch des Frühlings davor ausbreitete. Doug Creary und sein jüngster Sohn standen auf der verfallenen Veranda und boten ihnen einen freundlichen Gruß. Creary war ein hochgewachsener, magerer Mann Mitte Dreißig. Seine Haut war rauh und tief gebräunt von den vielen Jahren, in denen sie den Elementen ausgesetzt gewesen war, aber in seinen Augen glitzerte ein willkommenheißendes Funkeln. Joanna fühlte sich an den herzerwärmenden Gruß erinnert, den seine Frau ihr am ersten Tage ihrer Ankunft in Port Strathy zugerufen hatte.

Er sagte nicht viel, während er sie zur Hinterseite des Hauses führte, zu dem Pferch, in dem seine Sau eingesperrt war.

Das Tier lag auf der Seite und heulte in offenkundigem Elend. Alec begann augenblicklich mit der Untersuchung, während die ohrenzerreißenden Schreie durch den Hof hallten.

»Ich hab keine Ahnung, was ihr fehlt«, sagte Doug. »Den ganzen Morgen macht sie schon so'n Getöse, das arme Ding.«

Alec untersuchte den Körper des Tieres, und als er den rechten Vorderfuß berührte, schwollen die Schreie zu einem solchen Crescendo an, daß Alec zu fürchten begann, sie würden noch die Leute im fernen Aberdeen aufstören.

»Da – das ist's!« rief er aus.

Aber als er den Fuß vorsichtig anhob, ließ das Schwein ihn merken, daß es noch längst nicht entkräftet war.

»Halt sie, Doug!« rief er, während er all seine Kräfte aufbot, daß das Tier ihn nicht wegschleudern und ihm entkommen konnte.

Alec untersuchte den Fuß genauer, während das Jammergeschrei anhielt. Schließlich zog er einen Dorn von der Größe eines kleinen Nagels aus dem Fuß.

»Schon gut, Molly – du hast's überstanden«, sagte Alec, während er die Wunde mit Puder bestreute. »Bald bist du wieder ganz in Ordnung.«

»Da bin ich aber froh, daß Sie kommen konnten«, sagte Douglas. »Das ist eine gute Sau, kann man wohl sagen.«

»Ein Glück, daß sie Ihnen erhalten bleibt.«

»Ja, das kann man sagen. Aber nun wird's hier in der Gegend ja bald besser werden. Man möcht's nicht glauben, aber Rob Peters macht schon Pläne, daß er eine Fähre aufmachen wird, und Sie wissen ja, was das bedeutet.«

»Nicht ganz«, antwortete Alec.

»Nun ja, 's heißt, daß sein Fischerboot zu verkaufen ist und daß ich grad' genug Geld hab', daß ich's kaufe!« Doug strahlte, als sei das Fischerboot schon in seinem Besitz.

»Hört sich ja an, als wäre Ihnen das Glück hold«, sagte Alec. »Gratuliere!«

»Aber das ist noch nicht alles!« rief Doug. »Jeder von den Pächtern soll fünfzig Pfund erhalten. Fünfzig Pfund, Mann, haben

Sie das gehört? Wir alle! Und Port Strathy kriegt endlich seinen Platz unter den großen Fischereihäfen. Diesmal haben wir's richtig getroffen. Und es täte uns allen gut, einmal ordentlich Geld zu verdienen, und das auf lange Sicht.«

Alec warf Joanna einen Blick zu. Sie tauschten einen Blick schweigenden Einverständnisses aus, den ihr Gastgeber nicht bemerkte.

Als Alec und Joanna eben aufbrechen wollte, kam Rose Creary aus dem Haus. Ihr Töchterchen klammerte sich mit schmutzverschmiertem Gesichtchen an ihren Schürzenzipfel. Rose hielt einen winzigen Bund von Kapuzinerkresse und Gänseblümchen, mit einem verblichenen roten Band zum Strauß gebunden, in der Hand. Sie hielt sie Joanna entgegen, einen Ausdruck verschämter Bewunderung auf dem Gesicht.

»'s ist nicht viel«, sagte sie. »Aber wir fühlen uns sehr geehrt, daß Sie unserem Heim einen Besuch abstatten.«

»Wie reizend von Ihnen!« rief Joanna aus.

Zu ihrer Überraschung fühlte sie, wie Tränen ihr in die Augen stiegen. »Wie lieblich diese Blumen sind!« sagte sie. »Ich danke Ihnen herzlich.«

Als sie das Haus der Crearys hinter sich ließen, war Joanna von Ruhe und Frieden erfüllt. Sie hatten jetzt keinen Grund zur Eile mehr und konnten einen gemächlichen Ritt zurück aufs Land hinaus genießen. Sie genoß es, einfach dazusitzen, von Alecs Armen umschlungen, und in tiefen Zügen die gelassene Freude zu genießen, mit ihm zusammen zu sein, ohne einen Dritten.

»Warum schauen wir nicht einen Sprung bei Olive vorbei?« schlug Alec vor. »Sie wird sicher gern wissen wollen, daß es Letty und Nathaniel schon wieder gutgeht.«

Joanna wandte sich um und warf ihm ein zufriedenes Lächeln zu. »Was immer du willst. Für den Rest des Tages stehe ich dir voll und ganz zur Verfügung!«

Alec lachte und lenkte das Pferd der Stadtmitte zu.

Als sie beim Gemischtwarenladen ankamen, sprang Alec vom Pferd, nahm Joannas Hand und half ihr absteigen – ohne zu merken, daß zwei stechende Augen die ganze Szene aus dem Inneren des Gebäudes heraus beobachteten. Er band das Pferd ans Geländer und ging voraus zur Vordertür des Ladens.

Als sie eben eintreten wollten, schwang die Türe auf, und ein elegant gekleideter Fremder trat auf den Gehsteig heraus. Alec kümmerte sich nicht um ihn und ging weiter. Er bemerkte nicht, daß Joanna im Schritt erstarrt war, als die kohlschwarzen Augen des Fremden sie anblitzten.

»Mein Gott!« hauchte er. »Du bist es tatsächlich!«

Joanna brachte kein Wort über die Lippen. Ihr Gesicht war plötzlich schneeweiß geworden.

Joanna ließ es in tiefem Schweigen geschehen, daß Jason Channing sie an der Hand vom Laden wegführte.

»Ich dachte, ich würde niemals eine Gelegenheit finden, dich allein zu sprechen«, sagte er.

»Findest du nicht, daß du ziemlich grob zu Alec warst?« sagte Joanna mit stockender Stimme. Zum erstenmal, seit sie ihn gesehen hatte, brachte sie ein Wort über die Lippen.

»Grob! Meine Liebe, mit diesem einfältigen Volk muß man ohne Umschweife reden; ich bin sicher, er hat es kaum bemerkt.«

Sie schritten auf den Hafen zu, am Gasthaus »Zu Wind und Wellen« vorbei, und an den Rand des Wassers heran. Dort bog Channing ab und führte Joanna am Strand entlang, weg von der Stadt.

»Ist dir klar«, fuhr er fort, »wie lange es schon her ist, seit ich dich zuletzt gesehen habe? Mir erscheint es wie Jahre! Ich konnte an nichts anderes denken. Das wenigstens mußt du zu meiner Entschuldigung gelten lassen.«

»Nein, wirklich ... Jason«, sagte Joanna, der wieder einfiel, wie unbehaglich es ihr schon früher bei seinen Schmeicheleien zumute gewesen war. »Oh«, dachte sie, »wie konnte ich nur zulassen, daß er mich von Alec wegbrachte!«

»Joanna, du bist wunderschön.« Er hielt inne und wandte sich ihr zu. Seine Hände umfaßten ihr Gesicht und hoben es hoch. »Wie könnte ich ein so liebliches Bild aus meiner Erinnerung löschen?« Er seufzte. »Oh ... wie sehr habe ich dich vermißt!«

»Wie hast du mich ausfindig gemacht?« fragte Joanna und wand sich, um aus seinem Griff zu entkommen. Warum wirkten die Aufmerksamkeiten dieses Mannes so beunruhigend auf sie? *Mein Gott, bitte laß mich jetzt nicht allein!*

»Wen kümmert das?« antwortete er. »Wichtig ist allein, daß ich dich gefunden habe. Das Schicksal hat mich zu dir geführt. Kann es noch einen Zweifel geben, daß wir beide zusammengehören?«

»Ich ... ich weiß nicht recht, Jason. ich habe viel erlebt, seit ich hierher gekommen bin.«

»Das wolltest du doch, nicht wahr? Abenteuer ... und dergleichen?«

»Nein, es ist mehr als das. Ich bin nicht mehr derselbe Mensch, der ich bei meiner Ankunft hier war.«

»Unsinn. Du bist immer noch meine scheue kleine Joanna – wie an dem Tag, an dem ich dich fand.«

»Nein, Jason, ich habe mich verändert; ich bin gewachsen. Es gibt jetzt Dinge, die mir am Herzen liegen, Menschen, die ich beginne zu –«

»Nun sag mir nicht, du wärst verliebt in jenen Bauernlümmmel, mit dem ich dich gesehen habe!«

»Was? Oh, Alec ... verliebt ... nein, natürlich nicht«, antwortete Joanna, offensichtlich aus der Fassung gebracht.

»Was steht uns dann noch im Wege? Joanna, ich liebe dich ... ich begehre dich. Ich habe mich nach dem Augenblick gesehnt, in dem ich mit dir allein sein würde!«

Er zog sie an sich, schlang seine fordernden Arme um ihre Taille und küßte sie. Seine Lippen waren warm und prickelnd. Einen Augenblick lang erschlaffte sie und erwiderte seine Umarmung, aber dann machte sie sich sanft von ihm los.

»Nun komm schon, Joanna. Jetzt solltest du allmählich genug haben von den kleinen Spielchen, die du an Bord des Schiffes mit mir gespielt hast. Du hattest Zeit zum Nachdenken, Zeit, erwachsen zu werden. Ich hatte damals Geduld mit dir, weil ich wußte, wie neu dir das alles war. Aber du bist ein großes Mädchen. Es wird Zeit, daß du lernst, in der Wirklichkeit zu leben.«

Er küßte sie wieder, und wieder. Diesmal entzog sie sich ihm nicht.

»Und du weißt, daß auch du mich liebst«, sagte er schließlich.

Joanna gab keine Antwort. Vielleicht hatte er recht. Wußte sie denn überhaupt, was Liebe war? »Oh Gott«, dachte sie, »was soll ich nur tun?«

»Warum bist du nach Port Strathy gekommen?« fragte sie in sanftem Konversationston.

»Ach, Joanna«, antwortete er. »All diese Gespräche können warten. Komm mit.« Er wandte sich um, ergriff ihre Hand und führte sie den Weg zurück, den sie gekommen waren.

»Wohin gehen wir?«

»Auf mein Zimmer in der Herberge.«

Etwas an seinem ausweichenden Ton bewog Joanna, auf der Hut zu sein.

»Aber du hast mir noch immer nicht gesagt, warum du gekommen bist«, sagte sie.

»Oh, entdecke ich da einen mißtrauischen Ton in deiner lieblichen Stimme?« sagte er, ein Lächeln voll Heiterkeit auf dem Gesicht. »Komm auf mein Zimmer. Laß uns Wiedersehen feiern. Dann können wir darüber reden. Du kannst soviel Fragen stellen, wie du nur willst. Im übrigen solltest du wissen, wie es dazu kam, daß ich dich wiedertraf. Ich sagte es dir schon früher – es ist meine Gewohnheit, Dingen auf der Spur zu bleiben, die ich mag.«

Joanna spürte, wie sich in ihrer Seele ein Widerwille gegen den Mann, dessen Liebesschwüre sie in Versuchung führten, ausbreitete. Plötzlich ging ihr ein Licht auf.

»Du bist wegen des Gutsbesitzes hier, nicht wahr?«

»Und wenn schon?«

»Es hat sehr wohl Bedeutung für mich«, beharrte sie. »Du bist der Mann, von dem wir schon so viel gehört haben!«

»Du weißt, ich hasse es, Geschäft und Vergnügen miteinander zu vermengen«, sagte er, während er sie wieder an sich zog. Aber diesmal machte sie sich steif und gab seiner Umarmung nicht nach.

Beleidigt, fügte er hinzu: »Welchen Tölpel hier kümmert es schon!«

»Mich kümmert es, Jason. Dieser Ort bedeutet mir sehr viel.«

»Ja, ich kann mir schon vorstellen, wie es weiterginge«, antwortete er. Seine verborgenen Motive erwiesen sich als stärker als die aalglatten Schmeicheleien seiner Verführungskunst. »Wenn du es in deine gierigen kleine Hände bekämst!« Verachtung lag in seiner Stimme.

»Das ist nicht wahr. Wie kannst du so etwas andeuten?«

»Ich wußte, daß jemand Anspruch auf die Erbschaft erhebt. Bis zu diesem Augenblick hatte ich nur vage Verdachtsgründe, obwohl ich gleich zwei und zwei hätte zusammenzählen sollen.«

Seine Lippen verzogen sich zu einem sarkastischen Lächeln. Joanna schwieg.

»Es sieht ganz so aus, als seien wir Konkurrenten geworden. Aber ich würde uns viel lieber als Geschäftspartner sehen – in harmonischer Eintracht.«

»Was willst du damit sagen?«

»Ich könnte etwas arrangieren – sichergehen, daß die Erbschaft in deine Hände gerät. Dann müßte ich Sercombe keinen Groschen auszahlen. Was immer wir dann tun, wir können nur davon profitieren. Wir könnten uns einig werden, du und ich, Joanna.«

»Was für Pläne hast du? Was hast du vor mit dem Gutsbesitz?«

Die Worte des Mannes klangen plötzlich ganz fremd, so weit entfernt von dem schlichten neuen Leben, das sie hier kennengelernt hatte.

»Technisch gesehen, gar nichts. Es sind allein die Wasserrechte, die mich interessieren. Den Rest erledigt der Fluß für mich.«

»Der Fluß?« fragte Joanna verwirrt.

»Der Lindow. Es ist ein hübsches kleines Geschäft, das ich da abgeschlossen habe. Ich wollte schon längst in Europa ins Geschäft einsteigen. Ich muß nichts weiter tun, als hier oben die Wasserkraft zur Erzeugung von Elektrizität zu nutzen – und was immer man dann von mir will, ich kann es liefern. Die Arbeitskräfte sind billig hier – es gibt keine halsstarrigen Gewerkschaften, mit denen man sich herumraufen muß –«

»Elektrizität? Aber hier gibt es keine Elektrizität.«

»Noch nicht, aber bald. Hast du noch nichts davon gehört? Wir leben im Industriezeitalter, Joanna. Ich schaffe die Elektrizität, und dann kommt die Industrie nach. Und ich werde –«

»Verstehe ich dich recht?« fragte Joanna, deren Innerstes nun aufwallte. »Du willst einen Damm über den Lindow bauen?«

»Das wäre der erste Schritt.«

»Und das Tal, die Farmen?«

»Machst du Scherze? Du weißt, was Dämme bewirken. Sei kein Kind, Joanna! Es wird ein einziger riesiger See – Loch Channing ... wie klingt das?«

Er brach in Gelächter aus.

Joanna hörte ihn kaum, denn plötzlich stieg eine Vision vor ihrem inneren Auge auf. Sie fühlte sich im Augenblick verwirrt, denn da, in ihren Gedanken, standen Alec und Jason Seite an Seite. Konnte es zwei unterschiedlichere Persönlichkeiten geben? Jason mit seinem hochglanzpolierten Äußeren, seinem blitzenden Lächeln und seiner glattzüngigen Selbstsicherheit – ein Mann, der Alecs schlichte Persönlichkeit fast überstrahlte. Und dennoch, was war das alles gegen Alecs aufrichtige Offenheit? Er war ein Mann, der nichts sein eigenen nennen konnte außer seinem winzigen Häuschen und seinem Pferd, ein einfacher Tierarzt mit Lehm und Kuhmist an den Stiefeln, der seine Tage damit verbrachte, sich für die Nachbarn aufzuopfern, die von ihm abhängig waren. Aber besaß er nicht mehr als Geld, Prestige oder Macht jemals erwerben konnten? Sie begriff plötzlich, daß sie im Licht ihres neuen Glaubens die Prioritäten in ihrem Leben neu festsetzte. Sie erkannte nun, was wirklich zählte.

Joannas Gedanken wurden unterbrochen, als der Klang von Jasons Gelächter sie jäh in die Wirklichkeit zurückriß.

»Hör zu, Süße«, sagte er, »wenn wir bei dem Geschäft zusammenarbeiten, dann garantiere ich dir, daß du dir's den Rest deines Leben gutgehen lassen kannst. Aber wenn du gegen mich arbeitest« – und hier senkte er die Stimme zu einem Flüstern, das kaum noch von einem Knurren zu unterscheiden war, »dann wirst du gar nichts haben. Und ich meine wirklich – gar nichts.«

Einen Augenblick bewegten Joannas Lippen sich stumm, unfähig, die Worte zu formen, die ihr in der Kehle steckten. Ihr schwindelte. Wie konnte sie jemals hoffen, sich diesem mächtigen Mann zu widersetzen? Wie konnte sie die widerstreitenden Gefühle vergessen, die sie zu überwältigen drohten?

»Warum hast du dir ausgerechnet Port Strathy ausgesucht?« fragte sie. Ihre Stimme klang winzig. Sie bemühte sich, die Fassung zu bewahren.

»Ich traf Sercombe letztes Jahr in London. Ich erwähnte zufällig, ich sei an Investitionen im Ausland interessiert. Eines führte zum anderen ... der übliche Weg.«

»Und was hat er mit dem Geld vor?«

»Meinetwegen kann er sich davon eine Büffelfarm in Madagaskar kaufen.«

»Aber er wird das Geld behalten, nicht wahr?«

»Nun, hältst du ihn für einen Vollidioten? Aber warum all die Fragen? Führst du hier ein Verhör durch oder was? Du brauchst dich um nichts zu kümmern, wenn du mit mir zusammenarbeitest. Ich kümmere mich um die Details.«

Joanna öffnete den Mund, schloß ihn wieder und schwieg.

Sie mußte von hier fort, um nachzudenken!

»... warum all die Fragen?« hatte Channing gesagt, und die Phrase widerhallte in ihren Gedanken.

Schließlich kamen die Worte, die sie gesucht hatte, an die Oberfläche, und sie sprach sie aus. »Nun, Jason, wie soll ich eine Entscheidung treffen, bevor ich alle Fakten habe?«

»Im Grunde gibt's nichts zu entscheiden, und das weißt du genau.«

Er hielt inne, als dächte er darüber nach, welche Taktik er anwenden sollte, dann fuhr er fort: »Ach, komm jetzt, Joanna – du weißt, wie gut wir zusammenpassen. Hören wir auf zu streiten, und gehen wir auf mein Zimmer. Wir trinken ein Gläschen oder zwei zusammen, machen es uns gemütlich und lassen die Dinge auf uns zukommen. All das kann warten bis später. Was auf dem Schiff geschah, ist lange her. Ein zweites Mal wirst du mich nicht zurückweisen.«

»Bist du sicher?« sagte sie mit betonter Härte in der Stimme.

»Nun, du bist ja eine richtige Frau geworden, Joanna. Das gefällt mir! Komm.«

Er ergriff ihre Hand, um sie in die Herberge zu führen.

Plötzlich sah Joanna in Gedanken all die Menschen vor sich, denen sie in Port Strathy begegnet war. Wie vom Blitz erhellt sah sie ihre Bauernhäuschen, ihre Blumenbeete, ihre tapfer ums Überleben kämpfenden Gärtchen. Doreys Gesicht tauchte auf, dann das Bild von Doug Crearys Schwein und der Ausdruck auf dem Gesicht seines Sohnes, als er Alec bei der Arbeit zugesehen hatte. Wenn sie Channing gewähren ließ, würde all dies vergehen – das schlichte bäuerliche Leben, das Tal, der schreckliche, herrliche Dormin-Wald, die Scheunen, die Felder, die Blumen.

War das ihr Land?

Waren das ihre Leute?

War sie tatsächlich eine der ihren? War sie von der Vorsehung hierher geführt worden, um für sie einzutreten – um eine Lebensform zu erhalten, die Bedeutung und Sinn und Freude schenkte? Hatte Gott sie tatsächlich hierher geführt, in die Mitte dieser Menschen, um ein vorherbestimmtes Schicksal zu erfüllen?

Entschlossenheit begann in ihr aufzusteigen. Wenn dieser Weg ihr bestimmt war ... wenn Gott sie wirklich zu einem bestimmten Zweck zu dieser Zeit an diesen Ort geführt hatte, dann konnte es keinen Zweifel geben, daß er ihr auch die Kraft geben würde, das auszuführen, wozu er sie berufen hatte.

Im Stillen sandte sie ein Gebet zum Himmel: »Oh Herr, mehr denn je brauche ich deine Führung! Gib mir Kraft. Hilf mir, das zu tun, was ich nach deinem Willen tun soll!«

Dann wandte sie sich um und trat Jason Channing mit einer Kühnheit entgegen, die sie nie zuvor gekannt hatte.

»Jason«, sagte sie, »das Erbe wird mein sein, mit oder ohne deine Hilfe. Wenn du mit mir zusammenarbeiten willst, wirst du einige bedeutende Änderungen in deinen Plänen vornehmen müssen.«

»Ich mache keine Zugeständnisse«, antwortete er brüsk.

»Nun, in diesem Punkt wenigstens scheinen wir einer Meinung zu sein«, antwortete sie. »Aber ich habe nicht die Absicht zuzulassen, daß das Land dir in die Hände fällt. Sercombe mag ein

Gauner sein. Aber was du vorhast, das würde das Leben, die Heimat, die Geschichte – die ganze Bedeutung dieser Leute hier zerstören.«

»Ich sehe, du gehst das Ganze höchst edelmütig an«, sagte er. »Ich treibe niemand von Haus und Hof. Sie müssen eben umsiedeln, das wird sie nicht umbringen. Das ist der Fortschritt. Das geschieht jeden Tag.«

»Du hast keine Vorstellung davon, was dieses Land ihnen bedeutet. Manche dieser Familien leben seit Generationen hier.«

»Jetzt ist eine andere Zeit, Joanna. Wir leben in der Neuzeit. Die Zeiten ändern sich.«

»Nun, diese Leute hier haben etwas – etwas, das viel wertvoller ist als dein Fortschritt, deine Industrie, dein Wohlstand. Und ich werde nicht zulassen, daß du es ihnen nimmst!«

Sie wandte sich von ihm ab und machte Anstalten, zum Laden zurückzukehren.

»Joanna«, rief ihr Channing nach, verblüfft und verärgert über ihre Zurückweisung. »Joanna! Ich glaube, ich habe es dir schon einmal gesagt, aber ich sage es noch einmal – ich bekomme *immer*, was ich haben will!«

Sie blieb stehen und wandte ihm den Blick zu.

»Diesmal nicht, Jason«, sagte sie mit fester Stimme, dann schritt sie weiter den Pfad entlang.

»Du machst einen großen Fehler!« rief er ihr nach. Aber sie blickte sich nicht noch einmal um.

Joanna ritt, so schnell das Pferd sie nur tragen konnte. Der Anstieg des grasigen Hügels war nur mäßig steil, und die Stute jagte den ganzen Weg bis zur Kuppe hinauf, ohne ihren vollen Galopp zu verlangsamen. Immer noch trieb Joanna sie weiter an. Ihr Haar wehte hinter ihr im Wind. Sie konnte den Schweiß auf dem Rücken des Tieres fühlen.

Plötzlich zog sie die Zügel an, sprang zu Boden und lief zu Fuß weiter, immer noch höher die Böschung hinauf, bis ihre Lungen nach einem Halt schrien und der Schweiß ihr auf Stirne, Rükken und Armen ausbrach. Erschöpft warf sie sich ins Gras und lachte. Augenblicke später jedoch hatten sich die Laute in ein Schluchzen verwandelt. Sie brach in ein lautes, ebenso unerklärliches wie unkontrollierbares Weinen aus, unfähig, die wilden Emotionen zurückzuhalten, die ihrem Herzen entströmten.

Ihre Stute näherte sich ihr vorsichtig und schob die feuchte Nase nahe an Joannas tränenüberströmtes Gesicht heran.

»Möchtest du zugucken, wie ein großes Mädchen weint, hm?« fragte sie, schniefte laut und wischte sich die Augen mit dem Ärmel.

Ein tiefes, aus der Brust rollendes Wiehern war die einzige Antwort des Pferdes.

»Komm her«, sagte sie, drehte sich um und umschlang den mächtigen Pferdekopf mit den Armen.

Sie seufzte schwer. Die Tränen hatten ihr Werk getan und die schwarzen Wolken von Zweifel und Unsicherheit weggeschwemmt.

Als sie Channing verlassen hatte, hatte Alec in Olives Laden auf sie gewartet. Sie ritten schweigend zurück zur Farm. Sie wußte, es war grausam, ihm keine Erklärung zu liefern. Aber im Augenblick fehlten ihr einfach die Worte. Wenn der rechte Zeitpunkt gekommen war, würde sie ihm alles erzählen.

»Ich muß ein Weilchen allein sein, Alec«, hatte sie gesagt, als sie das Häuschen erreichten. »Ich muß nachdenken.«

Schweigend hatte er Nathaniels Stute gesattelt und ihr zugesehen, wie sie über die Wiesen davonritt, den Hügel auf der anderen Seite hinauf. Alec war innerlich zu stark, als daß es ihn verletzt hätte, aber er fühlte doch die Kälte ihres Schweigens, als er dastand und ihr zusah, wie sie verschwand.

Von der Kuppe des niedrigen Berges blickte Joanna auf das Tal zu ihren Füßen hinunter. Die Farm der Cuttahays lag eine Meile entfernt. Zur Rechten konnte sie gerade noch den Umriß von Schloß Stonewycke erkennen. Port Strathy lag am Rand des Meeres zwischen diesen beiden Punkten, zwei Meilen entfernt.

Dieses Tal ... dieses Land.

Sie war auf einer nebulosen Suche hierher gelangt, mit nichts als den Worten einer alten Frau und ein paar antiquierten Überbleibseln – keine Freunde, keine Zukunftsaussichten, kaum überhaupt eine Zukunft! Nun schien es, als hätte sie mehr auf den Löffel bekommen, als sie schlucken konnte, mehr, als sie erwartet hatte und womit sie fertigwerden konnte.

Sie seufzte von neuem.

Was sollte sie nur tun?

»Herr«, dachte sie, »wie soll ich wissen, was ich tun soll? Hilf mir, deine Stimme zu hören ... bring alles zu einem guten Ende für diese Leute.«

Dann saß sie da und sann im Stillen über die Szenerie nach, die vor ihr ausgebreitet lag, und nun kehrte die Erinnerung an Olives Worte zu ihr zurück: *Der Herr liebt dich. Er will nur, daß du ihm vertraust und das Werk tust, das er für dich hat. Du kannst das nicht tun, bevor du nicht seine Vergebung angenommen hast.*

»Das habe ich getan«, dachte Joanna. »Ich habe seine Vergebung angenommen und er hat mich von der Schuld gereinigt, die meiner Seele anhing, länger als ich zurückdenken kann.« Aber nun schien es, als würde noch etwas von ihr verlangt, bevor sie in der Lage sein würde, seine Stimme zu hören, die ihr sagte, was sie als nächstes tun sollte.

Plötzlich fiel ihr auch der Rest von Olives Worten wieder ein; sie hatte sie bis jetzt ganz vergessen:

*Und dann mußt du dir selbst vergeben, Kind. Darum dreht sich das ganze Leben mit dem Herrn.*

Wie hatte Olive das wissen können? Erst jetzt wurde Joanna selbst klar, was die ganze Zeit hindurch die Wurzel ihrer Probleme gewesen war, was sie von ihrer Großmutter, ihrem Vater, ja Gott selbst getrennt hatte. Die Schuld, die sie sich selbst für den Tod ihrer Mutter gab und selbst für den Tod ihres Vaters, hatte ihr Herz verhärtet und ihr verwehrt, Gottes Vergebung anzunehmen. Denn im Grunde ihres tiefsten Herzens wußte sie, daß sie unwürdig war.

In der Nacht in der Scheune der Cuttahays war sie endlich fähig gewesen, ihr Herz für Gottes Vergebung zu öffnen. Nicht, weil sie dessen würdig gewesen wäre – sie wußte nun, daß das nichts zu bedeuten hatte – sondern weil Gott ihr bedingungslos vergab.

Aber sie selbst hatte sich noch nicht freigesprochen. Wie konnte sie Gott dienen, bevor ihr klar wurde, daß er der Herr über *alles* war? Selbst ihr Vater und ihre Mutter waren in Gottes Händen gestanden, ebenso wie all die Leute in Port Strathy. Was geschehen war, war nicht durch *sie* geschehen.

»Ist es das, Herr?« dachte Joanna. »Habe ich deine Vergebung angenommen, aber mir selbst immer noch nicht vergeben?«

Die einzige Antwort war der sanfte Wind, der durchs Gras strömte. Aber noch während Joanna die Frage in Worte faßte, wurde ihr klar, daß sie in Olives Worten die Wahrheit fand, die sie hören mußte. Warum sollte der Herr von neuem zu ihr sprechen, wenn sie die Antwort bereits durch die Worte ihrer Freundin bekommen hatte?

»Hilf mir, Herr«, seufzte sie. »Hilf mir zu tun, was ich tun muß.«

Als Antwort kam der Gedanke: *Dazu brauchst du meine Hilfe nicht. Ich habe dich reingewaschen. Nun mußt du es annehmen.*

Sie holte tief Atem und erhob sich auf die Knie, und schließlich sagte sie: »Wenn ich es dir wert bin, Herr, daß du mir verzeihst, dann ist es treulos von mir, weniger als das zu tun. Lieber Herr, ich –«

Sie stockte, kaum fähig, die Worte über die Lippen zu bringen.

»- ich – ich vergebe mir selbst!«

Die Tränen, die den Worten folgten, waren stille Tränen – Tränen, die nicht von Freude oder innerer Erhebung sprachen, sondern von Befreiung, vom Loslassen eines Lebens voll Schuld und Verurteilung. Im tiefsten Herzen wußte Joanna, daß der Herr sich nun ernsthaft daran gemacht hatte, ihre Vergangenheit zu heilen. Zum ersten Mal in ihrem Leben fühlte sie sich heil.

Und nun fühlte sie sich auch zum ersten Mal seit ihrer Ankunft in Schottland dazu bereit, alles für diese Menschen zu tun, was getan werden mußte. Gott hatte sie nicht nur hierher geführt, um die Heilung ihrer Seele zu bewirken, sondern damit sie für diese Menschen, die sie zu lieben begonnen hatte, eintreten konnte. Und obwohl sie es nicht wissen konnte, hatte Gott sie hierhergeführt in Beantwortung eines Gebets, das ihre Großmutter für einen geliebten Menschen gesprochen hatte. Denn die Generationen mögen kommen und gehen, Gottes Versöhnungswerk dauert ohne

Unterbrechung an, und die Gebete seiner Kinder bleiben nicht ungehört.

Inmitten ihrer Gedanken erinnerte Joanna sich plötzlich an Worte, die sie vor langer Zeit gehört hatte: »... und ich bin bei euch allezeit bis ans Ende der Welt.«

Sie setzte sich auf.

»War das dein Wort, Herr?« fragte sie. »Wirst du in jeder Lage bei mir sein?«

*Ich bin bei dir ... ich werde dich leiten.*

Die Worte widerhalten in ihrem Herzen wie der Klang einer Harfe.

»Anders könnte ich dieser Krise auch nicht die Stirn bieten«, murmelte sie kaum hörbar.

*Ich werde dich führen!* sagte die innere Stimme von neuem.

Joanna erhob sich, ergriff die Zügel der Stute und begann, den Hügel hinabzusteigen. Eine Welle von Mut, Optimismus und innerer Kraft durchströmte sie. Das Versprechen wirbelte durch ihre Gedanken: *Ich werde dich führen!*

Sie wandte den Blick der See zu und dachte an die Wikinger, die Alec ihr so plastisch geschildert hatte – ein gewaltiges Volk, mutige Männer mit starken Herzen. Zuweilen brutal, ja – aber dennoch Männer voll Macht und Kühnheit. Sie dachte an die Häuptlinge der Hochländer in alter Zeit, von denen sie gehört hatte – Männer, deren Treue ihrer Sippe und ihren Grundsätzen gegenüber keine Grenzen kannte.

Waren diese wackeren Männer denn auch ihre eigenen Ahnen? Floß deren Heldenblut in ihren Adern?

*Ja!*

Sie war sich dessen nun völlig gewiß.

Dies war ihr Vaterland. Dies waren die Wurzeln, denen sie entsprossen war. Sie empfand Stolz auf diese Menschen und ihre schlichten Tugenden und ihr robustes Wesen, denn sie war eine von ihnen!

Eine feste Entschlossenheit wuchs in ihr.

Sie würde diesen Kampf durchkämpfen bis zum Ende! Wenn es ihr Los im Leben war, Anspruch auf ihre Bestimmung als letzte der Dynastie der Duncans zu erheben – so geschehe es! Sie war nicht durch Zufall hierhergelangt. Die Hand des Herrn hatte die ganze Zeit auf ihr geruht seit ihren frühesten Lebenstagen, ja seit der Zeit, als sie noch nicht geboren war, hatte er sie für diesen Augenblick vorbereitet.

Sie sprang auf den Rücken der Stute, stieß ihr die Fersen in die Weichen und galoppierte den Hügel hinab auf die Farm zu. Die Worte »Ich werde dich leiten!« widerhallten in ihrem Herzen.

# DOREY'S ENTHÜLLUNGEN

Am folgenden Morgen gaben die Regenwolken, die zwei Tage lang nur dann und wann einen kurzen Schauer von sich gegeben hatten, schließlich ihre aufgestauten Fluten frei. Es regnete die ganze Zeit, während Nathaniel an der Arbeit war, und als er gegen zehn Uhr vormittags schließlich ins Haus stürzte, troff er von oben bis unten.

»Na, nun kriegen Sie einmal einen ordentlichen Nordsturm zu sehen«, sagte er zu Joanna. »Und warten Sie nur bis Mittwinter! Da erfahren Sie, was Wetter heißt!«

»Aber das Häuschen wirkt dann so besonders behaglich«, antwortete Joanna.

»Ich bin dankbar, daß Alec das Fenster noch rechtzeitig reparieren konnte«, fügte Letty hinzu. »Dieser Sturm und ein Loch in der Wand, das wäre kein Vergnügen gewesen!«

Letty konnte wegen ihres verletzten Armes immer noch nur die einfachsten Arbeiten tun, also werkte Joanna in der Küche. Sie hatte noch immer keine klare Vorstellung, was sie als nächstes tun sollte. Aber nach der Erfahrung, die sie am Vortag auf dem Hügel gemacht hatte, war ihr Vertrauen groß und sie war in blendender Laune. Sie hatte den festen Glauben, der nächste Schritt würde ihr zur rechten Zeit enthüllt werden.

Kurz vor halb drei Uhr nachmittags wurde scharf an die Türe geklopft.

Erstaunt, daß jemand bei diesem Wetter unterwegs war, stand Nathaniel auf und ging zur Türe. Da stand Walter Innes; das Wasser troff von seinem breitkrempigen Hut.

»Walter, was hat dich bei dem Sturm und Regen hinausgetrieben?« rief Nathaniel aus. »Komm herein, Mann, komm herein!«

»Ich bringe eine Nachricht«, sagte der Kastellan und fuhr sich mit einer nassen Hand über ein ebenso nasses Gesicht.

»Nun, du wirst dich doch wenigstens trocknen wollen, bevor du uns sagst, worum's geht«, drängte Letty. »Komm her und stell dich zum Feuer.«

Innes gab nach, obwohl er viel zu naß war, als daß das Feuer viel von seinen Kleidern hätte trocknen können.

»Na, was für eine Nachricht bringst du uns?« fragte Nathaniel schließlich.

»Die ist nicht für dich, Mann«, antwortete der Kastellan, »meine Botschaft ist für Miss Matheson.«

»Für mich!« rief Joanna aus.

»Ja, Ma'am. Sie kommt von Dorey. Er möchte gern, daß Sie zum Tee zu ihm kommen – wenn Ihnen das Wetter nichts ausmacht.«

Joanna kümmerte sich nicht länger um den Regen. Die Worte waren kaum ausgesprochen, da verschwand sie schon und kam einen Augenblick später mit Hut und Mantel zurück. Dies war die Gelegenheit, auf die sie gewartet hatte, und sie ließ sich nicht zweimal bitten! Die Chance, den seltsamen alten Mann ein zweitesmal zu besuchen – diesen Gärtner oder Gast, oder was immer er sein mochte – war zu aufregend, als daß sie sie hätte vorbeigehen lassen. Kein Zweifel, daß er viele von Stonewyckes Geheimnissen kannte. Joanna hoffte nur, daß sie diesmal freier sprechen könnten.

Sie spürte den Regen kaum.

Sie fühlte ein Prickeln freudiger Erwartung bei dem Gedanken, was als nächstes kommen mochte.

Diesmal betrat sie den Gutsbesitz durch den Haupteingang – als Gast, nicht als Eindringling. Sie fühlte einen Schauer der Ehrfurcht, als sie sich dem hohen geschnitzten Tor näherte. Irgendwie spürte sie, daß hinter diesen Mauern die Geheimnisse ihrer Geschichte verborgen lagen. Der Kastellan zog an der Glocke, die ihren Eintritt ankündigte, und der scharfe Befehlston ihres Schellens widerhallte im Inneren. Ohne auf eine Antwort zu warten, hob er den Riegel, schwang das massive Tor, das sich kreischend in den Angeln drehte, auf und führte Joanna hinein. Eine plumpe kleine Frau mit ergrauendem Haar eilte ihnen entgegen. Plötzlich blieb sie mitten im Lauf stehen, nickte dem Kastellan mit dem Kopf zu, und er gab das Nicken zurück. Keiner von beiden sprach ein Wort. Innes blieb zurück, aber die Haushälterin führte Joanna nun durch eine mächtige Halle nach der anderen, alle mit dunklem Brokat und Samt drapiert und mit strengen Möbeln eingerichtet, die aus einem gänzlich anderen Zeitalter zu stammen schienen.

Schließlich blieben sie vor einer großen Doppelflügeltür stehen. Die Haushälterin öffnete sie langsam und gab den Blick frei in einen geräumigen Festsaal. Der lange Tisch in der Mitte war mit Kerzenleuchtern, Schüsseln voll Blumen und Geschirr aus feinem Porzellan und Glas gedeckt. Der Tisch war groß genug für fünfzig Personen, aber an diesem Tag saß ein einzelner einsamer Festgast am entfernten Ende der Tafel. Der Mann, den man als Dorey kannte, wirkte verloren, als er mit einem schwachen Lächeln zu seiner Besucherin aufblickte.

Joanna dachte: »Er trägt so vornehme Kleidung, und da das Haus und dessen Dienerschaft ihm offenbar zu Diensten sind, kann er nicht nur ein Gärtner sein.« Das Geheimnis seiner seltsamen Gegenwart wurde noch dunkler, als sie nähertrat, denn sein Benehmen, sein ganzes Wesen waren völlig anders als bei ihren beiden ersten Begegnungen, wo sie ihn in seinen groben Arbeitskleidern gesehen hatte. Der vornehme Ausdruck, den sie ein- oder zweimal in seinen Augen entdeckt hatte, war nun deutlich erkennbar. Aber mehr als das: Eine Veränderung war über ihn gekommen. Obwohl er mehr als fünfundsechzig Jahre alt war, schien ein Licht in seinen Augen zu leuchten, als sei er soeben aus einem langen Schlaf erwacht.

»Wie reizend, daß Sie kommen konnten«, sagte er. Er stand auf und ging ihr entgegen.

»Ich habe zu danken für die Einladung«, antwortete Joanna und lächelte ihn an, als er ihre Hand nahm.

»Was hätte ich anders tun können? Ich fürchte, ich war vielleicht etwas unfreundlich, als Sie letzthin hier waren«, sagte er. »Ich hatte einen schlechten Tag.«

»Aber keineswegs«, sagte Joanna. »Wir haben Sie überfallen, ohne eingeladen zu sein; Sie waren völlig –«

»Schwamm darüber«, unterbrach er sie. »Kommenn Sie doch und nehmen Sie Platz – bitte.«

Er führte sie zu einem Sessel neben seinem eigenen. »War es nicht reizend von Mrs. Bonner, das für uns vorzubereiten? Wir sind hier gar nicht mehr an Gäste gewöhnt. Es gab freilich eine Zeit, da gab es grandiose Bankette und Bälle in diesem Haus. Aber ich fürchte, diese Tage sind vorbei … dahin …«

Er sprach in einem traumverlorenen Ton, als bedeute es ihm eine große Anstrengung, überhaupt zu sprechen.

Mrs. Bonner begann, ihnen die Mahlzeit zu servieren. Frischer gebackener Lachs, ofenheißes Weizenbrot mit rahmiger Butter, die erst an diesem Morgen gerührt worden war, Graupensuppe und frisches Gartengemüse. Joanna hatte kaum Hunger genug, um solchen Gaumenfreuden gerecht zu werden; sie hatte sich immer noch nicht daran gewöhnt, zu welch extravaganten Zeiten man in Schottland zu essen pflegt. Zusätzlich konnte sie die innere Unruhe kaum bezwingen, wenn sie darüber nachdachte, ob Dorey wohl mehr im Sinn hatte als einen bloßen Höflichkeitsbesuch. Aber ihr Gastgeber schien ihren mageren Appetit nicht zu bemerken.

Dem Hauptgang folgte ein Tablett voll köstlicher Kuchen. Dorey plauderte über das Haus, aber seine Worte drehten sich hauptsächlich um Trivialitäten – wobei er gelegentlich Gegenwart und Vergangenheit durcheinander brachte, jedoch im großen und ganzen waren seine Reden bemerkenswert vernünftig.

»Sehen Sie nur diesen Lüster hier zu unseren Häupten. Er wurde vor fünfundsiebzig Jahren von Italien per Schiff hierher gebracht. Jedes einzelne Stück daran war zerbrochen und mußte ersetzt werden. Es dauerte mehr als zwei Jahre, alles wieder in Ordnung zu bringen.«

»Sie scheinen mit der Geschichte von Stonewycke sehr eng vertraut zu sein«, wagte Joanna sich ein Stückchen vor.

»O ja ... ja, das kann man sagen«, gab er zurück.

»Vertrauter, als man es von einem bloßen Gast erwarten würde – so scheint es mir jedenfalls«, tat sie einen weiteren Schritt. »Wie lange wohnen Sie schon hier?«

Doreys Gesicht schien einen Augenblick lang jeden Ausdruck zu verlieren, dann sagte er: »Wie lange ...? Ich weiß nicht. Den größten Teil meines Lebens, will es mir scheinen. Es ist alles so lange her. Die Zeit entgleitet mir zuweilen. Man vergißt.«

Joanna nickte. Bevor sie noch einen Entschluß fassen konnte, was sie als nächstes sagen wollte, lenkte Dorey das Gespräch in eine neue Richtung. Er sprach von längst vergangenen Herrschern und von Schlachten in alter Zeit, die stattgefunden hatten, als das Schloß mehr als ein einfaches Wohnhaus gewesen war – nämlich die stärkste Bastion zur Verteidigung des umliegenden Tales.

»Das war natürlich lange bevor unsere ... ich meine, bevor meine ... ich sollte sagen, die Familie des Laird in den Besitz des Gutes gelangte. Es wurde vom König verliehen, müssen Sie wissen.«

Joanna nickte ein wenig, unsicher, ob sie ihn recht verstanden hatte.

»Dann sind Sie mit der Familie des Laird verwandt?« fragte sie.

Aber Dorey sprach weiter, als hätte er nichts gehört. »Oh, wenn dieses alte Haus ein lebendes Wesen wäre, wie stolz könnte es sein Haupt erheben! Wenn man das nur auch von uns Menschenwesen sagen könnte! Es erscheint mir nur recht und billig, daß ein so majestätisches Gebäude wie dieses hier hunderte von Jahren überdauern kann, während ein Menschenleben nur ... nur flüchtig währt ...« Aber seine Stimme verebbte, als er sich erhob und vom Tisch abwandte.

Er winkte Joanna, ihm zu folgen und führte sie in einen um vieles kleineren Raum, der an die große Halle anstieß. Er war wärmer und behaglicher als alle, die sie bislang gesehen hatte. Ein Feuer prasselte fröhlich im Kamin. Sie zogen sich jeder an seiner Seite einen Stuhl ans Feuer und setzten sich.

»Es gab eine Zeit«, fuhr Dorey fort, »da dachte ich, zu überleben sei die grausamste Form der Strafe. Vielleicht habe ich es mir deshalb letztendlich gestattet zu überleben. Dieses große hier« – er machte eine Pause und hob den Arm in einer alles umfassenden Geste – »wurde für mich, was die Glashäuser für meine Blumen sind.«

Er hielt inne und erhob sich. Ruhelos schritt er zu dem großen Buntglasfenster des Raumes und stand dort wie gebannt von den riesigen Regentropfen, die gegen das Glas prasselten. »Das ist kein Verrückter«, dachte Joanna bei sich. Was immer die Leute im Städtchen dachten, dies hier war zweifellos ein Mann, der mißverstanden worden war.

Die Stille dauerte an.

Schließlich nahm Joanna ihren ganzen neugefundenen Mut zusammen. »Mr. –«

»Nennen Sie mich Dorey, wie es alle hier tun.«

»Aber, Dorey«, begann sie, »ich weiß nicht einmal Ihren richtigen Namen.«

»Das ist unwichtig«, antwortete er. »Seit Jahren hat mich niemand bei diesem Namen genannt. Ich fange selbst allmählich an, ihn zu vergessen.«

»Aber Sie wissen, daß Mr. Sercombe plant, das Land zu verkaufen ... dieses Haus ... den ganzen Grundbesitz von Stonewycke?«

Sie hielt den Atem an, aber Doreys Antwort ließ nicht vermuten, daß ihre Worte ihn schockiert hatte.

»Ja ... so etwas geschieht eben. Die Zeit vergeht ... Generationen vergehen. Außerdem – es gibt keinen Erben; etwas muß geschehen, nehme ich an.«

»Keinen Erben?« wiederholte Joanna, die sich nun endlich der Frage näherte, die sie vom ersten Tag ihrer Ankunft in Port Strathy an hatte stellen wollen. »Aber es gibt doch sicher noch andere Duncans –«

»Ich stehe nicht in der Erbfolgelinie«, unterbrach er sie. »Ich bin nur ein entfernter Cousin.«

Joanna setzte sich steil auf, bemüht, den Schock, den seine Worte ihr versetzt hatten, so gut wie möglich zu verbergen.

»Aber ... aber«, stammelte sie, »was ist mit den anderen? Hatte der Laird ... hatte Alastair keine Verwandten?«

»Ich sagte Ihnen schon, es gibt keinen Erben«, wiederholte er.

»Ich ... ich glaube, meine Großmutter wurde in Port Strathy geboren«, sagte Joanna. »Sie starb vor kurzem und ihre letzten Worte bezogen sich auf die Heimat, in der sie ihre Mädchenjahre verbracht hatte. Deshalb kam ich hierher, um andere zu finden, die den Namen Duncan tragen. Verwandte. *Sie* sind doch ein Duncan.«

»Aus einem Seitenzweig der Familie.«

»Aber wenn niemand anderer Anspruch erhebt, wären Sie doch der nächste in der Erbfolge.«

»Ich könnte nicht – nein, ich würde das Erbe nicht annehmen, selbst wenn ich könnte«, sagte er mit einer Festigkeit, die Joanna nie zuvor an ihm gewahrt hatte. »James Duncan würde sich im Grabe umdrehen.« Er ließ ein trockenes Kichern hören. »Das wäre wohl zuviel der bitteren Ironie, nicht wahr, wenn nun ich den Besitz des alten Schurken erben sollte!«

Er lachte noch einmal, lauter diesmal, als amüsierte ihn der Gedanke, der ihm offenbar zum erstenmal gekommen war, auf's beste. Dann hielt er abrupt inne, wandte sich ab und starrte in die rote Glut des erlöschenden Feuers, als versinke er von neuem in Erinnerungen an eine ferne Vergangenheit.

»Nein, lieber sollen Fremde es haben ...«

Seine Stimme versandete.

Als er weitersprach, hatte seine Stimme wieder den sanften, geistesabwesenden Klang. Er schien den Grundbesitz völlig vergessen zu haben, und der Ausdruck auf seinem Gesicht sprach von der Erinnerung an Schmerzen.

»Er hatte kein Recht, zu tun, was er getan hat, müssen Sie wissen.«

Als Joanna aufblickte, sah sie, daß er leise weinte. Sie fürchtete sich, ein Wort zu sagen. Sein Geist wanderte nun offenkundig ziellos zwischen Gegenwart und Vergangenheit hin und her.

»... dann war sie fort. Es war zu spät. Ich zerbrach. Der Mann hatte mir übel mitgespielt. Aber er muß Ihnen das alles gesagt haben –«

»Nein«, sagte er plötzlich und warf Joanna einen Blick zu, »ich bringe ja schon wieder alles durcheinander, nicht wahr?«

Er stockte, starrte Joanna ein paar Augenblicke lang an, und schien dann langsam in die Wirklichkeit zurückzukehren.

Joanna, die kaum wußte, was sie zu alledem sagen sollte, versuchte, das Gespräch an einer früheren Stelle wiederaufzunehmen. »Aber wenn der Gutsbesitz an Fremde verkauft wird, und sie lassen ihn verkommen?«

Dorey wandte sich ihr zu, von neuem verwirrt. Erregung funkelte in seinen Augen, und sein Mund verzerrte sich zu verwirrten Fragen.

»Aber ... aber du«, stammelte er betroffen, »aber du könntest doch nicht ... du würdest doch nicht – du liebst das Land doch, nicht wahr, Maggie?«

»Ich ... ich«, stammelte Joanna, brachte aber kein weiteres Wort hervor.

Das letzte Wort, das Dorey ausgesprochen hatte, traf sie wie ein Schlag, ein Stich schien durch ihr Herz zu gehen.

»Du liebst dieses Land doch«, fuhr Dorey fort. Er wanderte nun in der Welt seiner eigenen wiedererweckten Erinnerung, die mehr als vierzig Jahre ausgelöscht gewesen war. »Wie mußt du gelitten haben, als du es verließest! Auch deine Mutter litt, mußt du wissen. Sie wußte, daß weder James noch Alastair an dem Land gelegen war. Sie brauchten es nur, weil es Macht bedeutet. Sie sehnte sich nach deiner Rückkehr ... sie hörte niemals auf, darauf zu hoffen. Deshalb gab sie dir die Urkunde. Sie war gewiß, diese Urkunde würde dich letztlich nach Hause zurückführen. Ich glaube, es war um deinetwillen, daß sie sich um mich kümmerte. Deshalb lud sie mich hierher ein. Sie und Dermott versuchten, mir das Leben so angenehm wie möglich zu machen, nachdem ... nun, du weißt schon, nachdem mir alles, was geschehen war, aus dem Gedächtnis schwand. Es hätte geklappt ... zu guter Zeit ... ich hätte dir folgen können ... hätte dich ausfindig machen können ... hätte dein Vater dich nicht vertrieben, so daß du starbst, bevor ich kommen konnte –«

Er hielt inne, steigenden Zorn in der Stimme.

Joanna gierte danach, mehr zu hören, aber sie fühlte sich unbehaglich bei der Vorstellung, sich in ein Gespräch zu mischen, in dem sie keinen Platz hatte.

»- er hatte kein Recht dazu«, fuhr der alte Mann fort. »Ich habe es dir nie gesagt, aber als er herausfand, daß –«

»Dorey«, unterbrach ihn Joanna.

Erschrocken blickte er sie an.

»Dorey«, wiederholte sie, »ich bin nicht Margaret.«

Er blickte ihr tief in die Augen, blinzelte, dann glitt sein Blick forschend über ihr Gesicht, als sähe er sie zum ersten Mal.

»Nein ... nein, natürlich nicht«, sagte er. »Mein Kopf ... alles voll Spinnweben, müssen Sie wissen. Alles ist so durcheinander. Nein, Sie sind es nicht. Aber ...« Seine Stimme erstarb von neuem.

»Ich würde gerne mehr über meine Großmutter wissen«, sagte Joanna leise. »Ich meine – wenn Sie gerne über sie sprechen möchten.«

»Ihre Großmutter?«

»Ja. Meine Großmutter war Margaret Duncan. Sie starb vor kurzem. Deshalb bin ich hier.«

»Starb ... vor kurzem? Aber ich dachte ...« Er hielt einen Augenblick lang inne und fuhr dann fort. »Aber ich verstehe so vieles nicht. War ich auch in diesem Punkt verwirrt?«

Sein Blick schweifte durch den Raum und kam auf Joannas Gesicht zur Ruhe. Seine Augen standen voll Tränen.

»Ich habe seit Jahren nicht über Maggie gesprochen ... nicht einmal an sie gedacht«, begann er, jetzt wieder vernünftig und klaren Blicks. »Sie zu sehen, hat wohl einige sehr tief verschüttete Erinnerungen in mir ausgelöst – Sie sehen ihr so ähnlich, wußten Sie das? Was möchten Sie über sie wissen?«

»Was immer Sie mir erzählen wollen.«

»Oh, es war eine Freude, sie anzusehen – so jung und voll Lebensfreude ... so lieblich wie das Land, an dem ihr Herz hing.«

»Sie beide ... standen sich nahe?« fragte Joanna vorsichtig.

»O ja. Atlanta hoffte, das Versprechen der Erbschaft würde sie zur Rückkehr bewegen. Atlanta erwartete immer, sie würde zur Vernunft kommen und zurückkehren, um Anspruch zu erheben. Sie war ganz sicher, die Vorstellung, ihr Bruder könnte Laird werden, würde Maggie nach Hause zurücktreiben.«

»Warum hat sie Schottland verlassen?«

Er zuckte zusammen und wandte einen Moment lang den Blick ab.

»Oh Gott«, begann er, dann schluckte er und stöhnte leise. »Ich habe sie bewogen, zu gehen! Ich – dem sie vertraute und den sie liebte. Ich vertrieb sie aus ihrer Heimat ...«

Er unterbrach sich. Dann, als er den ratlosen Ausdruck auf Joannas Gesicht sah, nahm er alle Kraft zusammen und fuhr fort.

»Ich dachte, ich hätte es aus den edelsten Beweggründen getan, aber alles wandte sich gegen mich wie ein reißendes Tier ...«

Er barg das Gesicht in den Händen.

»Zuletzt glaubte sie, ich hätte sie verlassen ... ich werde mir das niemals verzeihen können.«

Er sackte in seinem Sessel in sich zusammen; seine Schultern zuckten in wortlosem Schluchzen.

Joanna brachte kein Wort hervor. Jeder Gedanke, den sie in Worte fassen wollte, verflüchtigte sich wieder, hohl und nutzlos.

»Ich haßte James eine Weile lang«, fuhr Dorey fort. Nun, da er das Tor geöffnet hatte, strömte die Flut seiner Worte unaufhaltsam dahin. »Aber vor allem ... haßte ich mich selbst. Ein Feigling, wer sich hinter Worten wie Sicherheit und Ehre und Weisheit verschanzt! Sie war es, die tapfer war! Und ich begann, selbst Gott zu hassen. Ich konnte ihm nicht verzeihen, daß ich das einzig Kostbare, das ich besaß, verloren hatte ... oh, Maggie!«

Seine Stimme erstickte im Schluchzen.

Joanna stand auf und trat leise auf ihn zu, dann legte sie eine sanfte Hand auf seine Schulter.

»Sie liebte Sie bis zuletzt«, sagte sie leise, denn nun war ihr die Bedeutung der letzten Worte ihrer Großmutter klargeworden. »Sie sprach von Ihnen, bevor ich sie verließ.«

»Ich habe es nicht verdient«, antwortete er. »Welcher Mann schickt seine Frau –«

»Seine Frau!« fiel ihm Joanna ins Wort. »Ich dachte, sie wäre in Amerika verheiratet gewesen.«

»Die Zeit, die wir Mann und Frau waren, war kurz ... ach, allzu kurz! James raste vor Zorn, als er es herausfand. Er haßte meine Familie ... verachtete mich. Und in vieler Hinsicht verdiente ich Verachtung. Er hatte hochfliegende Pläne mit seiner Tochter ... George Falkirk, der Sohn des Earls von Kairn. Ich ... ich hätte niemals dazwischentreten dürfen. Aber der Schuft war um nichts besser als ich ... unglückliche Maggie! Sie hätte Besseres verdient als wir beide waren.«

»Aber sie hat Sie geliebt –« sagte Joanna, bemüht, ihn zu trösten. Er schnitt ihr das Wort ab.

»Liebe ist nicht genug.«

Sprachen sie von derselben Margaret Duncan?

Die Frau, die Theodore Duncan in seinen jungen Jahren geliebt hatte, schien eine ganz andere zu sein als die Frau, die Joanna gekannt und zu spät lieben gelernt hatte. Aber hier waren sie, einander verbunden durch die Liebe zu derselben Frau. Denn Joanna wußte, daß Dorey sie immer noch liebte.

Er schüttelte verbittert den Kopf.

»Wie haben meine Sünden sich an meine Fersen geheftet!« fuhr er fort, offenbar aufs grausamste gequält von der Erinnerung.

»Ich versuchte, mich vor ihnen zu verbergen, aber sie holten mich ein. Nein ... Liebe ist niemals genug ... oh Gott, warum?« schrie er unter der Qual von Zorn und Reue auf.

»Dorey«, sagte Joanna, die nicht wußte, wie sie die Gedanken, die ihr selbst so neu waren, in Worte fassen sollte, »wenn Ihre Sünden Ihnen gefolgt sind, vielleicht ... deshalb, weil Gott Sie nicht loslassen konnte ... weil er Sie liebt und will, daß Sie Vergebung finden.«

»Ich verdiene sie nicht«, sagte Dorey und begann von neuem zu weinen.

»Dann müssen Sie vielleicht derjenige sein, der vergibt. Gott kann Ihnen seine Vergebung nicht gewähren, bevor Sie nicht aufhören, ihm die Schuld zu geben an allem, was geschehen ist. Keiner von uns verdient Vergebung. Aber Gott liebt uns so sehr, daß er sie uns dennoch schenkt.«

Joanna war überrascht über ihre eigenen Worte, aber sie schienen ohne ihr Zutun über ihre Lippen zu fließen.

»Ich wollte, das wäre wahr ...« Seine Stimme erstarb in Verzweiflung.

»Dorey ...« sagte Joanna, und während sie sprach, griff sie nach ihrem Nacken und löste das Medaillon ihrer Großmutter, das sie seit ihrer Ankunft in Schottland beständig getragen hatte. Sie öffnete die Schließe und hielt ihm das offene Medaillon hin.

»Das sind Sie, nicht wahr?«

Der alte Mann nickte.

»Sie trug es bis zu ihren letzten Lebenstagen«, sagte Joanna.

»Oh, barmherziger Gott ...« Der Mann schluchzte, als er zart die Finger um diese kostbare Erinnerung an seine Jugendliebe schloß.

Er hob den Kopf und blickte sie an. »Eines wenigstens ist da«, sagte er. »Sie sind da. Vielleicht ist es wahr, daß Gott barmherzig ist. Ich dachte, sie wäre tot. Das sagten sie mir. Sie und das Kind ...«

Seine Stimme erstarb, als er Joanna mit festem Blick ansah.

»Das Kind!« Joanna vermochte kaum die Worte zu formen.

»Das Kind ... das mir für immer verloren war ... das Kind, das ich niemals sehen sollte.«

»Wessen Kind, Dorey? Ich verstehe nicht ... wessen Kind? Ich muß es wissen.«

»Nun, Maggies Kind, natürlich. Als sie fortging, trug sie unser Kind. Aber ich sollte es niemals sehen ... unser Baby.«

»Dorey«, sagte Joanna, der nun die Tränen aus den Augen strömten, »*meine* Großmutter hatte nur ein einziges Kind ... meine Mutter.«

»Ich ... ich hätte es wissen müssen ... am ersten Tag, als du ankamst ... als ich dich sah ...«

Tränenüberströmt, fiel Joanna neben Dorey auf die Knie und barg den Kopf in seinem Schoß. Sie schlang die Arme um ihn. Er streichelte ihr Haar zärtlich mit seiner knotigen Hand und liebkoste ihre tränennassen Wangen. Eine einzelne Träne zog eine Spur über sein Gesicht, aber sein Herz pochte vor Freude über die liebevolle Wiedervereinigung, die nun nach vierzig Jahren des Wartens doch noch gekommen war.

Dies war mehr, als Joanna jemals zu hoffen gewagt hatte, als sie im Hafen von New York an Bord des Schiffes gegangen war, ein unschuldiges junges Mädchen, das haltlos in die Welt hinausgestoßen war. Selbst jetzt wagte sie kaum zu glauben, was sie im Herzen als Wahrheit erkannt hatte: Daß sie hier – tausende Meilen von dem Ort entfernt, der einst ihre Heimat gewesen war – ihren Großvater gefunden hatte!

JOANNAS ENTSCHLUSS

Der süße Duft von Heu stieg Joanna in die Nase. Nathaniel hatte seine Morgenarbeit beendet, und seine Kühe waren für den Tag auf die Weide getrieben worden. In der Scheune herrschte Stille, als die Strahlen der letzten Morgensonne durch die Ritzen und Risse in der Wand drangen. Joanna saß auf einem Heuballen und sann über die Ereignisse des Vortags nach. Nathaniel und Letty waren – wie konnte es anders sein – voll Freude gewesen, als sie ihr Gespräch mit Dorey wiedergegeben hatte. Und am Abend hatten sie ein kleines Fest gefeiert, mit dem sie Joanna in ihrem schottischen Erbe willkommen hießen als eine echte Blutsverwandte der bedeutendsten Familie von Port Strathy.

Ja mehr noch – als die offenkundige Erbin dieser Familie!

Aber an diesem Morgen, nachdem die Aufregung abgeflaut war, entdeckte Joanna, daß eine leise Melancholie sie ergriffen hatte, deren Ursprung sie sich nicht erklären konnte. War es die Depression, die dem Erreichen eines heiß ersehnten Ziels folgte? Oder drückte sie die Last der Verantwortung, die sie nun auf ihren Schultern ruhen fühlte?

Sie wußte es nicht.

Ja, sie war glücklich. Aber zugleich kam es immer wieder vor, daß die Ehrfurcht, die sie empfand, sie überwältigte – eine Ehrfurcht, die zuweilen die Form einer angespannten Erwartung der Zukunft annahm, zuweilen die Form von Dankbarkeit dem Gott gegenüber, den sie erst allmählich zu erkennen begann.

Er hatte sie geführt. Sie wußte, er würde sie auch weiterhin führen. Als sie auf ihr früheres Leben zurückblickte, konnte sie klar und deutlich sehen, daß er die ganze Zeit an ihrer Seite gegangen war, selbst durch all diese Jahre der Schmerzen und der Einsamkeit hindurch. Sie war niemals wirklich allein gewesen. Er hatte sie für diesen Augenblick vorbereitet.

Joanna hörte, wie der rostige Riegel am Scheunentor knirschte; und das Tor schwang auf. Ohne aufzublicken, wußte sie instinktiv, wer es war.

»Ich dachte mir schon, daß ich dich hier finden würde«, sagte Alec, als er sie sah. »Letty hat mir alles erzählt. Freut mich für dich.«

»Danke, Alec«, antwortete Joanna leise und lächelnd.

»Ich hab dich nicht mehr gesehen, seit ... seit wir vor zwei

Tagen zusammen aus der Stadt zurückritten. Du warst ziemlich schweigsam auf diesem Ritt. Ist ... ist alles in Ordnung?«

Joanna gab einen Augenblick lang keine Antwort.

»Ja«, sagte sie schließlich, »ja, mir geht es gut. Ich hatte über so viel nachzudenken.«

»Ich wollte nicht neugierig sein. Es ist nur ... manchmal ist es schwer 'rauszukriegen, was euch Mädchen so durch den Kopf geht.«

»Wenn du herauszufinden versuchst, was eine Frau denkt, Alec, da wirst du dir viel Kopfzerbrechen machen! Weißt du nicht – auf die Art hält das schöne Geschlecht die Männer in beständiger Spannung!«

Ein Lächeln breitete sich über Alecs Gesicht. »Das tut gut, dich wieder lachen zu sehen. Du warst so düster.«

»Der Mann, mit dem du mich vor Olives Laden gesehen hast ... der hat mir einigen inneren Wirbel beschert.«

»Ich hab bemerkt«, sagte Alec, während er unbehaglich von einem Fuß auf den anderen trat, »daß er ziemlich angetan war von dir.«

Joanna seufzte. »Ja, da magst du recht haben«, sagte sie.

»Und du?« fragte Alec. »Es sah ja aus, als hättet ihr euch von früher her gekannt.«

»Er war an Bord des Schiffes, mit dem ich aus New York kam. Seine Aufmerksamkeiten haben mir eine Weile lang den Kopf verdreht – ich dachte sogar, ich liebte ihn.«

»Und liebtest du ihn?« fragte Alec steif.

»Ich weiß nicht. Vielleicht ... eine Zeitlang. Aber das war, bevor –«

Sie hielt inne und warf ihm einen raschen Seitenblick zu. Sie hatte nicht vorgehabt, irgend etwas dergleichen zu sagen, aber nun war es ihr herausgerutscht.

Alecs Gesicht war nichts davon anzusehen, aber eine jähe Hoffnung schoß ihm ins Herz, als er ihre Worte hörte. »Bevor – was geschah?« wollte er schreien, aber er blieb stumm.

»Oh, Alec«, fuhr Joanna hastig fort, bemüht, das Gespräch in eine andere Richtung zu lenken. Die Zeit würde kommen, wo sie ihre innersten Gefühle erforschen würde, aber das mußte jetzt warten. »Alec ... was soll aus Dorey werden, wenn ich den Besitz verliere? Jason wird das Schloß garantiert zerstören, wenn es ihm in die Hände fällt.«

»Der Herr wird für den alten Dorey sorgen«, sagte Alec in

gemessenem Ton. »Aber mach dir keine Sorgen. Du wirst den Besitz nicht verlieren.«

»Wie kannst du dir dessen so sicher sein?«

Seine Augen schienen sie zu durchbohren, als er sagte: »Ich habe dich ein wenig kennengelernt, Joanna, in der kurzen Zeit, die wir zusammen sind. Du bist nicht mehr dasselbe unsichere Mädchen, als das du anfangs hierher kamst. Und eines weiß ich – du wirst nicht zulassen, daß es geschieht.«

»Wenn ich in dieser Sache nur mehr zu sagen hätte! Aber was ist, wenn sich herausstellen sollte, daß ich völlig machtlos bin? Wenn nur –«

Sie wandte den Blick einen Moment lang von Alec ab, dann sah sie ihn wieder an.

»Du machst dir keine Vorstellung, wie töricht ich war. Ich fürchte, ich habe mir den Zorn eines sehr mächtigen Mannes zugezogen – eines Mannes, der es nicht gewöhnt ist, zu verlieren.«

»Der Mann, den du kürzlich getroffen hast?«

»Sein Name ist Jason Channing. Er ist der Mann, der den Besitz kaufen will – ein Freund von Sercombe.«

»Aber was könnte dieses Land einem wie ihm bedeuten?«

»Das Land bedeutet ihm nichts – nichts weiter als Geldeswert. Aber was ihm sehr viel bedeutet, ist zu gewinnen. Und diesmal wird er bis zum bitteren Ende kämpfen, weil ich ihm etwas angetan habe, das noch niemand getan hat – ich habe ihn abgewiesen. Ich sagte *Nein.*«

Merklich erleichterte, sagte Alec: »Da siehst du's. Allmählich wird eine richtige starke Schottin aus dir, Joanna Matheson. Du wirst tun, was du tun mußt. Und ich würde mein ganzes Geld auf Sieg für dich setzen!«

»Danke, Alec«, sagte Joanna. »Aber vergiß nicht ... was wir an Siegen erringen mögen, wird zur Hälfte dein Verdienst sein. Du bist mir von Anfang an zur Seite gestanden.«

Der Klang hastig herannahender Hufschläge machte ihrem Gespräch ein Ende. Alec wandte sich um und rannte zum Scheunentor. Joanna kletterte von ihrem Ausguck herunter und folgte ihm auf den Fersen.

Es war Walter Innes.

»Innes!« schrie Alec, während er hinausrannte, »deinem armen Pferd flockt ja der Schaum vom Maul!«

»Ich weiß«, entschuldigte sich der Kastellan. »Aber ich dachte, es wäre schneller, über die Abkürzung zu reiten, als den Wagen zu nehmen, und ich wollte euch so schnell wie möglich informieren.« Er sprang aus dem Sattel, nahm seinen staubigen Hut ab und wischte sich mit einer weitausholenden Bewegung den Schweiß von der Stirn.

»Informieren – worüber?« fragte Joanna.

Walter näherte sich den beiden, dann wandte er sich mit einer unbeholfenen Verbeugung an Joanna: »Mylady«, sagte er, »ich habe mit Mr. Dorey gesprochen und er sagte mir, wer Sie sind. Das ist ein großer Tag für Port Strathy – das ist alles, was ich dazu sagen kann, und ich bin stolz, der Kastellan Ihres Schlosses zu sein. Aber –«

Er stockte.

»Ich fürchte, Sie setzen zu viel als gegeben voraus«, sagte Joanna. »Man kann es wohl kaum *mein* Schloß nennen. Aber ich danke Ihnen für Ihre freundlichen Worte und Ihre Unterstützung.«

»Aber« fuhr Innes fort, »Mylady ... ich hoffe nur ... das heißt, nun, ich fürchte, etwas ist schiefgegangen.«

»Was ist geschehen, Mann!« rief Alec aus.

»Mr. Sercombe war heute morgen im Haus. Ich war unterwegs ... hatte zu tun, wenn Sie mich verstehen. Aber Mrs. Bonner sagte, der Rechtsanwalt und Mr. Dorey hätten einen schlimmen Streit gehabt. Mr. Dorey sagte, er sei nicht glücklich über den Verkauf des Hauses und verlangte, daß die Verhandlungen gestoppt würden. Dann sagte Mr. Dorey, er könnte zweifelsfrei beweisen, daß Miss Matheson« – hier unterbrach er sich und nickte Joanna zu – »die Erbin des Besitzes sei. Und da lachte Mr. Sercombe ihm einfach ins Gesicht – lachte ihn einfach aus! Mr. Dorey blieb hartnäckig und schließlich hörte Sercombe zu lachen auf. Mrs. Bonner sagte, er hätte ein richtig saures Gesicht gemacht. Dann stieß er den armen Dorey einfach beiseite und rannte im ganzen Haus herum und suchte etwas. Er suchte an allen Ecken und Enden und wurde immer wütender dabei. Er durchwühlte alle Zimmer und riß Kästen und Laden auf und suchte darin herum, aber was immer er suchte, er hat es wohl nicht gefunden, denn plötzlich packte er Dorey am Arm und schleppte ihn aus dem Haus. Sie sagt, Dorey hätte ganz ruhig ausgesehen, als hätte er gar keine Angst vor dem Menschen gehabt. Aber Mrs. Bonner wußte nicht, was sie nun tun sollte, und so sagte sie, als die beiden fortgingen: ›Wo wollen Sie denn hin mit unserem Mr. Dorey?‹ Und Sercombe lächelte bloß in seiner verschlagenen Art und sagte: ›Nur keine Sorge, Mrs. Bonner, wir gehen bloß in mein Büro, damit Dorey und ich die Sache weiter besprechen können‹, und dann waren sie weg.«

»Aber Sie glauben Sercombe nicht?«

»Ich weiß nicht, was ich glauben soll, Mylady«, antwortete Innes. »Mr. Sercombe war immer sehr freundlich zu mir, und zu Mr. Dorey auch. Aber bislang hat er immer viel Wert darauf gelegt, daß Mr. Dorey im Haus blieb – alle Geschäftsangelegnheiten wurden dort geregelt.«

»Dorey ist in Gefahr«, sagte Joanna in steigender Sorge. »Ich weiß, daß dieser Mann nichts Gutes mit ihm vorhat.«

»Mr. Dorey wird nichts geschehen, Mylady«, antwortete Innes. »Aber eines kann ich Ihnen mit Sicherheit sagen: Niemand – weder Mr. Sercombe noch sonst jemand – kann Dorey gegen seinen Willen zu irgend etwas überreden. Ma'am, seit gestern scheint er ein ganz neuer Mensch zu sein. Er hatte nur einmal einen kleinen Rückfall in seine Verwirrtheit.«

»Wie das?« fragte Joanna.

»Nichts Schlimmes. Er sagte nur zu mir – es war letzte Nacht und schon ziemlich spät – ›Baxter‹, sagte er zu mir – Baxter war mein Vorgänger – ›wo bewahrte die Lady Atlanta ihre privaten Papiere auf? Ich weiß, es geht mich nichts an, aber ...‹ Dann muß es ihm wohl aufgedämmert sein, daß ich gar nicht Baxter bin, und er sagte nichts mehr. Dann sagte er, er müßte Ihnen eine Mitteilung machen, Miss Matheson. Das war alles.«

Ein Augenblick der Stille folgte. Joanna warf Alec einen Blick zu.

»Das erste, was wir tun müssen«, sagte Alec, »ist uns vergewissern, daß Dorey in Sicherheit ist. Ich reite in die Stadt und sehe nach, ob er im Büro des Anwalts ist. Walter, du bleibst hier bei Joanna und den alten Leuten.«

Walter nickte zustimmend.

Alec bestieg sein Pferd.

»Da ist noch etwas«, fügte Walter hinzu. »Ich weiß nicht, ob eins mit dem anderen zu tun hat. Aber gerade zu der Zeit, als Sercombe ins Haus kam, ging ich zu den Ställen, um dort einiges zu erledigen. Zu der Zeit wußt ich nicht, daß der Rechtsanwalt bei Dorey war. Und wen treff ich da – diesen Nichtsnutz Tom Forbes, wie er in den Ställen rumschnüffelt und wie ein Aasgeier im Heu und Pferdemist rumstochert! Kaum hatte er mich gesehen, rannte er wie ein Hase. Ich weiß nicht, ob das irgendwas zu bedeuten hat.«

»Es bedeutet sicherlich etwas«, sagte Alec mit wissendem Blick. »Ich wüßte nur gerne, was.«

»Alec«, sagte Joanna und ergriff seinen Arm, »sei vorsichtig.«

»Mach dir keine Sorgen, Mädchen, ich paß schon auf.« Er lächelte, legte seine Hand sanft auf die ihre, dann riß er den Kopf seines grauen Wallach herum, stieß ihm die Fersen in die Weichen und galoppierte davon.

Joanna verbrachte den Rest des Vormittags und den frühen Nachmittag damit, daß sie müßig im Haus herumwanderte, in den nahegelegenen Feldern herumstreifte und von Zeit zu Zeit einen Blick in die Scheune warf. Sie konnte sich auf keine Arbeit konzentrieren. Ihr Herz sagte ihr, daß Dorey in Schwierigkeiten war, und sie konnte die Angst, die sie empfand, nicht beschwichtigen. Bei jedem Geräusch fuhr sie hoch und rannte hinaus, um die Straße entlangzublicken, in der Meinung, es sei Alec, der mit Neuigkeiten zurückkehrte.

Gegen zwei Uhr trat Joanna in ihr Zimmer, um ein paar Stück Schmutzwäsche einzusammeln. Da fiel ihr Blick auf die Spieluhr ihrer Großmutter, die auf der Frisierkommode stand. Sie hatte seit Tagen nicht mehr der Musik gelauscht, ja die Spieluhr nicht einmal beachtet. Sie strich mit der Hand über den zierlich geschnitzten Walnußdeckel, dann öffnete sie ihn und drehte den Schlüssel herum. Die zarten Klänge von Brahms' Wiegenlied waren Balsam für ihre Ohren.

Die Bilder, die der nostalgische Klang in ihr erweckte, waren nun klar und fest umrissen. Sie hatten Namen, Persönlichkeiten, Geschichte. Sie sah geistige Bilder tatsächlich existierender Landschaften vor sich, und reale Gesichter.

»Ach, Großmutter«, wisperte Joanna und griff nach dem Taschentuch, um sich die Feuchtigkeit von den Augen zu tupfen.

Sie hatte sich in Gedanken unablässig mit Maggie Duncan beschäftigt, aber dieses junge Mädchen schien so weit entfernt zu sein von der Frau, die sie gekannt hatte. Selbst jetzt konnte sie mit dem Wort *Großmutter* keine andere Vorstellung verbinden als die der fast bewußtlosen Frau, die auf ihrem Totenbett lag.

Margaret Duncans schwache Stimme und rätselhafte Worte kehrten in Joannas Erinnerung zurück, so klar, als sei sie noch am Leben: »... laß nicht zu, daß sie es nehmen, Joanna – es ist dein!«

Was hatte sie noch gesagt?

»... bevor ich fortging ... meine Mutter ...«

Verzweifelt versuchte Joanna, sich an die genauen Worte zu erinnern.

»... mußt es finden ... Schatz ... im Kinderzimmer ...«

Joanna schlug den Deckel der Spieldose zu. Ein schwerer Nebel hob sich von ihren Gedanken. Warum hatte sie nicht früher daran gedacht?

»Natürlich!« sagte sie zu sich selbst. »Da ist etwas im Haus! Etwas so Wichtiges, daß meine Großmutter an nichts anderes mehr denken konnte, bevor sie das Bewußtsein verlor.«

Joanna sprang von dem Bett auf, auf dem sie gesessen hatte. Sie wußte nun, was sie zu tun hatte. Sie wußte nicht, was es sein mochte. Aber wovon auch immer ihre Großmutter gesprochen hatte – sie mußte es finden, bevor es zu spät war!

Sie öffnete die Lade und stellte die Spieluhr hinein. Ihr Blick fiel auf die zusammengefaltete Stickerei, die sie ebenfalls aus der verschlossenen Lade im Sekretär ihrer Großmutter mitgebracht hatte. Bei dem Anblick rieselte ihr ein Schauder den Rücken hinab. Dies hatte nicht Lady Margaret gehört, es hatte Maggie gehört – einem lieblichen jungen Mädchen, verliebt und mit gebrochenem Herzen. Sie entfaltete das Linnen mit zärtlichen Gesten, und nun sah sie – als wäre es zum ersten Mal – Namen, die Bedeutung für sie gewonnen hatten. Aus dem handgestickten Stammbaum sprangen ihr die Namen Robert, Anson, Talmud, Atlanta und andere entgegen.

Und die leere Stelle, wo der Name säuberlich herausgetrennt worden war – wo der Name Margaret Duncan hätte sein sollen, unmittelbar unter den Namen von James und Atlante – hatte Margaret selbst ihren Namen herausgetrennt? War es eine impulsive Tat dieses jungen Mädchens gewesen, das den scharfen Stich väterlicher Zurückweisung im Herzen spürte?

»Großmutter«, dachte Joanna. »Du verdienst deinen Platz hier. Ich werde mit eigener Hand deinen Namen an seinen angestammten Platz sticken, wo er immer hätte stehen sollen. Du sollst den dir zustehenden Platz in dieser Familie haben.«

Sie faltete das Linnen wieder zusammen, und schob es in ihren Mantel. Dann schlüpfte sie ungesehen aus dem Raum hinaus und in die Scheune. Es mochte tollkühn sein, so allein loszuziehen. Wenn Nathaniel oder Walter sie gehen sahen, würden sie darauf bestehen, sie zu begleiten.

Aber sie war alleine nach Schottland gekommen, vielleicht, um einen Sinn in ihrem Leben zu finden. Und trotz der tiefen und liebevollen Freundschaften, die sie hier geschlossen hatte, mußte sie nun diesen letzten Teil ihrer Mission alleine ausführen. Ihr ganzes Sein als Frau forderte es. Es mochte kommen, was wollte, sie hatte ihren Entschluß gefaßt; sie mußte lernen, auf eigenen Füßen zu stehen.

Außerdem, tröstete sie sich selbst, würden Alec und Dorey zu der Zeit längst zurück im Schloß sein. Sie würde bei ihrer Suche also gar nicht allein sein.

Sie sattelte ihre Stute, führte sie bei der Hintertüre der Scheune hinaus und eine halbe Meile jenseits der Straße, ehe sie sie bestieg. Dann ritt sie der Stadt zu, wobei sie sich in einer Entfernung von einer Viertelmeile parallel zur Straße hielt, um nicht gesehen zu werden. Als sie Port Strathy erreichte, hielt sie sich an die verschlungenen Hintergassen im südlichsten Teil der Stadt, bis sie die Landstraße erreichte, die aus der Stadt hinaus nach Strathy Summit führte. Auf der steilen, zerklüfteten Steigung mußte sie sich an die Straße halten. Sie wandte sich nach Süden in Richtung Stonewycke und ritt den ganzen Weg, ohne einer Menschenseele zu begegnen.

Von neuem ragte das mächtige Eisentor vor ihr auf. Joanna probierte das Schloß; es war offen.

Sie schwang das Tor weit auf und trat ein.

»Das Kinderzimmer ...« Die Worte widerhallten in ihren Gedanken, während sie den mit Katzenkopfsteinen gepflasterten Weg entlangschritt. »Du darfst es ihnen nicht überlassen ... es gehört dir ...«

Als sie den Hof betrat, war Alecs Pferd nirgends zu sehen. Also war auch Dorey nicht hier.

Sie schritt kühn auf das Tor zu, schellte und wartete.

Keine Antwort kam.

Sie läutete wieder, aber die einzige Antwort war Schweigen. Der Ort war völlig verlassen.

Was war, wenn Sercombe Dorey versteckt hatte und nun zum Haus zurückgekehrt war, um in Muße seiner Suche nachzugehen? Das hätte den offenen Riegel und die verlorene Leere des Hauses erklärt. Zweifellos hätte er Mrs. Bonner nicht gestattet, anwesend zu sein, während er sein schmutziges Werk tat.

Joannas Magen verkrampfte sich. Kein Zweifel: Entweder war Sercombe in diesem Augenblick im Haus, oder er plante zurückzukehren. Warum sonst hätte er Dorey verschleppt?

Sie versuchte vorsichtig, den Riegel zu öffnen.

Die Türe schwang auf, und sie trat ein.

»Hier komme ich, Mr. Sercombe«, murmelte sie laut. »Machen Sie sich darauf gefaßt, mir zu begegnen, denn jetzt kehre ich nicht mehr um!«

Das Tor fiel mit einem Knall zu und Joanna stand reglos, bis das Echo in der riesigen, kalten Halle verklungen war. Sie neigte den Kopf und horchte. Kein Laut war zu hören.

Zuerst wanderte sie ziellos herum, während sie Mut zu fassen versuchte. Die hochgewölbten Zimmerdecken, die mit Gobelins drapierten Wände, die Szenen aus alter Zeit zeigten, die kunstvoll geschnitzten Sessel und Stützpfeiler und Kommoden, die mit Fliesen ausgelegten Böden und mehr als alles andere die feierliche Stille schufen eine Atmosphäre, die mehr zu einer Kathedrale als zu einem Wohnhaus paßte. Was für ein Gegensatz war dies hier zu dem gemütlichen kleinen Häuschen der Cuttahays! Hier wäre es unverzeihlich gewesen, auch nur ein Stückchen des kostbaren Porzellans in die Hand zu nehmen. Man konnte sich kaum vorstellen, daß Menschen hier gelebt hatten.

Doreys Bemerkung über Bankette und fröhliche Parties fiel ihr ein. Die Musik eines Geigenquartetts kam ihr in den Sinn. Der Raum war voll Frauen in leuchtend bunten Kleidern und Männern in Gehröcken und Zylindern. Eine Kutsche nach der anderen fuhr vor der Türe draußen vor. Der Klang von Gelächter war zu hören. Nun bat der Gastgeber die Gastgeberin zum Tanz, und sie führten die Gesellschaft im Tanz zu den Klängen eines Haydn-Menuetts an.

Was für ein fröhlicher Ball war das!

Eben da läutete das Glöckchen, und der Butler kündigte an: »Meine Damen und Herren, die Lady Joanna Matheson ...« Sie trat vor, im glänzenden Ballkleid und juwelenbesetztem Diadem, um die Hand von –

Die Vision verblaßte. Zurück blieb nichts als der Klang von Kinderfüßen, die hastig durch die hohe Halle rannten. »Wie mag es wohl gewesen sein, hier aufzuwachsen?« fragte sich Joanna.

Dann wurde es von neuem still, und Joanna blieb allein mit der Wirklichkeit. Sie schritt weiter und näherte sich der mächtigen hölzernen Treppe. Sie stieg hinauf, dann ging sie den Flur entlang, in dem sie sich nun befand. Sie betrat ein Zimmer nach dem anderen, manchmal nur einen Augenblick lang, manchmal auch, um genauer nachzusehen, und so erforschte sie das Haus ihrer Ahnen. Sie wußte nicht, wohin sie ging oder was sie suchte, sie überließ es dem Impuls des Augenblicks und ihren Instinkten, sie zu leiten. Weiter und weiter ging sie, durch eine Unzahl von Zimmern – manche klein, manche von gewaltigen Ausmaßen, viele unmöbliert –, durch eine prachtvoll ausgestattete Bibliothek, und eine weitere Treppe hinauf in den dritten Stock, verschiedene lange Flure entlang. Zuletzt kam sie zu einer schmalen Hintertreppe. Als sie ihr folgte, stellte sie fest, daß sie zu einem großen, völlig leeren Turmzimmer führte. Sie schritt die Wendeltreppe wieder hinunter und kam im zweiten Stock heraus.

Zum erstenmal fühlte Joanna sich verwirrt. Sie hatte so oft die Richtung gewechselt, daß sie jegliche Orientierung verloren hatte. Sie war zum zweiten Stock zurückgekehrt, aber der Flur, in dem sie stand, war ihr vollkkommen fremd. Er mußte wohl zu der Haupttreppe führen, die sie zuvor hinaufgestiegen war. Während sie weiterging, fuhr Joanna fort, die Räume auf ihrem Weg zu überprüfen. In einem davon blieb sie einen Augenblick stehen. Das Nachmittagssonnenlicht zog sie ans Fenster, das von der südwestlichen Ecke des Herrenhauses hinausging. Als sie hinausblickte, bot sich ihr ein wunderlicher Anblick. Sie blickte nun zu der Rückseite des Hauses hinaus, und von ihrem hochgelegenen Ausguck aus konnte sie einen Flecken sehen, der einem von Mauern umgebenen Garten ähnelte. Er war jedoch verwahrlost und verwildert und völlig überwachsen. Der Anblick verwunderte sie, denn das restliche Grundstück war so peinlich sorgfältig gepflegt. Wie merkwürdig, daß ausgerechnet dieses Fleckchen übersehen worden war! Sie würde es bei erster Gelegenheit erforschen, aber nun mußte sie ihre Aufmerksamkeit dem Inneren des großen Hauses zuwenden.

Sie verließ den Raum und ging weiter. Das Haus hatte etwas so Feierliches an sich, daß sie es bislang noch nicht über sich gebracht hatte, irgend etwas darin zu berühren.

Plötzlich endete der Flur. Von seinem Ende zweigten zwei kleinere Gänge in beide Richtungen ab. Inzwischen war Joanna so desorientiert, daß sie keine Vorstellung davon hatte, welcher der beiden wohl eher zu der Hauptstiege zurückführte. Sie wollte schon nach links abbiegen, als sie bemerkte, daß nicht eine getäfelte Wand das Ende des Flurs bildete, sondern zwei mächtige eichene Türflügel.

Sie probierte die Türen, fand sie unversperrt und trat ein.

Das Zimmer, in dem Joanna sich nun befand, war entschieden anders als alle, die sie bislang gesehen hatte. Es war ein großer Raum, aber die abgesenkte Decke gab ihm etwas Heimeliges. Die Möblierung hatte etwas Mediterranes an sich – zierlich und fragil im Vergleich zu den massiven Holzmöbeln in den anderen Teilen des Hauses. Am gegenüberliegenden Ende öffneten sich französische Türen auf eine Veranda, von der eine schmale Wendeltreppe in einen kleinen Hofgarten voll säuberlich gestutzter Büsche und kleiner Bäume hinabführte. Doreys Fürsorge hatte dem Gärtchen seinen Liebreiz bewahrt, obwohl es vermutlich seit Jahren kein anderes Auge als das seine erblickt hatte.

Joanna wunderte sich, wessen Hand wohl diese einzigartige Einrichtung ausgewählt hatte. War es vielleicht Atlanta Duncan selbst gewesen? Es war nicht schwierig, sich ihre Urgroßmutter auf einer Einkaufsreise nach Italien vorzustellen.

*Atlanta …*

Plötzlich wurde Joanna bewußt, daß sie zitterte. War das hier vielleicht Atlantas Zimmer? Und wenn … was für Geheimnisse mochte es bewahren?

Sie wanderte herum, von Ehrfurcht und Ehrerbietung erfüllt.

Dann kehrten ihr die Worte in den Sinn zurück:

*»... meine Mutter ... am Tag, als ich fortging ... gab mir ...«*

Plötzlich hielt Joanna es nicht mehr aus, alle diese altertümlichen Besitztümer einfach ehrfürchtig zu betrachten. Sie mußte den lange unberührten Staub der Vergangenheit aufstören und die Geheimnisse dieses Hauses enträtseln.

Ihr Blick fiel auf einen kleinen französischen Sekretär links von der Balkontüre. Er wies nur drei Schubladen auf. Joanna mußte jede einzelne mit Gewalt öffnen; sie mußte der einzige Mensch seit Jahrzehnten sein, der ihren Inhalt zu erforschen versuchte. Was dieses Zimmer anging, war sie Sercombe eine Nasenlänge voraus!

Die erste Lade enthielt Briefumschläge und leeres Briefpapier mit dem Familienwappen; weiter nichts, wenn man von ein paar eingetrockneten Schreibfedern absah.

Die nächste Lade sah viel mehrversprechend aus.

Sie war vollgestopft mit Stapeln von Briefen, die seltsame Namen trugen – M. Browne in London, Clara Seaton in Suffolk und ein Richard Bosley in Glasgow. Die Daten auf den Briefen lagen zwischen 1860 und 1870, aber Joanna merkte bald, daß sie nichts als den üblichen Klatsch und Tratsch unter Freunden enthielten. Die einzige Ausnahme bildete die Korrespondenz mit Bosley. Es war eine Rechnung für gewisse bauliche Veränderungen am Haus, datiert mit 5. Juni 1870. Der Rest der Briefe besagte Joanna nicht viel. Aber eines war zweifelsfrei erkennbar – sie waren alle an Atlanta Duncan adressiert, und einer, der viel älter als die übrigen war, an Atlanta Ramsey.

Joanna hatte tatsächlich den privaten Schreibtisch der alten Matriarchin entdeckt – ihrer eigenen Urgroßmutter.

Die dritte Lade war leer.

Joanna schloß den Sekretär ab und wanderte langsam im Zimmer umher. Zweifellos deshalb, weil ihr die bemerkenswerte Sammlung von Büchern in der Bibliothek aufgefallen war, wurde ihr deutlich bewußt, daß sie bislang noch in keinem der Zimmer ein Buch gesehen hatte. Hier jedoch gab es eine kleine, aber erlesene Sammlung von ledergebundenen Büchern in einem hübschen Regal aus Walnußholz. Das oberste Fach enthielt eine komplette Ausgabe von Shakespeares Werken, in rotes Marokko-Leder gebunden, mit goldener Titelschrift und vergoldeten Ecken. Darunter befanden sich verschiedene Nippsachen aus Glas und Porzellan und eine große schwarze Familienbibel.

Joanna trat auf das Bücherregal zu, starrte ein paar Minuten lang die wunderbaren Bücher an und begann dann, sie eins nach dem anderen herunterzunehmen und durchzublättern, während ihre Gedanken mit anderen Dingen beschäftigt waren. Schließlich ergriff sie die Familienbibel und öffnete den schweren lederbezogenen Deckel. Ihr erster Impuls war, die Seite zu suchen, auf der der Familienstammbaum aufgemalt war. Ein rascher Blick zeigte ihr, daß sie später noch eine genauere Überprüfung vornehmen mußte. Dann durchblätterte sie eilig den Rest des Buches. Es machte einen neuen und selten benutzten Eindruck. Dennoch öffnete sich das Buch wie von selbst ungefähr in der Mitte, beim 23. Psalm, und einige zusammengefaltete Stücke Papier fielen heraus und segelten zu Boden. Joanna bückte sich und hob sie auf. Mit vorsichtigen Fingern entfaltete sie die vom Alter vergilbten Blätter, und augenblicklich erkannte sie das Wappen wieder, das sie auf dem Briefpapier gesehen hatte. Der Brief war in einer wunderschönen weiblichen Handschrift geschrieben und begann:

*Meine liebe Tochter Margaret ...*

Joanna schluckte, holte tief Atem und wartete, bis der rasende Schlag ihres Herzens sich beruhigt hatte, ehe sie fortfuhr.

*»... wie sehr bedaure ich die Ereignisse, die zu Deiner vorzeitigen Entfremdung von Heim und Familie führten. Mit jeder Faser meines Herzens wünsche ich, daß wir die Uhr zurückdrehen könnten zu den glücklichen Tagen, bevor diese unselige Tragödie sich ereignete. Du mußt in Erinnerung behalten, wie glücklich diese Tage waren, selbst wenn Du Dich an nichts anderes erinnern willst. Welche Freude hattest du an unseren Ritten über die grasigen Hügel und unseren Picknicks am Ramsey Head! Ach, was Du hier hörst, ist das Gefasel einer sentimentalen alten Mutter – aber dies sind die Erinnerungen, die ich in den Tiefen meines Herzens bewahre. Und ich weiß, diese Tage könnten wiederkehren, wenn Du nur zurückkehren wolltest.*

*Nun ist es heraus!*

*Es mag Dir grausam erscheinen, daß ich Dich bitte, an diesen Ort des Jammers zurückzukehren, aber ich muß diese Bitte tun. Du gehörst hierher, meine liebe Margaret.*

*Dein Vater ist vor kurzem verschieden, meine Liebe. Ich bitte Dich nicht, um ihn zu trauern, aber bedenke, daß Du nun hier wieder glücklich sein könntest. Besonders, da ich Dir nun die freudige Nachricht überbringe (Du hast sie vielleicht schon von Mr. Connell erhalten), daß Dein Ian am Leben ist! Oh, Maggie, bitte kehre zurück! Denn Deine Heimstatt ist hier.*

*Aber mehr als das alles, Maggie, zählt eines: Du darfst nicht zulassen, daß der Grundbesitz an Alastair geht. Das Land ist Dein, Tochter, es war immer Dein und wird immer Dein sein. Alastair ist ein Fremder hier wie sein Vater auch, aber ich weiß, daß das Land für Dich Deine Seele ist – wie es das für mich war.*

*Margaret, ich weiß nicht, was aus meinem geliebten Stonewycke werden soll. Ich habe mir geschworen, niemals ein Geheimnis zu enthüllen, das seit Generationen verborgen war, ja das als für immer verschollen galt. Ich fühle mich meinem Großvater Anson näher verwandt, als ich es jemals für möglich hielt. Ich weiß nun, was ihn zu seiner Tat bewog, denn oft fühlte ich mich in gleicher Weise zum äußersten getrieben, und oft gebrauchte ich meine Kenntnis von Ansons Absichten, um Deinem Vater meinen Willen aufzuzwingen. Aber nun ist er dahin, und ich habe es verborgen, und ich blicke auf Dich, daß Du das Erbe des Namens Ramsey fortführst, wenn Du nur zurückkommen willst und Anspruch auf Dein Erbe erheben und auf die Liebe, die Ian und ich Dir entgegenbringen …«*

Hier endete der Brief.

Joanna drehte ihn um in der vergeblichen Hoffnung, noch mehr zu finden. Aber da war nichts mehr. Atlanta Duncans flehentliche Bitten an ihre Tochter waren nicht weiter gelangt als bis zu einem Begräbnis in den Tiefen des Lieblingspsalms ihrer Tochter. Wie konnte Joanna wissen, daß Atlanta, noch bevor sie den Brief vollendet hatte, die Nachricht vom Tode ihrer Tochter erhalten hatte?

Joanna saß auf dem eleganten, staubigen Diwan. Sie las den Brief von neuem. Was wäre wohl geschehen, hätte Margaret diesen brief erhalten? Wie anders wäre dann alles gekommen!

Und da tauchte wiederum dieser Name Anson auf … was mochte das alles bedeuten? Wiederum kamen ihr die geheimnisvollen Worte ihrer Großmutter in den Sinn, und nun fügte deren Mutter dem Rätsel noch einiges an Unerklärlichem hinzu!

Joanna erhob sich und schlenderte müßig zum Sekretär zurück. Vielleicht hatte sie etwas übersehen. Es mußte zumindest einen Hinweis geben – schließlich war es Atlantas Schreibtisch.

Die Hoffnungslosigkeit ihrer Suche hatte sie ermüdet, und Joanna durchwühlte ziellos die Stapel von Briefen, Rechnungen, Kuverts und verschiedenen alten Papieren. Da war ein Brief, den Atlanta an den schon vorher erwähnten Bosley geschrieben hatte. Sie wollte ihn schon beiseiteschieben, als es ihr plötzlich einfiel –

war es nicht ein wenig sonderbar, daß die Dienste eines Glasgower Tischlers in Anspruch genommen wurden, um kleinere Arbeiten auszuführen? Glasgow war sehr weit von Strathy entfernt.

»Vielleicht war er ein Freund der Familie«, dachte Joanna. »Oder einfach der beste Mann auf seinem Gebiet.«

Atlantas Brief gab ihr keine Hinweise; es ging nur um den Kostenvoranschlag. Aber da war ein Brief des Glasgower Tischlers, der das Datum 1846 trug – zwanzig Jahre vor der Rechnung, die sie zuerst gesehen hatte. Sie zog das einzelne Blatt aus dem Umschlag und las den in geschäftsmäßigem Ton gehaltenen Brief:

*»Wir freuen uns, Ihnen mitteilen zu können, daß wir die Arbeit an Ihrem neuem Kinderzimmer in zwei Wochen beginnen können –«*

Joanna schluckte vor steigender Erregung, als sie weiterlas:

*»Wir sind sicher, daß wir die fraglichen Arbeiten rechtzeitig vor dem freudigen Ereignis abschließen können. Unserer Einschätzung nach wäre nur eine Wand zu entfernen und das von Ihnen gewünschte Fenster –«*

Der Brief fiel Joanna aus der Hand.

Hastig durchwühlte sie den restlichen Inhalt der Lade, in der Hoffnung, Bauskizzen oder Pläne zu finden, die ihr einen Hinweis gaben, wo sie suchen sollte. Aber sie fand nichts dergleichen.

Sie stürzte aus dem Zimmer und blickte links und rechts, die schmalen Passagen entlang, und dann geradeaus, den breiten Flur entlang, den sie auf ihrem Weg von der Hauptstiege entlanggekommen war. Wenn sie in Atlantas Zimmer gewesen war, dann befand sich das Kinderzimmer zweifellos in nächster Nähe.

Joanna hastete in den anstoßenden Raum, offenbar ebenfalls ein Schlafzimmer. Ein mächtiges Himmelbett stand darin, ein Garderobenschrank und ein Schreibtisch. Ein rascher Blick auf den Inhalt enthüllte nichts weiter Interessantes.

Sie lief zu dem Zimmer, das auf der anderen Seite an Atlantas Zimmer stieß. Auf den ersten Blick erschien es ihr ebenso uninteressant, wenn auch merklich kleiner.

Es war kaum mehr als ein Alkoven, der ein Sofa enthielt, einen samtbezogenen Sessel mit hoher Lehne und einen niedrigen runden Tisch vor dem Sofa. Joanna schüttelte bestürzt den Kopf und wandte sich schon ab, um den Raum zu verlassen. Wie hatte sie nur denken können, ein Kinderzimmer sei all die Jahre hindurch unverändert belassen worden? Selbst wenn Atlanta es aus nostalgischer Sehnsucht unberührt gelassen hätte, so hätte Alastair doch längst alle Erinnerungen zerstört. Welches Geheimnis auch im Kinderzimmer verborgen sein mochte, es war zweifellos vor langer Zeit mit dem Rest der Möbel abtransportiert worden.

Als sie einen letzten langen Blick zurückwarf, zog das einzige Fenster des Zimmers ihre Aufmerksamkeit auf sich.

»Das ist merkwürdig«, dachte sie. Das Fenster war nicht nur zweimal so hoch, wie es breit war, das Glas stieß auch direkt an den Winkel der Mauern. »Gut geplant haben sie dieses Fenster aber nicht!«

Sie trat zurück in den Raum, ging zum Fenster und preßte das Gesicht dagegen. Es sah fast so aus, als setzte sich das Glas jenseits der trennenden Mauer fort!

»Nun, das Nebenzimmer, in das dieses absonderliche Fenster hineinreicht, sollte man sich näher ansehen!« dachte sie.

Sie eilte zurück in den Flur, wandte sich nach rechts und entdeckte, daß sie gute zwanzig Fuß weit gehen mußte, bevor sich wieder eine Türe öffnete. Als sie einen Blick hineinwarf, entdeckte sie zu ihrer Überraschung keine Spur von einem Fenster, das an die Wand zur Rechten anstieß, sondern ein einzelnes großes Fenster, das genau in der Mitte der Wand saß. Und mehr noch, sie konnte sich – wenigstens ihrer ersten Schätzung nach – nicht vorstellen, daß dieses Zimmer den ganzen breiten Raum ausfüllte, an dem sie auf ihrem Weg hierher vorbeigelaufen war.

Joanna trat zurück auf den Flur, nun völlig verwirrt, und wollte eben in den kleineren Raum zurückkehren, als ein Geräusch, das ihr Blut erstarren ließ, ihre Aufmerksamkeit fesselte.

Sie horchte angespannt. Es gab keinen Zweifel – das war der Lärm sich nähernder Hufschläge!

Sercombe!

Panik ergriff sie. Sie hatte keine Chance, wenn er sie zu fassen bekam, allein, bei der Durchsuchung des Hauses! Und was war, wenn die beiden anderen Männer ihn begleiteten?

Joanna schlüpfte so lautlos wie möglich den Flur entlang. Die Hufschläge wurden leiser. Joanna erreichte die Hintertreppe. Sollte sie treppab laufen und ihr Heil in einer hastigen Flucht aus dem Haus suchen? Wenn Sercombe nicht alleine war, hatten sie vielleicht an allen Ausgängen Wachen aufgestellt! Zweifellos hatten sie ihr Pferd bereits gesehen!

Unter sich hörte sie den Lärm schwerer Schritte auf dem Fliesenboden.

Sie eilte hastig in den dritten Stock und in das Turmzimmer.

Alec ritt wie der Wind.

Er ließ Joanna und Walter Innes bei den Cuttahays zurück und ritt in vollem Galopp nach Port Strathy, und mit jeder Kehre der schlammigen Straße wuchs seine Empörung. Er erreichte in kaum zehn Minuten die Häuschen am Stadtrand, verlangsamte sein Tempo jedoch nicht, bis er um die Ecke der Hauptstraße bog. Umwirbelt von Erdbrocken und mit einem gewaltigen Lärm von Hufschlägen brachte er sein Pferd direkt vor Sercombes Büro zum Halten. Mit einer einzigen raschen Bewegung sprang er aus dem Sattel und stürzte zur Türe des Büros.

Sie war versperrt.

Er rüttelte daran, aber das Tor ließ nicht das geringste Anzeichen erkennen, daß es der Gewalt weichen würde. Er trat dagegen. Dann wischte er den Staub von der Scheibe und lugte hinein, aber drinnen schien alles dunkel und leblos zu sein.

Alec eilte zur Tür nebenan, um Miss Sinclair zu fragen, ob sie irgend etwas über Sercombes Kommen und Gehen wüßte. Sie hatte ihn den ganzen Tag nicht gesehen.

Zutiefst enttäuscht und verärgert, stieg Alec mit müden Gliedern wieder auf sein Pferd. Er überlegte einen Augenblick lang, dann stieß er dem Tier die Fersen in die Flanken und jagte in östlicher Richtung aus der Stadt, Schloß Stonewycke zu. Vielleicht war Dorey während Walters Abwesenheit zurückgebracht worden. Als er sich der Kuppe des Hügels auf der Straße näherte, ließ er das Pferd langsamer gehen. Er konnte beinahe spüren, wie die Muskeln des grauen Wallach vor Erschöpfung zitterten – das Tier brauchte dringend eine Ruhepause. Alec klomm langsam den Hügel hinauf, langsamer als zuvor, aber ebenso grimmig entschlossen.

Stonewycke lag in tiefer Stille. Nirgends war ein Pferd zu sehen; Mrs. Bonner war verschwunden; und ein Rundritt durch das Gut enthüllte nichts von Bedeutung. Niedergeschlagen kehrte Alec in die Stadt zurück, wo er die Straßen auf und ab ritt und jeden, der ihm begegnete, fragte, ob man Sercombe oder Dorey gesehen hätte. Nach zwei Stunden fruchtlosen Suchens und Herumfragens lenkte er sein müdes Pferd zurück zur Farm der Cuttahays.

Als er dort ankam, mußte er jedoch erfahren, daß nun nicht nur Dorey verschollen war, sondern auch Joanna, und weder Walter noch Nathaniel konnten ihm einen Hinweis geben, wann sie aufgebrochen war oder wohin sie gegangen war.

»Was ist, wenn sie nun auch das Mädchen in die Hände bekommen haben?« fragte er, mehr enttäuscht als zornig. »Wie habt ihr beide sie nur aus den Augen lassen können?«

Alec spornte sein geplagtes Pferd und ritt zurück in die Stadt.

Wieder eilte er geradewegs auf Sercombes Türe zu; diesmal wurde er nicht enttäuscht. Ein Licht schimmerte im Inneren.

Alec stürmte auf die Türe zu und stieß sie auf, ohne Zeit mit Anklopfen zu vergeuden. »Sercombe, Sie Schurke«, schrie er, »diesmal haben Sie's zu weit getrieben, und jetzt will ich –«

»Was glauben Sie wohl, wer Sie sind!« ertönte eine Stimme von der gegenüberliegenden Seite des Raumes, wo Jason in lässiger Haltung auf dem samtenen Diwan saß.

Er stand auf und wandte sich dem Eindringling zu.

»Sie!« schrie Alec auf. »Sie sind um nichts besser als Ihr schurkischer Freund von einem Rechtsanwalt. Aber jetzt seid ihr dran, alle beide!«

»Du meine Güte«, sagte Channing in gemessenem Ton, »ich dachte, ihr Bauernlümmel wüßtet von selbst, wo euer Platz ist; aber wie's aussieht, muß ich Ihnen das erst klarmachen.«

Alec fühlte, wie sich sein Haar vor Zorn sträubte, aber er unterdrückte den Drang, sich auf diesen Mann zu stürzen, dessen Äußeres so kultiviert wirkte.

Statt dessen fragte er einfach: »Wo ist Sercombe?«

»Ich wüßte nicht, was Sie das angeht.«

»Ich sage, daß es mich was angeht, und jetzt geben Sie mir lieber Antwort, bevor ich ungemütlich werde«, lautete Alecs hitzige Antwort.

»Soll das eine Drohung sein?« Channings Stimme klang ruhig; nur ein finsteres Glitzern in den Augen verriet ihn.

»Ich seh' Sie erst zum zweitenmal, Mr. Channing, aber ich kann Sie von einem Augenblick zum anderen weniger ausstehen. Trotzdem – ich will mich nicht mit Ihnen anlegen, jedenfalls im Augenblick nicht. Wenn Sie irgendwas wissen, wo Dorey oder Miss Joanna sind, dann sagen Sie mir's oder – »

»Ach, das ist es!« rief Channing spöttisch aus. »Die Eifersucht auf das hübsche Püppchen treibt Sie also –«

Da brachen die Dämme von Alecs Geduld.

Die ganze Wut seines Wikingerblutes flammte explosiv in seinem Inneren auf. Mit zwei Schritten war er bei seinem Gegner, packte ihn mit einer gewaltigen Hand an seinem makellosen weißen Hemd und hob ihn vom Boden hoch.

Channing, der mühsam sein Zittern bezwang, knirschte: »Du Bandit! Du wirst für diesen törichten Angriff bezahlen!«

Er stieß die Hand in Alecs Gesicht, riß sich einen Augenblick lang los und versetzte Alecs Nase einen gutgezielten Fausthieb.

Halb betäubt, hob Alec die Hand und fühlte, wie das Blut zu fließen begann. Ein zweiter harter Schlag traf sein rechtes Ohr. Ermutigt von seinem scheinbaren Erfolg, griff Channing mit verdoppelter Anstrengung an. Alec zog sich zurück. Er zitterte, wenn er an seinen Wutausbruch dachte, aber noch fand er die Kraft für ein stilles Gebet um Selbstbeherrschung.

»Ich will Sercombe«, sagte er mit gepreßter Stimme.

»Bleib stehn und kämpfe wie ein Mann, du Feigling!« brüllte Channing.

»Ich sagte Ihnen schon, ich will keinen Streit mit Ihnen, so gern ich Ihnen auch die Tracht Prügel verabreichen würde, die Sie verdienen«, schäumte Alec.

»Feigling«, spottete Channing, »wenn einer hier Prügel kriegt, dann sind Sie derjenige!« Er zielte einen weiteren Schlag gegen Alecs Bauch.

Alec ballte die Fäuste in dem wilden Bemühen, die Emotionen zu beherrschen, die in ihm tobten. »Ich kämpfe nicht mit Ihnen, Mr. Channing – Sie sind's nicht wert.«

»Feigling!« tobte Channing und machte Anstalten, von neuem zuzuschlagen.

Aber in diesem Augenblick wurde die Türe aufgestoßen und Palmer Sercombe trat ein. Alec wirbelte herum und trat ihm von Angesicht zu Angesicht entgegen.

»Was soll das bedeuten?« rief Sercombe aus.

»Mr. Sercombe«, sagte Alec, der alle Kräfte anspannte, um die Hitze seines Zorns zu beherrschen, »ich will keine weiteren Schlägereien für heute. Ich will nichts tun, was uns beiden leidtäte. Aber was haben Sie mit Dorey gemacht? Und wo ist Joanna Matheson?«

»Weder das eine noch das andere geht Sie etwas an, MacNeil.«

»Und ob es mich etwas angeht! Also, wo sind Sie?« sagte Alec und trat einen Schritt auf ihn zu.

»Mr. Duncan ist in meiner Obhut. Ich brauche Sie wohl nicht darüber aufzuklären, welche rechtlichen Vorkehrungen der Laird selbst vor seinem Tode angeordnet hat. Ich werde daher mit ihm verfahren, wie ich es als das Beste für ihn betrachte. Und alle Versuche von Ihrer Seite –«

»Ihre rechtlichen Vorkehrungen sind mir egal! Ein übler Schurke sind Sie, Sercombe, und ich werde Sie hängen sehen –«

»Ts, ts, mein Lieber«, sagte der Rechtsanwalt kühl. »Bedrohen Sie mich nicht! Ich habe das Gesetz auf meiner Seite. Sie mischen sich in ein rechtliches Verfahren ein, und ich werde den Konstabler holen und Sie verhaften lassen. Dann wollen wir einmal sehen, wer hier hängt!«

»Ich sag Ihnen was, Sie mörderischer Schuft, wenn Sie einem von den beiden ein Leid zugefügt haben, dann kriegen Sie's mit mir zu tun und mit diesen meinen Händen! Danach können Sie mich hängen lassen, wenn's Ihnen Spaß macht. Aber zusehen werden Sie nicht dabei, denn Sie treten als erster den Weg zum Friedhof an!«

Sercombe lachte ein leises, schneidendes Lachen. »Keine Sorge, mein Freund«, sagte er, »dem alten Dorey geht es gut. Ich würde kein Haar auf seinem grauen Haupte krümmen. Ich habe ihn nur aus dem Haus entfernt, zu seinem eigenen Schutz, um ihn vor Hitzköpfen wie Ihnen fernzuhalten.«

»Und Miss Matheson?« sagte Alec und trat einen Schritt zurück.

»Was Ihr hübsches amerikanisches Dämchen angeht – die habe ich nicht gesehen. Soviel ich weiß, hat sie sich in dem Haus auf dem Hügel, das sie so gerne ihr Eigentum nennen würde, häuslich niedergelassen. Warum suchen sie sie nicht dort? Aber das wird ihre einzige Gelegenheit bleiben, sich das Haus anzusehen. Demnächst wird es Mr. Channing gehören, und das törichte Spielchen, das sie unbedingt spielen will, wird vorbei sein!«

Alec erkannte, daß Sercombe ihm nichts weiter sagen würde. Er warf dem Rechtsanwalt einen letzten Blick der Verachtung zu, dann schritt er aus dem Büro, bestieg sein Pferd und galoppierte die Straße entlang, wobei er den Wallach nach Osten und hügelaufwärts lenkte.

Sercombe trat auf seinen Gefährten zu, der sich eine aufgeschürfte und geschwollene Faust rieb.

»Ich hatte soeben ein sehr informatives Gespräch mit unserem Freund Theodore Duncan«, sagte er. »Er enthüllte mir einige höchst interessante Aussichten. Wir müssen hinauf zu diesem

Haus und eine sorgfältigere Suche durchführen, als es mir heute morgen möglich war, mit all diesen Leuten, die da herumliefen. Sieht so aus, als sei das Matheson-Mädchen eine schlimmere Bedrohung, als wir uns vorgestellt haben.«

Joanna rannte die Hintertreppe hinauf, wobei sie zwei Stufen auf einmal nahm.

Oben angelangt blieb sie stehen, sank auf dem Boden zusammen und versuchte, den wilden Schlag ihres Herzens zu beruhigen. Sie horchte von neuem.

Die Schritte kamen näher.

War es nur Einbildung, oder hörte sie jemand ihren Namen rufen?

Die ferne Stimme klang ihren angstverwirrten Sinnen fremd. Aber da war es wieder – es war wirklich ihr Name, gedämpft von den Mauern und Fluren und Zimmern und Decken des mächtigen Hauses.

»Joanna ... Joanna ...!«

Sie stand auf und schlüpfte lautlos die Stiegen hinunter, alle Sinne angespannt.

»Joanna ... Joanna! Wo bist du, Mädchen!«

»Alec!« schrie sie, kaum fähig, ihre Erleichterung zu verbergen. »Alec, hier bin ich!«

Joanna rannte treppab in den zweiten Stock, wandte sich um und jagte durch das Labyrinth von Fluren. Endlich erreichte sie Alec, als er eben auf dem Treppenabsatz der Haupttreppe im zweiten Stock ankam.

»Alec«, stieß sie atemlos hervor, während sie sich in seine Arme warf, »du bist es wirklich. Ich hatte solche Angst ... ich dachte –«

»Schon gut, schon gut«, beruhigte er sie. »Ich bin froh, daß du in Ordnung bist.«

»Ist Dorey ... bei dir?« fragte sie.

Er schüttelte den Kopf. »Nein, ich habe ihn noch nicht gefunden. Aber Sercombe sagt, es geht ihm gut, und das glaube ich ihm sogar. Aber was soll das heißen, daß du so alleine fortgerannt bist?« Er fuhr fort, ohne auf eine Antwort zu warten. »Die arme Letty ist ganz außer sich ... von uns anderen gar nicht zu reden.«

»Es tut mir leid«, antwortete Joanna. »Ich mußte es tun, und ich sah keinen Anlaß, jemand anderen in die Sache zu verwickeln. Aber, Alec«, fuhr sie erregt fort, »ich glaube, ich habe das Kinderzimmer gefunden!«

»Tatsächlich? Nun, wo ist es?« rief er. Er begann seine eigene

Sorge zu vergessen, so sehr zog ihn ihre Aufregung in ihren Bann. »Ich möchte es sehen.«

Sie lief die Stiegen hinauf, während Alec ihr auf den Fersen folgte. Nach ein oder zwei Augenblicken der Verwirrung erreichten sie ihr Ziel. »Ich bin nicht ganz sicher, daß es hier ist«, sagte sie, »und es ist zugemauert, ich war also nicht drinnen. Aber es *muß* das Kinderzimmer sein.«

Alec blickte sie verwirrt an.

»Komm«, sagte Joanna und nahm seine Hand, »ich will es dir zeigen.«

Sie führte ihn zurück, den Korridor entlang, und in den Alkoven neben Atlantas Zimmer.

»Siehst du die Wand? Präge dir ihre Position ein. Und jetzt komm eine Tür weiter.«

Sie rannte beinahe zu dem anstoßenden Raum. »Schau – kein Fenster. Wenn das die Rückseite derselben Wand wäre, dann würden wir doch den übrigen Teil des Fensters an dieser Stelle sehen, nicht wahr?«

»Ziemlich ungewöhnlich«, gab Alec zu.

Er maß die Entfernung zwischen den beiden Türen in Schritten ab, nahm einige zusätzliche Messungen in den beiden Zimmern vor und verkündete schließlich: »Mir bleiben zwölf Fuß übrig ... so viel Platz muß unsichtbar und verborgen zwischen diesen beiden Wänden liegen, ohne Türe -«

»Das Kinderzimmer!« rief Joanna aus. »Ich weiß es einfach, Alec!« Ihre Augen leuchteten vor Erregung.

»Aber warum sollte es zugemauert sein?«

»Wer weiß? Aber eines weiß ich mit Sicherheit: Was meine Großmutter mir sagen wollte, hat mit diesem Zimmer zu tun. Wir müssen einfach hineinkommen.«

»Es ist zugemauert. Was soll ich tun, die Mauer niederreißen?«

»Warum denn nicht, Alec? Warum nicht?« flehte sie.

»Aber ... aber, Joanna. Es ist eine solide Mauer. Wenn irgendjemand uns hier fände –«

»Ich muß hinein. Verstehst du nicht? Und außerdem – vielleicht gelangt das Haus ja doch in meinen Besitz!«

Die Spur eines Lächelns blitzte in ihren Augen auf, als sie sprach.

»Nun, Dorey hätte wohl nichts dagen«, sagte Alec, über dessen Gesicht sich nun allmählich ein Grinsen breitete. »Ich laufe mal schnell hinunter und hole alles Notwendige aus dem Werkzeugschuppen – Mylady!«

»Bitte, Alec«, sagte Joanna und lachte. »Von Mr. Innes lasse ich es mir gefallen, Mylady genannt zu werden, aber nicht von dir. Und ich bin noch längst nicht die Dame des Hauses!«

Alec lachte und machte, daß er fortkam.

Joanna setzte sich auf den samtbezogenen Stuhl im Alkoven. Ihre Gedanken wanderten zurück zu den letzten Tagen und Stunden ihrer Großmutter. Tat sie nun endlich den entscheidenden Schritt, den letzten Wunsch der Frau zu erfüllen? Was würden sie hinter dieser schicksalhaften Wand entdecken?

Kaum zwei Minuten schienen vergangen zu sein, bevor sie Alecs Schritte die Stiegen heraufkommen hörte, begleitet vom Klirren zweier Pickel und eines schweren eisernen Brecheisens. Joanna schob den Sessel auf die gegenüberliegende Seite des Raumes. Gemeinsam hoben sie das kleine Sofa an und trugen es weg.

Zuletzt hob Alec den Pickel, stand etwas zögernd vor der Mauer und warf Joanna einen letzten fragenden Blick zu, als wollte er fragen: »Bist du dir sicher?«

Sie verstand seinen Zweifel und nickte ihm einfach zu.

Er hob den Pickel hoch über seine Schulter, rief Joanna zu, ihm aus dem Weg zu bleiben und schwang den Griff mit aller Kraft. Die Spitze drang mit einem hallenden Krach in die Mauer, viel tiefer, als Alec erwartet hatte.

»Das ist ja gar keine Wand aus Stein und Mörtel!« schrie er. »Das ist nur Lattenwerk und Gips. Offenbar haben sie nicht vorgehabt, die Wand auf Dauer stehenzulassen. Ich bin gleich durch!«

Noch dreimal schlug er mit kräftigen, weit ausholenden Schlägen gegen die Wand, dann hielt er inne. Das Loch maß bereits ein Fuß im Quadrat.

»Kannst du was sehen?« fragte Joanna und trat einen Schritt vor.

»Noch nicht. Der Gipsstaub muß sich erst setzen, bevor wir hineinsehen können.«

»Hack noch ein wenig weg«, beharrte Joanna. »Ich möchte hineingehen.«

»Dann dreh dich um; ich möchte nicht, daß Splitter dir ins Gesicht fliegen«, sagte Alec und hob den Pickel von neuem hoch über den Kopf.

Diesmal machte er keine Pause, bevor er nicht ein Loch gehauen hatte, das zwei Fuß breit und vier Fuß lang war. Er setzte den Pickel ab und riß die vorstehenden Ecken mit der Hand ab.

»Das ist genug – das ist genug!« rief Joanna. »Laß uns hineingehen!«

Sie bückte sich und schob ihren Oberkörper in das Versteck zwischen den beiden Räumen. Kein Zweifel, sie hatten tatsächlich ein abgemauertes Kinderzimmer entdeckt! Aber im Inneren war es beinahe stockfinster, das einzige Licht drang durch das Loch, das sie gehackt hatten, und das war zu wenig, um so mehr, als ihre Körper es zum Großteil verdeckten.

»Wir brauchen eine Kerze!« rief sie Alec zu. »Auf dieser Seite ist auch das Fenster zugemauert.«

»Ich laufe schnell und hole eine«, sagte Alec. »Ich weiß, wo Mrs. Bonner sie aufbewahrt.«

Er verschwand, war aber wieder zurück, bevor Joanna noch anfangen konnte, ihn zu vermissen. Vorsichtig entzündete er den Docht, reichte ihn Joanna durch das Loch und kroch dann selbst hinter ihr hinein.

Nun standen sie endlich in der kleinen verdunkelten Kammer. Eine gespenstige Stille breitete sich um sie aus, als sie im Halbdunkel um sich blickten. Einige Truhen und Garderobenschränke standen an den Wänden, alle für die Größe eines Kindes berechnet; eine Kommode, auf der zwei verblichene Stofftiere lagen. Ein einzelnes Bett stand am entfernten Ende, der Stelle gegenüber, wo das Fenster sich befunden hatte. Es war offenkundig das Zimmer eines Kindes – eines Mädchens, nach den dekorativen Rüschen des Betthimmels zu schließen. Eine gewisse traurige Sehnsucht nach der Vergangenheit schien den Raum zu durchdringen, der mit den ungestörten Spinnweben jahrzehntelanger Ruhe bedeckt war. Eine dünne Staubschicht lag über jedem Fingerbreit des Raumes, wie eine frischgefallene Decke von feinem Novemberschnee.

Weder Joanna noch Alec sprachen ein Wort.

Als sie ehrfürchtig einen Rundgang durch das vergessene Kinderzimmer machten, beschworen die Schatten im Licht der flackernden Kerze in Joannas Hand die gespenstigen Phantome der Vergangenheit herauf. Eine Anzahl Bilder schmückten die Wände: Eine exquisite Kopie von Raphaels *Sixtinischer Madonna*, ein großes gerahmtes Stück Tapisserie, das das Familienwappen und den Stammbaum zeigte, ein Exemplar von Gainsboroughs *Blue Boy* und *Pinky* und eine Anzahl anderer Drucke und Stickereibilder. Joanna fühlte sich augenblicklich fasziniert von einem Ölgemälde, dessen Farben immer noch leuchtend hell waren – dem

Porträt einer Mutter mit Tochter. Es hing über dem Betthaupt, und sie wußte sofort, daß es Atlanta und Margaret darstellte, zu einer Zeit, als das Mädchen etwa neun Jahre alt gewesen war.

Joanna hielt die Kerze nahe an das Gemälde und betrachtete die beiden Gesichter. Mit feuchten Augen wandte sie sich Alec zu.

»Das Gemälde könnte mich darstellen. Genauso habe ich als junges Mädchen ausgesehen.«

Sie wanderten ein zweitesmal rund um den Raum und nahmen sich die Zeit, seinen Inhalt in sich aufzunehmen. Der hervorstechendste Zug blieb die Atmosphäre schweigender Altertümlichkeit, ein ausgegrabenes ägyptisches Grab, das so lebensnah wie nur möglich konserviert worden war.

»Hier ist etwas, Alec, etwas, das uns zu finden bestimmt ist. Ich weiß es ... ich *fühle* es.«

»Hast du irgendeine Vorstellung, wonach wir suchen?«

»Nein. Aber ich meine fast zu fühlen, wie meine Großmutter mich zu erreichen versucht und zu mir spricht, wie sie zu mir sprach, bevor ich fortging: ›Es ist hier, Joanna ... es ist hier. Du mußt es finden!‹«

»Wenn wir nur einen Hinweis hätten –«

»Wir werden es finden. Ich weiß es.« In ihrer Stimme klang eine Sicherheit, die tiefere Wurzeln als bloße optimistische Hoffnungen hatte.

Wieder senkte sich die Stille über sie, aber die nächsten zehn Minuten, in denen sie eifrig forschten, erbrachten kein Resultat. Zuletzt setzte Joanna sich auf den Boden neben dem Eingang, den sie durch die Wand gebrochen hatten.

Aus diesem Blickwinkel fiel Joannas Blick auf *Blue Boy.* Es war immer eines ihrer Lieblingsbücher gewesen. Ihr Blick wanderte nach rechts, hinüber zu der riesigen, bunt geblümten Tapisserie. Etwas daran erregte plötzlich ihr Interesse; die ganze Zeit, die sie im Raum gewesen waren, war ihr nicht aufgefallen, wie vertraut die Stickerei ihr war.

Sie starrte sie lange an. Den äußeren Rand bildeten dekorativ ineinander verschlungene Blätter und Blumen in einer Vielzahl von Farben und Schattierungen. Das obere Drittel zeigte das Familienwappen mit dem einzelnen Wort RAMSEY darunter in der kunstvollst verschlungenen altenglischen Schrift, die man sich vorstellen konnte. Darunter war ein Stammbaum zu erkennen.

Da begriff Joanna.

Sie sprang auf und stürzte zu der Tapisserie, hob die Kerze auf und hielt sie nahe an die Stickerei, die Augen zusammengekniffen, um die winzigen Namen lesen zu können, die mit dünnem schwarzem Faden in das feine Linnen eingestickt waren.

»Das ist es! Natürlich. Alec, das muß es sein! Dies ist das *Original* des Familienstammbaums. Margaret muß dies hier kopiert haben, als sie die kleine Stickerei anfertigte. Dies hier muß einfach Margarets Zimmer sein!«

»Aber wo ist das Geheimnis?« fragte Alec.

»Ich weiß es immer noch nicht!« sagte Joanna aufgeregt. »Warte einen Augenblick ...« Sie langte in ihre Manteltasche. Dort befand sich Margarets Stickerei, wo sie sie vor dem Aufbruch aus dem Haus der Cuttahays hingetan hatte.

Sie reichte Alec die Kerze, dann hielt sie das kleine Leinenstück hoch.

»Es ist genau dasselbe«, hauchte sie.

»Hat das vielleicht etwas mit dem Geheimnis deiner Großmutter zu tun?«

»Ich weiß es nicht. Laß uns die große Tapisserie herunternehmen und ans Licht bringen. Wenn wir hier etwas erfahren sollen, wird es uns im Licht leichter fallen.«

In den Alkoven zurückgekehrt, untersuchten sie die Tapisserie sorgfältig.

Dann sah es Joanna. Etwas war zwischen das Stickbild und den Rahmen eingezwängt. Sie versuchte es mit dem Nagel herauszubohren, erreichte aber nur, daß sie sich den Nagel abbrach. Alec war erfolgreicher mit seinem Taschenmesser. Es war ein alter, rostiger Schlüssel.

Alec schüttelte langsam den Kopf. »Wenn das das Geheimnis deiner Großmutter ist, Mädchen ... an einem Ort wie diesem dauert es bis zum Sankt Nimmerleins-Tag, bis wir das Schloß finden, in das der hier paßt.«

»Da muß noch mehr sein!« sagte Joanna. Sie warf einen Blick auf die Rückseite der Tapisserie, die Alec gegen das Sofa gelehnt hatte. Die Rückseite war mit dickem, altem Papier bedeckt. Als sie mit der Hand darüberstrich, gab das Papier unter dem Druck ihrer Berührung ein wenig nach. Sie stand schweigend, als versuchte sie das Problem in Gedanken zu lösen. Schließlich kam sie zu einem zufriedenstellenden Entschluß und machte sich an die Arbeit.

Sie ließ die Finger über den Rand des Papiers gleiten, wo es am Rahmen befestigt war. Plötzlich hielt sie inne, als sie zu einer

Stelle kam, wo das Papier viel loser befestigt schien als überall sonst.

Zweifelnd blickte sie Alec an.

»Mach weiter, Mädchen«, ermutigte er sie. »Man kann es leicht wieder festmachen. 's ist jetzt zu spät, um aufzuhören.«

Joanna begann das Papier abzureißen, mit dem Gefühl, daß sie etwas Kostbares entweihte. Aber sie erinnerte sich an die Worte ihrer Großmutter. Sie hatte kaum die Hälfte des Papiers vom Rahmen abgerissen, als der Briefumschlag auf den Boden fiel. Mit zitternden Fingern hob Joanna ihn auf und öffnete ihn. Ein altertümliches Dokument, auf Pergament geschrieben, lag darin.

Gemeinsam mit Alec las sie hastig die Urkunde. Einen Augenblick später hob sie den Blick und sah Alec an. Ihre Augen begegneten einander, aber es bedurfte keiner Worte. Dieses Dokument sagte alles.

»Wir müssen es zu Ogilvie bringen«, war alles, was Joanna über die Lippen brachten. »Das ändert alles!«

»Wenn Sercombe das wüßte –« begann Alec, dann hielt er abrupt inne.

»Was ist?« fragte Joanna.

»Ich habe etwas gehört.«

Sie horchten. Nun hörte es auch Joanna – die unverkennbaren Geräusche von Pferden, die über Katzenkopfpflaster trabten. Es waren zumindest zwei, vielleicht noch mehr.

»Das ist nicht Dorey«, sagte Alec. »Der würde nicht so schnell reiten.«

»Sercombe?« fragte Joanna alarmiert.

Alec nickte. »Er hat das Haus schon einmal durchsucht. Und jetzt, wo Dorey und Mrs. Bonner aus dem Weg sind, will er es noch einmal versuchen.«

»Er könnte von dem hier doch nichts wissen?«

»Ich weiß nicht, was der Gauner alles wissen könnte. Aber er ist klug und deckt sich nach allen Seiten ab. Wir mussen hier raus.«

»Aber mein Pferd steht vorne. Sie haben es schon gesehen! Wie können wir von hier entkommen?«

»Meines steht hinten«, antwortete Alec. »Ich glaube, ich finde den Weg hinaus. Komm!«

Joanna schob den Schlüssel und das Dokument in ihre Tasche, dann eilten sie aus dem Raum, schlossen sorgfältig alle die äußeren Türen, um die Spuren ihrer Tätigkeit zu verbergen, und schlüpften den Korridor entlang zur Hintertreppe.

Der Klang der Hufschläge war verstummt; nun hörten sie unter sich und hinter sich Schritte, die die Hauptstiege heraufkamen. Alec und Joanna schlichen die Hintertreppe hinunter, so schnell sie es nur wagten. Als sie das Erdgeschoß erreichten, ergriff Alec Joannas Hand und führte sie durch verschiedene enge Flure, wobei er sich erst nach rechts wandte und dann nach links. Sie befand sich nun in Regionen des Hauses, die sie noch niemals gesehen hatte. Schließlich kamen sie an ein Hintertürchen, das sich an der Rückseite des Hauses in der Nähe der Ställe öffnete.

»Komm«, sagte Alec, der immer noch vorauseilte, »mein Pferd ist dort drinnen.«

Im Augenblick saß er im Sattel, schwang Joanna hinter sich aufs Pferd und trieb das Tier dann vorsichtig an. Als sie um die Rückfront des Hauses bogen, sagte Alec: »Nun halt dich gut fest, ich will dich nicht verlieren!«

Er faßte die Zügel fest und stieß dem Pferd die Fersen in die Weichen. Das Pferd bäumte sich ein wenig auf, dann schoß es wie der Blitz zur Vorderseite des Hauses und zum Tor hinaus, während Joanna sich fest an Alec klammerte.

»Mr. Sercombe ... Mr. Sercombe!« schrie Tom Forbes alarmiert, als sie neben seinem Beobachtungsposten an der Vordertüre vorbeibrausten, »sie sind hier! Sie entkommen!«

Er stürzte durch die Türe, immer noch brüllend.

Alec verlangsamte sein Tempo nur geringfügig, als er das Pferd von der Landstraße weg lenkte, den Pfad durch den Hohlweg hinunter, auf der anderen Seite hinauf und wie der Sturmwind über die offenen Weiden, auf das Häuschen der Cuttahays zu. Dort sattelte er in aller Eile zwei frische Pferde für sich und Joanna und befahl Walter Innes, bis zu ihrer Rückkehr an Ort und Stelle zu bleiben. Sie saßen auf und jagten davon, während Alec noch über die Schulter zurückschrie: »Wir kommen zurück, so bald wir können ... und Walter, sieh zu, daß du ein Gewehr zur Hand hast!«

# NOCH EINMAL CULDEN

Zwei Stunden später saßen Alec und Joanna Gordon Ogilvie im Wohnzimmer seines Hauses gegenüber. Sie hatten einen scharfen und ermüdenden Ritt hinter sich.

»Wollen Sie wirklich zu so später Stunde noch zurückreiten?« fragte der Rechtsanwalt, während er seine Tasse auf der Untertasse abstellte und sich die Mundwinkel mit einer Serviette abtupfte.

»Wir sollten dort bleiben, wo wir Sercombe am besten beobachten können«, antwortete Alec.

»Oh, ja«, sagte Ogilvie mit einem wissenden Glitzern im Auge. »Auf den muß man jetzt ein scharfes Auge haben, das stimmt.«

»Ich habe Angst um Nathaniel und Letty«, fügte Joanna hinzu. »Wir müssen so schnell wie nur möglich zurückkehren.«

»Ich kann kaum glauben, was ihr da gefunden habt«, fuhr Ogilvie fort, »obwohl ich hier sitze und es mit eigenen Augen ansehe. Wer hätte das gedacht – im Leben habe ich noch nie gehört, daß – nun, wenn das Sercombe nicht aufhält, dann wird es ihn zumindest ganz schön bremsen.«

»Wir wollen es hoffen«, sagte Joanna, »aber sind Sie sicher, daß wir nicht zu spät dran sind?«

»Ungefähr hundert Jahre zu spät, wenn es nach diesem Dokument geht«, überlegte Ogilvie. »Aber ich glaube, das macht es um nichts weniger verbindlich. Ich werde ein oder zwei Telegramme absenden müssen, juristische Präzedenzfälle heraussuchen und all das – vielleicht muß ich sogar eine Reise zur Provinzbehörde machen, wenn das Telegramm nicht genügt.«

»Ist noch Zeit genug?« fragte Alec besorgt.

»Ich weiß es nicht. Es wäre am besten, wenn ich nach Aberdeen fahren könnte, aber dazu ist ganz gewiß keine Zeit mehr. Ich sollte imstande sein, alle notwendigen Bestätigungen rechtzeitig vor der Stadtversammlung beisammen zu haben – in zwei Tagen. Habt ihr nicht gesagt, bei dieser Gelegenheit sollten die Unterschriften geleistet werden?«

Joanna nickte. »Aber glauben Sie nicht«, sagte sie, »daß alles, was Sie über Channings Pläne entdeckt haben, für sich allein schon genügen würde, die Verhandlungen zu stoppen?«

»Kein Zweifel, daß die Leute aus dem Städtchen über Sercombe herfallen würden. Aber ihr Mißfallen, wie heftig es auch sein möge, würde keinerlei rechtliche Auswirkung auf den Verkauf haben – außer, daß es vielleicht einen Aufruhr verursacht.«

Er lehnte sich zurück und trank einen Schluck Tee. Unbewußt suchten seine Finger nach seinen Brillengläsern und rückten sie auf der Nase zurecht, als könnte dieses Ritual ihm helfen, bislang übersehene Möglichkeiten zu entdecken.

»Ich bin Sercombe einmal entgegengetreten«, sagte er, und für einen kurzen Augenblick der Erinnerung wanderte sein Blick zum Fenster hinaus. »Es ging um eine fragwürdige Grenze zwischen dem Besitz der Duncans und dem einer meiner Klienten – ein kleiner Streitfall, genau genommen. Aber er hat es mir bis heute nicht vergessen.«

»Warum ... was geschah?«

»Der Gerichtshof stellte sich auf meine Seite. Sercombe hat später einige sehr beißende Bemerkungen an meine Adresse gerichtet.«

Er beugte sich vor, spielte wieder an seiner Brille herum und wandte seine Aufmerksamkeit von neuem dem Dokument zu, das vor ihm auf dem Tisch lag.

»Nein«, fuhr er fort, mit einem müden Seufzer, der ein jähes und seltenes Licht auf das hohe Alter des Rechtsanwalts warf, »er muß auf juristisch einwandfreie Weise gestoppt werden. Sonst, fürchte ich, wird er aus uns allen Kleinholz machen.«

»Und dies hier ist juristisch bindend?« fragte Joanna.

»Ihre Geburtsurkunde und andere vorschriftsmäßige Dokumente wären natürlich das Beste. Aber bis wir die aus Amerika beschaffen können, wäre der Verkauf besiegelt und wir könnten nichts mehr unternehmen. Diese Urkunde ist die einzige Chance, die wir haben. Sie können nur dankbar sein, daß Sie beide sie als erste gefunden haben.«

»Wir sollten jetzt lieber gehen«, sagte Alec und stand auf. »Wir sollten uns am besten auf der Farm der Cuttahays treffen – am Morgen der Versammlung.«

»Gut so«, antwortete Ogilvie und geleitete sie zur Türe.

Es war schon Abend, als sie von Culden wegritten, die Schatten begannen länger zu werden, und die Mitternachtssonne tauchte die Landschaft in rosafarbene und orange Farbtöne. Zu ihrer Linken lag der Dorminwald schon tief im Schatten. Als sie daran vorbeiritten, nahm Joanna sich vor, den Wald eines Tages unter erfreulicheren Umständen zu erforschen – sobald diese Angelegenheit bereinigt war.

Sie querten die schmale hölzerne Brücke über den Lindow, und nun zog der Gipfel des Marbrae zur Rechten ihre Blicke auf sich. Sie ritten ein Stück weiter, da zog Alec plötzlich die Zügel an, und sein Pferd hielt an.

»Komm, wir wollen der Marbrae hinaufreiten«, sagte er und wandte sich zu Joanna um. »Die Aussicht um diese Tageszeit ist etwas, das du unbedingt gesehen haben mußt.«

»Ich bin so müde«, wandte Joanna ein.

»Es dauert nur ein paar Minuten hinauf und wieder hinunter«, beharrte Alec.

Joanna nickte zustimmend und folgte ihm, als er von der Straße abbog und sie den Pfad hinaufführte, den sie schon einmal gemeinsam gegangen waren. Ihre Pferde trugen sie mit sicherem Tritt den steilen Anstieg hinauf über den felsigen Grund, bis sie zuletzt auf dem Gipfel standen. Sie stiegen ab, banden ihre Pferde an einen struppigen Busch und schlenderten langsam umher, wobei sie nach allen Richtungen auf das Land hinabblickten.

Im Abendlicht sah alles ganz anders aus als sonst. Der Hafen und das Städtchen lagen unter Nebel verborgen, der Zoll um Zoll tiefer ins Land kroch. Die Bauernhöfe des Tals lagen schweigend in der Ferne. Der Dormin war jetzt nur mehr ein verschwommener Fleck unter ihnen, und fern im Osten brachen sich die letzten Sonnenstrahlen des Tages unregelmäßig an den geometrischen Mauern und Fenstern von Stonewycke.

»Was wirst du tun«, fragte Alec schließlich leise, »wenn es nicht klappt? Wenn Sercombe trotz allem die Oberhand behalten sollte?«

»Ich weiß nicht. Ich bemühe mich, nicht daran zu denken.«

»Ich hab' dich sagen gehört, du hättest kein Zuhause mehr in Amerika. Aber es ist doch dein Heimatland.«

»Jetzt nicht mehr, Alec.«

»Aber wenn diese Stadt, dieses Tal, an Channing verkauft würden ... was hielte dich dann noch hier? Es sei denn ...«

Er stolperte über die Worte. Irgendwie kamen sie nicht so heraus, wie er es vorgehabt hatte.

Joanna blickte Alec eine lange Sekunde an. Dann wandte sie sich der sinkenden Sonne zu. Sie wollte sich mit diesen Entscheidungen nicht auseinandersetzen. Was war, wenn sie hier nun doch keine Heimat hatte?

»Mein Großvater ist hier«, sagte sie schließlich.

Warum konnte sie nicht in Worte fassen, was ihr wirklich auf dem Herzen lag?

»Ja, Dorey wird dich brauchen, das stimmt«, antwortete Alec. Ihm war zumute, als müßte er bersten unter dem Druck der Gefühle, die in ihm tobten. *Sprich aus, wie dir zumute ist, Mann!* rief er sich insgeheim zu.

Eine Ungewißheit nagte ganz besonders an ihm. Er *mußte* es einfach wissen.

»Und vielleicht bleibt ja auch Mr. Channing hier«, platzte er heraus. Er bereute die Worte, kaum daß sie ihm über die Lippen gekommen waren.

»Mr. Channing!«

Joanna wirbelte herum, das Gesicht verzerrt vor Überraschung und Zorn.

»Er ist 'n gutsituierter Herr«, stammelte Alec. »'ne Menge Frauen wären froh –«

»Alec MacNeil! Wie kannst du es wagen!« fiel ihm Joanna ins Wort. Ihr Zorn blitzte ihm jetzt unverhüllt entgegen. »Daß du nur denken kannst, ich wollte irgendetwas zu tun haben mit diesem – diesem –«

Sie stieß zischend den Atem aus.

»Ich will nicht einmal darüber reden!«

Sie fegte an ihm vorbei, den Hügel hinunter, auf die Pferde zu. Hastig band sie ihr Pferd los, schwang sich in den Sattel und trabte den Pfad hinunter davon.

Alec stand einige Augenblicke lang wie erstarrt da, verloren und bestürzt. Wie sehr fühlte er sich als unbeholfener Narr! So hatte er sich diesen kleinen Ausflug auf den Marbrae nicht vorgestellt. Warum hatte er überhaupt den Vorschlag gemacht?

Nun fragte er sich, ob er wohl jemals eine zweite Chance bekommen würde.

Langsam schritt er auf sein Pferd zu, schwang sich in den Sattel und ritt hinter Joanna her den Berg hinunter und die Straße nach Port Strathy entlang.

Als Joanna die Farm der Cuttahays erreichte, war sie Alec immer noch ein Stückchen voraus, aber bereits merklich abgekühlt nach ihrem Ausbruch auf dem Marbrae. Sie ging auf das Haus zu, und Überraschung malte sich auf ihren müden Zügen, als sie von Olive Sinclair begrüßt wurde, die mit Letty und Nathaniel beisammen saß.

Olive war die erste, die als Antwort auf ihren fragenden Blick das Wort ergriff.

»Ach, Mädchen«, sagte sie, »ich fürchte, ich bringe keine guten Nachrichten.«

»Dorey ist etwas zugestoßen!« rief Joanna entsetzt.

»Nein. Er wird immer noch vermißt, das ist wahr, aber niemand hat gehört, daß er zu Schaden gekommen wäre.«

Eben da trat Alec durch die Türe, sprach jedoch kein Wort.

»Olive kam hier 'rausgeritten«, sagte Nathaniel, »um uns zu erzählen, daß Sercombe die Stadtversammlung um ein' Tag vorverlegt hat – auf morgen Mittag!«

»O nein!« rief Alec aus. »Das läßt uns nicht genug Zeit! Wir haben Ogilvie gesagt, er solle nicht vor übermorgen kommen!«

»Wir hätten drauf gefaßt sein müssen, daß der Lump noch irgendwas Hinterlistiges tut«, sagte Nathaniel.

»Es ist ein Wunder, daß wir überhaupt davon erfahren haben«, sagte Olive. »Er wollte es vor uns geheimhalten, so viel ist sicher! Ihr wißt, für gewöhnlich bin ich die erste, die jeden Klatsch und Tratsch in der Stadt erfährt. Aber heute morgen kam kaum eine Menschenseele in meinen Laden. Dann, nach dem Mittagessen, kam Rose Creary 'rein. Sie sah sich eine Weile um und suchte sich ein paar Sachen aus. Dann kam sie zur Theke – und hatte die ganze Zeit noch nicht mal den Mund aufgemacht, die ganze Zeit nicht! Aber dann, grade, als sie wieder rausgehen wollte, da platzt sie 'raus: ›Miss Sinclair, Sie haben genau so'n gutes Recht wie alle anderen, daß Sie's erfahren!‹

›Was erfahren?‹ frag' ich.

›Wegen der Stadtversammlung. Die soll morgen sein, und Mr. Sercombe sagte, wenn das Mädchen aus Amerika dabei wär, würde sie versuchen, der Stadt alles zu verderben.‹

›Und warum sollte ich nichts davon erfahren?‹ frage ich.

›Er sagte, wenn Sie oder die Cuttahays oder der Tierarzt was wüßten, dann würden Sie's ihr sagen, und dann würde sie uns allen Ärger machen. Er ließ alle wissen, sie sollten kommen, aber Ihnen allen gegenüber den Mund halten. Nun, ich kenn' das Mädchen nicht. Hab sie nur ein- oder zweimal gesehen, und da sah sie richtig nett aus.‹

›Und warum haben Sie sich nun doch entschlossen, daß Sie mir's sagen wollen, Rose?‹ frage ich.

›Nun, eben deshalb, weil ich dachte, wenn das Mädchen was zu sagen hätt', dann sollten wir auch 'ne Chance haben, daß wir's hören.‹ Wir sind Rose also einigen Dank schuldig«, schloß Olive mit einem langen Seufzer.

»Nun, eine gute Seite hat die Geschichte«, sagte Alec. Die anderen warfen ihm fragende Blicke zu. »Die Crearys haben sich anscheinend nicht völlig von Sercombe einwickeln lassen – und das läßt mich hoffen, daß auch andere auf Joanna hören werden.«

»Das stimmt schon, Junge«, sagte Nathaniel. »Aber du vergißt etwas – daß wir hier Beweise brauchen, nicht bloß Gerede.«

»Und die Beweise hat Mr. Ogilvie«, sagte Joanna betrübt. »Und der kommt erst in zwei Tagen.«

»Dann muß ich eben zurückreiten und ihn holen«, sagte Alec.

»Junge, du mußt doch völlig erschöpft sein«, sagte Nathaniel.

»Es bleibt uns keine Wahl«, antwortete Alec. »Ich ruhe mich hier ein bißchen aus, und dann mach' ich mich auf den Weg. Ogilvie und diese Urkunde müssen zur Stadtversammlung hier sein, oder alles ist verloren, ob er nun die Zeit hat, seine Telegramme abzusenden oder nicht. Aber wir müssen tun, was in unserer Macht steht, egal, wie viele Richter und Rechtsanwälte wir aus dem Bett jagen müssen.«

»Ich richte dir schon mal etwas Brot und Suppe her«, sagte Letty und stand auf. »Und dann mach ich dir das Bett.«

»Vielleicht kannst du Innes' Auto nehmen«, schlug Nathaniel vor.

»Bei den Straßen hier, fürchte ich, würde es längst nicht so schnell damit gehen, als wenn ich reite und ein paar Abkürzungen nehme«, antwortete Alec. »Wenn das Treffen zu Mittag stattfindet, sollten wir rechtzeitig wieder zurück sein. Ihr anderen, geht hin und wartete nicht auf mich, wenn ich noch nicht zurück bin. Haltet Sercombe auf, so gut ihr könnt.«

»Aber was ist mit dem armen Dorey?« fragte Letty.

»Er ist der einzige Mensch, der bezeugen kann, wer ich bin«, sagte Joanna.

»Ich zieh morgen gleich bei Tagesanbruch los und hole Walter, und wir beide suchen ihn«, sagte Nathaniel. »Irgend jemand muß ihn doch gesehen haben.«

Alec verließ das Haus, um nach seinem Pferd zu sehen. Olive erhob sich, um Letty mit dem Abendessen zu helfen. Nathaniel stocherte im Feuer und warf ein weiteres Scheit hinein. Joanna folgte Alec nach draußen, wobei sie sich bemühte, ungesehen hinauszuschlüpfen. Er hatte seinem Pferd den Sattel abgenommen, und nun rieb er es mit Stroh ab und flüsterte sanft in sein Ohr.

Er hörte den weichen Klang von Joannas näherkommenden Schritten, wandte sich aber nicht um.

»Alec ... es tut mir leid.«

»Nicht nötig, sich zu entschuldigen, Ma'am.«

»Doch ... doch. Ich hätte dich nicht so anfahren sollen. Verzeih mir ... bitte.«

Alec drehte sich um und blickte sie an. »Du müßtest wissen, daß ich dir verziehen hab, bevor du noch drum gebeten hast«, sagte er. Er zögerte einen Moment, dann fügte er hinzu: »Es ist nur eben schwer für einen Mann wie mich, nicht eifersüchtig auf einen wie Channing zu sein, der –«

»Alec«, unterbrach ihn Joanna, »glaub mir, es gibt keinen Grund, ihn zu beneiden.«

Alec antwortete nicht, sondern fuhr fort, seinem Pferd den Rücken zu striegeln.

»Glaubst du, Ogilvie wird noch Zeit genug haben, etwas zu tun?« fragte Joanna und lenkte das Gespräch damit zu dem Dilemma zurück, das sie zur Zeit am meisten beschäftigte.

»Wir müssen einfach unser Bestes tun.«

»Alec ...« sagte Joanna, dann zögerte sie und blickte beiseite.

»Was ist?«

»Ich weiß nicht, ob ich ... Ich glaube nicht, daß ich die Versammlung und alles, was dort vielleicht passiert, ertragen könnte, wenn ...«

»Wenn was?«

»- wenn du nicht bei mir bist, Alec.«

Alec wandte sich zu ihr um und blickte ihr in die Augen. »Ich werde da sein«, sagte er. »Aber ... Joanna«, fuhr er fort, und als er ihren Namen aussprach, zitterte seine Stimme ein wenig, »du wirst vorsichtig sein, hörst du?«

Er streckte behutsam die Hand aus und ergriff ihre Rechte.

»Wenn ich's aus irgendeinem Grund nicht schaffe, zurückzukommen, dann paß auf dich auf.«

»Das werde ich tun, Alec.«

»Ich könnte es mir nicht verzeihen, wenn dir etwas zustieße, solange ich unterwegs bin.«

»Mach dir keine Gedanken. Nichts wird geschehen.«

»Diese Kerle kennen keine Skrupel. Sie könnten versuchen, dir ein Leid anzutun.«

»Komm nur zurück, so schnell du kannst, Alec. Und ... sei du auch vorsichtig.«

»Ich werde reiten wie der Wind.«

# DER ALTE MANN UND SEINE VERGANGENHEIT

Nahe der Stelle, wo sich die felsige Masse von Ramsey Head in die nördliche schottische See hinausschob, gab es eine Ansammlung von Brandungshöhlen. Die meisten lagen beständig unter Wasser, es sei denn zu Zeiten einer sehr niedrigen Ebbe. Zwei oder drei jedoch blieben trocken und behaglich, wie hoch das Wasser auch steigen mochte. Sie boten den zahlreichen wilden Ziegen Schutz, die auf den grasigen Anhöhen des Ramsey Head herumstreiften, wenn sie zur Zeit der bittersten Winterstürme auf die dem Wind abgewandte Seite des Felsvorsprungs herabkamen. Aber an diesem Tag hielten die Stimmen anderer Bewohner die Ziegen fern.

Zwei Männer kauerten in den dunklen Tiefen der Höhle, die am weitesten östlich von Strathy lag. Einer der beiden lehnte an den Felsen und hielt ein Gewehr auf den Knien. Er führte soeben mit unsicherer Hand eine Whiskyflasche zum Mund.

Es war Tom Forbes.

»Schätzen Sie sich glücklich, Euer Gnaden«, sagte er mit schwerer Zunge, dann nahm er einen neuerlichen Schluck aus seiner Flasche. »Hätte schlimm ausgehen können, wenn ich nich' für Sie eingetreten wär'.«

»Danke, Tom«, antwortete der andere Mann im Tonfall echter Dankbarkeit. Dorey Duncan saß seinem Kerkermeister gegenüber, bleich und zerzaust, an Händen und Füßen nachlässig mit einer Länge verrotteter Hanfschnur gebunden.

»Komm' Sie mir nich' mit Ihr'm ›Danke, Tom‹, Euer Gnaden«, gab Tom böse zurück. »Als wär ich nich' mal gut genug, daß Sie mir böse sind.«

Forbes tat einen weiteren langen, tiefen Zug aus seiner Flasche.

»Aber jetzt bin ich an der Reihe. Sie haben gar nich's mehr – und jetzt bin ich derjenige, der ›Euer Gnaden‹ genannt wird – ich derjenige, zu dem die Leute aufschauen. Deswegen hab ich denen gesagt, sie sollten Ihn' nich's antun – ich möchte nämlich, daß 'n Duncan« – er spie den Namen voll Abscheu aus – »zugucken muß, wie'n anderer auf sein'm tollen Grundbesitz rumlatscht!«

»Es tut mir leid, daß du das so empfindest, und ich kann es verstehen. Aber glaub mir –«

»Pah!« Tom spuckte auf den Boden. »Unschuldig wie'n neugeborenes Kindlein, was?«

»Ich bezweifle sehr, daß ich unschuldig wie ein neugeborenes Kindlein bin – obwohl ich nicht weiß, was du mir zum Vorwurf machst.« Dorey hatte die Worte kaum ausgesprochen, als er sich auch schon fragte, ob er nicht sein Gewissen mit einer weiteren Sünde belastet hatte, einer Unterlassungssünde, indem er viel zu lange geschwiegen hatte. Ja, er hatte gesehen, wie gleichgültig Alastair mit seinen Pächtern umging. Aber er hatte nichts gesagt. Was hätte er schon ausrichten können?

Aber letztendlich – jetzt, wo es zu spät dafür schien – hatte Dorey zu begreifen begonnen, daß er Stonewycke und Port Strathy und die dazugehörigen Menschen liebte. Aber sein Leben lang hatte er ihnen – Menschen wie Tom Forbes – niemals Mitgefühl entgegengebracht. Selbst die Gärten hatte er nur zu seinem eigenen Vergnügen gepflegt.

»Vielleicht war'n Sie ja bloß'n armer Irrer die ganzen Jahre lang«, brach Tom Forbes mit einem bösen Lachen in seine Gedanken ein. »Aber ist ja egal – Sie selbst hätten hängen sollen!«

»Was ... ich ... ich weiß nicht«, stammelte Dorey. Aber er wußte nicht, was er sagen sollte.

In letzter Zeit waren ihm manche Dinge in beängstigender Weise klarer geworden, aber da war zuweilen immer noch ein solcher Nebel – ein schrecklicher Nebel. Er erinnerte sich –

Aber noch bevor er das halbgeformte Bild festhalten konnte, das in seinen Gedanken Gestalt anzunehmen begann, schnitt Tom Forbes Stimme wieder durch die Luft.

»Mein Daddy hat bloß die Dreckarbeit für Sie gemacht. Ich war bloß'n Kind damals, aber ich hab gehört, wie er Mutter erzählte, was geschehen war – er wurde dazu getrieben, den Herrn von Falkirk zu ermorden. Aber Sie ... Sie ...« Forbes Stimme stammelte dahin und erstarb; sein vom Alkohol umnachtetes Gehirn konnte nicht mehr die Wahl treffen zwischen den verschiedenen Anschuldigungen. Er hob die Flasche von neuem an die Lippen.

Dorey rieb sich mit den Händen übers Gesicht. »Oh Gott«, stöhnte er. »Wie konnte ich das zulassen ...«

Es hatte geregnet. Ein Unwetter ergoß sich vom Himmel herab, als wollte es die Erde durch seine schiere Wucht reinigen. Als Ian nach James' Ausbruch von Gewalttätigkeit aus den Ställen von Stonewycke gestolpert war, hatte er gedacht, er würde niemals wieder dorthin zurückkehren. Aber etwas zog ihn zurück; ein vages Gefühl, daß er das Pferd Maukin haben mußte, denn in seiner

Umnachtung sah er nur einen einzigen möglichen Ausweg aus seinen Problemen – er mußte George Falkirk finden, den Mann, der zwischen ihm und seiner Liebsten stand.

Und dennoch – noch während Ian die kastanienbraune Stute aus dem Stall führte, fühlte er, wie Widerwillen seine Schritte hemmte. Er sehnte sich verzweifelt danach, seine Maggie zu sehen, ihre Nähe zu fühlen, ihre sanfte Stimme zu hören. »Oh, Maggie …«

Aber er hatte Angst.

Da war die Angst, was James ihm antun mochte, wenn er zurückzukehren versuchte. Aber da war noch etwas anderes – ein unbestimmtes Weh in seinem Herzen, eine Furcht, die er nicht einmal in Worte fassen konnte, daß Maggie ihn ihrem Vater nicht vorziehen wollte – nicht vorziehen konnte. Und Ian Duncan, der sein ganzes junges Leben lang vor seinen Ängsten davongelaufen war, konnte dieser schlimmsten Furcht von allen nicht ins Auge sehen. Und so schlich er sich fort vom Gut, und als er weit genug entfernt war, bestieg er die Stute und galoppierte in die volle Wucht des Sturmes hinein. All seine Ängste und Frustrationen verschmolzen zu einem einzigen furchtbaren Ziel: Falkirk sollte seine Tat bezahlen!

In Kairn hatte Ian das zweifelhafte Glück, seinen Widersacher allein im Stall vorzufinden. Was er vorhatte, daß er sein goldfarbenes Pferd zu so später Stunde sattelte, konnte Ian nicht einmal erraten. Aber es machte ihm alles leichter.

»Falkirk!« schrie Ian.

Und als der junge Gentleman ihm sein attraktives, arrogantes Gesicht zuwandte, war die Spur eines spöttischen Lächelns darauf zu sehen. Denn in diesem Augenblick bot Ian – bis auf die Haut durchnäßt, bleich, mit wilden Augen – nicht den Anblick eines ernstzunehmenden Gegners. Dennoch, Falkirk hatte Ian an diesem Tag schon einmal unterschätzt und mit einer gewaltigen Tracht Prügel für diesen Irrtum bezahlt. Er würde nicht noch einmal so närrisch sein.

»Sie haben ja Nerven!« brüllte er zurück. »Wenn Sie sich nochmals prügeln wollen, dann können wir ja gleich anfangen!« Und mit diesen Worten sprang er auch schon auf Ian los und stieß ihn auf den strohbedeckten Lehmboden des Stalles nieder.

Die Ereignisse des Abends hatten Ian viel von seiner Kraft gekostet. Er war längst nicht mehr der ebenbürtige Gegner, der er kurz zuvor im Gastraum des »Wind und Wellen« gewesen war. Aber Körperkraft war nicht unbedingt nötig zu einem Zeitpunkt, wo Zorn und Furcht sein ganzes Wesen beherrschten. Ein paar Sekunden lang rangen die beiden Männer im Schmutz miteinander, bis Ian schließlich Falkirks kraftvollen Körper von sich wegstoßen konnte.

Sie kamen beide wieder auf die Füße und starrten einander mit funkelnden Augen an. Dann huschte Falkirks Blick über den nebstbei stehenden Tisch, auf dem ein Messer zum Lederschneiden lag. Er griff blitzschnell danach und stürzte sich wieder auf Ian.

»Ich hätte das Recht, Sie zu töten!« schrie Falkirk. »Sie sind ein Rasender!«

»Nein!« schrie Ian zurück und wich dem Stoß aus, »ich wäre derjenige, der das Recht hat –«

Das Messer schoß von neuem auf ihn zu. Vergeblich versuchte er, Falkirks Handgelenk zu packen, um die Klinge abzuwenden – er verschätzte sich und bekam die Klinge zu fassen, die seine Hand quer über die Handfläche aufschlitzte. Blut quoll reichlich aus Ians Arm und floß auf den Boden.

Ian erstarrte. Ebenso geschockt und augenblicklich unfähig, sich zu bewegen, machte Falkirk keine weitere Bewegung auf ihn zu.

In dieser kurzen Atempause wurde Ian plötzlich klar, daß einer von ihnen beiden den anderen töten würde. Er hatte an Mord gedacht, als er hierher gekommen war. Aber in dem blinden Zorn, der ihn getrieben hatte, war die Vorstellung weitab von aller Realität angesiedelt gewesen. Nun wußte er plötzlich, daß es wirklich geschehen konnte. Entweder er selbst oder Falkirk würde sterben. Kein anderes Ende war denkbar.

Bei dem Gedanken erfüllte plötzliches Grauen sein Herz.

Aber Ian sollte niemals erfahren, ob er sich in diesem Augenblick tatsächlich zurückgezogen hätte. Denn im nächsten Moment erwachte Falkirk zum Leben und stürzte sich mit dem blutverschmierten Messer auf ihn. Diesmal packte er Falkirks Arm und stieß ihn mit aller Kraft von sich. Falkirk torkelte rücklings, stolperte, und fiel – sein Kopf krachte gegen eine Kante des Tisches, auf dem das Messer gelegen war. Der Körper des jungen Herrn lag auf dem festgestampften Lehm ausgestreckt, eine dünne Blutspur sickerte über seine Schläfe herab. Langsam trat Ian näher, aber Falkirk bewegte sich nicht mehr.

»Ich habe ihn getötet!« Die Worte kamen lautlos von Ians Lippen. Er wartete gerade lange genug, um zu sehen, daß die stolze Gestalt sich auch weiterhin nicht bewegte, dann preßte er seine verletzte Hand an den Leib und floh in der Todesqual von Selbstvorwürfen erfüllter Verzweiflung. Der Sturm verschlang ihn, und der erste von vielen Nebeln senkte sich auf seinen Geist. Er sollte erst fünfzig Jahre später erfahren, daß George Falkirk sich in dieser Nacht noch einmal geregt hatte, noch einmal aufgerichtet hatte, um Streit anzufangen, nur um neuerlich – und diesmal zum letzten Mal – niedergestreckt zu werden – von der Hand eines habsüchtigen Spießgesellen des glücklosen Erben von Kairn.

Dorey blickte auf seine Hand nieder und rieb die Narbe auf der Handfläche, als klaffte die alte Wunde immer noch blutend. So viele Jahre lang war er vor dem Schmerz geflohen – dem Schmerz der Erinnerung. Aber selbst jetzt, wo dieser Schmerz ihn schließlich überschwemmte, begriff er, daß seine Fähigkeit, das alte Leid wieder zu fühlen, den Beginn der Heilung anzeigte.

Plötzlich sah er die Ereignisse dieser Schreckensnacht vor sich, als wären sie eben erst geschehen. Seine Hände zitterten jetzt wie damals, als er vom Schauplatz des Verbrechens geflohen war, das er begangen zu haben fürchtete. Es war jedoch nicht allein Schmerz, woran er sich jetzt erinnere, denn da war auch eine Vision süßer Augenblicke in Maggies Gesellschaft, die Entdeckung der Schönheit des Landes, und – um nichts weniger bedeutsam – die Entdeckung von Maggie Duncans Schönheit. Da waren Schmerzen gewesen – ja. Aber da waren auch wunderbare Zeiten gewesen. Und vielleicht galt Doreys größtes Bedauern dem Umstand, daß das Vergessen wohl den Schmerz gestillt hatte, daß es ihm aber auch die kostbaren Erinnerungen vorenthalten hatte, die Erinnerungen, die seinem Lebensabend ein Trost gewesen wären. Wenn nur ... wenn nur ...

»Oh, Gott ...«

Ian Duncan hatte Gott verflucht an diesem Tag, der so viele Jahre zurücklag. War es möglich, daß Dorey ihn nun um Hilfe anrief?

Wie konnte er so etwas tun?

Denn nun sah er so klar und deutlich, was er getan hatte. Er hatte Gott die Schuld an allem zugeschoben, weil ... weil er zu feige gewesen war, sie auf sich zu nehmen. Und wenn das der Fall war, war Gott nicht barmherzig und gnädig, daß er ihn all die Jahre hindurch vor den Qualen der Selbstvorwürfe und der ständigen Bedrohung der Selbstzerstörung bewahrt hatte, die den jungen Ian Duncan so oft attackiert hatte?

»Aber warum, Gott? Warum hast du das für mich getan? Warum hast du all diese Zeit über mich gewacht, bis ich fähig war, die Dinge zu sehen, wie sie wirklich sind?«

Da kamen ihm Joannas Worte in den Sinn. *Wenn Ihre Sünden sich an Ihre Fersen geheftet haben, dann vielleicht deshalb, weil Gott Sie nicht loslassen konnte ... weil er Sie liebt und will, daß Ihnen vergeben wird.*

Du hast es niemals böse mit mir gemeint, nicht wahr, Gott?

All diese Jahre hast du die Hand nach mir ausgestreckt, mich beschützt, für mich gesorgt, darauf gewartet, daß ich die Augen öffne. Oh, wie wenig habe ich es verdient!

Lieber Gott, kannst du mir jemals verzeihen, was ich getan habe – was ich dir angetan habe, indem ich meine eigene Sünde dir zur Last gelegt habe?

»Oh, Gott ... *bitte vergib mir!*«

Und noch während er die Worte mit leiser Stimme sprach, wußte er, daß ihm vergeben war. Nun endlich fühlte er den reinigenden Balsam, den er so lange von sich ferngehalten hatte. Denn die Feindseligkeit gegen Gott, die er in seinem Herzen genährt hatte, war endlich zerbrochen – zerbrochen wie die Ketten der Schuld und der Nebel seiner Vergangenheit. Nun, zu guter Letzt, fühlte er nicht nur Frieden, sondern eine Reinheit, wie sie aus äußerster innerer Leere und Demut entspringt. Indem er Gottes Vergebung annahm, hatte er selbst Gott für vermeintliche Ungerechtigkeiten vergeben ... und er hatte sich selbst vergeben.

Er war frei!

Aber die Aufregungen der Gegenwart umgaben ihn immer noch. Tom Forbes, der eine halbvolle Flasche Schnaps umklammert hielt, gaffte ihn vorwurfsvoll an. Er bemerkte nicht das Geringste davon, wie Doreys Verstand von neuem erwachte und seine Seele von neuem geboren wurde.

»Komm schon, schlaf, alter Mann«, schnauzte Tom verächtlich. »Und gewöhnen Sie sich nur rechtzeitig an die kalte Erde – 's wird das einzige Bett sein, das Sie von jetzt an kennen werden!« Er brach in ein brüllendes Gelächter aus, das in der Felsenhöhle widerhallte.

Dorey fragte sich, wieviele in Port Strathy wohl ähnlich bittere Gefühle gegen die Familie Duncan hegten wie Tom – jene Familie, die ihre Beschützer sein sollten. Es durfte einen nicht verwundern, wenn die Leute aus dem Städtchen sich für einen Verkauf des Landes aussprachen, der ihnen Profite einbringen würde und den endgültigen Abschied der Duncans signalisierte. Niemand würde die Veränderung bedauern. Im Gegenteil, man würde sie willkommen heißen.

»Wenn nur Joanna früher gekommen wäre!« dachte Dorey.

Wenn nur ...

Was brachte es schon, vergangene Fehler zu beklagen und über Dinge zu grübeln, die vielleicht geschehen wären? Und dennoch, das war es, was ihm den meisten Kummer bereitet – das Wissen, daß letztendlich er es war, der den Bruch verschuldet hatte. Er hatte die Familie in zwei Parteien gespalten, er hatte den einst so stolzen Namen von Stonewycke zertrennt, und er hatte die einzige Person, die sich um das Land und seine Menschen gekümmert hätte, wie es die Pflicht einer rechtmäßigen Gutsherrin ist, davongetrieben.

Joanna hätte vielleicht für Land und Leute gesorgt, wie Maggie es getan hatte. Aber nun schien es, als sollte es auch für sie zu spät sein.

»Machen Sie sich's bequem, närrischer alter Dorey«, sagte Tom schließlich. »Das wird eine lange Nacht für Sie. Ich hol jetzt mal 'n bißchen Holz für 'n Feuer und 'n Happen Brot. Morgen mittag ist alles vorbei, und Sie sind wieder frei.«

Tom erhob sich und stolperte aus der Höhle. Dorey zog versuchsweise an den Stricken, die ihn fesselten, konnte sie jedoch nicht zum Nachgeben bewegen. Dann versank er von neuem in Gedanken an längst vergangene Tage.

Dorey war frei, ein Frieden, wie er ihn nie zuvor gekannt hatte, durchströmte ihn. Das Gebet, das seine geliebte Maggie an jenem längstvergangenen Tag auf der amerikanischen Prärie gebetet hatte, einem Tag, an dem sie ihn bereits für tot halten mußte, war nun endlich erhört worden. Er hatte Frieden mit Gott gefunden, wie Maggie ihn gefunden hatte, durch das Wunder der Vergebung. Und in Gottes Weisheit war ihm dieses Wunder zuteil geworden durch das Enkelkind, das ihrer kurzen, doch so weitreichenden Liebe entsprossen war. Sie waren drei Leben – Maggie, Ian, und Joanna, ihre Enkeltochter, die neue Lady von Stonewycke – in Liebe zusammengeführt, in Schmerz auseinandergerissen, und wieder zusammengeführt. Aber alle drei waren in Ewigkeit miteinander versiegelt durch die ewigen Bande von Gottes Vergebung.

Langsam senkten sich die Schatten des Abends um Dorey, und er hörte keinen anderen Laut als das Klatschen der Wellen an den Höhleneingang und die schrillen Schreie der Seemöwen in den immer länger werdenden Schatten.

Ich war so sicher, er wäre inzwischen zurückgekehrt«, sagte Joanna, halb zu sich selbst.

Sie schritt auf und ab in dem kleinen Häuschen und spähte alle paar Minuten zum Fenster hinaus.

Trotz der Erschöpfung, die sie nach den Anstrengungen des Vortages befallen hatte, war sie vor sieben Uhr morgens aufgestanden und seit dieser Zeit war ihre unbehagliche Unruhe ständig gestiegen. Natürlich wäre Alec bereits in Culden gewesen, während sie noch schlief. Gegen zehn Uhr hatte sie angefangen, seine Rückkehr ernstlich zu erwarten. Die Vernunft erinnerte sie daran, daß Ogilvie in ein paar Stunden würde erledigen müssen, was normalerweise Tage gedauert hätte, und daß es schon ein kleines Wunder wäre, wenn es ihm und Alec gelang, zu Mittag wieder in Strathy zu sein. Aber ihre Gefühle schreckten bei jedem kleinsten Geräusch hoch, und sie spähte unablässig nach der Staubwolke auf der Straße aus, die das Herannahen von Pferden ankündigte.

Aber keine Pferde kamen.

Olive war in die Stadt zurückgekehrt, um wie gewöhnlich ihren Laden zu öffnen. In der Stadt spielten und schrien die Kinder auf den Straßen in ihrer Vorfreude auf den großen Festtag. Allerorts war man in festlicher Stimmung. Der Klang von Hämmern und Sägen in der Ferne vermischte sich mit dem Geschrei und Gelächter der Jugend und dem ständig anschwellenden Gesumm plaudernder Menschen, die sich in den Läden und auf den Straßen zu sammeln begannen.

Wie lang hatte man diesen Tag herbeigesehnt!

Um elf Uhr begannen kleine Gruppen von Menschen zu der Wiese westlich des Hafens aufzubrechen, wo ein hastig errichtetes Podium seiner Fertigstellung entgegensah. Jason Channing saß behaglich in Palmer Sercombes Kanzlei und hob ein Glas Cognac zum Toast auf ihren Erfolg.

Aber im Häuschen der Cuttahays konnte Joanna an nichts anderes denken als den fieberhaft erwarteten Klang von Hufschlägen. Dann sprang ihr Herz plötzlich in die Höhe, und sie stürzte zur Türe. Das Klopp-Klopp von Pferdehufen und das Klingeln von Zaumzeug war draußen zu hören. Sie riß die Türe auf.

Zu jeder anderen Zeit wäre sie hocherfreut gewesen, Olive zu sehen. Aber an diesem Tag malte sich Enttäuschung auf ihren Zügen. Die sonst so grimmige Frau jedoch grinste breit. Sie warf die Zügel aus der Hand und sprang beinahe von ihrem Wagen.

»Joanna!« rief sie aus. »Wir haben einen schrecklichen Fehler gemacht. Dies hier erklärt alles! Schau!« Sie fächelte mit einem Stück Papier in der Luft herum.

Verblüfft tat Joanna einen Schritt vorwärts. Hundert Gedanken wirbelten durch ihren Kopf, aber sie konnte sich nicht vorstellen, was eine solche Aufregung bei der Krämerin ausgelöst haben mochte.

»Ich hab's Ihnen doch gesagt, diese Maschine ist eine Plage«, sagte Olive. »Ich würd' sie höchstpersönlich abmontieren, aber einmal hat sie eine gute Nachricht gebracht, und wir wußten es nicht einmal!«

»Ich verstehe nicht.«

»Es ist schon früher passiert, daß Telegramm falsch weitergeleitet und in Glasgow aufgehalten wurden, aber kein so wichtiges. Es ist einfach nicht fair, daß Sie so leiden mußten –«

»Olive! Ich bitte Sie, wovon reden Sie?«

»Tut mir leid, Mädchen. Ich bin dermaßen aufgeregt – aber sehen Sie selbst. Wir hätten dieses Telegramm *zuerst* erhalten sollen!« Sie reichte Joanna das Papier.

Joanna überflog die wenigen Zeilen der Nachricht. Sie blickte Olive an, ihre Stirn runzelte sich vor Verwunderung, als sie das Telegramm zum zweitenmal las. Vielleicht hatte sie in letzter Zeit zu viele Enttäuschung durchgemacht, um diese Nachricht mit demselben hellen Entzücken aufzunehmen wie Olive. Vielleicht hatte sie Angst, zu glauben, daß etwas so Wunderbares tatsächlich geschehen sein könnte. Aber ihr neugefundener Glaube hatte sie bereits gelehrt, daß bei Gott kein Ding unmöglich ist, daß Wunder tatsächlich geschehen. Was auch immer geschah, sie wußte, daß alles in Gottes Hand lag und daß sie keine Furcht zu haben brauchte, nicht einmal Furcht vor Enttäuschungen. Er würde sie durch alles hindurchtragen.

So las sie die Nachricht zum dritten Mal:

JOANNA stop HABE WUNDERBARE NACHRICHT stop MARGARET IST AUS KOMA ERWACHT UND IST AUF DEM WEGE DER BESSERUNG stop SIE IST SEHR FROH DASS SIE NACH SCHOTTLAND GEFAHREN SIND stop DIESE NEUIGKEIT WAR DER BESTE ARZT FÜR SIE AUSSER DEM GROSSEN ARZT stop HALTE SIE AUF DEM

LAUFENDEN ÜBER FORTSCHRITTE stop GEBET IST DIE BESTE MEDIZIN stop DR. BLAKELEY.

Dem Datum zufolge war das Telegramm in Schottland angelangt, als sie eben in Port Straty angekommen war. Sie blickte das Datum immer wieder an. Es war *vor* dem Telegramm abgeschickt, das sie für die Todesnachricht ihrer Großmutter gehalten hatte. Das erklärte nun, warum das andere keinerlei persönliche Worte oder Trostworte enthalten hatte. Plötzlich war es ganz klar: Dieses Telegramm – abgeschickt nach der Botschaft, die sie in Händen hielt – war nichts weiter als ein kurzer Bericht darüber gewesen, daß Großmutter das Spital verlassen hatte und in das alte Haus in der Claymore Street zurückgekehrt war!

Als Joanna die Neuigkeit allmählich in ihrer vollen Bedeutung erfaßte und sie das Wunder, das geschehen war, wirklich annehmen konnte, breitete sich langsam ein Lächeln über ihr Gesicht.

Olive umarmte sie; nun kam auch Letty aus dem Haus, und die drei teilten die Freudenbotschaft miteinander, wie sie auch den Kummer geteilt hatten.

»Es muß kurz nach meiner Abreise gewesen sein, daß sie aus dem Koma erwachte«, sagte Joanna. »Hätte ich nur ein paar Tage länger gewartet!«

»Ja, Mädchen, aber wenn Sie gewartet hätten«, sagte Letty, »dann wären Sie doch nich' rechtzeitig hier gewesen, um Mr. Sercombe aufzuhalten.«

Joanna nickte, aber ein Schatten kroch über ihr Gesicht. »Noch habe ich ihn nicht aufgehalten«, sagte sie, »und ich beginne mich zu fragen, ob ich es überhaupt kann.«

»Der Herr hat schon einige wunderbare Dinge getan«, sagte Olive. »Wir können die Sache furchtlos seinen Händen anvertrauen.«

»Ja, das weiß ich jetzt«, sagte Joanna. »Aber nun bedeutet es mir mehr denn je. Dies ist das Land meiner Großmutter. Ich darf es jetzt nicht verlieren, wo sie nach so langer Zeit so nahe daran ist, es zurückzugewinnen. Und da ist auch noch Dorey ...« Ihre Stimme erstarb in einem tiefen Seufzer, als sie fühlte, welch schwere Verantwortung nun auf ihr lastete.

»Machen Sie sich keine Sorgen um Dorey«, antwortete Letty. Ihre Stimme sprach von ihrem starken Glauben. »Nathaniel und Walter suchen ihn. Er wird gefunden werden.«

»Oh, er muß gefunden werden!« sagte Joanna. »Er muß erfahren, daß seine Maggie lebt!«

Schließlich kletterte Olive wieder auf ihren Karren; sie hatte noch einiges in ihrem Geschäft zu erledigen, bevor sie zu der Stadtversammlung ging, aber sie wollte dort mit ihnen zusammentreffen. Letty und Joanna kehrten zurück ins Haus, um weiterhin zu warten.

Die Zeit, zu der das Treffen beginnen sollte, rückte näher und näher, und noch immer war da kein Zeichen von Alec.

Um etwa halb zwölf Uhr kam Nathaniel auf seinem Ackergaul angeritten. Walter, sagte er ihnen, sei immer noch unterwegs auf der Suche nach Dorey.

Trotz ihrer Gebete um Glauben und Stärke ließ eine nagende Angst sich nicht aus Joannas Herzen vertreiben.

»Kommt jetzt«, sagte Nathaniel. »Dorey hin oder her, wir müssen in die Stadt zur Versammlung. Wer weiß, wozu wir dort berufen sein werden.«

»Was ist mit Alec?« Joanna stellte die Frage nur widerwillig.

»Wir können nicht auf ihn warten. Wenn er nicht da ist, müssen wir tun, was der Herr uns zu tun befiehlt. Wenn Alec und Ogilvie nicht hier sind, um Sercombe aufzuhalten, wird der Herr uns einen anderen Weg zeigen. Jetzt kommen Sie, Mädchen, machen Sie sich bereit. Ich hole den Wagen, und auf geht's!«

Dreißig Minuten später erreichten Nathaniel und Letty Cuttahay die Stadt, die ihr Leben lang ihre Heimat gewesen war, und mit sich brachten sie ihre »adoptierte« Tochter aus Amerika. Was die Zukunft für diese Stadt bereithalten mochte, wußte keiner der drei. Aber in weniger als einer Stunde würden sie es wissen.

»Wo mag nur Walter sein?« sagte Nathaniel. »Als wär's nicht schlimm genug, daß Alec noch nicht zurück ist. Walter ist einer der wenigen Verbündeten, die wir überhaupt haben.«

Mit einer Festigkeit, die ihrem tiefen Glauben entsprang, antwortete Letty: »Ich glaube, mehr Leute, als wir erwarten, werden sich auf Joannas Seite schlagen, wenn sie erst einmal ihre Geschichte gehört haben.«

»Daß Walter noch nicht zurück ist, bedeutet vielleicht, daß er Dorey gefunden hat«, bemerkte Joanna hoffnungsvoll.

»Ich hoffe, Sie haben recht, Mädchen«, antwortete Nathaniel. »Aber das werden wir gleich erfahren – hier kommt Innes ja schon!«

Die beiden Frauen blickten auf und sahen den Kastellan in

Alastairs Automobil die Straße entlangkommen. Die Maschine kam knatternd zum Halten und Innes kletterte heraus, einen Ausdruck der Verzweiflung auf dem Gesicht.

»Was bringst du für Neuigkeiten, Walter?« fragte Nathaniel, offensichtlich bestürzt, als er den Ausdruck auf Walters Gesicht sah.

»Keine guten, fürchte ich«, entgegnete Innes. »Ich hab die ganze Stadt vom Keller bis zum Dachboden durchsucht ... aber Dorey war nirgends zu finden. Ich habe jeden gefragt, den ich zu fragen wagte. Niemand hat auch nur das Geringste gesehen.«

»Nun«, sagte Nathaniel gedankenvoll, »die Versammlung beginnt jeden Augenblick, und ohne ihn sind wir zu nichts nütze.«

»Ich fahre zurück und versuch's noch einmal beim Haus«, sagte Walter, »und ich werde mein Bestes tun, in zwanzig oder dreißig Minuten zurück zu sein. Das ist unsere letzte Chance.«

Das Automobil raste spuckend und zischend in die Richtung davon, aus der es gekommen war.

»Gott sei mit dir, Mann!« schrie Nathaniel ihm nach.

Als Nathaniel das Gespann auf die Wiese lenkte, war deutlich zu erkennen, daß fast die ganze Stadt bereits angekommen war und erwartungsvoll bereitstand. Der gedämpfte Lärm der Vorfreude, der durch die Menschenmenge ging, verstummte jählings, als der Wagen näherkam. Köpfe wandten sich um. Viele Gesichter zeigten einen Ausdruck der Überraschung, als sie Joanna erkannten. Dann kehrten sie allmählich zu ihren Gesprächen zurück, während Nathaniel den Wagen abstellte und die Pferde anband. Sie suchten sich einen Platz am äußeren Rand der Menge und setzten sich in das grüne Gras.

Olive kam heran und setzte sich neben Letty.

»Kümmern Sie sich nicht um sie«, sagte sie zu Joanna und machte eine Handbewegung, die die Menge umfaßte. »Die sind bloß ein bißchen überrascht, Sie zu sehen. Sie gewöhnen sich schon noch an Ihre Anwesenheit, man muß ihnen nur Zeit lassen.«

Ein hastig errichtetes hölzernes Podium stand inmitten des offenen Platzes. Es wurde von einem mächtigen Baldachin überdacht, der im sanften Seewind in monotonem Rhythmus klatschte. Zusätzlich zu den Männern, Frauen und Kindern, die auf der Erde saßen, hatten sich zwanzig oder dreißig Männer – Fischer und Bauern und einige Geschäftsleute – nahe der Plattform versammelt und debattierten offenbar über die bevorstehenden Ereignisse. Zwei oder drei Männer in eleganten Anzügen, die nicht aus der

Stadt stammten, waren ebenfalls anwesend, um Zeuge der Ereignisse zu sein.

Joanna, Olive Sinclair und die Cuttahays wurden bald von der immer weiter anwachsenden Menge verschlungen. Joanna mußte einen gelegentlichen unfreundlichen Blick in ihre Richtung zur Kenntnis nehmen. Kurz vor zwölf Uhr mittags schlüpfte Rose Creary lautlos an Miss Sinclairs Seite, schien jedoch Joannas Blick zu meiden.

»Rose«, sagte Joanna und trat vor sie hin, »ich höre, ich bin Ihnen Dank schuldig.«

»Ach was, Ma'am!« sagte Rose, die nun doch zu ihr hinübersah. »Ich hab nur getan, was recht und billig ist.«

»Es hat vielleicht mehr Mut gebraucht, als Ihnen bewußt ist«, sagte Joanna, »und Sie sollen wissen, daß ich das sehr schätze.«

»Ich fühle mich geehrt, zu Ihren Leuten gerechnet zu werden«, sagte Rose. »Und ich weiß, daß auch Mr. Creary auf Ihrer Seite steht.«

Rose winkte ihrem Gatten, der sich nun, gefolgt von ihren Kindern, der kleinen Gruppe anschloß. Doug sprach kein Wort, sondern lüftete nur seine Mütze und schenkte Joanna ein etwas nervöses Lächeln.

Das Gespräch wurde unterbrochen, als sich eine heftige Bewegung in der Menge ausbreitete. Vereinzelt wurden Zurufe und Applaus hörbar, als ein hübsches neues Automobil vorfuhr und direkt vor der Plattform anhielt. Mit einer eleganten Bewegung stieg Palmer Sercombe aus, ließ ein breites Grinsen sehen und winkte der Versammlung zu. Ihm folgten Jason Channing und zwei weitere Männer in dunklen Anzügen, die Aktenkoffer trugen und sich der Bedeutung ihres Auftritts voll bewußt waren. Joanna konnte einen eindeutigen Ausdruck von Triumph auf Sercombes sonst so ausdruckslosen Zügen erkennen. Sie seufzte, als ihr klar wurde, daß sein Triumph nur zu berechtigt sein mochte.

»Oh, Alec«, dachte sie, »warum bist du nicht hier?«

Channing, der hinter dem Rechtsanwalt die Stufen emporstieg, trug einen Ausdruck selbstzufriedener Gleichgültigkeit auf dem Gesicht.

»Wie konnte ich ihn jemals lieben?« fragte Joanna sich ungläubig.

Über die Menge hinweg suchten seine stechenden Augen die ihren. Sie weigerte sich, den Blick abzuwenden, und biß die Zähne zusammen; ihre Augen hielten in stummem Zweikampf seinem

Blick stand. »Ich bin noch nicht geschlagen, Jason Channing«, dachte sie. Und dennoch pochte ihr Herz im selben Augenblick vor Furcht vor der Macht, die er verkörperte. Zuletzt wandte sie sich ab und warf einen raschen Blick über die Schulter, aber Alec war nirgends zu sehen.

Der Pfarrer, William P. Donaldson, betrat das Podium, holte tief Atem und sprach mit tiefer und melodischer Stimme.

»Einen wunderschönen guten Tag, meine lieben Leute«, begann er. »Laßt uns dieses glückverheißende Ereignis mit einem Wort des Gebets beginnen.«

Er hielt inne, während die Menge unter ihm langsam zur Ruhe kam, wie ein Vogel seine Flügel faltet. Er war ein vierschrötiger Mann mit einem runden Gesicht, rosafarbenen Wangen und blinzelnden Augen. Brillengläser hätten seine Sehfähigkeit beträchtlich verbessert, aber für gewöhnlich blieben sie sicher aufbewahrt in seiner Tasche und wurden nur in Zeiten bitterster Notwendigkeit hervorgeholt.

»Oh Gott, Allmächtiger Herr, wir danken dir, daß du in Gnaden auf deine niedrigen Knechte blickst, wir flehen dich an diesem Tage an, deinen Segen auszugießen über den nun folgenden Geschäftsabschluß. Und Herr Gott, wir danken dir für die Freundlichkeit und Großzügigkeit der Männer, die diesen Schritt in eine bessere Zukunft für Port Strathy und seine Menschen ermöglicht haben. Amen.«

Joanna bemühte sich, die Augen geschlossen zu halten und sich auf die Worte des Pfarrers zu konzentrieren. Als sie wieder aufblickte, sah sie, daß Nathaniel fehlte. Ihre Augen suchten in der Menge nach ihm, und schließlich entdeckte sie ihn am Rand der Wiese, nahe einer kleinen Baumgruppe. Walter Innes stand neben ihm, und die beiden schienen tief ins Gespräch versunken. Aber ihre Aufmerksamkeit wurde augenblicklich wieder zum Podium zurück gelenkt, als sie den Pfarrer sagen hörte: »Und nun darf ich ankündigen – unser aller Freund Palmer Sercombe!«

Jubelrufe und Applaus stiegen aus der Menge auf.

Der Rechtsanwalt stieg auf das Podium hinauf, schüttelte dem Geistlichen die Hand und wandte sich der Versammlung zu; ein Lächeln formte sich auf seinen Lippen.

»Meine lieben Einwohner von Port Strathy«, begann er. Jedes Wort seiner Rede war sorgsam gewählt. »Dies ist wahrlich ein historischer Augenblick für unsere Stadt, der einmal in den Geschichtsbüchern verzeichnet stehen wird als der Augenblick, als das Licht des Wohlstands uns zu leuchten begann und jeder einzelne von euch den ersten Schritt auf einem goldenen Pfad tat –«

Neuerliche Jubelrufe unterbrachen ihn.

»Ich bin froh«, fuhr er fort, »ja, ich betrachte es als große Ehre, daß ich eine wenn auch bescheidene Rolle dabei spielen durfte. Trauer ergreift mich bei dem Gedanken, daß das Glück diesmal auf den Flügeln des Kummers zu uns kommt. Aber ihr mögt sicher sein, daß unser geliebter Alastair Duncan eben jetzt auf diese Ereignisse herabblickt und ihnen seine Zustimmung gibt ...«

Joanna blickte um sich und wünschte, Nathaniel wäre an ihrer Seite und könnte ihr sagen, was sie tun sollte. Sie konnte nicht enträtseln, worum es ging, als sie in seine Richtung blickte, außer, daß sein Gesicht sehr ernst war, während er mit Innes sprach.

»...und nun«, sagte Sercombe, »möchte ich euch allen den Mann vorstellen, der all das ermöglicht hat für euch und eure Stadt« – hier winkte der Rechtsanwalt seinem Gefährten – »Mr. Jason Channing! Bitte, Mr. Channing, möchten Sie auch ein paar Worte zu den Leuten hier sprechen?«

»Ich danke Ihnen«, sagte Channing und erhob sich. »Ich weiß den freundlichen Empfang, den Sie mir bereiten, zu schätzen, und ich freue mich auf viele bezaubernde Stunden in Ihrem reizenden Städtchen, dem eine so großartige Zukunft bevorsteht.«

Die Jubelrufe wurden lauter und lauter.

Sercombe hob die Hände, um Ruhe bittend.

»Nun wollen wir die Sache nicht länger hinauszögern. Wenden wir uns dem eigentlichen Zweck dieser Versammlung zu.« Den Worten des Rechtsanwalts folgte das zustimmende Gebrüll der Menge. »Sie alle sind hierher berufen worden, um nicht nur Zeugen zu sein, sondern um tatsächlich daran teilzunehmen, wenn hier juristische Papiere von historischer Bedeutung unterschrieben werden ...«

Joannas Herzschlag dröhnte in ihrer Brust, und sie fühlte, wie das Blut ihr aus Händen und Füßen zum Herzen strömte. Sercombes Worte verwischten sich, sie konnte kaum noch verstehen, was er sagte. Verschiedene Personen, die in offiziellem Auftrag um den Tisch hinter dem Podium saßen, machten sich geschäftig bereit.

Sie wußte, der gefürchtete Augenblick war da. Sie selbst war es, die den Vorgängen Einhalt gebieten mußte, obwohl sie den meisten eine Fremde war. Starr vor Entsetzen, stieß sie einen langen Seufzer aus und blickte sich zum letzten Mal hastig um. Letty,

Olive und Rosa blickten sie an. Sie fühlte einen Druck am Arm und streckte die Hand aus, um Olives ermutigenden Druck zu erwidern.

Ein letzter Blick auf die Familie Creary, die neben ihr saß, machte ihr klar, für wen all dies geschah.

Nicht um ihrer selbst willen!

Es geschah für die Crearys, und all die anderen kleinen Leute, die so bitter wenig besaßen und denen man hier leere Versprechungen bot. Mehr brauchte es nicht, um ihr den Mut zu verleihen, ihren Entschluß zu fassen.

Joanna leckte sich die trockenen Lippen, versuchte zu schlukken und wünschte verzweifelt, sie hätte ein Glas Wasser zur Hand.

Walter Innes war in aller Hast und Eile zum Schloß zurückgekehrt. Nach einer weiteren vergeblichen Suche auf dem Gut sattelte er das einzige noch verbliebene Pferd und begann das Land rundum abzusuchen, wobei er in jeden verlassenen Schuppen und jede Scheune bis hin zu den entferntesten Winkeln der Ländereien blickte. Wieder kehrte er zum Haus zurück, in der Hoffnung, Dorey sei vielleicht irgendwie entflohen und hätte sich auf den Weg zurück nach Hause gemacht. Aber ein einziger rascher Blick sagte Walter, daß das Schloß immer noch verlassen war.

Niedergeschlagen schritt er auf die Ställe zu, tief in Gedanken, bemüht, sich an irgend etwas zu erinnern, das einen Hinweis auf Doreys Aufenthaltsort liefern mochte.

Plötzlich erinnerte er sich an den Tag, an dem er Tom Forbes hier drinnen herumstöbern gesehen hatte.

»Was wollte der wohl?« murmelte der Kastellan vor sich hin, während er auf den Ort zueilte, wo er Forbes offenkundig bei der Suche nach irgend etwas überrascht hatte.

Zehn Minuten später saß Walter Innes wieder im Auto und raste die Straße, die zur Stadtversammlung führte, mit erneuter Energie entlang. Sie mochten noch nicht wissen, wo Dorey war, aber wenigstens gab es jetzt ein Beweisstück mehr, wer in die Sache verwickelt war.

Als er die Wiese erreichte, wartete er nicht einmal, bis der Pfarrer sein Gebet beendet hatte, bevor er hastig auf Nathaniel zueilte. Er zerrte den Mann beinahe von seinem Platz in der Menschenmenge weg.

»Nathaniel«, sagte er mit einem Drängen in der Stimme. »Du hast die ganze Zeit recht gehabt – aber wir sitzen schlimm in der Klemme!«

»Was hast du gefunden?«

Innes zog einen kleinen glänzenden Gegenstand aus der Hosentasche, warf einen hastigen Blick in die Runde, um sich zu vergewissern, daß keine spähenden Augen in der Nähe waren, öffnete die Hand, um Nathaniel seinen Fund zu zeigen; einen Augenblick später schloß er die Hand schon wieder und schob den Gegenstand in sein Versteck zurück.

»Meinst du, 's gehört Forbes?« fragte Nathaniel.

»Er hat an diesem Tag irgend etwas in den Ställen gesucht. Und außerdem – Feuertanz' Zaumzeug fehlt, eben dasjenige, das der Laird an dem Tag verwendete, als er den tödlichen Sturz tat. Ich weiß noch, daß ich überlegte, ob ich es mit dem armen Tier zusammen begraben sollte, nachdem – nun, du weißt schon. Aber ich entschied mich dagegen und legte es in eine Truhe, zusammen mit den anderen Reitsachen des Laird. Aber jetzt – ist es fort.«

»Solange wir das Zaumzeug nicht haben, können wir nicht viel sagen«, sagte Nathaniel. »Dann stünde unser Wort gegen ihres. Und Forbes könnte wohl ein Dutzend Gründe angeben, wie sein Messer in den Stall gekommen ist.«

»Aber wenn sie –«

»Ich weiß. Das ist eine sehr ernste Sache, und sie werden sich vor Gott dafür verantworten müssen. Aber wir dürfen niemand ohne Beweise anschuldigen, das weißt du.«

»Das ist viel schlimmer als alles, was ich denen jemals zugetraut hätte«, sagte Walter bestürzt.

»Wenn wir irgend etwas unternehmen sollen, wird uns dabei geholfen werden.«

Er brach ab, als es wie ein Schauder durch die Menge ging. Zuerst konnte Nathaniel nicht entdecken, was die Ursache der Unruhe unter den Leuten war. Dann sah er, wie Joanna langsam auf das Podium zuschritt.

»Du meine Güte!« rief er stolz. »Das Mädchen tut's tatsächlich!«

Joanna schritt geradeaus, ohne links oder rechts zu blicken. In diesem Augenblick hatte sie nicht den Wunsch, die mißbilligenden und feindseligen Blicke in all den Gesichtern zu sehen, die sich ihr zuwandten. Sie hatte keine Ahnung, was sie sagen wollte. Aber ein innerer Drang hatte ihr geboten, sich zu erheben. Alec hatte gesagt, sie sollte sie mit allen Mitteln aufhalten.

Sercombe blieb mitten im Satz der Mund offen stehen. Channing beugte sich in seinem Sessel vor, weder verärgert noch zornig. Er schien sich geradezu auf die bevorstehende Auseinandersetzung zu freuen.

»Darf ich fragen … würden Sie mir freundlicherweise sagen, was das bedeuten soll?« fragte Sercombe, der sichtlich Mühe hatte, seine kühle Fassung zu bewahren.

»Mr. Sercombe«, sagte Joanna. Ihre Stimme klang winzig,

und plötzlich wurde ihr bewußt, wie völlig still die Menge war. Aller Augen hingen an ihr.

»Mr. Sercombe«, wiederholte sie, all ihre Kraft zusammennehmend, »ich ... ich kann Ihnen nicht gestatten, fortzufahren.«

Sercombe fand seine kurzfristig verlorene Fassung wieder. Er wußte, daß er die Sympathien der Menge auf seiner Seite hatte. Er fragte: »Nun, was macht uns Kopfzerbrechen, Miss Matheson?« Sein Tonfall hatte sich verändert; nun versuchte er, ein väterliches Gehabe an den Tag zu legen, als wäre es seine beste Strategie, sie nicht ernst zu nehmen.

»Sie wissen sehr gut, worum es geht.« Joanna atmete tief durch, um ihr pochendes Herz zu beruhigen.

Die Würfel waren gefallen; sie konnte nicht mehr zurück.

»Es ist an der Zeit«, fuhr sie fort, »daß die Leute hier die ganze Wahrheit erfahren, worum es bei diesem Verkauf geht ... und warum ich hier bin.«

»Sie wissen alles, was es zu wissen gibt«, antwortete er mit beißender Schärfe im Ton. »Unglücklicherweise sind die Gründe für Ihr Hiersein ziemlich undurchsichtig. Das einzige, was ich weiß, ist, daß Sie raffgierige Pläne schmieden, die einzige Hoffnung dieser Stadt zu zerschmettern, die sich aus ihrer Armut erheben –«

»Ich habe keinen größeren Wunsch für Port Strathy«, unterbrach ihn Joanna mit erhobener Stimme, »als Wohlstand! Aber der Preis ist zu hoch, Mr. Sercombe, und wenn dieser Preis bezahlt ist, wird es hier keinen Wohlstand geben, sondern nur Herzeleid. Warum erzählen Sie den Leuten nichts von Ihren eigenen raffgierigen Plänen –«

»Miss Matheson! Sie sind nicht bei Sinnen! Wenn Sie nicht augenblicklich auf Ihren Platz zurückkehren, lasse ich Sie gewaltsam entfernen!«

»Lassen Sie das Mädel reden, Sercombe!« schrie eine Stimme im Hintergrund. Es war Doug Creary.

»Halt's Maul, Creary!« brüllte ein anderer. »Was geht's dich an!«

»Aber nicht doch – nicht doch, meine lieben Leute«, schnaufte der Pfarrer und sprang auf. »Friede, ich bitte Sie, Friede! All das kann in ordentlicher und gesitteter Weise besprochen werden.«

»Gebt ihr doch eine Chance, zu sagen, was sie sagen will«, ertönte MacDuffs heisere Stimme.

»Sie versucht nur, uns allen Ärger zu machen«, sagte Sercombe.

»Das stimmt, da hat er recht«, murmelten zahlreiche Stimmen in der versammelten Menge. »Der Verkauf bringt der Stadt Vorteile! Sie will uns nur alles verderben!«

»Geh schon und setz dich wieder, Ausländerin!«

»Geh zurück, wo du herkommst. Deine Sorte brauchen wir hier nicht!«

Unter all den Schreien und Beschimpfungen verlor Joanna die Fassung, sie fühlte, wie das Blut ihr in die Wangen schoß. Sie durfte sich jetzt nicht aus der Fassung bringen lassen!

»Niedersetzen, Lady! Wir brauchen hier keine Unruhestifter!«

Plötzlich erhob sich eine tiefe, glatte Stimme über den Tumult: »Ich würde gerne hören, was die Dame zu sagen hat.«

Die Worte waren hinter Joannas Rücken erklungen. Sie fuhr herum und sah, daß der Sprecher Channing war. Seine Augen glitzerten vor fröhlichem Selbstvertrauen und die hochgezogenen Mundwinkel verrieten, daß er diese Herausforderung als ein Spiel um hohen Einsatz betrachtete. Er nickte ihr mit einer kaum sichtbaren Bewegung des geneigten Kopfes zu und lud sie ein, das Spiel mitzuspielen.

»Danke, Mr. Channing«, sagte Joanna und gab sein Nicken kühl zurück. Dann wandte sie sich der ruhiger werdenden Menge zu und begann: »Ich kam als Fremde in diese Stadt. Aber noch bevor ich zum erstenmal den Fuß auf schottische Erde setzte, war mein Herz schon zur Hälfte hier. Denn diese Stadt hier ist die Heimstatt meiner Vorfahren – Menschen wie Robert, Anson, Talmud Ramsey und Atlanta Duncan. Und meine Großmutter, Margaret Duncan, sagte mir –«

»Ach, darauf wills hinaus!« schrie eine mißmutige Stimme, während aus der übrigen Menge ein Murmeln der Überaschung aufstieg.

»Da woll'n Sie wohl die Erbschaft in die Klauen kriegen, was?« schrie einer. »Aber das klappt hier nicht, Mädel – das haben schon zu viele vor dir probiert!«

»Hallo, ich bin auch ein Duncan!« brüllte einer, der schon mehr getrunken hatte, als gut für ihn war. Sein Gegröhle wurde von einem Gelächter begleitet, in dem Joannas letzte Hoffnung, doch noch angehört zu werden, unterging.

Im Rücken fühlte sie die schwarzen Augen Jason Channings, der sich an ihrer Fassungslosigkeit weidete.

»Ich wußte überhaupt nichts von einem Erbe, als ich hierher

kam«, sagte Joanna laut, vergeblich bemüht, sich Gehör zu verschaffen. »Es kümmert mich auch gar nicht –«

»Das klingt ja sehr wahrscheinlich!« ertönte es, und wieder wurde brüllendes Gelächter laut. »Habt ihr gehört – wußte nicht mal was von der Erbschaft? Hahaha!«

»... aber wenn diese Erbschaft mir zu recht gehört«, fuhr sie fort, »dann erhebe ich Anspruch darauf, um diese beiden Männer daran zu hindern, ihre geplante Schurkerei auszuführen. Mr. Channing, Sie waren so freundlich, mir Rederlaubnis zu geben – darf ich Ihnen nun dieselbe Freundlichkeit erweisen. Vielleicht möchten Sie diesen Leuten Näheres darüber sagen, welche Pläne Sie für Port Strathy und das umliegende Land haben.«

Die Menge verstummte.

Channing stand auf. Wenn ihr Schachzug für ihn unversehens kam, so ließ er sich nichts davon anmerken.

»Port Strathy wird unberührt und unverändert bleiben – es sei denn zum Besseren, und es soll einen neuen Hafen erhalten und verschiedene andere Verbesserungen, die ich für das Land und die Wohnstätten hier plane. Ich habe vor, das 20. Jahrhundert nach Port Strathy zu bringen. Die Leute werden alles bekommen, was sie erwarten, das versichere ich Ihnen, und noch viel mehr.«

Wiederum wurden Jubelrufe unter den Zuschauern laut. Deshalb waren sie hierher gekommen!

Joanna erbleichte. Wagte sie es, Channing vor all diesen Leuten einen Lügner zu nennen? Und ohne Beweise?

»Miss Matheson«, sagte Sercombe, der jetzt langsam wieder zu sich kam – Channings Manöver war ihm völlig unerwartet gekommen. »Wenn Sie nichts Besseres vorzubringen haben als unbewiesene Behauptungen bezüglich Ihrer zweifelhaften Abkunft, dann wäre es wohl besser, Sie überließen das Verfahren nun fähigeren Händen.«

Er wandte sich Joanna zu, als die letzten Worte über seine Lippen kamen, aber der Ausdruck auf ihrem Gesicht ließ sogar ihn zusammenzucken. Joanna hatte diese letzte kleine Rede des Rechtsanwalts gar nicht gehört, denn sie starrte in hellem Erstaunen über die Köpfe der Menge hinweg auf den Rand der Wiese. Zuerst wunderten sich die weit vorne Sitzenden nur, was jetzt wieder in das seltsame Mädchen gefahren war, aber allmählich wandten sich alle Köpfe um und folgten ihrem Blick.

Joannas Erstarrung löste sich schlagartig. Sie schritt die Stufen der Plattform hinunter und begann sich einen Weg durch die Menge zu bahnen.

Eine einsame Gestalt schlurfte herbei, als wäre all seine Kraft längst aufgebraucht. Aber so langsam und müde er wirkte, sein Schritt war alles anderes als gebrechlich, als er geradewegs herbeikam.

Joanna erreichte den alten Mann und umarmte ihn. »Großvater!« sagte sie, »was haben sie dir angetan!« Tränen stiegen ihr in die Augen.

Bei dem Wort begann sich ein allgemeines Gemurmel zu erheben, aber die weiteren Ereignisse, die sich vor ihren Augen abspielten, brachten es zum Schweigen.

»Es geht mir gut, meine Liebe«, sagte er, aber sie konnte fühlen, wie geschwächt er war. Dorey ging weiter auf die Plattform zu. Aller Augen waren auf ihn gerichtet.

Ein völlig aus der Fassung geratener Sercombe versuchte, die Lage wieder in den Griff zu bekommen, aber es war umsonst. Eine gewaltige Neugier fixierte die Blicke der Menge auf den Mann, der so lange als eine Anomalität unter ihnen gelebt hatte.

»Du mußt dich ausruhen, lieber Dorey«, sagte Joanna. »Und ich muß dir etwas erzählen.«

»Nein, Joanna. Da ist etwas, das ich tun muß.«

»Das kann warten. Ich muß mit dir reden, Dorey. Ich habe Nachrichten von –«

»Ich habe schon zu lange gewartete, verstehst du … zu lange.«

Sie nickte. Es war die einzige Antwort, zu der sie fähig war, denn die Tränen strömten ihr über die Wangen bei dem bloßen Gedanken daran, was sie ihm sagen mußte.

Nathaniel hatte sich erhoben und war herbeigeeilt, um Dorey behilflich zu sein.

»Dorey«, sagte er, »war's Tom Forbes, der Sie in seiner Gewalt hatte?«

»Ja, die arme Seele – ihm ist so schreckliches Unrecht geschehen. Er war ganz durcheinander.«

»Wo ist er?«

»Draußen beim Ramsey Head – sinnlos betrunken. Nathaniel, hab Erbarmen mit ihm. Es gibt eine Hoffnung selbst für die Elendesten unter uns.«

Während Dorey auf das Podium hinaufstieg, sprach Nathaniel einige Worte mit Innes, der sich daraufhin hastig von der Wiese entfernte und zur Küste östlich der Stadt eilte.

Die Leute aus dem Städtchen bemerkten sofort, welche Veränderung mit Dorey vorgegangen war. Denn so verwildert seine Erscheinung nach zwei Tagen in einer Höhle auch war, so umgab ihn doch eine Aura grimmiger Vernunft. Mehr denn je sah er nach dem Laird aus, der er vielleicht hätte sein sollen.

Joanna stand neben ihm, als er die Leute anredete:

»Ich habe viele Jahre unter euch gelebt, während derer ich euch allen nur als Dorey bekannt war – ein Name, bei dem man mich nannte, weil ich den Klang meines wirklichen Namens nicht ertragen konnte. Palmer Sercombe und Alastair gehörten zu den wenigen, die wußten, daß ich ein Duncan bin. Ich konnte mich nicht damit abfinden, wer ich war und was ich getan hatte, und sie erwiesen mir Barmherzigkeit, indem sie mir den Trost der Anonymität gewährten.

Aber ich muß nun vielen Dingen ins Auge blicken, selbst wenn ich einen Namen trage, der eurer Hochachtung nicht würdig sein mag. Aus freier Entscheidung habe ich unter meinem Stand gelebt. Ich habe gesehen, wie die Wurzeln der Bitterkeit über die Jahre hinweg gewachsen sind, und keine bloße Entschuldigung meinerseits wird ausreichend sein, um eure verwundeten Herzen zu heilen. Ihr wart Pächter und Diener eines Hauses und einer Familie, die in den letzten Jahren nicht alles für euch getan hat, was man hätte tun können oder tun sollen. Ich bin ehrlich betrübt über die Rolle, die ich dabei gespielt habe. Die meisten von euch kannten mich nur als einen kranken alten Mann, der unter dem Schutz des Laird stand. In Wirklichkeit war ich ihm näher verwandt, als ihr wissen könnt. Denn kurz vor ihrer Reise nach Amerika verheiratete ich mich mit Alastairs älterer Schwester, der wahren Erbin von Stonewycke, Margaret Duncan. Und diese junge Frau, die heute hier vor euch steht, ist die Tochter unseres gemeinsamen Kindes.«

Ein neuer Schauder der Verblüffung ging durch die Menge.

»Ich hatte die Absicht, meiner geliebten Maggie nach Amerika zu folgen, aber dann – die Ereignisse überholten mich, und –« Er unterbrach sich, wischte sich die schweißbedeckte Stirn und versuchte fortzufahren.

Aber noch bevor er sprechen konnte, neigte sich Joanna zu ihm und flüsterte ihm etwas ins Ohr, das niemand anderer hörte. Überwältigt von Freude, schloß er die Augen und hauchte: »Lieber

Gott ...!« Er fand keine anderen Worte. Was hätte er auch sagen können? Der Traum seines Lebens hatte sich erfüllt.

*Seine Maggie lebte!* Wagte er seinen Ohren zu trauen?

Aber da war noch das schreckliche Schicksal, das Maggies geliebtem Land drohte! Er hatte die Höhle im Ramsey Head mit einer festen Absicht verlassen, und nach den Worten, die Joanna ihm zugeflüstert hatte, wurde die Notwendigkeit, daß er fortfuhr, noch zwingender.

Er holte tief Atem und begann von neuem, während ein Zittern der Erregung in seiner Stimme mitklang: »Heute jedoch ist ein Tag des Neuanfangs. Heute bitte ich euch, zuzuhören und eure Wahl zu treffen. Dieses Land gehört nicht euch – aber in jeder Hinsicht *ist* jeder von euch dieses Land. Durch euren Schweiß, eure Mühe und eure Tränen sind die Ländereien von Stonewycke zu dem reichen und fruchtbaren Tal geworden, als das wir sie heute kennen. Könnt ihr danebenstehen und zusehen, wie dieses Tal, das wir alle so lieben, in die Hände von Fremden gerät, die es um ihres Profits willen zerstören werden? Heute gibt man euch ein paar Groschen dafür, morgen sind sie dahin! Könnt ihr das zulassen, während ...« Er hielt inne und warf Joanna einen Blick zu. Das Leuchten auf ihrem Gesicht sagte ihm, daß es tatsächlich wahr sein mußte!

»*...während noch eine am Leben ist*«, fuhr er fort, »deren Liebe zu diesem Land, so fern sie ihm auch sein mag, verbindlich ist, denn ihre Hingabe an das Land stammt aus dem Blut ihrer Ahnen!«

Er unterbrach sich, sah Joanna wiederum an, lächelte und fuhr fort. Seine Stimme wurde immer kräftiger, als er weitersprach.

»Meine guten Leute, aus wahrer Liebe zu diesem Land wurde das Erbe von Generation zu Generation weitergegeben, bis es hier und heute auf den Schultern der Enkelin der wahren Erbin von Stonewycke ruht – Lady Margaret Duncan, die es den Händen dieser jungen Frau anvertraut hat. Sie kam als Fremde hierher, aber sie erkannte augenblicklich, was das Kostbarste an diesem Ort hier ist – Leute wie die Crearys, und die MacDuffs und die Cuttahays, und sie kannte keine Furcht, einigen sehr gefährlichen Männern entgegenzutreten. Nicht um ihres eigenen Gewinns willen, sondern weil sie den Reichtum des Lebens erkannt hat, dessen ihr euch erfreut, ein Leben voll Schönheit und schlichten Friedens. Und weder sie noch ich wollen erleben, daß ihr verliert –«

Dorey begann zu husten und schwankte. Joanna eilte an seine

Seite, nahm seinen Arm und führte ihn zu dem jetzt leeren Sessel des Pfarrers. Sie hatte jedes Interesse an der Versammlung verloren. Sie begann almählich zu verstehen, daß das, was hier geschah, viel bedeutsamer war als Erbschaften und das Besitzrecht auf Ländereien. Leben waren auf wunderbare Weise geheilt worden, Herzen waren gesund gemacht worden. Gott war am Werk gewesen und er würde nicht aufhören, bevor sein Werk getan war.

Sie ergriff Doreys Hand, und im Augenblick schien es vollauf zu genügen, daß sie dem Mann nahe war, den sie, ohne es noch zu wissen, in Schottland hatte finden sollen.

Aber Palmer Sercombe berührte keine Zurschaustellung von Gefühlen. Er schritt mit hochmütiger Gebärde auf das Podium hinauf.

»Mr. Duncan«, sagte er, »Sie haben einige sehr beachtliche Forderungen erhoben – ich könnte mich sogar verführen lassen, sie mir anzuhören. Aber ich sehe immer noch keine Beweise. Und da der verstorbene Laird mir das gesetzliche Recht übertragen hat, dieses Geschäft durchzuführen, ist es jetzt an der Zeit, daß wir –«

»Beweise, sagt er!« meldete sich eine krächzende Stimme mitten aus der Menschenmenge. Sie gehört dem alten Stevie Mackinaw, der ausnahmsweise seine Einsiedelei verlassen hatte, um an dem historischen Treffen teilzunehmen. »Hab länger hier in der Stadt gelebt als selbst Mr. Dorey Duncan – und man braucht bloß Augen in' Kopf zu haben, um zu sehn, daß die Lady da oben Margaret Duncan wie aus'n Gesicht geschnitten ist!«

Sercombe kicherte. »Nun haben wir also Beweise von einem Verrückten und von einem geistesschwachen Greis!« höhnte er. »Vorwärts jetzt. Wir haben genug gehört.«

Mit einer flotten Bewegung zog er ein Bündel zusammengefalteter Papiere aus seiner Brusttasche. »Ich habe hier das Dokument, das die Übergabe der Ländereien an Mr. Jason Channing perfekt macht«, sagte er. »Wie Sie wissen, sieht es eine finanzielle Remuneration an alle Pächter unter der Herrschaft der Duncans vor, Geld, das Sie alle im Lauf einer Woche ausgehändigt bekommen.«

Er wandte sich dem Tisch zu, ergriff einen Füllfederhalter, der an auffallender Stelle dort lag, und setzte seine Unterschrift auf das Papier.

»Und nun, Mr. Channing – wenn es Ihnen beliebt?«

Channing stand auf und streifte Joanna, die immer noch an Doreys Seite saß, mit einem beiläufigen Blick; dann nahm er die

Füllfeder und unterschrieb mit seinem Namen. Dann zog er einen Scheck aus seiner Westentasche und reichte ihn Sercombe, und die beiden Männer schüttelten einander die Hand, während von den Leuten aus dem Städtchen spärlicher Applaus und ein paar Jubelrufe laut wurden.

Die Feier wurden, jedoch im Augenblick unterbrochen, als alle Köpfe sich der von Süden kommenden Straße zuwandten: Hufschläge donnerten von dorther auf sie zu.

Joanna fühlte, wie ihr Mut sie verließ. Da zog der näherkommende Hufschlag eines galoppierenden Pferdes ihre Aufmerksamkeit auf sich.

Die Hufe zertrampelten das Gras, als das Tier unter den letzten Bäumen hervorschoß und auf die Wiese zujagte. Auf den Flanken des grauen Wallach stand der Schaum, aber der Reiter hörte nicht auf, ihm die Fersen unbarmherzig in die Weichen zu stoßen. Er zügelte das Pferd, als es beiseitesprang, näherte sich der Versammlung, sprang ab, warf die Zügel beiseite und eilte auf die Plattform zu.

»Alec!« rief Joanna, sprang auf und rannte ihm entgegen.

»Was hat dieses unverschämte Eindringen zu bedeuten, MacNeil?« verlangte Sercombe mit einem boshaften Lächeln zu wissen.

»Ich habe Informationen, die Ihre Geschäftsabschlüsse ein bißchen verändern werden, Mr. Sercombe.«

»Was es nicht alles gibt!« murmelte Channing mit einem Auflachen. »Wenn ich mir die Schlösser im Hintergrund ansehe, erinnert mich das beinahe an –«

»Sie halten mal lieber den Mund, Mr. Channing«, schnauzte Alec ihn an, »und überlegen sich's zweimal, bevor Sie ihn wieder aufreißen. Ich bin nicht in der Stimmung, mir Ihre Bemerkungen anzuhören.«

»Oh, schon wieder eine Drohung, Bauernjunge?« antwortete Channing.

Alec knirschte vor Zorn, aber jede Antwort, die er hätte geben können, wurde von Sercombe weggewischt. »Ich fürchte, Sie sind zu spät dran, MacNeil«, sagte Sercombe. »Diese Versammlung ist so gut wie vorbei. Die Papiere sind unterschrieben und die Transaktionen vollzogen.«

»Ich würde vorschlagen, wir alle bleiben noch'n kleines bißchen länger hier«, sagte Alec. »Mr. Gordon Ogilvie wird jeden Augenblick hier sein. Sein Pferd ist ein wenig langsamer als meines. Aber was immer Sie schon getan haben, es gibt da ein paar interessante Kleinigkeiten, die er gerne mit ihnen besprechen möchte.«

»Alle diese Gespräche können mit dem neuen Eigentümer des Landes geführt werden«, sagte Sercombe. Dann wandte er sich um und sprach zu der Menge. »Ich danke euch allen, daß ihr gekommen seid. Das Treffen ist beendet. Sie erhalten innerhalb von zehn Tagen Nachricht darüber, was Ihnen zukommt.«

»Jeder bleibt, wo er ist!« schrie Alec. »Und das gilt auch für Sie, Mr. Sercombe«, fügte er als Nebenbemerkung hinzu. Dann sprach er von neuem mit lauter, befehlender Stimme die Menschenmenge an: »Dieses Verfahren ist noch nicht abgeschlossen, und ihr alle werdet hören wollen, was noch zu sagen ist!«

»MacNeil ... wenn Sie nicht sofort –« begann Sercombe, auf dessen Gesicht jetzt der Zorn deutlich geschrieben stand. Aber bevor er den Satz beenden konnte, stürmte ein zweites Pferd auf die Wiese und Ogilvie ritt herbei. Er sprang vor dem Podium ab, laut schnaufend vor Anstrengung, und wischte sich dicke Schweißtropfen von der Stirn.

»Du meine Güte«, keuchte er. »Ich hoffe doch, so etwas wird mir nicht allzu oft passieren!«

»Was hat diese Unterbrechung zu bedeuten?« knirschte Sercombe, der seinen Zorn nun nicht länger verbergen konnte.

Ogilvie räusperte sich.

»Verzeihen Sie das überraschende Eindringen«, begann er, »aber ich hatte kaum eine andere Wahl. Lassen Sie mich nur einige Papiere aus meiner Tasche holen –«

»Ogilvie, Sie waren schon immer ein Tölpel und ein Hanswurst«, sagte Sercombe. »Wir haben hier alle Rechtsanwälte, die wir brauchen. Wollen Sie also kehrtmachen und dorthin zurückkehren, woher Sie –«

»Es besteht kein Grund, unhöflich zu werden, Mr. Sercombe. Aber mit oder ohne Ihre Erlaubnis ...«

Er hielt inne und entnahm der Ledertasche, die er bei sich trug, ein einzelnes Stück Papier.

»... wie gesagt, ob Sie wollen oder nicht, Sie werden dies hier zur Kenntnis nehmen müssen. Ich habe hier eine einstweilige Verfügung des Gerichts, die den Verkauf der Duncan'schen Ländereien verhindert.«

Sercombe riß ihm das Papier aus der Hand, warf einen hastigen Blick darauf und zerriß es in mehrere kleine Stücke.

»Zu spät«, sagte er verächtlich. »Die Transaktion ist bereits durchgeführt.«

»Wohl kaum, Sir«, entgegnete Ogilvie. »Der Verkauf war von Anfang an nicht rechtsgültig.«

»Bah! Das ist eine Lüge!«

»Es ist unmöglich zu verkaufen, was einem niemals gehört hat,

Mr. Sercombe. Sie sind Rechtsanwalt. Sie kennen die Gesetze dieses Landes. Miss Matheson ist die gesetzliche Erbin dieser Ländereien, da sie die nächste lebende Verwandte des Laird ist. Ich glaube, mich korrekt auszudrücken, wenn ich feststelle: Die Formulierungen im Testament des Laird lassen klar erkennen, daß Ihre Verfügungsgewalt vor den Rechten der rechtmäßigen Erben jederzeit zurückzustehen hat. Und zweifellos sind Sie nicht in Unkenntis darüber, welche Schritte in einem solchen Fall zu unternehmen sind. Aber Sie haben nicht einmal eine ordnungsgemäße Suche durchgeführt.«

»Diese ... diese Frau hat keine Beglaubigungsschreiben!« Sercombe spie die Worte förmlich aus. »Sie hat mir nicht den geringsten Anlaß gegeben, ihre Geschichte zu glauben, ausgenommen eine altertümlich aussehende Urkunde, die jeder Scharlatan stehlen oder fälschen könnte!«

»Das ist der Zweck dieser einstweiligen Verfügung. Ich habe Anfragen nach Amerika geschickt. Miss Mathesons ›Beglaubigungsschreiben‹ werden in Kürze hier eintreffen. Bis zu diesem Zeitpunkt darf es keinen Verkauf oder irgendwelche geschäftlichen Transaktionen bezüglich der Duncan'schen Güter geben. Aber nach allem, was ich gesehen habe, halte ich Miss Mathesons Ansprüche für wohlbegründet. Und die beiden Magistratsbeamten, mit denen ich heute morgen gesprochen habe – und die absolut keine Freude daran hatten, so früh geweckt zu werden – stimmten mir zu, daß die Beweise zumindest ausreichen, um hintanzuhalten, was Sie heute zu tun versucht haben.«

Die Menschenmenge, die sich angespannt bemühte, jedes Wort zu hören, reagierte auf das Gespräch zwischen den beiden Rechtsanwälten mit einer Mischung aus Geflüster, Fragen und verblüfften Blicken. Sie kannten Alec, aber Ogilvie hatten die meisten von ihnen noch niemals gesehen.

»Soll das heißen, wir krieg'n unsern Hafen nun doch nich?« schrie einer.

»Was ist'n nu mit unserm Geld?« rief ein anderer.

»Meine lieben Leute«, machte Sercombe mit ölig-glatter Stimme einen letzten Versuch, seine Pläne zu retten, »ich kann euch versichern, dies hier ist nichts anderes als eine gutgeplante Fopperei. Wir werden gegen diese Frau und ihre Komplizen kämpfen – vor Gericht, wenn es sein muß. Ihr werdet bekommen, was euch von Rechts wegen zusteht. Ich werde nicht zulassen, daß diese billige kleine Nutte euch hineinlegt.«

Alec trat einen Schritt vor. »Sie haben Glück, daß ich mich

beherrschen kann«, knirschte er mit zusammengebissenen Zähnen. »Ich laß Ihnen das Wort für den Augenblick durchgehen, weil Mr. Ogilvie noch einiges zu sagen hat. Aber sagen Sie nochmal ein Wort von dieser Sorte über Joanna Matheson, mein Freund, und ich bin nicht mehr verantwortlich für die Folgen. Und das ist keine Drohung, das ist ein feierliches Versprechen.«

»Nur eine kleine Information, die ich per Telegramm aus Aberdeen beschaffen konnte«, sagte Ogilvie. »Ich habe einen Freund im Büro für Baugenehmigungen und Landschaftsplanung, der mir die Information beschaffen konnte, daß einem amerikanischen Industriellen kürzlich die Genehmigung erteilt wurde, einen Staudamm über den Fluß Lindow zu errichten. Bei Ende der Bauarbeiten im Jahre 1917 würde das gesamte Strathy-Tal unter einem Stausee liegen, der das in seinen Plänen vorgesehen Wasserkraftwerk speist.«

»Mr. Channing«, sagte Joanna, die nun aufstand und ihr langes Schweigen brach, »vielleicht möchten Sie jetzt noch einmal einen Kommentar zu Ihren Plänen abgeben?«

»Geschäft ist Geschäft«, antwortete er eisig.

Allmählich formte sich bei den Leuten aus dem Städtchen aus den einzelnen Teilen des Gesprächs ein Bild. Die meisten waren jetzt mehr als nur verwirrt, und ein allgemeines Gemurmel und Gesumme besorgter Fragen füllte die Luft.

»Das *ganze* Tal? ... Elektrizität .... Mr. Sercombe, wußten Sie was davon? ... was ist jetzt mit dem Hafen?«

Einer nach dem anderen dachten sie nun an Doreys Worte, die sie daran erinnert hatten, wie sehr sie das Land liebten. Ihre starken schottischen Herzen sprachen jetzt allmählich lauter als ihre Hoffnungen auf neugewonnenen Wohlstand.

Der Tumult drohte schon die Versammlung zu sprengen, als Nathaniel auftauchte, der Tom Forbes hinter sich herschleppte. Eine trunkene Nacht in der feuchten und schmutzigen Höhle hatte deutliche Spuren an seiner Erscheinung hinterlassen.

»Du versoffener Narr!« zischte Sercombe kaum hörbar. »Sag nur ja nichts!«

Aber Tom hörte es kaum. Zu dem Zeitpunkt drängte sich bereits eine Menschenmenge um Nathaniel, der sich bemühte, Toms schwankende Gestalt auf das Podium hinaufzuführen, wo alle ihn hören konnten.

»Sag ihnen, was du mir gesagt hast, Tom«, sagte er.

»Er lag doch ohnehin im Sterben – ich hab nur'n bißchen

nachgeholfen. Grad nur aus Mitleid, ehrlich.« Die verwischten Worte kamen ihm ungehemmt über die geschwollene Zunge. »Aber Mord ... nee, sowas liegt mir nich'. 'n Mädel umbringen, nee ... und'n armen alten Dorey auch nich. Wir sollten alle was krieg'n – hat er gesagt. Aber der Laird lag im Sterben ... lag doch ohnehin schon halb im Sterben ... das is' nich dasselbe. Ich bin kein Mörder, nee, bin ich nich.«

»Wie hast du's getan, Tom?« fragte Nathaniel.

»Bloß 'n klein Schlitz ins Zaumzeug gemacht. Dann mußt er mal ... mußt mal runterfalln .. auch wenn's nich' ganz durchgeschnitten war. Aber jetzt kann ich mein Messer nich' finden ... hast mein Messer nich gesehn, Nathaniel? Weiß nich, wo ich's gelassen hab.«

»Mit wem hast du zusammengearbeitet, Tom?« fragte Nathaniel. »Wer hat dir gesagt, du solltest dem alten Laird das Zaumzeug anschneiden, so daß er sich zu Tode stürzen sollte?«

»Na, wer wohl? Ssser ... Sercombe, natürlich. Weißt du doch, Nathaniel.«

Die Menschenmenge gaffte und suchte mit den Blicken nach dem Rechtsanwalt, dessen Blatt sich so plötzlich gewendet hatte.

Aber er war verschwunden.

Zu dem Zeitpunkt, als Tom sein betrunkenes Geständnis zu Ende brachte, war Sercombe bereits hinter einigen Bäumen verschwunden und rannte zu seiner Kanzlei, so schnell die Beine ihn tragen wollten. Es hatte keinen Sinn, hier herumzulungern und sich mit diesen Tölpeln herumzustreiten. Sollten sie ihr verdammtes Land doch haben, es war ohnehin wertlos. Sollten sie doch ihren ekligen stinkigen Fisch und ihre bleichen Blumen haben. Es gab Schöneres im Leben als diesen verwünschten Ort.

»Er ist weg!« rief Nathaniel aus.

»Er kommt nicht weit«, sagte Walter Innes. »Ich jage ihm nach.«

»Bemühen Sie sich nicht«, sagte Ogilvie. »Bevor Alec und ich Culden verließen, instruierten wir die Behörden, die notwendigen Maßnahmen zu ergreifen, sollte unser Verdacht sich als zutreffend erweisen. Ich glaube, es ist bereits jemand unterwegs, um unseren Freund Mr. Sercombe aufzusuchen.«

Als Joanna all dem zuhörte, schienen ihre Gedanken sich im Wirbel zu drehen. Plötzlich fühlte sie sich ganz fern, als betrachte sie ein alptraumhaftes Drama von einem Logenplatz im Theater aus. Wie konnte das alles Wirklichkeit sein – Streit und Betrug und

Kidnapping – und sogar Mord? Und dennoch, es waren wirkliche Menschen, die in diesem Theaterstück mitspielten – und ganz gleich, wie entfremdet und entsetzt sie sich fühlte, sie war eine von ihnen. Dann erinnerte sie sich an etwas, das sie bislang vergessen hatte:

*»... hätte das Land nur den Menschen gehört, anstatt unserer verderbten Familie ...«*

Die Worte ihrer Großmutter, obwohl sie in der Verwirrung verlorengegangen waren, als so viel anderes zur Sprache gekommen war. Nun schienen sie ihr die wichtigsten von allen. In Margaret Duncans Zeiten hatten die Streitigkeiten um dieses reiche Land nur Streit und Jammer hervorgerufen, und was wußte sie von den Streitigkeiten früherer Zeiten? Sie hatten noch kein Ende gefunden. Und zu diesem Erbe von Täuschung und Raffgier kam nun auch noch Mord dazu. Es mußte ein Ende haben. Die Worte widerhallten in ihrem Herzen – *Es mußte ein Ende haben!*

Vielleicht hatte Sercombe recht. Vielleicht war die Zeit reif für eine Veränderung. Joanna dachte an das vergilbte Dokument, das sie in Maggies Kinderzimmer gefunden hatte.

Aber Channings Stimme zwang ihre Gedanken gewaltsam zurück zu all dem Zank um sie herum.

»Ich denke, es ist an der Zeit, daß ich mich verabschiede«, sagte er und stand auf.

Joanna wandte sich um und starrte ihm ins Gesicht. »Wieviel hast du von all dem gewußt?« fragte sie.

»Wenn ich in Sercombes ruchlose Pläne verstrickt wäre, von Mord gar nicht zu reden, meinst du, ich würde dann noch hier herumlungern? Ich bin unschuldig wie ein neugeborenes Kind.«

»Wir könnten wohl auch niemals etwas beweisen, von der Tatsache abgesehen, daß du ein herzloser Opportunist bist.«

»Und dafür kommt man nicht ins Gefängnis, Süße.« Er hielt inne und schenkte Joanna ein breites Lächeln. »Aber ich schreibe gerne einen weiteren Scheck aus, meine Beste – diesmal zahlbar an Joanna Matheson. Sag das richtige Wort und wir können all das gemeinsam genießen!«

Joanna starrte mit durchdringendem Blick in die schwarzen Augen, die sie einst so bezaubert hatten. »Jason Channing, von Angesicht zu Angesicht stoße ich dich von mir! Wie du selbst gesagt hast – es ist an der Zeit, daß du dich verabschiedest. Geh, und kehre niemals nach Port Strathy zurück!«

Channings Lächeln verblaßte. Er wandte sich langsam ab,

kaum fähig zu glauben, daß sie sein Angebot zurückgewiesen hatte, und schlich durch die Menschenmenge davon.

»Nun, Mr. Ogilvie«, sagte Joanna, einen Entschluß in Worte fassend, der bis dahin nur in ihren Gedanken gegenwärtig gewesen war, »würden Sie so freundlich sein, die guten Leute von Port Strathy wissen zu lassen, was es mit dem anderen Dokument auf sich hat, das wir entdeckten?«

»Mit Vergnügen, Mylady«, antwortete Ogilvie. Dann wandte er sich der Menge zu – viele waren auf ihre Plätze zurückgekehrt – und begann:

»Lassen Sie mich als erstes Ihnen gratulieren, Mylady, und euch guten Leuten von Port Strathy! Ich bin sicher, Sie werden bald merken, welch großer Glücksfall es für Sie ist, daß Lady Joanna Erbin des Duncan'schen Besitzes ist – größer, als Sie sich vorstellen können. Als Lady Joanna mit der Urkunde über den Landbesitz, die sich in ihrem Eigentum befand, zu mir kam – die ihr von ihrer verstorbenen Großmutter Margaret Duncan ausgehändigt worden war – waren wir aufs erste verwundert über einen verhüllten Hinweis auf eine gewisse andere Urkunde, die vor Generationen von einem damals herrschenden Laird, Anson Ramsey, aufgesetzt worden war. Erst gestern kam dieses Dokument über die Übergabe eines Rechtstitels an den Tag – Lady Joanna und Alec MacNeil hatten es im Hause gefunden. Sie brachten es mir und ich sah sofort, daß es eine Entdeckung von großer Tragweite war.«

Er hielt inne, um Atem zu schöpfen. Joanna ergriff die Gelegenheit, für ihn weiterzusprechen.

»Meine Großmutter, Margaret Duncan, ist nicht tot, Mr. Ogilvie«, sagte sie. »Wir erhielten die wundervolle Nachricht erst heute.« Dann wandte sie sich der Menge zu und redete weiter.

»In der Meinung, sie würde bald sterben, sandte meine Großmutter mich nach Port Strathy, um die Ungerechtigkeiten, die diesem Land angetan worden waren, wieder zurechtzubringen. Als ich hierherkam, hatte ich keine Vorstellung, was von mir verlangt werden würde. Eine Zeitlang dachte ich, ich könnte die drohende Zerstörung nur aufhalten, indem ich Anspruch auf das Erbe erhob. Aber ich verstehe jetzt, daß es nicht der Besitz war, um den meine Großmutter sich Sorgen machte – *ihr wart es*! Das war schon in ihrer Jugend so. Sie machte sich Gedanken um das Wohlergehen der Pächter und der Fischersleute von Stonewycke.

Sie hatte darin Ähnlichkeit mit ihrem Ur-Urgroßvater, Anson Ramsey. Seine Liebe zu Stonewycke ging auch tiefer als der bloße Grundbesitz. Er hatte Augen, um zu sehen, was Dorey uns allen erst kürzlich sagte – daß ihr das Land seid. Ihr habt es fruchtbar gemacht, beackert, besät. Dennoch wart ihr immer Lairds und Ladies ausgeliefert, die euch entweder ausbeuteten oder ignorierten. Anson konnte den Gedanken nicht ertragen, daß seine Söhne, deren Beweggründen er nicht traute, das Land und seine Menschen mißbrauchten. So ließ er eine Urkunde aufsetzen, die das Eigentumsrecht an der großen Mehrheit der Ländereien von Stonewycke jenen Pächtern übertrug, die darauf wohnten. Jeder sollte sein Haus und sein Stück Land besitzen, der Familie Ramsey sollte das Haus auf dem Hügel bleiben mit einem Grundbesitz von tausend Acres.«

»Unglücklicherweise«, nahm nun Ogilvie den Faden wieder auf, »wurde Ansons Leben tragisch verkürzt; er hatte niemals Gelegenheit, seinen sehnsüchtig gehegten Wunsch auszuführen, und die Urkunde ging verloren. Auf irgendeine Weise, müssen wir annehmen, gelangte sie in Atlanta Duncans Hände, und gestern fand Miss Matheson sie dort, wo sie all diese Jahre verborgen gewesen war.«

»Ich habe schwere innere Kämpfe ausgefochten«, sagte Joanna, »als ich versuchte, eine Lösung zu finden, was mit Stonewycke geschehen sollte. Ich weiß jetzt, daß ich tun werde, was schon vor einem Jahrhundert hätte getan werden sollen. Und ich weiß, daß die wahre Lady von Stonewycke ihre Zustimmung geben wird. Sobald allen gesetzlichen Vorschriften Genüge getan ist, wird die Familie Duncan Ansons Urkunde neu aufsetzen, und das Land soll euch gehören!«

Donnernde Jubelrufe wurden in der verblüfften Menge laut.

Joanna stand da, und die Tränen rannen ungehemmt ihre Wangen hinunter, während ein Lächeln der Freude auf ihrem Gesicht leuchtete. Dorey erhob sich langsam, trat an ihre Seite und legte den Arm um ihre Schultern.

»Das hast du wunderbar gemacht«, sagte er. »Nach all diesen Jahren wird der Zank nun ein Ende haben. Maggie kann in Frieden heimkehren. Wie hätten wir jemals ahnen können, daß unsere Liebe zueinander und zu diesem Land durch unsere eigene Enkeltochter Erfüllung finden würde!«

»Ich habe alles gefunden, was ich mir ersehnte, als ich hierher kam, das ist mir Reichtum genug. Und das bist du, mein geliebter Großvater!«

»Ach, du weißt, wie man das Herz eines alten Mannes erfreut!«

»Was die Ländereien angeht«, sagte Joanna, so laut sie konnte, um den Tumult zu übertönen, »so gibt es nur zwei Menschen, die von Rechts wegen darüber herrschen sollten. Das ist mein Großvater, Mr. Theodore Ian Duncan, und seine geliebte Frau, Margaret Duncan. Er wird der Laird und sie wird die Lady des Gutsbesitzes sein – sobald wir sie hierher bringen können – so lange sie beide leben.«

Neue Freudenschreie wurden laut, während die Einwohner des Städtchens ihre Plätze verließen und sich vorne zusammendrängten, um Dorey die knochige Hand zu schütteln und ihre Glückwünsche der Frau darzubringen, die von diesem Tag an einfach als Lady Joanna bekannt war. Und als sie herbeieilten, alle früheren Feindseligkeiten vergessend, standen hinter den beiden Nathaniel und Letty, Olive und Alec – alle strahlend vor Stolz, daß ihr Mädchen nun eine Lady war. Ein wenig abseits, plötzlich verlegen wegen der großen Tränen, die in seinen Augen glänzten, stand der alte Stevie Mackinaw, der Maggie länger als irgend jemand anderer in der Stadt gekannt hatte.

# ALEC UND JOANNA

Schaumgekrönte Wellen spielten um Joannas nackte Füße. Die Morgensonne strahlte hell vom leuchtend blauen Himmel, und das kalte Wasser, das reichlich um ihre Knöchel klatschte, sandte kleine erfrischende Schauder ihr Rückgrat entlang.

Es war in jeder Hinsicht ein vollkommener Tag.

Channing war am Vortag nach London abgereist. Sercombe war seit der Versammlung nicht mehr gesehen worden, aber Mr. Ogilvie war sicher, daß er noch vor dem Wochenende festgenommen und der Justiz übergeben würde. Am nächsten Tag wollte Joanna nach Amerika aufbrechen, um ihre Großmutter nach Schottland heimzuholen. Aber jetzt genoß sie ein paar Augenblicke der Ruhe. Sie fühlte sich voll inneren Friedens und innerlich frei, die Schönheit um sich herum zu genießen.

Alec schlenderte an ihrer Seite die sandige Küste entlang. Wie anders war es heute als am Tag ihrer ersten Begegnung an eben dieser Stelle! Aber er dachte weder an den Sonnenschein noch an den Strand noch an die Ereignisse der vergangenen Tage. Seine Augen und sein Herz nahmen nur die junge Frau an seiner Seite wahr.

»Du siehst jeder Zoll wie ein Fischermädchen aus, Mädchen«, sagte er mit einem Lächeln. »Freilich gab's noch nie eine, die so hübsch gewesen wäre wie du!«

»Das ist das schönste Kompliment, das ich mir wünschen könnte, Alec!«

»Nun, du bist wirklich liebreizend. Jeder Mann –«

»Ich meine, daß du mich ein Fischermädchen genannt hast.«

»Warum ist das eine solche Ehre, Mylady?«

»Verstehst du nicht, Alec? Es sind die Farmer und die Fischer und die einfachen Leute hier, die das Land zu dem machen, was es ist. Ich will ein Teil dessen sein. Wenn ich an das Leben meiner Großmutter in dem alten Haus auf dem Hügel denke – dieses grimmige alte Haus voll Intrigen und Mißtrauen und Heimtücke. Gib mir das schlichte Bauernleben unter einem traulichen Dach mit Haferkuchen und gekochten Kartoffeln!«

»Aber es sind die Herzen, die wirklich zählen«, sagte er. »Tom Forbes' schlichtes Leben als Fischer hat ihm nicht geholfen.«

»Ja«, antwortete Joanna. »Und ich glaube, Letty und Nathaniel wären immer so demütig, selbst wenn sie in einem Palast lebten.«

Alec hielt einen Augenblick inne. Er hob einen Stein auf und warf ihn hinaus in die einander überstürzenden Wellen. Da war etwas, das er aussprechen mußte, und bislang hatte er sich keine Vorstellung davon gemacht, wie schwierig es sein würde, es über die Lippen zu bringen.

Zuletzt sprach er, blickte jedoch nicht Joanna an dabei, sondern das funkelnde grüne Wasser.

»Ich nehme an, dich zieht's jetzt zurück in deine Heimat, nicht wahr?«

»Oh, Alec! Ich könnte niemals mehr zurückkehren, um dort zu leben. Meine Heimat ist jetzt hier.«

»Wirst du im Schloß leben, mit deiner Großmutter und Dorey?«

»Ich weiß nicht. Ich möchte das Leben nicht verlieren, das Nathaniel und Letty mir gezeigt haben. Sie haben mich so viel gelehrt, wo die wahren Werte des Lebens zu finden sind.«

»Aber du wirst glücklich sein, wo immer du lebst. Und du wirst selbst in dieses große steinerne Haus deinen Sonnenschein bringen.«

»Ich glaube, ich wäre glücklicher in einem Bauernhäuschen. Ich überlasse es meiner Großmutter, das Haus und die Ländereien zu leiten. Was mich betrifft ... ich möchte unter einem bescheidenen schottischen Bauerndach leben und lieben und meine Kinder aufziehen.«

»Eines Tages wirst du Erbin von Stonewycke und Erbin des Titels sein.«

»Meinst du, das bedeutet mir etwas? Das ändert nichts daran, wer ich bin. Ich möchte nicht, daß Menschen – Menschen, die ich liebe – mir dann anders begegnen.«

»Aber du bist doch eine hochgeborene Lady.«

»Oh, Alec, tu mir das nicht an!«

»Es ist nur – ich kenne meinen Platz im Leben, und ich fürchte –«

»Aber du kennst doch auch mich. Dein Stand, oder der meine, machen keinen Unterschied für mich. Ich empfinde das gleiche für dich wie früher – und bitte, Alec, tu dasselbe für mich!«

Sie wandte sich ihm zu und fuhr leise fort: »...das heißt, wenn du etwas für mich empfindest.«

»Joanna«, stammelte Alec, »willst du sagen –«

»Ja. Hast du es nicht gewußt?«

Alec brachte es nicht fertig, den Blick zu heben und ihr in die Augen zu sehen. Es schien ihm, als lastete das stumme Gewicht des ganzen Himmels auf ihm. Ihre Worte hatten einen Sturm in seinem Herzen entfacht. Konnte sie wirklich meinen, was seine zitternde Seele ihren Worten entnommen hatte?

Beinahe bebend, sprach er, obwohl seine Stimme kaum mehr als ein Flüstern wahr: »Aber ... ich bin nichts als ein armer Tierarzt ... hab dir nichts zu bieten als ein schlichtes Häuschen.«

»Und Liebe?« fügte Joanna hinzu.

»Du ... du willst doch nicht sagen, du würdest einen heiraten, der so tief unter dir steht?«

»Ich gehöre zu dir, Alec«, antwortete Joanna.

»Mädchen«, hauchte er innig, »ich liebe dich.«

Die Worte versagten ihm, obwohl die jubelnde Freude in seinem Herzen ihn zu überwältigen drohte. Eine stille, zufriedene Freude erfüllte Joannas Herz. Zum erstenmal in ihrem Leben wußte sie, wohin sie gehörte. In der schlichten Liebe dieses starken Mannes hatte sie zuletzt ihre wahre Heimat gefunden.

Plötzlich schleuderte Alec seinen Hut in den Himmel, sprang mit erhobenen Händen in die Luft und stieß einen lauten Schrei aus – einen Schrei kindlichen Entzückens.

Joanna trat eng an seine Seite und schob die Hand zärtlich unter seinen Arm. Sie lehnte den Kopf an seine Schulter, und schweigend schritten sie weiter, den sandigen Strand entlang – vereint und verliebt an der schottischen Küste an einem lieblichen Sommermorgen.

# EPILOG: DIE HERRIN VON STONEWYCKE

Es schien, als blühte die Heide besonders feurig in diesem Jahr.

Natürlich konnte der struppige Busch mit seinen magentaroten Blüten nicht wissen, welch besondere Bedeutung dieser Augenblick dieses Jahres hatte. Aber fast wollte es scheinen, als hätte er um ein weniges länger geblüht, nur um einem heimkehrenden Kind Schottlands ein gerütteltes Maß an inniger Freude und Entzücken zu schenken.

In fast fünfzig Jahren hatte Maggie Duncan beinahe aufgehört, an ihr Heimatland zu denken. Aber sie hatte niemals aufgehört, davon zu träumen. Wenn es nicht das leuchtende Heidekraut war, das ihre Träume erfüllte, dann waren es stürmische Wellen, die sich an einer zerklüfteten Küste brachen, oder der gespenstische Wind, der über ein einsames und unfruchtbares Moor pfiff. Es stimmte, oft hatten diese Träume sich dann zu Alpträumen gewandelt, aus denen sie schweißüberströmt erwachte. Aber zuletzt hatte sie den Entschluß gefaßt, die Vergangenheit hinter sich zu lassen und ihrem neuen Leben die Chance zu geben, die es verdiente – die Chance, auf die auch ihre Tochter ein Recht hatte.

Aber immer war ihr Heimatland in den Tiefen ihrer Seele gegenwärtig gewesen.

Gott hatte auf wunderbare Weise in Maggies Leben gewirkt. Sie hatte gelernt, zu vergeben und sein Leben in ihr als die Hauptstütze ihrer Existenz zu betrachten. Aber er wollte die Erinnerungen an ihr geliebtes Heimatland nicht auslöschen.

Sie sprach anfangs nicht viel davon. Die Wunden waren zu tief. Und später – da schien es nicht mehr viel Sinn zu haben. Aber als der Tod die Hand nach ihr ausgestreckt hatte und sie fast schon ergriffen hatte, da hatte sie nicht mehr widerstehen können, von den Dingen zu sprechen, die ihrem Herzen so nahe waren. Hatte Gott nicht ihr Leben lang seine Hand über sie gehalten? Dieser Unfall war gewiß kein bloßer Zufall gewesen.

Tatsächlich hatte der Allmächtige die Sehnsucht ihres Herzens niemals aus den Augen verloren, und während die Jahre vorbeigingen, wartete er nur auf den genau richtigen Augenblick, das Vermächtnis zu erfüllen, das er vor so vielen Jahren in ihrem Herzen begonnen hatte.

Heute sah Maggie genau so aus wie jenes junge schottische

Mädchen, das einst vor so vielen Jahren diesen Hügel erklommen hatte. Aber das Treffen, das dieser Tag bringen sollte, war noch um vieles bedeutungsvoller. Ihr graues Haar war in einen ordentlichen Knoten geschlungen, aber die Herbstbrise blies einige wenige widerspenstige Strähnchen über ihr Gesicht. Ihr Schritt war langsamer und vorsichtiger als in alter Zeit, besonders, wenn sie das verletzte Bein aufsetzte. Aber das Leuchten auf ihrem Gesicht war nicht zu übersehen.

»Es sieht genau so aus wie früher«, dachte Maggie, »nur unsere beiden geduldigen Freunde Raven und Maukin sind nicht mehr da.«

Sie lächelte. »Man stelle sich vor, wenn ich jetzt auf dieser temperamentvollen schwarzen Stute sitzen wollte!« Der Gedanke ließ sie leise auflachen. Sie konnte die Freude, die ihr Herz vor Glück zu sprengen drohte, nicht länger bei sich behalten.

Als sie in dem Spitalsbett in Denver gelegen hatte, da war es freilich ganz anders um sie bestellt gewesen. Es hatte einen Augenblick gegeben, da hatte sie beinahe aufgegeben. Gott war gut zu ihr gewesen. Vielleicht zu gut. Aber sie war müde. Ihre müden Knochen sagten ihr, es sei Zeit, sich zur Ruhe zu legen. Sie hatte den guten Kampf gekämpft. Sie hatte gelernt, von Gott abhängig zu sein, obwohl die qualvollsten Umstände nötig gewesen waren, um sie dazu zu bringen, ihr Selbst aufzugeben. Aber nun war die Zeit gekommen, heimzugehen ... heimzugehen, um endlich bei ihrem geliebten Ian zu sein.

Aber Maggies Geist war zu stark, um sich leicht solchen augenblicklichen Sehnsüchten zu unterwerfen. Mochte auch der Tod, der nach ihr griff, nahe und real sein, ihr innerstes Selbst konnte sich seiner Verlockung nicht beugen. Der Gott, der sie ihr Leben lang geleitet hatte, streckte die Hand aus, um die Lücke in ihrer persönlichen Stärke zu überbrücken.

Sie erwachte an einem sonnigen Morgen, und augenblicklich sagte ihr ihre Seele, daß all dies nicht umsonst geschehen war. Ein unbekanntes Gefühl angespannter Erwartung beschlich sie, obwohl sie keine Ahnung hatte, was sie erwarten sollte.

Dann war Joannas Telegramm gekommen.

Wie konnte sie die Worte fassen, die ihr aus der Nachricht entgegenschrien?

*Ihr Ian – am Leben!* ... und nach all diesen Jahren wartete er noch immer auf sie!

Fünfzig Jahre lang hatte sie davon geträumt, selbst ihr tiefer

Glaube hatte es nicht glauben können – und nun war es die Wahrheit!

Wie schnell waren die Tage der Genesung danach vergangen. Dr. Blakeley war zu dem Schluß gekommen: »Ein Wunder ist geschehen!« Aber es war kein größeres Wunder als das Leben selbst: Der Schöpfer alles Lebens setzte seinen wunderbaren Willen durch. Zwei Menschen, die er ausgewählt hatte, die zusammengeführt wurden zu der Zeit, die er gewählt hatte – war das nicht jedes Warten wert? Als Joanna ankam, war Margaret bereits wieder auf den Beinen. Dr. Blakeleys Kollegen waren fassungslos, welche Fortschritte sie gemacht hatte, aber der Arzt selbst hatte vor langer Zeit gelernt, niemals überrascht zu sein; auch er diente einem Höheren.

Als sie Ian schließlich in Aberdeen wiedergesehen hatte, begriff Maggie von neuem, daß selbst ein noch so langes Warten in der Erinnerung nur wie ein Augenblick erscheint. Plötzlich waren es nicht Jahre gewesen, sondern nur Tage, seit sie voneinander getrennt worden waren. Die Kais der altertümlichen Stadt brachten lang vergangene Erinnerungen zurück, vermischt mit dem Unbehagen und dem schmerzhaften Stachel der Trennung. Aber als ihre Augen sein Gesicht erblickten, da schmolz all das dahin. Sie übersah die Zeichen der Jahre – das weiße Haar, die tiefen Falten, die gebeugten Schultern – und wußte, er hatte sich nicht verändert.

Aber als er lächelte, da wußte sie, daß er sich doch verändert hatte. Ein neuer Blick war in seinen Augen, tiefinnerlicher, als ihn bloßes Alter hervorzubringen vermochte. Sie hatte keine Zeit, darüber nachzudenken, denn er nahm sie zärtlich in die Arme, beugte sich vor und küßte sie zärtlich auf die Stirne, ein warmer und wirklicher Kuß.

»Ian!« sagte sie. Siebenundvierzig Jahre, nachdem sie sich hier auf dem Kai voneinander verabschiedet hatten, redete sie ihn wieder mit seinem Namen an. Er rang danach, ihren Namen auszusprechen, brachte es jedoch nicht fertig. Sie hob den Blick zu seinem Gesicht, das feucht von Tränen war, lächelte das Lächeln, an das er sich so oft in seinen Träumen erinnert hatte, und war zufrieden.

Maggies Gedanken kehrten zur Gegenwart zurück. Es gab so viel, woran sie sich erinnerte. Da war der Schlüssel, den Joanna hinter der Tapisserie gefunden hatte. Erst hatte sie ihn nur stumpfsinnig angeblickt. Dann fiel ihr plötzlich ein, was sie bislang nur im Delirium enthüllt hatte – »es ist im Kinderzimmer«. Sie hatte ganz vergessen, daß sie den Schlüssel in jener schicksalshaften Nacht dort verborgen hatte. Nun führte sie Joanna zu dem verwachsenen, von Mauern umgebenen Garten, und nach einiger Anstrengung gelang es ihnen, den Schlüssel in das rostige Schloß zu schieben. Aber so sehr sie auch suchten, der Schatz, den sie in jener stürmischen Nacht gehoben hatten, war nicht mehr wiederzufinden. Entweder hatte sie vergessen, wo sie ihn vergraben hatten, oder Digory hatte ihn später fortgeschafft, um die Familie von dem Gift der Habgier zu befreien, das er zweifellos hervorgerufen hätte. Da er als armer Mann gestorben war, war Maggie gewiß, daß der treue Diener den Schatz irgendwo verborgen hatte, wo er niemals wieder die Herzen der Menschen in Versuchung führen konnte. Und schließlich hatte ihr der Schatz auch niemals etwas bedeutet; ihn auszugraben, war nur ein Mittel gewesen, die Pläne Falkirks und ihres Vaters zu durchkreuzen. Ein Teil ihres Seele freute sich, daß er nicht wieder gefunden wurde.

Nun gab es nur noch eine Erinnerung, mit der sie sich befassen mußte, und das war die Liebe, die sie und Ian damals verbunden hatte und nun neuerlich verband. Den Hügel im schönen Strathy-Tal hinaufzuklettern war ein größerer Reichtum als alle Schätze der Erde. Aber die Steigung war steiler geworden und sie war ein wenig atemlos. Sie wurde sich ihres schwachen Beins bewußt, aber wenigstens hatte sie keine Schmerzen. Der Arzt war der Meinung gewesen, die Reise nach Schottland wäre die beste Medizin für sie, hatte sie jedoch ermahnt, sich zu schonen. In diesem Punkt war sie nicht allzu gehorsam gewesen – wie konnte sie auch, wenn das Heidekraut blühte und das alte Land sie dazu brachte, sich wieder jung zu fühlen!

Bald darauf tauchte eine Gestalt auf der Kuppe des heidekrautbewachsenen Hügels auf. Schlank und hager, schritt Ian Duncan in einer würdevollen Haltung einher, die »der alte Dorey« niemals einzunehmen gewagt hatte. Sein ganzes Leben hatte sich drastisch geändert an jenem Tag in der feuchten Höhle im Ramsey Head. Zuletzt hatte er aufgehört, vor dem Einen zu fliehen, dessen Liebe ihn verfolgte, und schließlich war er vor dem Gott auf den Knien gelegen, der ihn niemals verlassen hatte. Maggies Gebet für ihn, das durch die Zeiten und über die ungezählten Meilen hallte, fand seine Erfüllung in der Hand des meisterhaften Töpfers, der sie beide gemacht hatte – der Eine, der sie dazu geschaffen hatte, ihn über alles zu lieben, und der nun wollte, daß sie den Rest ihres Lebens damit verbringen sollten, einander zu lieben. Und in jener

Heilung in der Höhle war Dorey zum erstenmal fähig gewesen, sich selbst ins Gesicht zu blicken, und hatte so den Mut erhalten, der Ian Duncan immer bestimmt gewesen war.

Als Maggie näherkam, lächelte er und streckte die Hand aus. Die undefinierbare Veränderung fiel ihr auf, die sie schon im Augenblick ihres ersten Wiedersehens in Aberdeen bemerkt hatte. Sein Lächeln hatte das gequälte, sorgenvolle Etwas verloren, das es immer verdunkelt hatte. In seiner Jugend hatte man immer, so kunstvoll er das auch zu verbergen gewußt hatte, den vagen Eindruck gehabt, daß sein Lächeln und sein Lachen teuer erkauft waren.

All das war nun verschwunden. Kein Schatten verdunkelte sein Lächeln mehr. Sein Gesicht widerspiegelte die Zufriedenheit, die der Schöpfer geplant hatte – Freude breitete sich darauf aus, nicht nur die Freude, Maggie an seiner Seite zu haben, sondern auch der Friede, der rein und makellos seine Seele erfüllte.

Sie gab sein Lächeln zurück, dann lachte sie in unbefangenem Entzücken.

Sie griff nach seiner Hand, und ihre Finger berührten einander und flochten sich ineinander. Wenn sie einander inniger umarmten, als es der Gelegenheit entsprach, so sollte man ihnen keinen Vorwurf daraus machen; sie hatten einander so viele Jahre vermißt. Sie hatten gelernt, wie kostbar jeder Augenblick im Leben war; keine einzige Sekunde durfte man leichten Herzens hinnehmen.

Dieser Morgen war nicht weniger bedeutungsvoll als der erste in Aberdeen. Die Brise, die über sie hinwehte, tat ihr Bestes, die purpurnen Köpfchen der dicken wilden Büsche zu beugen. Es erinnerte alles so sehr an die Tage ihrer Jugend. Doch plötzlich begriff Maggie, daß es sogar noch besser war. Sie waren nun auf eine Weise eins, wie es niemals möglich gewesen wäre in ihrer rebellischen Jugend – zum erstenmal vereint in ihrer Liebe zu ihrem gemeinsamen Herrn.

»Es ist, als hätte die Zeit auf uns gewartet«, murmelte Ian in den Wind.

»Ja«, antwortete Maggie friedlich. »So wenig hat sich verändert … und doch so viel.«

»Eines hat sich nicht verändert«, sagte er und blickte ihr tief in die Augen, »und das wird sich auch niemals verändern. Das ist meine Liebe zu dir, meine geliebte Maggie.«

»Und meine Liebe zu dir, mein Mann.«

Gemeinsam wandten sie sich um und schritten langsam den Hügel hinunter, die Morgensonne im Rücken und ein Meer von Heidekraut zu ihren Füßen.

Jörg Biedermann betrat die kleine Gastwirtschaft. »Happy birthday to you, happy birthday to you! Hoch soll er leben!« schallte es ihm entgegen. Die drei Männer am Stammtisch hoben ihre Biergläser und prosteten ihm zu. Jörg errötete, ging aber tapfer lächelnd auf sie zu und klopfte zur Begrüßung einmal kurz auf den Tisch. »Daß ihr daran gedacht habt, das ist eine Überraschung!« sagte er und setzte sich auf einen freien Stuhl. »Hardi, bringst du mir auch ein Bier?« Der Angesprochene nickte. »Mach ich, Jörg! Ein richtiges Geburtstagspils.« Er nahm einen Krug vom Regal und ließ das Bier sorgsam hereinlaufen. Einige andere Gäste erhoben sich jetzt ebenfalls und gratulierten Jörg zum Geburtstag.

In Lohfelden kannte einer den anderen von Kind auf. Wenigstens einmal in der Woche traf man sich in der einzigen Gaststätte des Ortes. Lohfelden war und blieb ein Dorf. Auch wenn die 700 Einwohner schon seit Jahren eingemeindet waren und es längst weder Rathaus noch Bürgermeister mehr gab, so hatte sich doch eine eigenständige dörfliche Gemeinschaft erhalten. Nach der Neugliederung der Gemeinden hatten viele erleichtert aufgeatmet. Kassel, die benachbarte Großstadt, wuchs schnell und drohte sie zu verschlingen. Die »Kasseler Nachrichten« hätten der Eingliederung von Lohfelden sicher keine Zeile gewidmet. 700 Einwohner mehr oder weniger, was machte das schon! Fortan hätte es eben nur noch einen Bezirk Kassel 14 gegeben. Nein, da war ihnen der Zusammenschluß der fünf Vorstadtdörfer schon lieber. Sie waren keine Städter und wollten auch keine werden, auch wenn die meisten von ihnen täglich nach Kassel zur Arbeit fuhren.

Hardi, der Wirt des Lokals, stellte das Maß Bier vor Jörg hin und setzte sich einen Augenblick zu den Gästen. Erst vor einem Jahr hatte er den kleinen Landgasthof übernommen, an dessen Wänden allerlei ausgestopfte Jagdtrophäen hingen. Die größte war ein ausgestopfter Wildschweinkopf mit mächtigen Stoßzähnen, der jeden aus seinen schwarzen stechenden Augen zu beobachten schien. Die schweren Eichentische waren mit Stahlwolle gescheuert worden, damit sie wieder frisch und sauber aussahen. Hardi war stolz darauf, daß die »Linde« – benannt nach dem Baum auf dem Dorfplatz – das Zentrum des geselligen Zusammenseins in Lohfelden geworden war. Ganz gleich, ob der Jägerverein seine Mitgliederversammlung abhielt, oder ob der Regionalvertreter für Viehfutter einen Jahresabschluß mit einem der Bauern unter Dach und Fach brachte, man traf sich bei Hardi. »Und wann gibst du uns einen aus, Jörg?« fragte Karl-Heinz. Er war Bankangestellter und mit seinen 36 Jahren der Älteste der Runde. »Mich wundert nur, daß deine Mutter dir heute Ausgang gegeben hat,« spottete Jochen, der gerade stolzer Vater eines kleinen Jungen geworden war. »Prost Jörg, wir trinken erst einmal auf dein Wohl!« rief Helmut dazwischen. Er war der trinkfesteste aus der Runde. Auch er war verheiratet und hatte Kinder, aber man munkelte, daß es in seiner Ehe kriselte. Jörg war der einzige, der noch ledig war und bei seiner Mutter wohnte. Alle hoben ihre Gläser und ließen die bernsteinfarbene Flüssigkeit in sich hineinlaufen. Zwei von ihnen leerten ihr Glas bis auf den letzten Tropfen. Sie atmeten behaglich schnaufend aus und putzten sich den Schaum von den Lippen. Es hörte sich an, als hätten sie eine schwere Arbeit verrichtet. Die vielen Striche auf den Bierdeckeln zeigten, daß es nicht das erste Glas an diesem Tag war, das sie zusammen leerten.

»Sag mir mal ganz ehrlich,« fragte Jochen, zu Jörg gewandt, »wie fühlt man sich mit 33 Jahren? Bei mir ist es nächstes Jahr nämlich auch so weit, und da muß ich wissen, was auf mich zukommt.« Helmut nickte eifrig, denn er und Jochen waren beide ein Jahr jünger als Jörg. »Ja, wißt ihr,« antwortete Jörg lachend, »eigentlich merke ich seit gestern, als ich noch 32 war, keinen großen Unterschied.« »Aber du wirst unmerklich älter,« sagte Karl-Heinz mit gespieltem Ernst, »und wenn du nicht bald für Nachwuchs sorgst, stirbt deine Familie aus.« Jörg wußte, was jetzt kam. Sie würden ihm, wie schon so oft, einhämmern, wie nötig er eine Frau brauche. Und er würde ihnen vorspielen, daß er doch auch ohne Frau glücklich sei. Es ging keinen etwas an, daß auch er gerne verheiratet gewesen wäre, wie die anderen. Lieber hätte er sich die Zunge abgebissen, als das einzugestehen.

»Sei doch vernünftig, Jörg,« rief Jochen. »Trautes Heim, Glück allein, das weiß Du doch!« »Du willst doch nicht ewig Junggeselle bleiben, reiß dich zusammen, und such dir eine Frau, du wirst sehen, wie sich dein Leben ändert!« Die Betonung des Nachsatzes war bewußt vieldeutig. Jörg begann zu schwitzen, ihm war nicht wohl zumute. Er mochte dieses Thema nicht.

»Ich hab's!« sagte Helmut plötzlich so laut, daß die anderen Gäste sich nach ihnen umdrehten. »Wir machen Jörg ein Geburtstagsgeschenk!« Er drehte sich herum und griff nach der Tageszeitung, die auf einem Tischchen lag. »Hier seht mal, zwei Seiten, kleingedruckt, ›Ehewünsche und Bekanntschaften‹«. Alle standen auf und drängten sich um die ›Kasseler Nachrichten‹, die ausgebreitet auf dem Stammtisch lag. »›Nette Sie, 24 Jahre, 172, gutaussehend, dunkelhaarig, schlank, sucht liebevollen Ehemann‹. Das ist doch genau deine Kragenweite, oder?« »Du willst dem Jörg doch keine Frau zum Geburtstag schenken, oder? Vielleicht noch auf einem Silbertablett serviert?« Das Gelächter wurde so laut, daß Jörg sich erschrocken umsah. »Nein, das nicht«, sagte Helmut strahlend. »Aber wir geben für Jörg eine Anzeige auf!« Triumphierend blickte er in die Runde. Alle nickten zustimmend. »Das ist eine Idee, und da kann er sich noch nicht einmal dagegen wehren, wartet mal, wir setzen sofort den Text auf: ›Er, 33 J., 182 gr., sportlich, gesicherte Position‹.« Er überlegte einen Augenblick. »Schreibe noch dazu ›christlich‹, dann wissen alle Mädchen, daß er moralisch über jeden Zweifel erhaben ist«, warf Jochen ein.

Alle lachten. Es war das ausgelassene, übermütige Lachen einer Männergesellschaft. Jörg schwitzte. Was konnte er gegen den ganzen Zauber tun, der ihm so peinlich war, wie selten etwas in seinem Leben! Insgemein verwünschte er sich, daß er es gewagt hatte, an seinem Geburtstag hierherzukommen. Aber er biß die Zähne aufeinander und machte gute Miene zum bösen Spiel. »Also«, wiederholte Helmut »Er, oder sagen wir besser ›Jörg‹, ›33 J., 182 gr., sportlich, christliche Einstellung, in gesicherter Position,‹ das trifft doch den Nagel auf den Kopf, oder?« Alle stimmten mit lautem Gejohle ein. Jörg protestierte dagegen, daß sein Vorname in die Anzeige aufgenommen wurde, aber vergeblich. »So, jetzt bist du dran. Was für ein Mädchen wünschst du dir?« fragte Helmut ihn. Er überlegte einen Augenblick. »Naja – eine im passenden Alter, am besten schreibst Du ›bis Ende 20‹.« »Einverstanden ›möchte liebe, gutgebaute‹« Jörg protestierte wieder. »Schreib lieber ›anschmiegsame‹«, schlug er vor. »Also: ›sucht liebe, anschmiegsame Frau, bis Ende 20, zwecks Eheschließung.‹ Na, was sagt ihr dazu?« Er sah triumphierend in die Runde. »Aber die Töchter des Landes wollen es doch lieber romantisch«, meinte Karl-Heinz. »Schreib anstatt: ›zwecks Eheschließung‹ besser ›mit der er ein gemeinsames Glück aufbauen kann.‹« Alle stimmten zu. »Auf eine solche Anzeige beißen bestimmt alle heiratswilligen Töchter Kassels an«, resümierte Helmut schließlich. »Und wo sollen sich die heiratswilligen Töchter Kassels melden?« »Schreiben wir einfach seine Adresse darunter!« schlug Karl-Heinz vor.